ハヤカワ文庫FT
〈FT446〉

ドラゴンと愚者

パトリシア・ブリッグズ
月岡小穂訳

早川書房
6111

DRAGON BONES

by

Patricia Briggs

Translated by
Saho Tsukioka
First published 2007 in Japan by
HAYAKAWA PUBLISHING, INC.
This book is published in Japan by
arrangement with
VIRGINIA KIDD AGENCY, INC.
through TUTTLE-MORI AGENCY, INC., TOKYO.

コリン、アマンダ、そしてジョーダンに捧ぐ。
いつもドラゴンの夢を見られますように。

謝辞

下書きに目を通し、貴重なアドバイスをくれたマイク・ブリッグズ、ケイ・ロバーソン、アン・ソワーズ、ナンシー・マクロスキー、そして〝ワードス〟（オレゴン州ユージーンにある作家グループ）のかたがたに感謝を捧げます。ヴァージニア・キッド、ジム・アレン、リン・プレンティス、その他ヴァージニア・キッド・エージェンシーの皆様のご辛抱と、ご見識にも心から感謝します。ビッグ・セザール（エンジン＃9）、シロッコ、スクラッチ、スキッパー・W、テディ、ハッサン、モナミ、ミーカンをはじめ、テラ・ベルデ・クラウドの馬たちと、ガザニア、そして、わがナヘロは、物語に登場する馬のキャラクターづくりに一役買ってくれました。いつものように、本書に誤りがありましたら――ここにお名前を挙げた皆様のおかげで数は減ったはずですが――すべて、わたしの責任です。

N
シャビグ国
ヒューログ
ティルファニグ
イフタハール
ニュートンバーン
メノーグ
アビンヘル国
エスティアン
シーフォード国
タルベン国
オランストーン国
カリス
ブリル
シルバーフェルス
ヴォルサグ国
五王国

五王国

シャビグ国

スタラ
〈青の防衛軍〉の指揮官

ムエレン

シアラ
ワードの妹。生まれつき口がきけない

トステン
ワードの弟。行方不明

ワードウィック
愚鈍を装う青年

フェンウィック
厳格なヒューログ城主

デューロー
イフタハールの領主

エルドリック

ベックラム

オレグ
ヒューログ城の地下にいた不思議な少年

ペンロッド
ヒューログ城の馬丁頭

アクシール
ヒューログ城主の警護士

セレグ
伝説のヒューログの名君

アリゾン公
ジャコベン王の弟

ジャコベン王
五王国を統べる王

ティードラ王妃

キアナック
エスティアンの金貸し。賭博場の主

タルベン国

オランストーン国

ギャラノン卿
ブリルの領主。
ジャコベン王に父を殺され、愛人にされる

ランディスロー卿
ギャラノン卿の弟

ハーベルネス将軍
カリスの領主。昔かたぎな老戦士

アビンヘル国

バスティラ
逃げ出した奴隷

シーフォード国

ヴォルサグ国

カリアルン王
オランストーン国に侵攻している

目次

1 ヒューログのワードウィック 13
2 ワードウィック 44
3 ワードウィック 83
4 ワードウィック 121
5 ワードウィック 142
6 エルドリック、ベックラム、ギャラノン卿——エスティアンにて 169
7 ワードウィック 196
8 ワードウィック 222

9　ベックラム、エルドリック、ギャラノン卿――エスティアンにて　243
10　ワードウィック　267
11　ワードウィック　301
12　ベックラム――カリスにて　328
13　ワードウィック　347
14　ワードウィック　390
15　ヒューログ　435
解説／三村美衣　449

ドラゴンと愚者

1　ヒューログのワードウィック

ヒューログとはドラゴンのこと。

息を切らして山道を登り、おれは古い青銅の扉の上に座りこんだ。遠い先祖が山頂にはめこんだ巨大な扉の幅は、おれの背丈ほどで、長さは、さらにその倍だ。傾斜した地面に沿って取り付けてあるため、扉は水平ではなく、上端が下端より一メートル以上も高い位置にある。長年、北国の風雪にさらされて傷んだ表面には浮き彫りのドラゴンが描かれ、番人のように深い谷を見おろしている。

眼下に、高台に立つヒューログ城が見えた。古い要塞の名残である黒い石壁が、いまも物々しく周囲を取りかこんでいる。だが、いまやヒューログ城に攻め入る敵はいない。五王国のなかでも、ヒューログは北国の厳しい寒さと荒れた土地から得られるわずかな収穫だけが頼りの小さな城塞だ。しかし、土地は広い。東に見える港から西に見えるはげ山まで、すべてヒューログの領地だ。ここはタルベン国王が統治する五王国の最北国シャビグ。この国の城の多くがそうであるように、ヒューログも裕福ではない。だが、この広大な領地こそ、金色の髪と立派な体格とともに、父からおれに受け継がれる資産だ。

〝ヒューログ〟とは、古語でドラゴンのこと。

おれは思わず立ち上がり、押し寄せるヒューログの魔力に向かって傷ついた心を開いた。たちまち魔力は全身を駆けめぐって脈打ち、おれはヒューログの鬨《とき》の声を上げた。

ヒューログ。

おれのものだ——その前に父に殺されさえしなければ……。

「やつに殺されるぞ」

川向こうの踏み分け道から従兄《いとこ》のエルドリックのささやき声が聞こえた。こちらの道と川はヤナギの茂みでへだてられており、たがいの姿は見えない。いきなり茂みから現われて驚かしてやろうか……。おれと従兄は仲が悪い。いや、待て——〝やつ〟とは間違いなく、おれのことだ。いったいなんの話だろう？

「おれのせいじゃないぞ、エルドリック」と、双子の片われのベックラム。なだめるような口調だ。「おまえも見ただろう？　あっちが勝手に野ウサギみたいに驚いて逃げだしたんだ」

またしても二人は、おれの妹をからかったらしい。エルドリックの言うとおりだ。今度こそ殺してやる。

「あの娘《こ》をからかうのは、もうよせ。雄牛みたいにデカい兄貴が黙っちゃいない」

「心配するな——あいつは脳ミソも雄牛なみだ」と、ベックラム。落ち着き払った口調だ。

「さ、帰ろう。いまにケロリとして戻ってくるさ」

「ぼくたちの仕業だってバレたらどうする？」と、エルドリック。あいかわらず不安そうな口調だ。

「まさか。あの娘が告げ口するとでも言うのか？」

妹は生まれつき口がきけない。

「でも指さすことはできるだろう？　バレたら——本当に殺されるぞ！」

もう我慢できない。首根っこをつかまえて、何をしたか白状させてやる。おれは深く息を吸いこみ、〝復讐に燃える兄〟ではなく〝愚鈍な雄牛〟に見えるように意識を集中させると、下水が流れこむ川の土手に向かって茂みをかき分けた。この体格と表情から、おれはみなにバカだと思われている。だが、それを逆手《さかて》に取ってきた。〝頭の足りないワードウィック〟でいれば、父も油断する。

双子の従兄は二十歳で、おれは十九だが、おれのほうが頭ひとつぶん背が高く、体重は二十キロ重い。それに、おれは狩りの帰りで、肩には石弓、腰帯には狩猟ナイフをたずさえている。ベックラムとエルドリックは丸腰だ。でも、武器を向けるつもりは毛頭ない。

あの二人なら素手で充分だ。

「誰に殺されるって？」

おれは茂みをかき分け、枝に引っかかったシャツを引っ張りながら呼びかけた。

二人はギョッとして息をのんだ。エルドリックは恐怖のあまり、言葉を失い、呆然とおれを見つめている。だが、ベックラムはエルドリックよりも図太い。会えてうれしいとでもいうように、にこやかに笑いかけてきた。

「やあ、ワードウィック。ごきげんよう。狩りか？　成果はあったかい？」

「いや」と、おれ。

薄い栗色の髪……端正な顔立ち……色黒の肌……青い目が多いヒューログ城主《メーテン》一族のなかではめずらしい紫紺色の目……。二人の外見はそっくりだが、性格はまったく違う。大胆でカリスマ性のあるベックラムに対し、つねにエルドリックは陰の存在だ。

おれが川から林、下水口へと視線を移すと、エルドリックが大きく息をのんだ。さては下水道か？　よく見ると、野生動物の侵入を防ぐ鉄格子がずれて、わずかに隙間があいている。下水トンネルの入口近くの地面に、深くくぼんだ小さな足跡があった。

おれは鉄格子に歩み寄り、じっと見つめた。エルドリックが緊張して震えている。手を伸ばして軽く揺すると、鉄格子はすっと向こう側に開き、奥につづく通路が見えた。小柄な妹なら楽にもぐりこめそうだ。

おれはベックラムを振り返った。

「シアラはここに入ったのか？　あそこに妹の足跡がある」

　ベックラムは言葉を選び、しばらくして答えた。

「そうだと思う。おれたちも捜してたところだ」

「シアラ！」おれはトンネルの奥に向かって叫んだ。「おい、チビ、出ておいで！」

　トンネル内では声が反響して聞き取りにくい。だから、わざと愛称で呼びかけた。シアラを〝チビ〟と呼ぶのは、おれだけだ。声は深いトンネルの奥でドラゴンの咆哮のようにこだました。返事はない――口がきけないから当然だ。

　足跡をたどらなくても、シアラがトンネルに入ったのは間違いない。おれは子供のころに、いくつか魔力を授かった。だが、今も残るのは――簡単な魔術を除けば――ものを探し出す能力だけだ。シアラはトンネルのどこかにいる。はっきりと存在を感じる。おれは太陽を見あげた。夕食に遅れたら、シアラはヒューログ城主《メーテン》である父からお仕置きされる。おれは太矢と昼食の残りを入れた荷袋を肩から降ろした。

「シアラに何をした？」と、おれ。

「止めようとしたんだ。危ないって言ったんだよ」ベックラムが止める前にエルドリックが答えた。弁解する口調だ。

「それで？」おれは背中を伸ばし、ベックラムに歩み寄った。

「あんなに怖がるなんて、どうかしてるよ」と、ベックラム。早口で答え、後ずさった。ようやく身の危険を感じたらしい。「いじめるつもりはなかった。ちょっとからかっただけだ」

おれはベックラムをなぐった。その気になれば、あごの骨を折ることも、なぐり殺すこともできる。でも、目のまわりに黒いあざができる程度に手かげんしてやった。ふらつくベックラムを尻目に、おれはエルドリックに向きなおった。

「本当だよ、ワードウィック。ベックラムは〝すてきな髪だね〟って言っただけだ」

おれはエルドリックの目を見すえた。

やがてエルドリックは身をよじってつぶやいた。

「でも、ベックラムの性格は知ってるだろう？　問題なのは、ベックラムの言葉そのものじゃなくて、言いかただ。シアラは驚いた雌鹿みたいに駆けだして、鉄格子をくぐってなかに入ってしまった。女の子一人じゃ危ないと思って、後を追いかけたけど……」

エルドリックは煮えきらない弱虫だが、正直だ。

下水道にネズミや虫はいない――下水道を造った小人族《ドワーフ》の魔法のおかげだ。でも、弟のトステンが作る物語のなかでは、下水道はあらゆる魔物のすみかと決まっていた。やっぱり心配だ。

シアラが入りこんだ入口はせまく、とてもおれの身体は通らない。グイと引いても、鉄格子はきしむだけだ。

「無理だよ」と、ベックラム。そっと片目を押さえながら立ち上がった。なぐりかかってこないところを見ると、少しは反省したようだ。ベックラムは意地悪だが、臆病者ではない。「おれもエルドリックも入れなかった。しばらくしたら自分から出てくるさ」

そろそろ夕食の時間だ。妹が父にぶたれるところは二度と見たくない。でも、このままじゃ叱られるのは目に見えている。おれは分厚い革の上衣《うわぎ》を脱ぎ、狩り道具を地面に置いた。

「荷物を持って帰ってくれ」

おれは二人に言うと、鉄格子をつかんで力まかせに引っ張った。もっと楽な方法があるのは知っている。だが、頭の足りない男には〝力まかせ〟がふさわしい。二人がいなくなるか、ベックラムがしびれを切らすまで、このバカげた方法をつづけよう。

「留め金をはずさなきゃ開かないよ」と、ベックラム。つぶやき声だ。やはり負い目を感じているらしい。

「留め金？」

おれは後ずさりし、重い蝶番《ちょうつがい》に気づかないふりをして鉄格子を見つめた。

「蝶番を留めるねじだよ」と、エルドリック。ため息をついた。

「ああ、これか」

なおも蝶番を見つめていると、エルドリックがナイフを取り出し、蝶番に差しこんで古びた太い留め金をはずした。ナイフは刃こぼれして、もう使いものにならないだろう。

留め金がはずれると同時に、鉄格子は蝶番からパラリとはずれた。おれは入口から鉄格子を持ち上げた。

「本気か？」

ベックラムは、おれが重い鉄格子を入口の近くに立てかけるのを見てつぶやいた。鉄格子はかなり重かった。ベックラムとエルドリックの手を借りたいほどだったが、ここは、おれの腕力を見せつけておかなければならない。少しでも弱みを見せたら、それをネタに、またしてもベックラムが妹をいじめるかもしれない。

川に面した下水トンネルの入口はキノコ型で、両脇にすこし高くなった通路があり、深くてせまい溝に下水がゆるやかに流れている。通路はドワーフ族のサイズで、並の人間を見おろす雄牛のような大男のためのものではない。おれはため息をつき、臭《くさ》いぬかるみの上に四つんばいになって進みはじめた。

「チビ！」

どんなに叫んでも、声は内壁をおおう苔《こけ》に吸いこまれるだけだ。

トンネルは曲がっており、夕日は届かない。行く手の壁の両側に小人の細工石《ドワーフ・ストーン》が見えた。人が近づくと薄青色の光を放ち、暗いトンネルを照らし出す。いまでは下水道のある城は数えるほどだ。エスティアンにできた国王の新宮殿にもない。ドワーフ族は大規模な石の建造物をいくつも残し、秘密とともに姿を消した。

いったん下水道はせばまってから、大きなトンネルにつづいていた。ヒューログ城の外壁は、ちょうど、この先の頭上のあたりだ。下水道を探検したことはないが、文書室《もんじょしつ》で本にうずもれた古い地図を見た。このあたりで、下水道は入口の三分の二ほどの大きさにせまくなる。まんいち敵の軍勢が下水道にもぐりこんでも、外壁の下は掘り崩せない。石に囲まれたせまい空間でツルハシやシャベルを振り上げるのは、子供でも無理だから。魔法を使ってシアラの跡をたどるうちに、額《ひたい》に汗が噴き出した。おれはめったに魔法を使わない。たくさんの魔法を使えたころを思い出して悲しくなるからだ。だが、シアラが一人でおびえているかと思うと、このわずかな魔力もありがたい。

おれは泥に両手を突っこみ、せばまったトンネルを這いすすんだ。泥のなかに何があるかを考えるのはよそう。さいわい鼻は麻痺し、それほどにおいは感じない。

小さいトンネルにもドワーフ・ストーンがあった。光は弱く、地面の様子はわからないが、ないよりはましだ。だんだんシアラの存在が遠くなる。妹は小柄だから、おれよりも楽に進めるのだろう。

長男のおれは、ずっと弟と妹の面倒を見てきた。弟のトステンは二年前に家出してヒューログを離れた。だが、シアラは無鉄砲なうえに口がきけないから、心配は絶えない。今日もシアラは母親を手伝っているはずだった。でも母さんは、あんな調子だ――シアラの気持ちもわかる。おれも、叔父と従兄たちが来る日は城にいるべきなのに、山の呼ぶ声に逆らえず、狩りに出てしまった。

父の狩りが長引かないかぎり、おれたちが夕食に遅れるのは確実だ。でも同罪なら、父の怒りはシアラではなく、おれに向かうだろう。それが、せめてもの救いだ。やがてトンネルは二叉《ふたまた》に分かれた。この夏で、さらに三センチ伸びた身長をうらみながら、おれは身体を丸め、明るくて小さいほうのトンネルに進んだ。奥にドワーフ・ストーンの光が見える。人が通った証拠だ。大きいほうのトンネルは真っ暗だから、たぶんシアラは小さいほうに進んだのだろう。

壁が崩れ落ちてくるような恐怖を振り払いながら、おれは先を急いだ。やがてトンネルは急な上り坂になり、またすぐ急激に下りはじめた。下りきったところで天井に頭をぶつけ、ふと止まって考えた。おれはドワーフじゃないが、下水道が〝水は低いほうに流れる〟という性質を利用したものであることくらいわかる。

この下水道は、川に水を流すためというより、トンネルから水を吐かせるために造られたものらしい。おれは目を閉じ、頭のなかに地図を思い描いた。だが、地図を見たのは何カ月も前だ。目立つ特徴以外は、たいしてよくも見なかった。それに、どうしてそのとき、妹が下水道に迷いこむなんて予想できただろう？

おれは頭をこすって考えた。これは古い城につきものの脱出用トンネルかもしれない。ヒューログ国がドワーフ族との交易で繁栄し、敵の侵入を阻止する必要があったころの名残だ。そういえば、さっきからシアラの存在が〝遠く〟ではなく〝どこか下のほうに〟感じられる……。おれはハッと息をのんだ。

シアラは地下に落ちたのか？　おれは狂ったように手足を動かして前進した。トンネルのどこかに、遠い昔、追っ手をかわすために仕掛けられた落とし戸があったに違いない。ああ、なんてことだ。どうしよう、おれの大事な妹が……。

せまいトンネルのなかで、カエルのように両脚で地面を蹴り、両手で前方を探りながら考えつづけた。〝地下の深い場所……シアラは地下の深い場所に落ちたに違いない〟

急に進むスピードが上がったかと思うと、次の瞬間、まばたきもできなくなった。魔力が周囲に押し寄せて顔の感覚がなくなり、手の下のなめらかな石が赤と緑に光りはじめた。ドワーフ・ストーンの淡い光とは比べものにならないほど明るい。あまりのまぶしさに涙が出て、おれは思わず目を閉じた。光に気を取られて注意力を失った瞬間、トンネルの床がぽっかり消え、おれは落下した。

魔力が消え、気がつくと真っ暗闇のなかでうつぶせに横たわっていた。両手をついて起き上がろうとしたが、まぢかに天井があり、地面から頭を上げるのがやっとだ。両手は身体の下敷きになっている。どんなにもがいても抜けない。パニックになり、せまい石壁のなかでのたうちまわった。ヒステリックな召使女のようにわめいたが、返事はない。

次の瞬間、おれは無駄なあがきをやめた。誰かが声を聞きつけて知らせたら、なおさら父はおれを暗闇に閉じこめておこうとするかもしれない。〝男はあわてるな、泣くな、嘆くな〟が父の教えだ。

でも、おれは泣いた。まばたきして涙をこらえても、鼻水が流れ落ちる。魔力が押し寄せたとき、シアラとのつながりが切れた。もう一度おれはシアラの存在を探った。どうか、おれとシアラをとらえた魔力が同じものでありますように……。でもシアラは、ここよりも低い場所にいる。さっきから動きは止まったままだ。早く見つけなければ……。

ここは、さっきのトンネルよりもはるかに小さい。おれは恐怖を振り払い――というか、なんとか振り払おうとして――、天井の感触を確かめた。思ったとおり、ビクともしない。おれは、どうやってこの硬い天井を通り抜けたのだろう？　足元に何かがあり、後ずさりはできない。だが、ほてった顔に冷たい澄んだ空気が流れてくる。身体の下から手を出せれば、前に進めるはずだ。

一度に両手を引き抜くのは無理なので、深くはさまった左手から始めた。このまま自分の脇腹の下敷きになって、二度と抜けないのではないか？　恐ろしい予感に、おれは何度かパニックを起こし、ようやく治まったときは暗闇のなかで汗だくで震えていた。パニックが治まっても、状況は変わらない。ひたすら片手を引き抜こうともがくだけだ。ようやくわずかな隙間ができて、左肘が胸から肩の下まで動いた。さらに悪戦苦闘をつづけたが、そこから先が、どうしても動かない。

うつぶせのまま、ふっと身体から力を抜いた。全身が汗でびっしょりだ。無駄だと思いながら体重を右側にかけ、左腕を前に出してみる。

すると、意外にも腕はスルリと抜けた。

すかさずその手を頭上に伸ばし、ブラブラさせた。何が起こったんだ？　落ち着いて考え、やっとわかった。力を抜いたので、りきんでいた肩の周囲にゆるみが生じたらしい。左手が抜けた後は、右手も簡単に抜けた。だが、そのころには石の冷たさで身体の芯まで冷えきり、ブルブル震えていた。

おれは寒さをこらえ、両手を前に出し、身体を引き寄せながら少しずつ進みはじめた。

身体を引き寄せるたびに肘から先がゴツゴツした岩肌に当たり、両肩はせまいトンネルの石壁でこすれた。通り抜けるころには、肩幅が数センチせまくなっているかもしれない。足でも必死に地面を蹴った。足が動かせないときは爪先で蹴った。慣れない動きに、やがて足がつりはじめた。できるだけ足を伸ばしたが、身体を曲げることも、手で足を揉むこともできず、痛みで気が狂いそうだ。このまま永遠に這いつづけるのかと気が遠くなりかけたとき、漆黒の闇が薄らいだ。前方に光が見える。

しかし、苦しさは少しも変わらない。希望の光が見えると、かえって今の状況がもどかしく、つらく思える。さらに光が強くなった。もしかしたら、この先は行き止まりで、あれはトンネルを封じる壁に埋めこまれたドワーフ・ストーンの光かもしれない。でも、悲観するのはよそう。トンネルがカーブし、おれは光が床の穴から漏れているのを見た。

頭を穴の縁《ふち》に近づけて、なかをのぞくと、はるか下に巨大な自然洞窟の床が見えた。穴の周囲からズラリと下がる鍾乳石のせいで、シアラが床に倒れているかどうかはわからない。だが、〝シアラは洞窟のなかだ〟と魔力がささやいている。

穴の右縁の岩に二本の鉄釘が打ちこんであり、それぞれに縄が結んであった。一本は三十センチほどの長さで、先が揺れている。もう一本は林立する鍾乳石を通って長く延び、先は見えない。見るからに古そうな縄だ。おれの体重を支えられそうもない。だが、シアラが助けを待っている。おれは手を伸ばして縄をつかみ、身体をトンネルから引き抜いた。せまい石壁から抜け出た瞬間はホッとして、つかのまシアラのことを忘れたほどだ。

もとは縄ばしごの一部だったのだろう。今、はしごの部分はなくなっているが、何もないよりましだ。天井の石の並びから換算すると、縄は床までの距離の三分の二の長さしかない。最後の三メートルをどうやって降りよう……？　だが心配するまもなく、縄はブッリと切れた。

床に落ちた瞬間、おれはヒューログ軍の武術指南役から教えこまれた受け身の体勢でクルリと回転した。それでも落下の衝撃は大きく、一、二度ころがり、欠けた石の出っぱりにぶつかって、ようやく止まった。息が詰まって動けず、どこにいるかを考える余裕もない。しばらくして、ようやく息をつき、立ち上がった。

ぶつかったのは欠けた石筍《せきじゅん》の残骸だった。数百年のあいだに床から天井まで伸びたものらしい。洞窟は巨大で、ヒューログ城の大広間の二倍はある。おれが落ちたトンネルの出口は壁の低い位置にあった。中央部の天井はひときわ高く、城の外壁の高さくらいはありそうだ。いたるところにドワーフ・ストーンがあり、下水道にあったものよりも明るく光っている。昼間の城内よりも明るい。

床には誰もいなかった。シアラの姿はどこにもない。でも、近くにいるのは、たしかだ。

「おい、チビ！　どこだ？」

おれが呼びかけると、いきなり小柄な人影が駆け寄り、頭からおれの脇腹に突進してきた。シアラだ。おれは妹の腰に腕をまわし、二回転させて床に立たせ、肩を揺さぶった。

「死ぬほど心配したぞ、チビ！　下水道に入るなんて、どういうつもりだ？」

背中に垂らした淡い金色の長い髪が、泥まみれでもつれている。おれのとよく似た上衣にズボンをはき、足は裸足だ。哀れな姿だが、おれはだまされない。哀れに見えるからといって、反省しているとはかぎらない。

「おいで、チビ」おれは、あきらめ混じりに呼びかけた。「出口を探そう」

シアラを見つけた喜びで忘れていたが、出口が見つからなければ、助けにきた意味がない。いま来た道を戻るのは無理だ。これだけドワーフ・ストーンがあるところを見ると、何かのための部屋だったに違いない。必ず出口があるはずだ。

洞窟内は明るく、かつては広々としていたのだろう。長いあいだ自然にまかせたままらしく、壊れた巨大な鍾乳石の残骸が散乱しており、なんのための部屋かはわからない。宝物の保管場所だったのかもしれないが、それらしきものは何もない。部屋の中央部は一段と天井が高く、鍾乳石と破片の量も多い。めったに靴をはかないシアラの足の裏は硬くて蹄《ひづめ》のようだ。それでも、破片が多い場所を通るときは抱え上げてやった。破片の山を踏み越えた瞬間、その下にあるものを見て、おれは息をのんだ。

昔からヒューログ城には、ドワーフ族との交易で得た宝石や貴金属の隠し財宝があると言われていた。たしかに〝宝〟には違いない。でも、こんな〝宝〟は見たくなかった。シアラのことも忘れて、おれは鍾乳石をすべりおり、〝宝〟に近づいた。

それは、おれの背丈ほどもあるドラゴンの頭蓋骨だった。鉄の口輪《くちわ》に、鉄の足枷《あしかせ》。翼の細い骨にも四つの枷がはまっている。いったい誰がこんなことを？　ドラゴンの肉体に鉄を突き刺し、翼に枷をはめるなんて――邪悪に生まれついた先祖の誰かの仕業としか思えない。

「なんてひどいことを！」

どんなにののしっても、その人間には聞こえない。すでに遠い過去の出来事だ。うなり声は洞窟の壁にこだまし、むなしく返ってきた。おれはまばたきして、あふれる涙を振り払った。

〝お人好し〟――父は怒ると、おれをこう呼ぶ。愚鈍さよりも、優しい性格が許せないらしい。〝ヒューログで優しい男は生き残れない。本人だけでなく、まわりの人間も命を落とす〟――父の口ぐせだ。たぶん、そうなのだろう。でも、涙は抑えきれない。せめて頬を流れないように、おれはグッと目を見開いた。

いまやドラゴンは――一頭も――いない。ドワーフ族は、ヒューログの山々に生きるドラゴンを見るために交易品をたずさえてやってきた。かつてヒューログに、五王国じゅうでもっとも豊かな時代があったのはドラゴンのおかげだ。

ヒューログはドラゴン最後の生息地だった。ドラゴンがいなくなってドワーフ族は来なくなり、ドラゴンが死にはじめてから、ヒューログの土地も死にはじめた。ドラゴンは嘆きながら死んでいったと、古い物語は伝えている。後に残ったのは記憶と、ドラゴンをかたどったヒューログ城の棟飾り《むねかざ》りだけだ。それ以外に、ドラゴンが生きた世界とヒューログの栄華を伝えるものは何もない。

わが一族は古くからドラゴン族の守護者だった。先祖は命がけでドラゴンを守り、初代国王から、この役職を与えられた。神々が与えた職務だと伝える昔話もある。〝ヒューログ城主《メーテン》〟とは、シャビグ国の古語で〝ドラゴンの番人〟という意味だ。

生まれてからずっと、おれはヒューログの栄光にあこがれてきた。子供のころは歴代のヒューログ城主《メーテン》のなかでもっとも名高いセレグになりきり、海洋民族の襲撃からヒューログを守る英雄を演じて遊んだものだ。トステンとシアラしかいないときは、古い竪琴《たてごと》を膝にのせ、ドラゴンの歌や、馬の頭ほどもある宝石を運ぶドワーフ族の歌を口ずさんだ。

それなのに、まさかヒューログ城の奥深くに、先祖の誰かがヒューログの栄光と誇りを裏切った証拠が隠されていたとは……。おれは黒い鉄の口輪がはまった頭蓋骨をなで、ヒューログが代々つかえてきた生き物の前にひざまずいた。

「美しいドラゴンでした」

背後で、高く優しい声がした。ハッとして頭を上げると、おれよりも、ひとつふたつ若い少年が立っていた。初めて見る顔だ。ヒューログ城の地下で見知らぬ人間に会うなんて……。

並んで立ったら、おれの肩までの背丈しかないだろう――もっとも、たいていの大人がそうだ。ヒューログでおれより背が高いのは父しかいない。黒い髪に、淡い紫がかった青い目。顔の輪郭はタカのように鋭く、おれと違って貴族のような品《ひん》がある。

少年は両腕で身体を抱き、おれを見つめた。物音やかけ声に反応していつでも駆けだせる血統のいい馬のような雰囲気だ。隣に座るシアラは少年を気にする様子もなく、飼い犬の頭をなでるように、ぼんやりとドラゴンの頭をさすっている。おれは少年とシアラのあいだに身体を移動させた。

「銀色の瞳とドラゴンの歌に、男たちは胸を震わせました。あんなことをするべきではありませんでした。あれだけ忠告したのに……」と、少年。思い詰めたような声が少し震えている。

おれは少年を見かえした。おれは今、とびきりまぬけな表情を浮かべているに違いない。父が見たら、気も狂わんばかりに怒るだろう。だが、頭のなかでは考えをめぐらしていた。ヒューログ城の地下で出会った見知らぬ少年……ドラゴンは七、八世代前に死に絶えたのに、少年はドラゴンに枷をはめた人物に忠告した……？

そうか——わかったぞ。

大きな痛々しい瞳でおれを見つめる少年は、一族の守護霊《ファミリー・ゴースト》だ。よその人間は知らなくても、ヒューログ城の人間なら誰でも知っている。おれの一族で不思議な経験をしたのは、一人や二人じゃない。

守護霊に好かれたら、何かと助けてもらえる。たとえば母さんの侍女の編み針は、たったいま別の場所で見かけたのに、侍女が探すといつのまにかちゃんと袋のなかに入っている。でも嫌われたら……たとえばベックラムとエルドリックの母親はシアラを叩いて以来、一度もヒューログ城を訪れていない。

身近に守護霊を見た者はいないが、見た人の話は何度も聞いた。もっとたくましい姿を想像していたのに、まさかこんな少年だとは……。まるで、しょっちゅう飼い主に叩かれておびえる犬のようだ。もっとも、そのへんの犬じゃない。れっきとしたヒューログ犬だ。顔立ちは、おれよりも上品だが、頬骨の形には似たところがある。肌の色を除けば、弟のトステンにそっくりだ。目もトステンやシアラと同じ青色で、いかにもヒューログ城主《メーテン》の一族らしい。

少年は目隠しをはずされたハヤブサのように神経をとがらせ、おれの反応を待った。

「これは冒とくだ」

おれは慎重に答え、壊れそうな象牙色のドラゴンの骨に触れた。そのとたん、指先から魔力が押し寄せ、思わず息をのんだ。

「ドラゴンの魔力です」と、少年。優しい声に、おれの首筋の毛が逆立った。「ドラゴンの自由を奪えば、魔力が手に入る――その誘惑に逆らえますか？　あなた様は――力は弱いけど――魔法使いです、ワードウィック様。ドラゴンの魔力が、どんなに大きいかわかるでしょう？　この魔力があれば、人民は糧《かて》を、ヒューログは富と権力を得ることができる。もし、飢えた人民をドラゴンの魔力で救えるとしたら、あなた様はどうしますか？」

脈打つような強い魔力に捕らわれ、おれは無言で少年の目を見つめた。なんと答えればいいんだろう？　シアラに腕をつかまれたが、おれは少年を見つめつづけた。少年の目にあるのは絶望と恐怖だ。まるでキツネににらまれて動けなくなった野ウサギの目。人の目にこんな表情が浮かぶのを見たのは初めてだ。

少年はじっと待っている。

「おれにこんなことはできない」

ようやくおれは答えた。

少年は視線をそらし、おれは頭蓋骨から指を離した。どんな答えを待っていたのかはわからないが、期待した答えではなかったらしい。

「単純な人間にしては達者な答えです」と、少年。あざけりではなく、悲しげな口調だ。

「これがどんなにバカげた行為かは、言われなくてもわかる」おれは手を伸ばし、分厚い鉄の口輪と鉤《かぎ》つきの丸環《アイフック》――おれの握りこぶしを泥にねじこんでできる穴より大きい――をつなぐ鎖をつかんだ。「だが、追いこまれた人間は、つねに過《あやま》ちを犯す」

おそらく少年は消えたか、姿を隠してしまっただろう――そう思いながら、おれは振り向いた。だが、少年は元の場所にいた。なおも目には恐怖を浮かべている。さっき、おれを捕らえたのは――ドラゴンの骨の魔力でなかったとすれば――少年の魔力だったのだろう。そして少年は、おれより何百歳も年上らしい。魔力も年齢も上なのに、おれには少年がかわいそうに思えた。おびえる気持ちは、誰よりもよくわかる。

子供のころ、おれも父が怖かった。

「差し上げたいものがあります、ワードウィック様」と、少年。口元をこわばらせ、関節が白くなるほど握りしめた片手を差し出した。

少年をおびえさせないように、ひざまずいたまま少年のこぶしの下に手を差し出すと、少年はおれの手のひらにポトンと指輪を落とした。なめらかに使いこんだ飾りのない指輪で、ところどころに装飾的なへこみがある。素材は金よりも硬いプラチナだ。銀ではない。おれにはわかる。これは父の指輪だ。

「ぼくはオレグ」と、少年。指輪がおれの手に落ちるのを見て言った。「あなた様がヒューログに仕えるように、ぼくはあなた様に仕えます」

あらたまった口ぶりから、父づきの魔法使いが特別なときに見せるような稲妻でも走るのかと思ったが、何も起こらない。金属の冷たさを感じただけだ。

「これは父の指輪だ」

「いまは、あなた様のものです」と、オレグ。「お父上があなた様に譲られました」

おれは眉をひそめた。

「なぜ父が直接、渡さないんだろう？」

「こうするのが、しきたりなのです」と、オレグ。すばやく天井を見あげた。「さあ、ワードウィック様、みなが捜しています。ついてきてください」

おれは指輪を握りしめ、オレグの後につづいた。壁にぽっかり穴が開いている。洞窟内を調べたときは、気づかなかった。後ろからシアラもピッタリついてくる。穴をくぐり、細長い通路を進んだ。あちこち曲がりくねって、どの方角に向かっているのかわからない。両脇の壁が、どこで岩から石壁に変わったのかもわからなかった。

やがてオレグは足を止め、どれも同じに見える石のひとつを押した。人が一人通れる幅だけ壁が扉のように開き、その奥におれの部屋が見える。おれは呆気にとられて、通路から足を踏み出した。おれはたしかに地下の下水道に入り、ドラゴンの骨がある洞窟に落ちた。オレグが案内した通路は——祖父の墓に誓って——まったく平坦だった。それなのに、どうやって城の三階にあるおれの部屋にたどり着いたんだろう？

背後で通路の扉が閉まる音がして振り向くと、オレグはいなかった。どうなっているんだ？　魔法か？　でも、ここに来るまで一度も魔力の流れは感じなかった。

背後で部屋の扉が開き、シアラは驚いて寝台の下にもぐりこんだ。

「ワードウィック！」

双子の従兄の父親であるデューロー叔父が、いきなり部屋に入ってきた。父に似て叔父も大男だが、おれほどではない。若いころに名を上げたデューロー叔父はタルベン国の跡取り娘と結婚し、父よりも高い地位を手にした。叔父の領地であるイフタハールはヒューログよりも広くて豊かだ。だが、いまも一年の大半をヒューログで過ごす。〝血は争えぬ。ヒューログ城主《メーテン》一族の人間は、この土地から離れられない〟——父の口ぐせだ。

めったに叔父は、おれに近づかない。部屋の場所も知らなかったはずだ。

「デューロー叔父さん、どうしたんですか？」

おれはゆっくりと、まぬけな口調でたずねた。わざとではない。すぐに言葉が出てこないから、まぬけに見せようとしなくても、まわりには、そう見える。

叔父は、おれの頭から爪先までながめまわすと、泥と血の痕に目をとめ、鼻に手をやった。おれは感じないが、まだ下水道のにおいがするのだろう。

「息子たちから、おまえが下水道に入ったと聞いたときは冗談かと思ったが……まるで十歳の子供だな。すぐ大広間に来い——ただし服は着替えてくるんだぞ」

ふと見ると、まだ叔父は生々しい血痕のついた狩り装束《しょうぞく》のままだ。叔父は今朝、父の仲間たちと一緒に狩りに出かけた。

おれはオレグからもらった指輪をさりげなく右の中指にはめ、「狩りはどうでしたか？」とたずねながらシャツを脱いだ。洞窟の壁で肩をこすったときの血が乾いて、なかなか脱げない。

おれは脇テーブルの上の水が入ったたらいの横からタオルを取った。

「最悪だ」と、叔父。ぶっきらぼうな口調だ。「おまえの父さんが落馬した。ヒューログ城主《メーテン》が危篤だ」

おれは手にしたタオルを落とし、叔父を見つめた。

叔父も、おれを見つめた。ショックで自分の顔が青ざめるのがわかる。いつもは、めったに感情を顔に出さないが、今回ばかりは取りつくろう余裕もなかった。叔父はきびすを返し、扉を閉めて出ていった。

シアラが寝台から出てきて、おれをきつく抱きしめた。悲しみではなく、心配そうな表情を浮かべている。なぜ、おれを心配する？　おれは父が嫌いなのに……。

「大丈夫だよ、チビ」おれはシアラを抱きしめた。「侍女を捜そう。おまえも着替えるんだ」

さいわい侍女はシアラの部屋で服をつくろっていた。汚れた姿を見て眉をひそめる侍女にシアラをあずけ、おれは部屋に駆け戻った。服を脱いでサッと身体をこすり、正式な宮廷服に着替えた。シャツの袖が短く、痛む肩には窮屈だが、しかたない。

扉を開けると、シアラが待っていた。身体を洗い、きちんとした服に着替えている。こんな格好をすれば、立派な十六歳の娘だ。十二歳の子供には見えない。華奢な身体つきと、きれいな顔立ちは母似でも、胸には父譲りの激しい気性を秘めている。父と違うのは、その激しさが純粋なことだ。シアラには生来の優しさがある。

「よしよし」おれは、もう一度シアラを抱きしめ、心を落ち着けた。「わかってるよ、チビ。一緒に行こう」

シアラはうなずき、袖でサッと涙を拭きながら一歩うしろに下がると、大きく息を吸って鼻にしわを寄せた。シアラのほうが念入りに身体を洗ったようだ。シアラは気取って片手を差し出した。これから階下の大広間で悲しい場面に立ち会わなければならないと知りながら、おれは笑みを浮かべて腕を差し出した。シアラはおれの腕を取ると、他人や嫌いな人の前に出るときに見せるツンとした態度で階段を降りはじめた。

暖炉の前に急ごしらえの寝台が置かれ、かたわらに母がひざまずいていた。青ざめた、静かな表情だが、さっきまで泣いていたようだ。父は涙を嫌う。

武術指南役のスタラは狩り装束のまま、片手に鎧《よろい》を持ち、もう片方の手を母の肩に置いていた。スタラ叔母は母の異母妹で、母の輿入《こしい》れのときに一緒にやってきた。父が自慢するとおり、母が生家から連れてきたなかで、誰よりも価値ある人物だった。父さんのヒューログ城主《メーテン》在任中にヒューログ軍――〈青の防衛軍〉――が名を上げたのはスタラ叔母のおかげだ。

叔母は国王軍で軍事訓練を積み、女性だと気づかれないまま二期にわたる兵役を終えた優秀な軍人だ。だが、生家に戻った叔母を雇い入れる将軍は現われず、母が嫁入りする際、父から武術指南役になるよう誘われて一緒にヒューログにやってきた。母と同じ濃い栗色だったスタラ叔母の髪も、いまは銀灰色だ。とはいえ接近戦を除けば、叔母はあらゆる格闘技で父よりも強い。

目が合ったとき、叔母は悲しみの表情を浮かべていたが、目は鋭かった。おれをチラリと見ると、すぐに視線をそらし、父づきの魔法使いが狂ったように羊皮紙にペンを走らせる様子を見つめた。

おれは父が見えるようにシアラを近くに引き寄せた。父の顔は青ざめ、血のついた毛布におおわれた身体はピクリとも動かない。シアラと同じように、つねに父は尽きないエネルギーに満ちていた。いま生気が感じられるのは目だけだ。行き場のない怒りに満ちた目でおれをにらみ、おれの右手にはまった銀色の指輪を見て、さらに怒りをつのらせた。本当に父さんはオレグに指輪を託したんだろうか？　それとも勝手にオレグが取ったのか？

おれはスタラ叔母の肩に手を置いてたずねた。

「何があったんです？」

家族のなかでスタラ叔母だけは、おれをバカ扱いしない。おれが人並みに剣を扱えるからだ。

「いつもよりスタイジャンの機嫌が悪かったの」と、叔母。おれを見あげ、憎々しげに馬の名前を呼んだ。父の雄馬スタイジャンは、体力と脚力は超一流だが、気性が荒い。叔母は〝スタイジャンのような馬に乗るのは、欠けた剣で戦うようなもの――ここぞというときに必ず折れる〟と言って、ずっと反対していた。「ヒューログ城主《メーテン》は倒木の上に振り落とされたの。外傷は大したことないけど、内臓をやられたようね。まだ息があるのが不思議なくらいよ」

「父と同じように、わしも家で死ねる」と、父。おれを見て、うめくような声を出した。

父が、こんなに年老いて見えたのは初めてだ。母より年上なのに、ふだんは父のほうが二十歳は若く見えた。だが、今日の父は年老いて、そばにいる母がシアラと同じくらい若く見える。

「これをでくのぼうに譲るのは無念だが……」と、父。「誓いを聞かずに死ぬのは、もっと耐えられん。おまえが死ぬときは、わしが与えたものを跡継ぎに譲ると――誓え」ととぎれとぎれだが、力強い口調だ。

指輪のことを言っているらしい。

「はい、誓います」

おれは指輪をこすりながら答えた。

父は短くうなずいたが、まだ心残りがあるようだ。

「よし。まだか、リクレング？」

「終わりました、ご主人様」と、魔法使いのリクレング。インクを乾かすために羊皮紙の上に広げた砂を、振り落としながら父に近づいた。

死の床《とこ》にあっても、意識はたしかだ。父は羊皮紙の文面を読むと、手ぶりで羽根ペンを要求し、血痕が残る手で署名した。手が震え、書いた字はほとんど読めない。

「ヒューログをまかせるには、おまえは若すぎる。腰抜けで、頭も足らん」と、父。「腰抜けを叩きなおそうとしたが、無理だった──その頭もな」

〝頭が悪いのはあなたのせいだ〟──おれは心のなかでつぶやいた。十二歳のとき、父から失神するまでなぐられた。気がついたとき、おれは変わった。でも、バカになったという意味じゃない。

父は二、三度、苦しげに息を吸い、言葉をつづけた。

「ムエレンではなく、スタラと結婚すべきだった。だが、若いころは見栄《みえ》がある」

母は父の言葉に傷ついた様子もなかった。母は聞きたいことしか聞かない。

「たとえスタラの父親が貴族でも、ヒューログ城主《メーテン》が農婦の産んだ娘と結婚などできん。

スタラが母親だったら、おまえのような腰抜けは生まれなかっただろう。おまえが二十一歳の誕生日を迎えるまで、デューローにヒューログをまかせる——そのときが来たら、シファーン神の狼たちよ、哀れなヒューログを解放したまえ」

父は年老いた魔法使いリクレングに羊皮紙を押しつけると、激しい痛みに羽根ペンを握りつぶした。それとも、頭の足りない長男、家出した次男、口がきけない娘しか与えられなかった運命に怒りを覚えたのか……。

おれは目の前のことで頭がいっぱいで将来を案じる余裕もなく、〝わかった〟というしるしにコクリとうなずいた。

父は激しい痛みをこらえながら、ニヤリと笑った。

「おまえに残してやれるのはスタイジャンだけだ。デューローに譲ったらスタイジャンは殺される。おまえの手に負えなければ、種馬にするがいい」

スタラ叔母が鼻を鳴らした。

「そんなに、あの気性を受け継がせたいのですか？　少なくとも、あなたの気性は子供に受け継がれなかったようですけど」

叔母は父が嫌いなのだろうか？　それとも父の憎まれ口に、やり返しただけか？　どっちにしろ——誰も知らないが——この二人が数年間、愛人関係にあったことはたしかだ。

「デューロー？」

父はスタラ叔母を追い払うように右手を振り、叔父の名を呼んだ。

叔父のデューローが、シアラのいる場所に割りこむように近づいた。おれは叔父がシアラを押しのける前に、あいだに立ちはだかった。重さ九十キロの男を押しのけるのは、楽じゃないはずだ。

叔父は、いまいましげに片眉を吊り上げて寝台の反対側にまわり、母の前に身体を割りこませた。

「ここです、フェン兄さん」

「ヒューログを頼む」と、父。

「わかりました」

「よし」父はため息をついた。「デューロー、ワードウィックの跡継ぎはトステンだ。どこにいようと、必ず捜し出せ」

「トステンの居場所はわかります」

おれは思わず口をはさんだ。言ってしまってから後悔したが、我慢できなかった。今を逃したら、父はおれを誤解したまま死んでしまう。

父は驚いておれを見つめた。二年前にトステンが家出したとき、父は血が出るまでおれをなぐり、知っていることは全部、白状させたと思いこんだ。誰もが、おれに嘘をつくだけの知恵はないと思ったのだから当然だ。

「どこだ？」

父の問いに、おれは首を横に振った。

叔父にトステンの居場所が知れたら、弟は無理やり家に連れ戻されるだろう。トステンがそれを望むとは思えない。トステンは十五歳の秋の夜、手首を切った。偶然、通りかかったおれは〝ヒューログを離れたければ別の方法がある〟と自殺を踏みとどまらせた。

「トステンは無事です」

そうであってほしいと願いながら、おれは答えた。

またしても父はため息をついて目を閉じた。次の瞬間、空気を求めるかのように目を見開き、息を引き取った。父の人生で初めての敗北だ。

母は不気味な旋律を口ずさみながら立ち上がると、しばらく父の亡骸《なきがら》を見つめ、背を向けて部屋を出ていった。

おれは敗北と裏切りを感じた。多大な努力と時間をかけて、ようやく試合に勝ったのに、おれの勝ちを知らないまま敵が闘技場から去ったような気分だ。でも今さら悔やんでもしかたがない。

シアラがギュッとおれの腕を握り、頬を押しつけた。顔は無表情だ。おれは、いつものようにぼんやりした牛のような表情を浮かべた。母譲りの茶色の目が、いっそうおれの顔をのろまに見せる。

デューロー叔父が、おれをじっと見つめてたずねた。

「何が起こったかわかるか？」

「ヒューログ城主《メーテン》が亡くなりました」と、おれ。

「おまえが新しいヒューログ城主《メーテン》だ。だが、これから二年間は、わしが代理を務める」

叔父は一瞬、目を伏せた。ヒューログふうのいかつい表情の下に悲しみと興奮が見える。

デューロー叔父もヒューログをほしがっていた。

「おれは父さんの馬をもらいます」おれは思いつくかぎり一番まの抜けた言葉を返した。

「これから見てきます」

「先に服を着替えろ」と、叔父。「戻るころには、母上と弔《とむら》いの段取りを決めておく。葬儀にはトステンも呼び寄せなければならん」

〝トステンを呼ぶのは、おれの葬儀のときでいい〟――おれは心のなかでつぶやき、とりあえずうなずいた。

「わかりました」

おれはシアラが腕にしがみついているのを忘れたふりをして振り向いた。シアラはよろけながら、後をついてくる。おれはシアラを抱え上げてわきの下にはさみ、急いで階段を登った。こんなふざけっこをするには大人になりすぎたが、おれたちは楽しんでいた。それに、おれの強さを父――いや、叔父に見せつけておかなければならない。〝これも駆引きのうちだ〟――おれは思った。〝これも作戦だ〟

こうして、おれの敵は父から叔父に変わった。

2　ワードウィック

父のことが頭から離れない。埋葬が終わったのに、気がつくと肩ごしに父の姿を探している。

馬房から父の馬を引いてきた馬丁たちは、みな沈痛な面持ちだった。馬も気が高ぶっているようだ。

「馬は、狩りの一団が戻られる少し前に帰ってきました、ご主人様」と、馬丁頭《ばていがしら》のペンロッド。

ペンロッドは、母の嫁入りのときにヒューログにやってきたタルベン国の平地人だ。父が二十年前に国王のために戦ったときは〈青の防衛軍〉の兵として参戦し、前任の馬丁頭が死んだ後、今の地位についた。ほかの頭《かしら》たちと違い、つねにペンロッドは、父に対するときと同じように敬意を持っておれに接する。

「鞍《くら》についた血は、おおかた落としましたが……」ペンロッドが言った。「スタイジャンは血のにおいに興奮しておるようです」

おれは、いななき暴れるスタイジャンを見ながら、小柄なシアラのすばしこい影が近づくのを待った。ペンロッドは、まだ言いたいことがあるらしい。

「殺すには惜しい馬です、ご主人様」ペンロッドはつづけた。「スタイジャンの父馬は、交易で手に入れた純血種でしたが、早死にしました――お父上が盗賊狩りの際にお乗りになって……。そのため、仔は二頭しかおりません。一頭は、誰もその血統に気づかないうちに去勢されました。ヒューログ城主《メーテン》は……」ペンロッドは言いよどんだ。いまは――少なくとも形式上は――おれがヒューログ城主《メーテン》であることを思い出したのだろう。「お父上はスタイジャンの種付けをしぶっておられました。ただでさえ荒い気性が、ますます手に負えなくなると考えられたのでしょう。スタイジャンを殺せば……」自分の傑作を壊されまいと哀願する芸術家のような口調だ。

「殺す？」おれは初めて聞いたかのようにたずねた。「なぜ、おれがそんなバカげたことを？」

ペンロッドが言葉を失うのを見て、おれは心のなかで笑った。

「わかりません、ご主人様。しかし、叔父上が――いましがた、おいでになって……それが一番いいとお考えのようでした」

そして叔父は、ペンロッドにおれを説得させようと思ったに違いない。普通の馬丁頭なら、スタイジャンのような暴れ馬は一刻も早く手放したいと思うだろう。だが、叔父の読みははずれた。ペンロッドは馬の目利きで、かつ一流の乗り手だ。スタイジャンの気性が荒いのは、人間に手荒くあつかわれたせいだと知っている。〃スタイジャンを殺す〃と聞いて、胸もはりさけんばかりなのだろう。

「殺すつもりはない」おれは首を横に振り、はっきりと叔父の意見をしりぞけた。

父は無類の馬の名手で、札《ふだ》つきの暴れ馬からも振り落とされず、意のままにあやつった。徹底的に馬の気力を叩きのめし、さほど乗馬の腕がない者でも乗れるまでにおとなしくさせるのが、父のやりかただ。いったん服従させると、次の馬に乗り換える。だが、スタイジャンはそうはいかなかった。スタイジャンは四年間、父に抵抗しつづけ、ついに今日、勝利を手にした。

おれがスタイジャンを調べるあいだ、三人の馬丁は小声で毒づきながら馬を押さえた。端綱《はづな》をつけていても、ひと苦労だ。さかりのついた雄馬をおとなしくさせるための端綱で、数カ所に先の丸い鉄の鋲《びょう》がついており、馬が抵抗したら、鋲が当たって痛みを与える。鼻のまわりには、いざというときに呼吸をふさぎ、失神させるための鎖が巻いてあった。

大型馬のスタイジャンは動きが鈍く見えるが、実際は違う。前進するときよりも、方向を変えるとき（そして背を曲げて乗り手を振り落とすとき）が、とくに機敏だ。もちろん、足も速い。ふつう、大型馬は持久力に欠けるが、父はほかの乗り手が途中で馬を乗り換えるあいだもスタイジャンに乗りつづけ、決して遅れなかった。全身が黒毛で、腹と脇腹が少し灰色がかっており、鼻はさび茶色だ。長年、鞭《むち》と拍車を入れられたせいで、脇腹のあたりと胴の数カ所に色の抜けた部分がある。

「お乗りになりたければ、ここに馬具と鞍がございます、ご主人様」と、ペンロッド。おれがスタイジャンを殺さないと知ってホッとし、いつものていねいな態度に戻った。「しかし、いまは外に出すだけのほうがよいかもしれません」ペンロッドは咳払《せきばら》いした。「そろそろスタイジャンに雌馬を与えてはどうかと申し上げたのですが、叔父上は、〝自分がヒューログを治めるあいだは認めない――あの気性を受け継がせるべきではない〟とおっしゃいました」

「じゃあ、種付けは無理だな」おれは残念そうに答えた。

ペンロッドの礼儀正しい表情を見れば、叔父よりも賢い人間なら誰でも、〝この男は自分の味方だ〟と思いこむ。父も、その一人だった。デューロー叔父は、ペンロッドにおれを説得させ、スタイジャンを殺そうと思ったのだろう。叔父は人を見る目がない。おれには好都合だ。もし叔父がこれから二年間、うまくヒューログを治め、城じゅうの人間から支持されたら、おれにヒューログ城主《メーテン》の地位を返さないかもしれない。

いまのうちに信用できる男たちを味方につけておいても損はない。すでにペンロッドは、おれの味方だ。おれの人間性を見こまれたわけじゃない。おれが単にペンロッドの願いを聞き入れたからだ。それでもかまわない。ペンロッドは賢い男だ。そうでなければ、あれほど考えかたの違う父のそばで馬丁頭を務められたはずがない。

「馬房を替えたほうがいいな」しばらくしておれは言った。「スタイジャンの馬房は暗くて、せまい。おれはせまい場所が嫌いだ。スタイジャンもそうに違いない」今日、下水道のなかで確信した。

馬丁も馬も疲れている。とくにスタイジャンは走りづめだった。今日の働きに感謝しなければならない。でも、それほどうれしくないのはなぜだろう？

「スタイジャンの身体が収まる馬房は、あれしかありません」と、ペンロッド。おれが知らないかのような口調だ。

「古い馬小屋のそばに種馬用の広い放牧地がある。くれぐれも脇扉《わきとびら》の鍵《かぎ》はかけておいてくれ」おれは念のために言い添えた。

ペンロッドはスタイジャンを見て立ち尽くし、やがておれを見つめた。種馬用の放牧地は自由交配のための場所で、雌馬の放牧地とは柵《さく》で仕切られている。うっかり脇扉の鍵をかけ忘れたら（故意の場合もあるが）、スタイジャンは手当たりしだいに繁殖期の雌馬に挑みかかるだろう。

ペンロッドは意味を理解したようだ。このまま立ち去ってもよかった。だが、おれにはペンロッドが必要だ。二年のあいだに、どれだけ叔父が味方を増やすかわからない。ときが来たら、ヒューログの人々が叔父ではなく、おれにしたがうよう、地固めしておかなければならない。ペンロッドには、おれが見た目よりも賢い人間だと教えておこう。

おれはペンロッドにウインクした。

またしてもペンロッドは身体をこわばらせ、呆然とスタイジャンからおれに視線を移した。いままでの印象を瞬時に変えるのは難しい。だが、すでにペンロッドはスタイジャンのことで、おれを信用しはじめている。またしてもペンロッドはスタイジャンを見つめた。

「放牧地に出してやります。ご主人様と同じように、こいつも小さくてせまい場所がイヤなんでしょう」優しい声が喜びで張りつめ、震えている。

「暗いのも嫌いだ」おれはつぶやいた。

「わかりました」と、ペンロッド。かすかに笑った。

ペンロッドは叔父に背《そむ》き、おれの命令にしたがった。これでペンロッドは、おれのものだ。ペンロッドを味方にすれば、馬丁たち全員を味方につけたも同然である。いずれ、おれがうすのろじゃないことが知れわたるだろう。でも、今までのように〝うすのろ〟が武器になるとは思えない。戦いの場は変わりつつある。

おれは父の馬に向かって顔をしかめた。

「スタイジャンという名前は言いにくいな」

おれは名案を思いついた。母の庭にスタイジャンの毛色に似た色の花がある。父が聞いたら、なんと言うだろうと思うと笑いがこみあげ、こらえるのに苦労した。

「これから、こいつをパンジーと呼ぼう」おれは優しい口調で言った。

シアラはおれを引っ張って振り向かせた。疑うような表情を浮かべている。言葉がなくても、言いたいことは明らかだ。

「母さんの庭に、この馬の毛と同じ色の花がある。母さんが花の名前を教えてくれた」

「パンジー……」ペンロッドがくり返す。ぎごちない口調だ。純血種の馬と〝パンジー〟

の組み合わせにとまどっているのだろう。やがてペンロッドはニッコリ笑い、こわばった表情でスタイジャンを押さえる三人の馬丁に向かってうなずいた。「パンジーという名の馬を恐れる者はいないでしょう」

おれはうなずき、三人の馬丁に呼びかけた。

「囲いにパンジーを入れて端綱をはずせ」おれはペンロッドを振り返った。「長い鞭を持ってきてくれ。仔馬を訓練するときに使うようなやつだ。それから、銅の鍋を五、六個。誰かを厨房に取りにいかせるがいい。それと、からの穀物袋をひとつ」

これまでずっとスタイジャン――いや、パンジーをどうにかしてやりたいと思っていた。もう待つ必要はない。父は冷たい土のなかだ。馬を取り返しにくることはない。苦い感情が胸にこみあげ、おれは口をゆがめて払いのけた。父の死を嘆きはしない。嘆くものか。嘆く代わりに、今日の午後は、父の馬をおれの馬にしてみせる。

円形の訓練場に入れられたスタイジャンは、できるだけおれから離れようとした。まあ、いい。四年かけて手なずけられなかった馬が、半日や数日でおとなしくなるはずがない。だが運がよければ、きっかけがつかめるかもしれない。

おれは音を立てないように、注意深く鍋の入った袋を片手に持ち、おれの背丈の二倍の長さがある長い鞭を反対の手に持った。長さの半分は棒で、棒の先から鞭縄《むちなわ》がぶらさがっている。

「行くぞ」

おれは訓練場の真ん中に立って軽い口調で呼びかけ、鞭を振るった。スタイジャンはおれに蹴りを入れようと全速力で向かってくる。

おれは、せまい囲いのなかを何度も走らせた。スタイジャンは、いつもの訓練が始まったと思ったに違いない。父の馬はみな、この訓練場で〝歩け〟とか〝止まれ〟といった簡単な命令を教えこまれる。だが、おれのやりかたは違う。

スタイジャンは全速力から速度を落とし、ゆるい駆け足になった。同じことの繰り返しに飽きたからではない。歩幅の大きい馬が、せまい囲いのなかを全速力で走るのは骨が折れるからだ。

「行くぞ」

ふたたびおれは呼びかけ、スタイジャンの顔の前で鞭を振るった。若い馬なら、ひるんで向きを変え、おれから逃げだすところだが、スタイジャンは鞭を恐れない。耳を倒し、後ろ脚で立っておれを威嚇した。おれが鞭をやめなければ、いつでも突進する構えだ。

鞭で叩き、追い払うこともできた。だが、スタイジャンは鞭の痛みを知り尽くしている。ここで痛めつけても、なんのためにもならない。おれは鍋の入った袋を振り、叫びながらグングンとスタイジャンに近づき、鞭の硬い握りの部分で袋をガンガン叩いた。料理人が厨房でかんしゃくを起こしたかのような、けたたましい音だ。

驚いたのはスタイジャンだ。クルリと背を向けると、狼の一団に追われるかのように反対側に向かって駆けだした。ぴょんぴょん跳ねまわりながら、ぐるぐると囲いのなかを逃げまわるが、身体が大きいので小まわりがきかない。四周目になるころには、胸と脇腹に泡が噴き出し、ついにスタイジャンは頭を下げて、おれを見つめた。挑むような目ではなく、もうやめてくれと懇願する目だ。

おれは鞭を引き上げた。

「止まれ」

スタイジャンは訓練されたとおりに止まったが、まだ後ろ半身をこちらに向けている。おれは鞭を振り、ふたたびスタイジャンを走らせた。もういちど頭を下げるまでだ。ようやくスタイジャンは足を止め、正面からおれを見つめた。今日は、これくらいにしておこう。

「いい子だ」おれは鞭と袋を地面に降ろしてスタイジャンに近づき、汗で濡れた肩を優しく叩いた。「これから、おまえをパンジーにしてやる。いいな?」

スタイジャンは全身で激しく息をした。心身ともにクタクタで、おれが誰かもわからないようだ。なんの要求もない、ぼんやりした目でおれを見つめている。スタイジャンを荒い馬にしたのは怒りではなく、恐怖だ。誰もが乗れる馬になるかどうかはわからないが、いまにきっと、おれを信頼するようになるだろう。

おれは鋲つきの端綱ではなく、普通の端綱をはめた。スタイジャンは長いあいだ痛めつけられ、すっかり人を信用しなくなった。いまさら、その気性の荒さを責めるのは勝手すぎる。明日には、今日の成果が現われるはずだ。おれは一度もスタイジャンに痛みを与えなかった。いずれ年老いて走れなくなったとき、スタイジャンはそのことを思い出すだろう。

スタイジャンがピクリと耳を動かした。振り向くと、隣にシアラが立っていた。よほどの理由がないかぎり、シアラはスタイジャンのような暴れ馬には近づかない。何かを知らせにきたのだろう。思ったとおり、柵のそばに叔父が立っていた。シアラは叔父を恐れている。叔父がベックラムとエルドリックの父親で、父の弟だからだ。

スタイジャンは、引き綱を強く引かなければ動かない――このくせも、いずれ直してやろう。ものごとには順序がある。おれとシアラが扉から出ると、ペンロッドがスタイジャンを受け取り、別の馬丁が訓練場に駆けこんで鍋と鞭を拾い集めた。

「葬儀は明日の午後おそくに行なう」叔父が近づいてきた。「気温が高いから、それ以上は延ばせない――おまえの弟の帰りにはまに合わないが」

おれは叔父の顔を見つめ、納得したような表情を浮かべた。おれの顔を見て、叔父は〝ああ、このうすのろも、今日、父親が死んだことくらいは覚えているようだ〟と思うだろう――そうであってほしい。おれはうなずいた。

叔父は、それ以上の反応を待つかのように、無言でおれを見つめた。

「ペンロッドの助言を聞き入れなかったようだな。ヒューログ城主《メーテン》が亡くなった後に話しておいたんだが……スタイジャンを生かしておくわけにはいかん」

〝何も知らないくせに〟——おれは心のなかでつぶやいた。

「きれいな馬です。血の気の多い馬には、馬房が小さすぎる。おれやスタイジャンのように大きい身体には、広い場所が必要です」肩の痛みとともに、ドラゴンの骨の洞窟に通じるトンネルの圧迫感がよみがえった。「うんと広い場所です」

「スタイジャンは、おまえの父さんを殺したんだぞ、ワード。危険な馬だ」

おれは叔父を見つめた。

「乗りこなせない馬に乗るべきではありません」

〝勝てない相手に戦いを挑むべきではない〟——おれは父が好きだった格言を巧みに言い換えた。

背を向けて立ち去りかけた叔父が急に振り向き、ぐっと顔を近づけた。

「ワード」と、叔父。厳しい口調だ。「おまえの母はタルベン人かもしれんが、おまえはシャビグ人として生まれ育った。この土地が魔力に支配されていることは知っているはずだ。わしは紛争地域で骸骨族《スケレット》と戦い——」

幽霊の名前を聞いて、シアラはおれの背に隠れた。

「——〝夜歩く者〟が滅ぼした村を、この目で見た」叔父は片手を南に向けて振った。

「タルベン人は呪いを恐れるヒューログの住人を笑う。だが、おまえは平地人ではないだろう？」

叔父が何を言いたいのかわからないが、とりあえず話を合わせておいたほうがよさそうだ。おれはぎごちなく頭を下げ、目の高さを叔父に合わせてささやいた。

「ヒューログには呪文があります」

それは、恥ずかしいほどお粗末な呪文だった。韻《いん》もなければ、意味深な言いまわしもない。まるで不良少年が石壁に書いた落書きのようだ。問題は、その石壁がヒューログ城の大広間にあることだった。落書きを見た客人が誰一人笑い飛ばさないのは、それが古代文字で書いてあるからだ。いま古代文字を解読できる者はほとんどいない。

おれは叔父に向かって目をパチクリさせた。落書きの意味くらい、うすのろが知っていても不思議はないだろう。

「〝ヒューログの館《やかた》は地下の獣《けもの》の上に崩れ落ちる〟」と、おれ。

「スタイジャンという名の獣だよ、ワード。スタイジャンが地下の獣なのだ。フェンは戦馬にふさわしいと思って名づけたが、それ以上に不吉な意味がある。あの馬こそ、地下の獣だ」と、叔父。激しい口調だ。「早く殺しておくべきだった。わかるか？」

〝スタイジャン〟が獣の名前であることは知っていた。地下から現われ、生前の悪行の報いで神の家に住めない死者の魂をむさぼり食う恐ろしい獣……。デューロー叔父が、こんな呪文を本気にするなんて思ってもみなかった。おれに言わせれば、すでに呪いは降りかかっている。ヒューログ城の地下洞窟では、地下の獣が骨になり、鎖でつながれている——この悪行のせいでヒューログの富は消え、世界じゅうからドラゴンがいなくなった。

それ以来ヒューログは——スタイジャンの力を借りるまでもなく——滅びの一途をたど

った。父は死ぬまで狂気にとりつかれていたし、母は夢根草を食べて、現実がわからなくなった。妹は、治療師にも魔法使いにもわからない理由で口がきけず、弟はみずから命を絶とうとした……。

「どうだ、わかるか？」と、叔父。強い不安にとらわれ、一族の愚か者と話していることを忘れたようだ。

「よくわかります」と、おれ。愚か者を演じつづけなければならない。「でも、それとスタイジャンと、なんの関係があるんですか？」

叔父は、なかなかの美男子だ。二人の息子ほどではないが、おれの父よりも顔立ちがいい。だが、怒ると男ぶりが台なしだ。その変わりようがおもしろくて、つい叔父を怒らせたくなる。叔父が怒りに震えるのを見て、シアラはおれの背中に隠れた。

「スタイジャンはおまえの父を殺した。それがわからなければ、おまえも同じ目にあうぞ」

「スタイジャンは、ただの馬です」おれは、しつこく言いつづけた。「それから、名前を変えました。〝スタイジャン〟は長くて言いにくい。パンジー。新しい名前はパンジーです」

呼ぶたびに、いい名前に思えてきた。

その夜、寝支度をしていると、ドラゴンの骨がある洞窟で会った少年オレグが部屋に現われた。いつ、どうやって入ってきたのかわからない。顔を洗ってタオルでふき、ふと見ると寝台の端に座っていた。おれはオレグにうなずくと、寝台のそばの丸椅子に座り、からの室内便器の上で足の爪をナイフで削りはじめた。

しばらくオレグは無言で見つめていたが、人が爪を削るのを見ておもしろいはずがない。とうとう話しかけてきた。

「なんのための指輪か、わかりますか？」

おれは首を横に振った。長い沈黙。おれは足の爪を終え、手の爪を削りはじめた。

「ぼくが誰だか、わかりますか？」と、オレグ。

おれがうなずくと、オレグは寝台から立ち上がり、何やらつぶやきながら部屋をウロウロしはじめた。やがて、おれの目の前で足を止め、片手を爪切りナイフの上に置いた。吟遊詩人の物語に出てくる幽霊の身体は、冷たくてはかないというのがお決まりだが、オレグの手は温かく、しっかりした感触があった。

「じゃあ、ぼくは誰です？」と、オレグ。いらだたしげな口調だ。オレグは、おれがバカのふりをしていないところを見たのだろうか？　芝居だと知っているのか？

「きみは自分が誰か知らないのか？」おれは目を見開いてたずねた。

オレグは気落ちした様子でドサリと床に座りこみ、両手に顔をうずめた。きゃしゃな首筋が、弟のトステンそっくりだ。

おれはオレグをじっと見つめた。おれには、秘密を話せるほど信用できる人間はいない。

シアラにも話せない――シアラは、おれが隠しごとをしているんじゃないかと疑っているかもしれないが……。

「きみは誰だ？」おれは歯切れよくたずねた。「幽霊の話はあまり知らないが、きみがそうだとは思えない」

オレグは、いつもと違うおれの口調にハッと頭を上げた。おれはナイフをしまうと、便器を寝台の下に蹴り入れ、話を聞く態勢を整えた。

「それが本当のあなた様なのでしょう？」オレグがささやいた。確信というより、そうであってほしいと願うような声だ。「ずっと頭が足りないふりをしていたのですね。そうじゃないかと思っていました。わかったのは、つい最近です」

オレグはおれを見つめた。どう説明したらいいだろう？　オレグの言葉は冗談にも、大げさにも聞こえなかった。

「誰がヒューログ城を建てたかをご存じですか？」と、オレグ。慎重な口調だ。オレグは、質問が危険なことだと知っている。でも、オレグは敵じゃない。ヒューログがおれのものであるように、オレグはおれのものだ。おれは親指で、そっとプラチナの指輪に触れた。

「いや。だが、この城を建てた人物は、国王の命を受け、ドラゴンを守る役職を与えられたんだろう？」

オレグは苦々しげに鼻を鳴らした。

「何も知らないんですね。ヒューログ城主《メーテン》の役職が生まれたのは、城ができてから何百年も後です。ヒューログ城は古く帝国時代の初期に、リクレングのようなお粗末な魔法使いではなく、本物の魔法使いによって建てられました。その魔法使いが宮廷をしりぞいたあと、誰にも邪魔されないよう、ここに城塞を建てたのです。そのころ、人々はドラゴンを恐れていました」

オレグはうつむき、床の模様にそって歩きはじめた。

「ヒューログ城を建てた魔法使い――つまり初代城主は、誰の手も借りずに暮らすことを望みました。召使にうろちょろされたり、兵士が中庭で訓練したりするのがイヤだったのです。妻は平凡な女性で、若くして亡くなり、二人の息子が残りました。一人は戦場司令官になって戦死し、もう一人は生来の魔法使いでした。ぼくは奴隷女の息子です。貴族の屋敷に売られたぼくを、ヒューログの初代城主が買い戻してくれました」

オレグは口をつぐんだ。つづきをうながすべきだろうか？　吟遊詩人の話は、飽きるほど聞いた。このさき、話がどうなるのかは予想がつく。おれは、父との激しい葛藤を経験してきた。現実がドラマチックすぎて、オレグの話に興味が持てないのかもしれない。

「ぼくがここに来たとき、城主は一人暮らしでした。召使もおらず、暖炉にかけた鍋から城主みずから椀《わん》にスープをついでくれました。ぼくは眠りに落ち、目覚めたときは、城になっていました」

おれは最後の言葉を思い返しながら、オレグを見つめた。城に、なっ、た？　おれはオレグに案内されて自分の部屋にたどり着いたときの奇妙な感覚を思い出した。たしかにおれたちは、城が立つ地面の地下深い場所にいたはずなのに……。どう答えていいかわからず、おれは話題を変えた。

「今日はシアラを助けてくれてありがとう、オレグ」

相手の不意をつくと、まともに質問するよりも答えを聞き出しやすい。

オレグはパッと頭を上げ、おれを見つめて顔をしかめた。いきなり話題が変わって、とまどう表情だ。

「ケガをしないように見守っていました」と、オレグ。「たいしたことじゃありません。静かな場所に通じる扉に案内しただけです。あそこなら、二人の兄上には見つけられても、お父上には決して見つかりません」

二人のあいだに親しげな沈黙がおりた。オレグは自分を〝城〟だと言った。どんな意味だろう？　おれは、ぼんやりと慣れない指輪をいじった。

「指輪ははずれません」と、オレグ。ハッとした口調だ。ここに来た目的を急に思い出したのだろう。「それがあれば、あなた様は城を自由にできます。死ぬまぎわまで、はずれません。そのときが来たら後継ぎに譲らなければなりません」

「誰か別の人間に譲ったらどうなる？」

おれは指輪をはずそうとしたが、無駄だった。はめる前に聞いておけばよかった。指輪は戦いの邪魔になる。剣の握りぐあいが変わるし、物にも引っかかる。せめて左手にはめればよかった。

「譲られた人が跡継ぎです」

「なるほど。魔法、指輪、城、きみのことについて、もっと話してくれ」

オレグの表情が急にうつろになった。見覚えのある表情だ。あまり話したくないのだろう。おれも自分を守るために、まわりに硬い壁をめぐらし、これが普段の表情になるまで何度も練習した。おれのやりかたを見ていたのだろうか？　オレグが、おれと同じ牛のような茶色い目だったら、やはりうすのろに見えただろう。だが、実際のオレグは秘密めいている。

「ぼくは奴隷です」と、オレグ。「指輪に支配された、あなた様の奴隷です、ご主人様。あなた様に魂を捧げます。あなた様の望みは――ぼくにできることならば――なんでもかなえます。ぼくには、それだけの力があります」

おれの祖先には恥ずべき人間もいた。オレグは、そんな人間の望みもかなえてきたのだろうか？　トステンのように美しい少年が奴隷だなんて、かわいそうに……。

「おれが〝そこにじっと座っていろ〟と命じたら、どうなる？」

「じっと座っています」と、オレグ。哀しげで、正直な口調だ。「――あなた様が死ぬか、別の命令を与えるまで。命令には逆らえません」

オレグは身体をこわばらせた。ずっと城にいたのなら、おれが手荒な人間じゃないことはわかるはずなのに……。でも、オレグはスタイジャン――いや、パンジーと同じだ。信頼を得るまでには時間がかかる。

「きみは〝城そのもの〟だと言ったが、それは文字どおりの意味か？　それとも、魔力で城に縛られているという意味なのか？」

「どちらも同じことです」オレグは自分の指を見つめた。

「きみには城で何が起こっているかわかるのか？」

オレグは首をかしげ、遠くを見るような目をした。

「大広間の暖炉は、夜に備えて灰をかぶせてあります。部屋の隅ではネズミが餌《えさ》を嗅《か》ぎまわり、暖炉の前では叔父上が背中で手を組み、かかとに体重をかけて身体を揺すり――」

「もういい」おれはさえぎった。「別の場所の様子も同時にわかるのか？」

「遠くの壁と後ろの様子を同時に見られないのと同じで、それはできません」

「音も聞こえるのか？」

「はい」

おれはズボンをこすった。おれがパンジーの恐怖を取り去ることができたのは、パンジーの気持ちがわかったからだ。ペンロッドの信頼を勝ち得たのも、同じ理由だった。オレグについても、虐待された馬の気持ちを理解するように理解しなければならない。

「城が傷ついたら、きみも痛みを感じるのか？」

「いいえ」と、オレグ。しぶしぶ言葉をつづけた。「感じますが、痛くはありません」

「きみは城の全体なのか、それとも城の古い部分だけなのか？」

「城全体と、それに付随するものすべてです。張り壁、馬小屋、鍛冶場――それに下水道もです」

「きみが城なら、なぜ肉体がある？」

おれはオレグの身体に向かって頭をかしげた。

「父がおもしろがって肉体を与えたのです」

おれは考えこんだ。

「城が傷ついても、きみは痛みを感じない。では、きみの肉体が傷ついたら、痛みを感じるのか？」

「はい」と、オレグ。小さく、張りつめた声だ。

気持ちはわかる――もしおれが十五年間、父の奴隷だったら、やはり小声で答えただろう。誰の話を聞いても、おれの祖父は父よりもひどい人間だったらしい。オレグは、ずいぶんとつらい目にあってきたに違いない。おれは、わざとあくびをした。夜も遅い。そろそろ寝る時間だ。

「父は、きみのことを一言も話さなかった」

「戦略的に言えば、ぼくのような存在――城内を歩きまわる無害な幽霊――は敵に知られないほうが有利です」と、オレグ。一瞬ためらい、言葉をつづけた。「できれば人に知られたくありません。人は苦手です」

〝そうだろうな〟おれは思った。〝オレグは長いあいだヒューログ城主《メーテン》一族に仕えてきた。人ぎらいになっても不思議はない〟

「わかった。とりあえず、おれの命令を言っておく。これからも妹を守ること。おれが一人のときは毎晩、部屋に会いに来ること。それ以外は自由にしていい」

「あなた様のこともお守りしましょうか？」

おれはニヤリと笑った。見た目が強そうなら申し出を受け入れるところだが、オレグはおれの体重の半分しかない。

「自分を守る方法は知っている。それができない男はヒューログ城主《メーテン》にふさわしくないだろう？」

「いずれにせよ、あなた様がふさわしくないと言う人はいます」と、オレグ。挑むような口調だ。

おれが、いつ怒るかを試しているのか？　それとも、まだおれの態度を疑っているのか？　真実はオレグにしかわからない。おれは急に疲れを感じた。

「そうだな。まあいい。おれは父に〝頭が足りない〟と信じこませてきた。まわりから〝できる男〟と思われたら、今までの苦労が水の泡だ。まさか、いちいち訂正してまわるわけにはいかないだろう？」

オレグは声を立てて笑った。愛想笑いのようだ。すぐにオレグは黙りこみ、しばらくしてたずねた。

「なぜ、頭が足りないふりをするのですか？」ためらいがちな口調だ。「ずっと不思議に思っていました。なぜあんなに長い時間、文書室《もんじょしつ》にいるのか……。あなた様が本を読んでも、内容がわかっているふうには見えませんでしたから」

オレグは寝台から跳び降り、さりげなくおれの近くから離れた。なぐられると思ったのだろう。

「さし絵か、インクの色でも見ていると思ったか？」おれはおもしろがる口調でたずねた。

「お父上があなた様をなぐったとき、何が起こったのですか？　脳が傷ついたんじゃないでしょう？　こんな会話ができる人の頭が変なはずはありません」

オレグは恥ずかしそうに笑みを浮かべた。勇気を出して意見を言う少年のようにも、主人にへつらう奴隷のようにも見える。オレグは抜け目なく、おれと自分のあいだに家具をはさんだ。

パンジーと同じだ――おれは思った。いまに、おれが危害を加えるような人間でないとわかるだろう。それに、おれはオレグの知られたくない心の傷を詮索した。おれの秘密も教えなければ不公平だ。

「あのとき何かが傷ついた。そしておれは、まったくしゃべれなくなった」

考えたことが言葉にならないと気づいたときの恐怖がよみがえった。

「おびえて言葉が出なかっただけじゃないのですか？」と、オレグ。

おれはオレグを見つめた。オレグも言葉を失うほどの恐怖を知っている。かわいそうで、おれは一瞬、答えに詰まった。

「違う」

「歩くこともできませんでしたね」と、オレグ。記憶をたどるような口調だ。

おれはうなずいた。

「立つことも、何をすることもできなかった」

スタラ叔母の助けで左半身を鍛え、左腕が右腕と同じくらい速く動くようになるまでに何年もかかった。今でもときどき、あのとき左腕を襲ったしびれを夢に見る。それまで感じたことのない、打ちのめされるような衝撃だった。

「昔は魔法も使っておられましたね――お母上のために花を咲かせたり……」

オレグは少しリラックスした様子で、扉のそばの長椅子に座った。

「今でも何かを見つけることはできる。今日もシアラが地下にいるとわかったときは、心臓が凍るほど怖かった。シアラは、おれのようにトンネルから落ちたんじゃないんだろう？　きみが秘密の道を案内したのか？」

オレグはうなずいた。

「でも、それ以外の魔法は使えない。感じることはできても使えない」と、おれ。

「でも、あなた様はバカじゃありません。なぜ、バカのふりをしたのですか？」

「バカだと思わせておけば、父に殺されないと思ったからだ」これは、人間に備わる防衛本能だ。おれはオレグにもわかるように言葉を選んだ。「父はヒューログ城主《メーテン》だ――いや、〝だった〟。それがどんな意味を持つかは、きみが誰よりもよく知っているだろう。父にとってヒューログ城主《メーテン》は、人間に与えられる最高の――国王をもしのぐ――地位だ。だが、永久ではない。死んだら、この指輪のように手放さなければならない」

「それは誰にも避けられません」と、オレグ。当然だという口調だ。「お祖父様《じいさま》もフェンウィック様にヒューログを譲られました。お父上の血は子供たちに受け継がれ、生きつづけます」

「父は祖父を殺した」と、おれ。声に出して言ったのは初めてだ。

オレグは全身をこわばらせ、ささやいた。

「お祖父様は盗賊に殺されたのです。お父上が城に運びこみ、ここで息を引き取られました」

「祖父は、父が放った弓矢で背中を射抜かれた。父が酔って話したことがある」

おれが九つか十のころ、父と二人で、よく狩りに出かけた。山中に野営し、父はテントを張ると、すぐに酒を飲みはじめた。なぜ罪を告白する気になったのかはわからない。だが、告白した後、おれを見た父の目を今でも覚えている。うっかり口をすべらせたのだろう。子供ごころにも、聞いてはいけない話だとわかった。酔ってろれつがまわっていなかったから、おれは聞こえなかったふりをした。父の暴力が激しくなったのは、あの一言がきっかけだったのかもしれない。だが、父の敵対意識は、もっと根深かった。

「父はおれを、ヒューログを奪い合うライバルと見なした。時間が父の敵なら、おれは敵軍の旗手も同然だ」英雄セレグが日記に書きそうな言葉だ。たしかに声に出して言うよりも、文字にしたほうがさまになる。おれは、できるだけ淡々とした口調でつづけた。「どんな戦いにも、父は負けたくなかった」

おれは寝台から降りて壁に近づき、磨き上げた四角い金属板に自分の姿を映した。父によく似ている。目の色が違うので、瓜ふたつというほどではない。それでも、若いころの父の面影がある。体格のよさは母方の血だが、顔立ちはまぎれもなく父方のヒューログ城《メー》主《テン》の血筋だ。

「父は跡継ぎのおれを見るたびに、いつかはヒューログを失う日が来ることを思い知らされた。本人が意識しなくても、おれが初めて剣を手にした日から、父は脅威を感じていたのだろう。覚えているかもしれないが、父になぐられて気を失ったのは、おれが〝変わった〟ときが初めてじゃない。もし、あのままなぐられつづけたら、自力で身を守れる年齢になる前に殺されていただろう。それに母の例もある」

「お母上が夢見がちになると、お父上は、それまでのように、ひどくお母上をなぐらなくなりました――というか、一緒の寝室を避けるようになりました」と、オレグ。重々しい口調だ。

「言葉が出なくなったのを見て、父はおれがバカになったと思いこんだ。おれは、それを利用しようと決めた」

「なぜ、お父上が亡くなった今もつづけるのですか?」

おれは迷わず答えた。

「これから二年間は叔父がヒューログを治める。叔父も、ヒューログ城主《メーテン》になることが人として最高の名誉だと言い聞かされて育った人間だ。それほどの地位を二年後に手放すとは思えない」

「そんなに悪い人間でしょうか？　叔父上は気だてのいい少年で……」と、オレグ。急に声をひそめた。「たぶんあの少年がデューロー様だったと思いますが、ときどき記憶があいまいになります」

おれは目を閉じた。

「叔父のことはよくわからない。ただ、愚か者が嫌いなのはたしかだ。だが、おれも愚か者にヒューログをまかせるつもりはない。これは、食うか食われるかの戦いだ」おれは肩をすくめてオレグを見た。いつのまにか、おれの足元にしゃがみこんでいる。「おれは叔父を信用しない」

こんなにたくさんしゃべった相手は——シアラを除けば——オレグが初めてだ。しゃべるのは今も苦労するし、ひどく疲れる。正直に話すのが嘘をつくより何倍も骨が折れるなんて、皮肉だ。

「直感を信じることです」しばらくしてオレグが言った。「しばらく様子をうかがっていれば、きっとうまくゆきます」

言いおわると同時にオレグはいなくなった。通路も扉も通らず——記憶だけを残して——こつぜんと消えた。

直感？　父が死んで、うれしいのか悲しいのかわからない。ヒューログはおれのものになった。でも、現実は違う。本当の自分を見せるべきだろうか？　〝本当はバカじゃありません〟と宣言するか？　それとも、愚か者の仮面をかぶり、絶えず用心することしかできないのか？　とにかく、もうしばらく様子を見よう。

翌朝、おれは訓練場の柵のなかほどによじのぼり、腕組みして手すりにもたれ、早朝の空気を吸いながら、馬丁のハロンから昨夜の騒ぎの顚末《てんまつ》を聞いた。

誰かが雌馬の囲いの扉に鍵をかけ忘れ、気づいたときにはパンジーが鼻を鳴らして囲いに突進し、父の雌馬のなかでもっとも上等なモスに襲いかかっていたらしい――（「よりによってモスは発情期でした」と、ハロンは明るく言った）。ほかの雌馬はおとなしく小屋に戻ったが、モスは興奮していたので、落ち着かせるためにペンロッドが牧草地に一晩、放していたという。事件は、ペンロッドから叔父に伝わっていた。

ハロンの話を聞きながら、おれは叔父と馬丁たちが端綱と縄と穀物桶を持ってパンジーを追いかけるのを見つめた。パンジーは尾をひるがえし、大きな頭を振りながら追っ手をかわしている。叔父はおれに気づくと、パンジーを馬丁にまかせ、柵をくぐって近づいた。おれはハロンに餌と端綱を取りにいかせた。

「どこかのバカが雌馬の囲いの扉を開けっ放しにしたらしい」と、叔父。うなるような口調だ。

そんなチャンスをパンジーが見逃すはずがない。

「ゆうべ調べたときは閉まっていました」おれは嘘をついた。「そのときパンジーは雄馬の囲いにいました」

叔父はおれを見つめた。

「雌馬のほうも調べました」

おれは真剣な口調を心がけた。油断してはならない。父は自分に都合のいいことしか見ようとしなかったが、叔父は、もっと冷静だ。用心しないと、作戦を見抜かれるかもしれない。

「お待たせしました、ワード様！」

ハロンが息を切らし、穀物桶を柵の上に向かって持ち上げた。桶の上に端綱が乗せてある。

おれは桶をつかみ、柵から降りた。

「餌でおびき寄せようとしても無駄だぞ、ワード」と、叔父。「じきに捕まる。馬丁たちにまかせておけ」

おれは歩きながら肩ごしに答えた。

「おれは雌馬を捕まえます」

さかりのついた雄馬と違って、雌馬のモスは大いに餌に興味を示した。モスはおれになついている。それに、父は雌馬には乗らなかったから、人間不信でもない。餌に気づいたモスはトコトコと近づくと、銀灰色のたてがみを揺らしながら、早朝のごほうびに軽く足を踏み鳴らした。

「昨夜はどうだった？」おれはモスに話しかけた。モスは大事な共謀者だ。しっかり手なずけておかなければならない。おれもモスも、放牧場の向こうで馬丁たちがパンジーを追いまわす様子には目もくれなかった。「レディーの扱いは、ちょっと荒いが、パンジーは初めてだからしかたない。でも、おまえは経験豊富だ。お行儀を教えてやったようだな」

　モスはごほうびを嚙みながら、おれのほめ言葉に得意げな表情を浮かべた。

　おれはモスに難なく端綱をつけた。少し大きすぎるが、モスには、これで充分だ。おれはすばやくモスの全身に視線を走らせた。首の毛の一部が乾いて乱れている以外は――パンジーが嚙んだ跡だろう――どこにも傷はないようだ。

　おれはモスを引いて牧草地を出ると、雄馬の囲いのなかに入った。気まぐれなモスはパンジーに見向きもしない。だがパンジーは、ようやくおれにモスを盗まれたことに気づき、狂ったようにさかり声を上げはじめた。おれの意図に気づいたハロンは牧草地と小さな囲いをへだてる扉の横で待機し、パンジーが駆けだして囲いに入った瞬間、すばやく扉を閉めた。そのとき、すでにモスは反対側の扉から囲いの外に出ており、荒れ狂ったパンジーは閉まった扉に突進して蹄《ひづめ》をぶつけた。

　ハロンはニヤリと笑いながら駆け寄り、モスを引いていった。モスはパンジーにチラリと流し目を送り、おとなしくハロンに引かれて雌馬の小屋に戻っていった。

「どこでこんな手を覚えた？」と、叔父。

「なんですか？」おれは目をパチクリさせた。

「雄馬の捕まえかただ」

おれは鼻を鳴らした。

「馬と競走したことがありますか？　おれはあります。一日じゅう走って、おれよりも速いことがわかりました」おれは叔父に顔を近づけ、秘密を打ち明けるような口調でつづけた。「馬は強くて足も速いけど、頭はおれのほうが上です」

叔父が顔色を失うのを見て、おれは心のなかで笑った。

やがてペンロッドが柵をくぐって近づいてきた。

おれはペンロッドに向かってうなずき、そっけない口調でつづけた。

「今のは、ウォーモンガーを捕まえるときにペンロッドが使った手です――あの馬は、日に一度は囲いを抜け出す常習犯だったな、ペンロッド？　餌には見向きもしなかったが、繁殖期の雌馬を引いてくると、とたんにおとなしくなった」

ウォーモンガーは祖父が最後に乗った馬で、知恵といたずらにかけては人間も顔負けだった。

ペンロッドはうなずき、ニヤリと笑った。

「ウォーモンガーは、どんな鍵も開けるやつでした。その手ぎわのよさといったら……。あの馬を捕まえたければ、雌馬でおびきよせるしかありませんでした。結局、最後は扉を釘《くぎ》で打ちつけたんです」

おれはペンロッドに笑い返した。「そうしたら扉を跳び越えて逃げ出した」

だから父はウォーモンガーを殺した。いまでも、祖父の最後の馬が地面に倒れ、死んでゆくのを満足そうに見ていた父の顔が忘れられない。たちまちペンロッドの笑顔が消え、まじめな表情に戻った。ペンロッドもウォーモンガーの最期を思い出したのだろう。

だが、おれたちの心の痛みを知らない叔父は笑みを浮かべたままだ。

「ウォーモンガーか……すっかり忘れておった。実に立派な馬だった。わしの雄馬もウォーモンガーの血統だ」

思いきって、おれが茶番を演じていたことを叔父に話してみようか？　叔父が本当のおれを知ったら、好きになってくれるかもしれない。きっと、ヒューログの統治者に必要な知恵を授けてくれるだろう。おれも夜中に文書室に忍びこんで本を読んだり、こっそり父の統治法を盗み見たりしてきた。でも、政治のことは、よくわからない。叔父には、この二十年間、自分の領地を立派に治めてきた実績がある。

だが、おれが言葉を発する前に、叔父が話しはじめた。

「埋葬は今日の午後だ。父さんの衣裳だんすから、おまえに合う服を選ぶようアクシールに頼んでおいた。昨日おまえが着ていた宮廷服は小さすぎる。アクシールの話では、ほかに合う服がないそうだな。父さんの服のなかから身体に合うものを選んで着替えるがいい。トステンを葬儀にまに合うように呼び寄せるのは無理だが、居場所を教えてくれれば、今日にでも使いを出す」

さりげなく叔父はトステンの居場所に探りを入れた。

「アクシールは父さんに雇われた人間です」と、おれ。

叔父とヒューログのあいだに立ちはだかるのは、おれとトステンしかいない。

「アクシールは、おまえの世話を引き受けた」と、叔父。イライラした口調だ。「ワード、トステンはどこにいる？」

タルベン国にある叔父の領地イフタハールは、ヒューログよりも広くて豊かだ。でも、ヒューログではない。物見台の礎石にドラゴンのつけた傷跡があるのは、ヒューログだけだ。豊かな領地を持っていても、ヒューログは喉《のど》から手が出るほどほしいのだろう。

「ワード？」

「知りません」

「だが、あのときフェンに……」

「トステンは無事です。でも、居場所はわかりません」

父の警護士だったアクシールは、ヒューログのシンボル・カラーである青と金色の服を着て部屋で待っていた。小柄で、なめし革のように強靭な男だ。母から聞いた話では、父がどこかの戦地から連れてきたらしい。

あるとき、酔っぱらったアクシールは、〝わたしは小人族《ドワーフ》の王子だ〟と言った。否定する者はいなかった。アクシールが父と同じくらい屈強だからだ。

記憶にあるかぎり、アクシールのオリーブ色の肌と黒髪は、おれが子供だったころから少しも変わらない。ヒューログの人々の多くは――おれも含めて――シャビグ国を治めるタルベン人の風習にならい、肩までの髪を束ねずに垂らしている。だが、アクシールはシャビグ人でもないのに、古いシャビグふうに、長い髪をゆるい三つ編みにしていた。長い髪は戦《いくさ》の邪魔になる。シャビグの長老たちによれば、これはシャビグ人が長い髪などものともしない、すぐれた戦士であることを示す名誉の証《あかし》だそうだ。

アクシールはタルベン国でいう警護士で、供や従者よりも護衛兵に近い。アクシールの顔に、父の死を悲しむ表情はなかった。考えてみれば、アクシールは父の僕《しもべ》だった男だ。そのあいだに、感情を顔に出さないすべを学んだのだろう。

「アクシール？」

「ご主人様」と、アクシール。「デューロー様が、あなた様にも警護士が必要だとお考えになりました」

おれはうなずいた。

「ヒューログのために喜んでお引き受けいたします――こちらにお父上の予備の宮廷服がございます」と、アクシール。

アクシールは、おれのために寝室の扉を開けた。

文書室の最上段の棚の上に小さな部屋がある。ふだんは壁の上方をおおう豪華なカーテンの後ろに隠れて見えない。おれは偶然、この小部屋を見つけた。ほかに、この部屋の存在を知っていたのは、おそらく父だけだ。父が文書室に来ることはめったになかったから、おれは午後になると、この部屋にもぐりこみ、アクシールが短剣と剣の稽古《けいこ》をする様子をこっそり見つめた。アクシールの剣術の型とスタラ叔母の型は、まったく違う。アクシールの技《わざ》を少しずつ習い覚えたおかげで、おれの剣術の腕はぐんと上がった。

「失礼いたします。よろしいですか？」と、アクシール。許可を求めるような口調だが、答えも待たずに、すばやくおれの服を脱がせ、おれが身体をこするあいだ、小走りで寝台に向かった。

「ご主人様？」

顔を洗う手を止めて見あげると、アクシールが二種類の衣服を持って立っていた。

「お父上の部屋から持ってまいりました」アクシールは父が好きだった灰色のそろいをかかげた。「しかし、誰かが部屋にいたようです。たんすの一番上に、これがありました」

おれは、もうひとそろいの服から短い上衣を手に取った。黒に見えるほど濃い紺のビロード地で、前みごろの肩にヒューログのドラゴンが赤、金、緑の糸で刺繍《ししゆう》してある。ビロードの生地だけでも金貨十枚ぶんの値段はしそうだ。ここには、ドラゴンの刺繍ができるほど腕のいい者は母以外にいない。シャツは淡い金色だ。この生地はなんだろう？

「この生地はなんだ、アクシール？」

「絹です。ワード様も見覚えがありませんか？　お父上の持ち物でもありませんし、叔父上の衣裳だんすでも見かけたことがありません」

「これを着よう」おれは絹のシャツに太い指を這わせた。「寸法が合えば……」

「ヒューログ城主《メーテン》の葬儀にはふさわしいかと存じます」と、アクシール。「でも、いったい誰が持ってきたのでしょう？」

「一族の守護霊《ファミリー・ゴースト》かもしれん」おれはしばらく考え、まじめな口調で答えた。

「守護霊？」と、アクシール。

「おまえも知っているだろう？」

おれはシャツを頭からかぶった。あつらえたかのようにピッタリだ。オレグが仕立てたに違いない。オレグの父親が召使は必要ないと言った、というのもうなずける。

「はい、もちろん知っております。しかし、なぜこんなことをしたのでしょう？」

「本人にきいてみるんだな」

おれはビロードの上衣をシャツの上に着ながら肩をすくめ、シャツに合う、ゆったりした絹のズボンにはきかえた。

おれは鏡がわりの金属板に映る自分を見つめた。特別あつらえの服を着たおれは、さっそうとして、まるで英雄のようだ。おれは、うすのろに見えるように細心の注意を払いながら部屋を出た。

父の葬儀は仰々しいものだった。本人が見たら顔をしかめただろう。だが、文句を言う父は、もういない。灰色のビロードのウェディングガウンを着た母は、この世のものとは思えないほど美しく、隣に立つ叔父は強くて頼もしく見えた。どこから見ても、いかにもヒューログの統治者らしい。

母と同じくらいの背丈のシアラは、すっかり大人の女性だ。考えてみれば、母は今のシアラの歳には結婚していた。シアラのガウンも、おれと同じ青いビロード地で、首まわりに小さなドラゴンをあしらった刺繍が見える。さぞオレグは忙しかっただろう。

おれはヒューログ城の反対側にある丘の斜面の墓地に立っていた。参列者が登ってくる様子がよく見える。向こうからも、新しい（そして今は無力な）城主の姿が見えるはずだ。

おれは、ヒューログの青色に映える灰色のおとなしい去勢馬に乗って、ここまでやってきた。ほかの参列者はみな、徒歩で坂を登ってくる。青い服を着たスタラ叔母は、遺族のしんがりを務めるエルドリックとベックラムの後ろから、棺《ひつぎ》のかつぎ手たちを先導した。

参列者のなかで、心から父の死を悲しんでいるのはスタラ叔母だけかもしれない。だが、表情は静かで、涙もなかった。

おれは参列者から少し離れ、かつぎ手が父の棺を暗い地中に静かに降ろすのを見つめた。父も、こうして自分の父親の棺を見つめたのだろう。祖父の木棺が墓穴に降りたときの、父の満足げな表情が目に浮かぶようだ。

墓の向こう側に母が立っていた。叔父の表情が硬いところを見ると、母はまたしても歌を口ずさんでいるのだろう。明るく笑っていたころの母をおぼろげに覚えている。父が国王のための戦に出かけて留守のあいだ、何時間も一緒に積み木の塔を作って遊んでくれた。

棺が柔らかい土のなかに沈むのを見ていたシアラは、いきなり叔父から肩に手を置かれ、ビクッと身を縮めた。おれは、父から逃れるためにすべてを捨てた弟のことを思った。

〝父さんは家族に冷酷な仕打ちをした。あなたなんか、地下で死んだドラゴンの呪いを受ければいい〟——おれは心のなかで死者に呼びかけた。だが、ヒューログ城主《メーテン》という地位は、それだけで神の許しに値するらしい。叔父は、墓場の陰から魔物が現われ、父の身体をむさぼり食うのではないかと恐れたが、何も現われなかった。

おれは馬から降り、ひと握りの土をすくって墓の上に投げた。〝そこで安らかに〟——おれは無言で呼びかけた。むなしい怒りが波のように押し寄せた。こんな父でなかったら、いまごろ隣には弟がいて、ヒューログを守るという大任に手をたずさえて取り組んでいたかもしれない。こんな父でなかったら、母は正気を失うことなく日々の家事をこなし、おれは盗賊を追ったり、作物を刈ったりする雑事にわずらわされることなく政治に専念できたかもしれない。こんな父でなかったら、おれは、かつぎ手と〈青の防衛軍〉の兵士たちが棺に土をかぶせるそばに突っ立ち、狂ったようにボロボロと涙を流しはしなかったはずだ。

結局、泣いたのは、おれだけだった。本当に悲しんだのも、たぶんおれだけだ。だが、墓に横たわる男の死を悲しんだのではない。

「叔父はきみのことを知っているのか？」

おれは暖炉の前に置いた丸椅子に座り、ブーツナイフを研《と》ぎながら、寝台の端で大の字になるオレグにたずねた。父の葬儀で着た服は衣裳だんすにしまった。いま着ているのは、夕方、〈青の防衛軍〉の兵士と稽古をして汗じみのついた服だ。ヒューログ城主《メーテン》の葬儀の日も、稽古は休まない。

「いいえ」と、オレグ。くつろいだ表情で目を閉じた。「お父上は、よほどのことがないかぎり誰にも話しませんでした」

おれは光が当たるようにナイフをかかげた。目には見えないが、刃先がまくれている。これだけ研いでも鋭くならない理由は、それしかない。おれは身をかがめて研ぎ道具の中から革砥《かわと》を取り出し、ふたたび研ぎはじめた。

オレグは寝台の上でゴロリと回転し、おれがよく見える位置に移動した。

「夕方、叔父上に客人がありました」と、オレグ。

「塩害が出た農地の監督官だろう」おれはナイフを動かす手を止めた。

「叔父上の魔法使いは、ヒゲモジャじいさんよりも、お粗末ですね」と、オレグ。〝ヒゲモジャじいさん〟とは、父の魔法使いだったリクレングのことだ。オレグはリクレングが嫌いで、〝自信過剰の書記〟と呼んでバカにした。「この冬は飢饉が起こるかもしれません」

おれは数回、砥石を刃先にすべらせ、腕をなめて濡れた部分にナイフを当てた。今度は産毛がきれいに切れた。

「ああ。だが、ヒューログは生き延びる」話題を変えよう。作物の被害は、おれにはどうしようもない。「服をありがとう。シアラの服をそろえたのも、きみだろう？」

オレグはうなずいた。

「裁縫は得意です」

「刺繡も手でやったのか？」

オレグは首を横に振った。

「あれは魔法です。でも、時間があるときは自分でやります。ぼくは……」オレグは目を閉じた。「たいてい時間がありますから」

おれは大きく伸びをし、火力の落ちた暖炉に薪を投げ入れた。夏でも、夜になると、古い石造りの城は寒い。

3 ワードウィック

おれは自分で編んだ網に捕らわれたようだ。だが、抜け出そうともがくより、網のなかにいたほうが安全だと自分に言い聞かせた。

「あいつも、剣の使いかただけは知ってる」

誰かのささやき声が聞こえた。誰の声だろう？　確かめたいが、対戦相手から目をそらす余裕はない。

「一対一の決闘なら、命令を覚える必要はない。でも、三年後に命令を出すのは、あいつだ。それまでに、おれはここからオサラバするよ」

間違いない――あの妙に鼻にかかったテノールは、スタラ叔母の二番手の兵士だ。父が死んで三週間……おれは、この手の会話をあちこちで聞いた。

対戦相手が小声で悪態をつき、おれは試合に注意を戻した。アビンヘル国出身のイランダーは〈青の防衛軍〉の新入り兵で、おれと真剣試合で戦うのは初めてだ。

〈青の防衛軍〉には、五王国のうちの四カ国――シャビグ国、タルベン国、アビンヘル国、そしてシーフォード国から兵士が集まる。二、三年ここでの訓練に耐えたら、どこの軍でも一番手か二番手になれるだろう。オランストーン人がいないのは、十五年前、父が〈青の防衛軍〉をひきいて〈オランストーンの反乱〉の鎮圧に加わったからだ。

新入りのイランダーも、おれが剣を手にした日からスタラ叔母に仕込まれてきたことは知っている。楽な相手とは思わないはずだ。それにイランダーは、週にいちどの真剣試合の参加者が発表されてからの一週間、ずっとおれの訓練の様子を見ていた。だが、訓練と試合は違う。真剣試合は決闘だ。訓練のとき、おれはよく戦いの型を〝忘れた〟ふりをする。とくにスタラ叔母が頻繁に型を変えるときは、そうだ。手本どおりに剣を振るいたがる相手に対しては動きをゆるめ、手を抜いた。それをイランダーは真《ま》に受け、おれを鈍《にぶ》くて不器用だと思ったのかもしれない。〝うすのろに技《わざ》を見せつけてやろう〟とでも思ったのだろう。

おれはイランダーにニコリと笑いかけ、やられたように見せながら、ぎごちなく剣を動かし、相手の鋭い突きをかわした。ぶざまなのは、かわされたほうだ。イランダーはムッとして低くうなり、大上段に剣を構えた。おれが胴を斬りつけることも、剣を止めることもできないと思ったのか？　冗談じゃない——おとなしく首を切り落とされてたまるものか。

おれの剣先がイランダーの胸当てを切りつけた瞬間、スタラ叔母が二本の指を口に当ててピーッと吹き、試合終了を知らせた。だが、イランダーの剣を止めたのは、おれの剣だ。

これが実戦なら、イランダーの命はなかっただろう。逆にイランダーの剣を受け止めなければ——たとえ訓練でも——おれは死んでいた。イランダーは、まだつづけたかったらしい。おれはイランダーの怒りに燃える視線を穏やかに見返した。

「いい試合だった」おれはイランダーの剣をはずして後ろに下がり、熱っぽく話しかけた。

「いい勝負だったでしょう、スタラ叔母さん？」

叔母は鼻を鳴らした。

「イランダー、子供じゃないのよ。試合相手にムキになるなんて、どういうつもり？　速さでも強さでもかなわない相手に対して、剣を上段に構えるなんて最悪よ。ケガをしなかっただけでも運がいいわ」

「すまない、イランダー。きみを怒らせたようだ」と、おれ。牛のようなどんよりした目で見つめた。「二度としない」

スタラ叔母の叱責《しっせき》にひるんだイランダーに怒りが戻った。真っ赤な顔で、鼻の穴をふくらませている。

「きさま——」

「やめなさい」スタラ叔母の大声に、イランダーはカチリと歯を鳴らして口を閉じた。イランダーが黙りこんだのを見て、ようやく叔母は表情をやわらげた。「汗を流してきなさい。もう今日は休んでいいわ。代わりに、ラッキーを警護に当たらせるから」

衛兵の輪のなかで叔母の右後ろにいたラッキーが、ギクリと身体を硬くした。ラッキーは頭の回転が速い。叔母は振り向きもせず、地面を見つめながらたずねた。

「新入りからカネを取るなと言ったはずよ、ラッキー。いくら巻き上げたの？」

「銀貨一枚です、スタラどの」

「イランダーが負けるほうに賭けたのね」

「はい」

「いい？　わたしはリクレングよりも上手に魔法が使えるのよ。見てなさい――パッ！」

叔母は芝居がかった動きで両手を上げた。「これで賭けは消滅――おカネは返しなさい」

ラッキーは不満そうに二度、口を開きかけ、結局「わかりました」と言って黙りこんだ。

スタラ叔母はラッキーの処分を終えると、おれに向きなおった。

「汗ひとつかいていないようね、ワード」

おれは顔をしかめて考えた――ここでわきの下のにおいを嗅いだら、ますます叔母を怒らせる……。おれはうなずいた。

「みんなの訓練が終わったら、一試合、どう？」

おれは笑ってうなずいた。誰の目にも、うすのろに見える笑みだ。剣術でスタラ叔母にかなう者はいない。叔母はラッキーの賭けも、お見通しだった。おれのことは、どこまで知っているんだろう？　おれが、わざとイランダーに恥をかかせたことに気づいたのか？

試合に誘ったのは、それに対する罰か？

　スタラ叔母も汗をかくほど激しい試合の後、おれはヨロヨロと城の階段をのぼった。覚悟はしていたが、動くたびに痛みが走る。叔母は女性にしては長身で、筋力もある。三十数年のキャリアはだてじゃない。おれは叔母よりも腕力があり、動きも速く、腕も長いが、真剣試合は勝たなければ意味がない。負けずぎらいの叔母は、どんな手を使ってでも勝ちにくる。

　おれは、そっと左目をこすり、砂を払った。うすのろのふりをしながら、こずるい手は使えない。だが、いずれにせよ、勝つための手は、おれも知っている。

　自室の扉を開くと、オレグがニヤニヤ笑いを浮かべて待っていた。一瞬、ムッとしたが、湯の入った浴槽を見て、イヤな気分は吹き飛んだ。おれは汗で濡れた服を脱ぎ捨て、さっそく風呂に入った。父が使っていた浴槽なので、ゆったりと手足を伸ばせる（おれが喜んで父から譲り受けたのは、これとアクシールだけだ）。おれはホッとため息をついた。お湯が全身の凝《こ》りをほぐしてゆく。

「きみに礼を言えばいいのか？　それともアクシールか？」

　おれは石鹸に手を伸ばした。

「アクシールが水を運び、ぼくが沸かしました」

「ありがとう」

　おれは頭のてっぺんまで湯のなかに沈み、そのまま息を止めた。今朝の出来事が頭から離れない。スタラ叔母に負けたのが悔しいんじゃない。誰だって叔母にはかなわない。互角に戦える者すらいないほどだ。気になるのは、イランダーとの一戦だった。

おれは湯から顔を出し、息を吸った。

「試合を見ました」と、オレグ。足を床につけず、椅子の二本の脚だけでバランスを取って座っている。魔法を使っているのか、それとも、よほどバランス感覚がいいのだろうか？　おれは魔法を感知する力が弱い。いつもオレグは強い魔法に囲まれているから、小さな魔法が使われたのかどうかはわからない。いつもオレグの魔法は、ヒューログの魔法のようだ。いつも城内で感じる魔法は、オレグの存在そのものなのか？　あるいは、オレグが使う魔法なのか？

オレグは、どんな魔法使いよりも——すぐれた宮廷の魔法使いと比べても——よく魔法を使う。よほど魔力が強いのか、つつしみがないのか……それとも、おれを感心させたいのだろうか？

「スタラ叔母に、こてんぱんにやられたと言いたいのか？」

「違います」オレグは、おれの後ろの壁に向かって笑った。「新入りの鼻っ柱を折ってやりましたね。イランディでしたか？　いや、これはタルベン人の名前だ。あの男はアビンヘル人だから、イランダーですね」

父の死後、デューロー叔父は誠実な摂政《せっしょう》よろしく、ヒューログを治めはじめた。まるで自分の領地であるかのようだ。もしかしたら、それ以上に熱心かもしれない。この三日間は塩害農地の再生に奔走し、一日の大半は留守だ。塩分を中和させるために、海から荷馬車いっぱいの貝殻を運びこみ、砕いて、塩に侵された農地に撒《ま》かせているらしい。だが、おそらく無駄だろう。初めて塩害が起こったとき、数世代前のヒューログ城主《メーテン》セレグが同じような対策を講じたが、効果はなかった。そう、セレグの日記に書いてある。

おれが忠告していれば、叔父は無駄な作業に三日もついやさずにすんだかもしれない。でも、頭の足りない人間が、読みづらい文字で書かれた埃《ほこり》まみれの日記を文書室《もんじょしつ》の奥の棚から引っ張り出して読むはずがない。罪悪感と恐怖がせめぎあった。とはいえ、もはや命を奪われる恐怖はない――それに比べたら、取るに足りない恐怖だ。

おれは、失敗するとわかっている計画に叔父が奔走するのを見たくなかった。だから、叔父がヒューログのために努力しているあいだ、新入り兵に卑劣な技をしかけた。イランダーには、いい迷惑だ。

「目にもの見せてやりましたね」と、オレグ。追い打ちをかけるような口調だ。「もう二度とイランダーは、あなた様を見くびる真似はしないでしょう。ヒューログ城主《メーテン》には敬意を払うべきだと学んだはずです」

おれは注意深くオレグを見つめた。批判しているのか？　それとも探りを入れているのか？　おれの罪悪感に気づいたのだろうか？　わからない。父に痛めつけられたせいで、おれは他人の心を読むのがうまくなった。だが、オレグには通用しない。なにせオレグは何百年間も奴隷の身だ。

おれは、もうひとつ石鹼の小片を取り、剣の金属臭がついた手をこすった。

「叔父はどんな子供だった？」

おれは話題を変えた。今朝の試合の話はしたくない。

「いい子だったと思います」と、オレグ。丸椅子を前後に揺らした。「ずいぶん昔の話です。前は何もかも記憶していましたが、やめました。いまは、できるだけ早く忘れます」

オレグの顔が物思いにふけるようなぼんやりした表情になるのを見て、おれは不安になった。ときおりオレグは奇妙な精神状態におちいる。これは、それを抑えようとするときの表情だ。

「叔父に真実を話すべきだと言いたいんだろう？」と、おれ。責める口調だ。「でも、直感にしたがえと言ったのはきみだ」

オレグは椅子の四本の脚をそっと床につけ、おれの手が届かない場所まですべらせた。パンジーはオレグよりも早く、おれになついた。だが、パンジーが父にひどく扱われたのは、わずか四年間だ。オレグが耐えてきた年月はけたが違う。

「真実を知ったところで、叔父上に何ができるというのですか？　あなた様は、もう十二歳の子供ではないのです。ぼくには……〝愚かなふり〟で身を守れるとは思えません。かえって害を与えているのではありませんか？」

「馬に乗ってくる」いきなり、おれは湯のなかから立ち上がった。オレグがビクッと身を縮めたが、おれは構わずタオルを取り、身体をゴシゴシ拭《ふ》いた。「頭をスッキリさせてくる」

身体を拭きながら、おれは思わず苦笑した。オレグの言うとおりだ。叔父が信用できるかどうかにかかわらず、そろそろ愚か者の仮面を取る時期だろう。でも、勇気が出ない。〝父が怖くて、この七年間、愚かなふりをしてきた〟と叔父に告白するのは気が重い。オレグに打ち明けるのは楽だった。オレグは父の実態を知っているからだ。オレグは、父が嫉妬心から逆上し、おれを死にそうになるまでなぐったことを知っている。

まったく皮肉なもんだ。人生の三分の一を愚か者で通してきた人間が、愚か者に見られたくないと思うなんて……。

おれは短く笑い、たんすに着替えを取りにいった。

「戻ったら、おれが見た目ほどバカじゃないことを叔父に話すよ」

パンジーに乗ったのは、まだ数えるほどしかない。早く一緒に山を走りたいが、まだ今は無理だろう。山を走るときの供は、濃褐色で大型の雌馬フェザーだ。広い額《ひたい》に一房、羽根のような白い毛がある。胸が厚く、骨太で、遠出が好きな、おれにぴったりの馬だ。

フェザーにとって、ヒューログの険しい山道を駆けまわるのは単なるお楽しみだが、おれにとっては、なくてはならない息抜きだ。せまい山道を駆けのぼったり、急勾配の山あいを駆けおりたりするときは、イヤでも目の前の地形に集中しなければならない。自分の手に余る問題をあれこれ考えずにすむ。

走っているあいだは、ふくらはぎから伝わるフェザーの豊かな胴体の揺れと、蹄《ひづめ》の響きだけに身をまかせていればいい。おれはフェザーの汗のにおいを嗅ぎ、息のリズムに耳を澄ます。リズムが崩れたら、手綱《たづな》を引けばいい。

今日は、あえて倒木や急カーブの多い難関コースを選んだ。フェザーも、おれの気分を感じたらしい。いつもは落雷で裂けた木の近くにある岩だらけの尾根の頂上で足を止め、並の速度で城に引き返す。だが今日は、その木を通り過ぎてもフェザーは速度をゆるめず、おれは、なおも叔父に告白するべきかどうか迷っていた。

急な斜面の頂上で急カーブを切った。フェザーがカーブを曲がりやすいように内側に体重をかけた瞬間、フェザーの外側の蹄が柔らかい地面ですべった。

そのままいったらフェザーはバランスを崩し、人馬もろとも斜面を転がり落ちていただろう。だが、おれはとっさに自分の体重を反対側に移動させ、手綱を引いてフェザーの向きを変えた。その瞬間フェザーは、いくぶん足場のいい地面に向かって、全速力で駆けおりた。

おれは両脚でフェザーをギュッとはさみ、フェザーの耳の向きを見た。岩をよけるつもりだ。おれとフェザーの体重が合わさり、加速度がついた。必死に脚を踏んばるフェザーを邪魔しないように、おれはフェザーの頭を固定した。もう少し傾斜がゆるやかなら、体重を後ろにかけてフェザーの腰を落とし、すべりおりることもできる。だが、この急斜面でそんなことをしたら命はない。ふと見ると、倒木が地面に重なり合っている。危ないと思った瞬間、フェザーは猛スピードでジャンプし、倒木をよけた。

一瞬でもフェザーがひるんだら、よけられなかっただろう。どうやってフェザーがバランスを保ったのか――どうしておれが振り落とされなかったのかわからない。気がつくと、フェザーはよろけながら足を止め、おれは、まだフェザーの背に座っていた。フェザーの荒い呼吸で身体が揺れ、脚からフェザーの温かい汗が伝わってくる。さぞ怖かっただろう。よく切り抜けてくれた。

「もう大丈夫だ、フェザー」おれはフェザーの首を優しく叩いた。「よくやったな。おまえは最高のレディーだ」

あれこれと言葉をかけるうちに、白目をむいた目が元に戻り、フェザーは首をねじるようにして頭をおれの膝《ひざ》にこすりつけてきた。

おれは鞍から降り、ふらつく脚でフェザーの全身を確かめた。かすり傷がふたつあるだけで、脚は無事だ。城まで残り半分の距離まで来ると、フェザーの体温は下がり、すっかり落ち着いた。だが、おれは、まだ落ち着かない。もう少しで、おれもフェザーも死ぬところだった。まったくどうかしている。城に戻ったら、すべて叔父に打ち明けよう。

馬小屋の前庭に入ってゆくと、馬丁たちが二頭の見なれない馬の世話をしていた。どちらの馬も、フェザーより疲れているようだ。金色と灰色のおもがいからすると、ギャラノン卿の馬らしい。

ギャラノンはオランストーン国の貴族で、国王の〝お気に入り〟だ。ふだんは宮廷にいるか、あちこちの知人の領地で狩りをしている。反乱を起こしたせいで、オランストーン国の領主たちは――たとえ国王のお気に入りでも――自分の領地で多くの時間を過ごすことは禁じられているからだ。ギャラノンが、いったいなんの用だろう？

大広間にはオレグしかいなかった。両手を後ろで握りしめ、両脚を広げて立ち、壁に刻まれた古いヒューログの呪文を見つめている。

あまりに熱心な表情なので、おれも壁を見つめた。前と変わったところはない。狩猟ナイフで荒く切りつけたような古代文字が刻まれている。だが、おれは石を彫《ほ》れるほど硬いナイフを知らない。指の長さほど深く刻んだ文字もあれば、表面を引っかいただけのような文字もある。文字のひとつひとつが、おれの背丈ぐらいの長さがあった。

「オレグ？」

おれは部屋に誰もいないことを確かめて声をかけた。オレグの姿は、おれにしか見えない。ほかの者には見えないように魔法をかけている。例外はシアラだけだ。人目がある場所でオレグに話しかけるときは、気をつけなければならない。愚か者と思われるのはかまわないが、気がふれたと思われては困る。

室内に強い魔力が集まりはじめ、おれは顔が赤くなるのを感じた。いつもオレグを取り巻いている魔法よりも、かなり強い。

「オレグ？」と、おれ。ただならぬ気配に、もういちど声をかけた。

「これを彫ったのは、ぼくです」と、オレグ。手で壁を示した。「あのかたがドラゴンを殺した後に彫りました。あのとき、ドラゴンの目は銀色に揺らめいていました。あのかたはドラゴンを殺した……だからヒューログの未来を教えてやったのです」

「これだけ彫るのは大変だったろうな」

おれはオレグの気を引くような言葉を返した。おれには、オレグが興奮状態におちいりそうなときがわかる。オレグは見えない誰かに語りかけたり、おれの後ろにあるものを見つめたりするときがあった。そして、ふいに姿を消したかと思うと、次には何ごともなかったかのような顔で現われる。前にも一、二度、様子がおかしいオレグに声をかけ、現実に引き戻したことがあった。

「あのかたは文字が読めませんでした——無教養なろくでなしです」と、オレグ。最後の言葉は、いかにも憎々しげだ。

「これは古代シャビグ語だ。読める者は、ほとんどいない」と、おれ。

「言葉の意味を説明したら、鞭で打たれました」と、オレグ。

その瞬間、オレグの右肩から腰にかけて、シャツの背中がサッと裂けた。オレグがビクッと身を縮めると、またしても別の場所が裂けた。おれは目を疑った。裂け目のほころびが血で染まってゆく。オレグは壁を見つめたままだ。

「オレグ」

落ち着け——おれは自分に言い聞かせた。次の瞬間、鞭のうなる音が聞こえ、オレグに三度目の見えない鞭が飛んだ。

母は幻影を造り出すことができた。部屋に足を踏み入れると、母の故郷である南タルベン産のワインや見慣れない花で埋まっていたこともある。でも、これは幻影じゃない。オレグの背中から血がしたたり、埃っぽい床に落ちている。

「オレグ、はるか昔のことだ。もう鞭打たれることはない」

「ぼくを殺そうと思えば殺せたのです」と、オレグ。不気味なほど落ち着いた声だ。おれはオレグを正気に戻そうと壁の前に立ち、オレグの目をのぞきこんだ。だが、顔を見たとたん、言葉を失った。顔がわからないほど腫れ上がり、白い頬骨が浮き出ている。

「でも殺さなかった。自分は手をくださず、ほかの者にやらせたのです。なぜだかわかりますか？」

「いや」と、おれ。ささやくような声だ。

「教えてくれ」

「ヒューログを失いたくなかったからです。あのかたは、ぼくが死にたがっていることを知っていた。でも、ぼくを殺せるのは、指輪の持ち主である、あのかただけです。だから、ぼくの挑発に乗らず、ほかの者に鞭打たせたのです」

「オレグ」

おれはオレグの頭のてっぺんにそっと触れた。古傷の跡がないのは、ここだけだ。

「ワード？」すぐ後ろで叔父の声がした。「誰と話している？」おれがオレグに話しかけるような穏やかな声だ。叔父にはオレグが見えない。

とりあえず、叔父に告白する計画は、おあずけだ。

「壁の文字を読んでいました」おれは振り向かずに答えた。「昔、トステンに教わりましたが、少ししか覚えていません」

「そうか」と、叔父。安心したような声だ。「ギャラノン卿と弟君《おとうとぎみ》が来ている」

オレグが、かんだかい声で叫びはじめた。おれは聞こえないふりをしてクルリと背を向け、しっかりと愚か者の衣《ころも》をまとった。叔父が話しかけるあいだ、ギャラノンと弟は後ろに控えていたようだ。おれは大股で二人に近づいた。

「やあ、ギャラノン卿！」

おれはギャラノンの手をギュッと握って勢いよく振り、その手を握ったまま、さりげなく逃《のが》れようとするギャラノンの背中を叩いた。

ギャラノンが小さくうめくと、叔父はおれの肩に腕をまわし、そっとギャラノンから引き離した。

「ギャラノン卿と弟のランディスロー卿は宮廷から一週間、馬を走らせてきたそうだ」と、叔父。

中背できゃしゃな身体つきのギャラノンは、茶色い巻き毛の髪で、薄い唇には笑みを絶やさない。年齢よりも若く見えるせいか、まだ国王の寵愛を失っていないようだ。弟のランディスローは兄によく似ているが、どことなく無骨《ぶこつ》で、貴族らしさに欠ける。ギャラノンのほっそりした鼻を太く男らしくすれば、ランディスローの鼻になる。いつも薄い唇を引き締めているが、笑うと魅力的だ。宮廷の女性たちは、〝二人が並ぶと、学者と兵士、雄鹿と血統のいい雄牛のようだ〟と噂した。

　おれは気まずくなるほど三人をジロジロ見つめ、うなずいた。

「宮廷は退屈です。おれだって、ここのほうがいいです」

　ランディスローが声を立てて笑った。

「そのとおり。この一週間は、宮廷よりも、はるかに刺激的だった。終わるのが惜しいくらいだ」

　ランディスローは他人の弱みにつけこみ、平気で意地悪をする、おれが大嫌いなタイプだ。

　ギャラノンは、おれに叩かれた肩をさすりながらも、さすがに礼儀正しい。

「このたびのこと、心からお悔やみ申し上げる」

　おれはキョトンとしてギャラノンを見た。

「お父上が……」と、ギャラノン。

「ああ」と、おれ。忘れていたかのような口調だ。「そうです。父は三週間前に死にました」

　父を亡くしたばかりとは思えない反応にギャラノンは当惑し、言葉を失った。国王のお気に入りであろうとなかろうと、おれはギャラノンが好きだ。叔父に告白するのを先延ばしにしてきて、ますます好きになった。

叔父がさりげなく前に出た。

「ワードも戻ってきた。そろそろ、ここに来た理由を聞かせてもらおうか？」

「狩りですか？」と、おれ。

オレグの叫びはおさまり、いまは小声で何かつぶやいている。だが、革鞭が肉体をうちすえる音は今も広間に響き、強い魔法のせいで、おれは会話に集中できなかった。

ギャラノンが不機嫌そうに鼻を鳴らした。

「ええ――でも、獣《けもの》を追う狩りではありません。ランディスローが知人から奴隷を買ったのですが、実は売り物ではなかったのです」

奴隷だって？　ひどい話だが、五王国には――シャビグ国を除いて――奴隷が存在する。国王の宮殿があるタルベン国のエスティアンでも、奴隷は身近な存在だ。だが、シャビグ人だけは奴隷を所有しない。

「知人の父親の奴隷でした」と、ランディスロー。上品に顔をしかめた。

「知、い、いや、知人の父というのが、〈黒のキアナック〉です」と、ギャラノン。苦々しげな口調だ。

「金貸しのキアナックか？」と、叔父。ショックを隠せない。ランディスローの悪い噂を聞いたのは初めてのようだ。

といっても、本人が借金で困っているのではない。もっとたちの悪いことに、ランディスローは宮廷の友人たちを賭博場に連れてゆき、カネを使わせていた。宮廷生活に飽きた若者が喜びそうな怪しげな店で、その所有者が金貸しのキアナックだ。どれだけ友人がカネを失おうと、ランディスローに責任はない。〝おれのせいじゃない〟と言うに決まっている。

「ええ、そうです」と、ギャラノン。おれに向きなおった。「弟がキアナックに返す前に、その女奴隷は逃亡し、ここまで跡を追ってきた。どうやら誰かに〝ヒューログなら安全だ〟と吹きこまれたらしい。弟がその情報を得なかったら、まず見つからなかっただろう。足跡からすると、女奴隷は川近くの地下道に入ったようだ。重い鉄格子のはまった入口から、どうやって入ったのか……われわれには動かせなかった。でも、足跡は鉄格子の向こうにつづいている」

叔父ではなく、おれに向かって話すところも、おれがギャラノンを好きな理由だ。宮廷の人間はみな――たとえ真横に立っていても――おれを無視しようとする。

おれはうつむいて眉をひそめた。「下水道ですか……」

ギャラノンがパチンと指を鳴らした。

「そうか。あの地下道はなんだろうと思っていたが……忘れていた。ここを造ったのは――」ギャラノンは部屋全体をグルリと手で示した。「小人族《ドワーフ》だったな」

「違います」と、おれ。「ドワーフ族が造ったのは下水道だけです」

「そうか」ギャラノンがうなずいた。「とにかく、奴隷は下水道に逃げこんだ。だが、入口が鉄格子でふさがれて入れない」

おれは首をかしげた――〝このまえ行ったときに、はずしておいたのに〟。そういえば、鉄格子の蝶番《ちょうつがい》のことは、すっかり忘れていた。いまも、はずれたままのはずだが……となると、奴隷が逃げこんでから、オレグがふさいだに違いない。オレグには奴隷を助ける理由がある。オレグが興奮状態におちいるのも、奴隷として痛めつけられた過去があるからだ。

背後からリズミカルな鞭の音が聞こえはじめた。だがオレグの声は聞こえない。

「入口に見張りと犬を置いてきた。下水道に入る方法があれば教えてほしい」と、ギャラノン。

「ありません」と、おれ。

「おまえは下水道に入ったことがあるだろう、ワード？」と、叔父。けげんそうに眉をひそめた。「入る方法を知っているはずだ」

おれはうなずいた。たしかに知っている。

「ヒューログに奴隷はいません」

ギャラノンとランディスローは警戒するようにおれを見つめ、叔父は顔をしかめた。叔父には、おれの言葉の意味がわかったようだ。叔父の目を見ればわかる。おれは奴隷制も、ランディスローも嫌いだ。オレグが奴隷を助けるつもりなら、おれは迷わずオレグに手を貸す。

「われわれは、奴隷を追って、ここまで来た」と、ランディスロー。ゆっくりした口調だ。ゆっくり言わないと、おれが理解できないと思ったらしい。「奴隷は鉄格子を通って中に入った。そこまではわかっている。だが、後戻りして出ることはできない。鉄格子の前に見張りがいるからだ。中に入る方法を教えてもらいたい」

「鉄格子をはずさないかぎり入れません」おれは穏やかに答えた。

「はずせるんだろ？」と、ランディスロー。鋭い口調だ。本音が出たらしい。かなり焦っているようだ。だが、おれは痛くもかゆくもない。ランディスローが〈黒のキアナック〉の賭博場に連れていった若者の一人が自殺した。愚かな友人にも親切な、気だてのいい男だったのに……。

「ええ」と、おれ。

「だったら一緒に来て、奴隷を捕まえてくれ」と、ランディスロー。ギャラノンが肩に手を置くのもかまわずに言いつのった。

「ヒューログに奴隷はいません」おれは〝ものわかりが悪いな〟とでも言うように、ランディスローに笑いかけた。

叔父はうつむき、ゆっくりと首を振った。

いきなりランディスローが、おれの上腕をつかんだ。にぶいのは身体ではなく、頭だということを忘れたらしい。

「格闘ですか？」おれはうれしそうな声を上げ、数メートル先のマスチフ犬の群れに向かってランディスローを投げ飛ばした。狩りがないとき、犬たちは暖炉のそばで寝そべっている。「格闘は大好きです」

「やめなさい」と、叔父。断固とした口調だ。「城内ではダメだ、ワード」

おれはシュンとして、ランディスローを指さした。

「ランディスロー卿が最初に……」

ギャラノンが振り向き、おれに向かってニヤリと笑った。叔父たちには見えない。

「格闘をするつもりだったのではない、ワード」と、叔父。あきらめ混じりの口調でたしなめ、ランディスローに近づいた。ランディスローは、うれしそうにペロペロと顔をなめる数匹の犬を必死に追い払っている。「こら、コーサー、やめなさい。おい、トゥー・スポット、伏せ！　わしの手を取るがいい、ランディスロー卿。ワードウィックの格闘好きを、お忘れか？　だが、先に手を出さぬかぎり、失礼な真似はせぬはずだ」責めるような、冷ややかな声だ。

ランディスローは、おれを冷たくにらんだ。だが、先に客のマナーに反したのはランディスローだ。本人も非を認めたらしく、素直に叔父の手を取って立ち上がった。

「ワードが言おうとしたのは、こういうことだ」と、叔父。ランディスローの手を取り、おれとギャラノンがいる場所に近づいた。「誰かがその者に言ったとおり、古代法にのっとれば、ヒューログに奴隷はいない」

「わかっております、デューローどの」と、ギャラノン。「しかし、ヒューログが奴隷を認めないことと、われわれの奴隷と、なんの関係があるのですか？」

「残念ながら、誤解されておるようだ。ヒューログに奴隷はいない」と、叔父。同じ言葉を繰り返した。「つまり、そなたたちの奴隷がヒューログの地を踏んだ時点で、もはや奴隷ではない」

　ランディスローは信じられないという表情を浮かべ、叔父を見つめた。「ご冗談でしょう？」

　ギャラノンは弟の腕をきつく握り、叔父に向きなおった。「デューローどの、今回だけ例外を認めていただけませんか？」

　叔父がうなずくのを見て、おれは口をはさんだ。

「認めません」断固とした口調だ。「ヒューログに奴隷はいません。この地を治めるヒューログ城主《メーテン》の名にかけて、奴隷は認めない。ヒューログに来た者は誰でも平和に暮らす自由を与えられる。ヒューログは万人の聖域である」

　うまく舌が動かず、ようやく言いおえた。

　叔父は、この言葉が有名な英雄物語――ヒューログ城主《メーテン》セレグ伝――のなかの一節だと気づいたようだ（最初に奴隷を禁止したのはセレグではない――セレグよりも前のヒューログ城主《メーテン》が、土地を開墾させるための人手を確保するために奴隷制を復活させた――そのあとで、ふたたび奴隷制を廃したのがセレグだ）。だが、ヒューログの人間でないギャラノンとランディスローは、とつぜん人間の言葉を話しだした牛を見るかのように、おれを見つめた。

「ワード、それは物語にすぎない」と、叔父。慎重な口調だ。おれを説得する方法を探っているのだろう。

「母さんから、セレグのようになりなさいと言われました」おれはニコリと笑った。

叔父の目に落胆の色が浮かんだ。

ヒューログの地に住む者は誰でも英雄セレグの物語を知っている。ヒューログに、セレグをたたえない男は――この点では女も――いない。英雄セレグが奴隷を認めないと宣言したのだから――叔父がなんと言おうと――ヒューログの人間はみな、おれに賛成するはずだ。そのことは叔父もわかっている。ランディスローには気の毒だが、奴隷はあきらめてもらうしかない。

叔父は眉間《みけん》にしわを寄せ、おれを見つめた。

「しばらくワードと……話がしたい」叔父はギャラノンとランディスローに向かって言った。

「部屋に閉じこめたほうがいいんじゃ……」と、ランディスロー。

「そなたたちも供の者も、さぞ疲れたであろう」と、叔父。ランディスローの言葉をさえぎるように声を上げた。「下水道の入口には〈青の防衛軍〉の兵士を行かせる。少し休まれるがよい。食事をとって少し眠れば、気分もよくなるだろう。ワード、乗馬服を着替えてきなさい。あとで、おまえの部屋に行く。今朝おまえが外出したあとに起こったことで相談がある」

とつぜんオレグが叫び、おれは思わずビクッとした。

ギャラノンも身体をこわばらせ、けげんそうに耳をそばだてた。

「今のは、なんです？」

「なんのことだ？」と、叔父。

「あの音です。何かが死にかけているような……」と、ギャラノン。聞こえたのが自分だけだと気づき、言葉をのみこんだ。

「幽霊です」おれはサラリと答えた。「顔を洗ってきます」

おれは三人に向かってお辞儀し、わざと荒々しく階段を駆けのぼった。全員が引き揚げたら、広間に戻ってオレグの様子を確かめよう。

部屋ではアクシールが待っていた。アクシールは無言でおれの服を脱がせ、身体を洗うのを手伝った。ベッドの上には、オレグが用意した夕食の席のための服が置いてある。だが、アクシールは一言も触れなかった。アクシールに話すかどうか、オレグと相談しなければならない。アクシールが〝一族《ファミリー》の守護霊《ゴースト》〟の存在を知ってもかまわないが、城内の噂になっては困る。

アクシールが、おれの右腕の紐《ひも》を結びおえ、左腕の紐を結んでいると、寝室の扉が開いた。

「二人だけで話せるか？」と、叔父。

おれがうなずくと、アクシールは紐を結びおえ、短くお辞儀した。

「ご用がありましたらお呼びください。自室におります」

アクシールが退室すると、叔父は室内をウロウロと歩きまわった。

「あんな話をするのは、子供と……」と、叔父。一瞬、言葉を切ってつづけた。「愚か者だけだ。誰から善悪の基準を教わったのだ、ワード？　兄のフェンからではないな。わしは兄を愛していたが、フェンは父そっくりだった。父に〝ヒューログは万人の聖域である〟などと言おうものなら、言下に笑い飛ばしただろう」

おれは、その場に立ったまま、叔父の歩調に合わせて首を振った。本当にバカだと思われそうなしぐさだ。やめよう――おれは叔父に本当のことを話すつもりだったんじゃないか。

おれが首振りをやめると――それが叔父の足を動かしていたかのように――叔父は立ち止まった。

「おまえの意見を聞こう。いいか――このことが噂になれば、五王国じゅうの逃亡奴隷がヒューログに集まる。宮廷では物笑いの種だ。おまえは、それでもかまわないのだな？」

答えを求めているのではなさそうだ。おれは答えをはぐらかした。

「ヒューログに奴隷はいません」

叔父はため息をついた。だが、安堵のため息のようにも聞こえる。おれの背後の壁を見つめながら、叔父はひとりごとのようにつぶやいた。

「ヒューログに奴隷はいない。初代国王によって憲章に記された古代法にしたがえば、ヒューログに足を踏み入れた奴隷は、その時点で自由の身となる。わしの父と祖父が無視したからといって、この法が効力を失ったわけではない。ランディスロー卿とギャラノン卿には、直接キアナックと話し合ってもらうしかないな。セレグの言葉は、いまなおヒューログでは真実だ」

「ギャラノン卿はいい人です」と、おれ。「でも、ランディスロー卿はダメです」

叔父は眉をひそめた。

「おまえはランディスロー卿が嫌いなのか？　なぜだ？」

おれが愚か者じゃないと告白する絶好のチャンスだ。だが、舌が動かない。しかたなく、おれは肩をすくめた。ギャラノンが帰るまで待とう。

「もしランディスロー卿のことが好きでも、〝奴隷は認めない〟と言ったか？」と、叔父。

おれは叔父に向かって顔をしかめた。いい質問だ。おれが好き嫌いでものごとを判断したと言うのか？　事件の渦中にいたのが嫌いなランディスローだったから、意地悪で古代法を引き合いに出したとでも？　大広間で悲痛な叫びを上げるオレグと、ヒューログ城の地下で鎖につながれたドラゴンが頭に浮かんだ。違う——これは好き嫌いの問題ではない。長い年月のあいだに、あまりに多くのヒューログ人が自分たちの気高い法を忘れてしまった。

「ヒューログに奴隷はいません」と、おれ。

叔父は奇妙な笑顔を浮かべ、軽く頭を下げた。敬意に満ちたしぐさだ。

「おまえの言うとおりだ」

叔父は後ろ手に扉を閉め、部屋を出ていった。

そのとたん、ヒューログに残る唯一の奴隷であるオレグの声がした。

「ワード様？　奴隷を引き渡さないのですか？」

振り向くと、オレグが壁の羽目板の前に立っていた。羽目板の向こうに通路がつづいている。傷跡やあざは消え、いつものオレグに戻ったようだ。だが、両腕で身体を抱き、不安そうに足を踏み変えている。

おれは、ふと思った――オレグを奴隷から解放する方法はないのだろうか？　こんど宮廷に行ったとき、国王づきの魔法使いにきいてみようか？　でも、オレグの秘密を他人に知られたくはない。それに、たとえ国王づきの魔法使いでも、これほど長いあいだつづいている魔法を解けるとは思えない。帝国時代の魔法使いの力が、今よりはるかに強かったことは誰もが知っている。

「渡さない」と、おれ。

オレグはあごを上げた。

「本当ですか？」

「本当だ」と、おれ。オレグを納得させるような強い口調だ。「寝具と食べ物を用意してやったんだろう？」

「ええ」と、オレグ。ささやき声だ。「でも、まだおびえています。ドラゴンの骨がある洞窟に連れていきました」さらに声を落とした。「ぼくの姿は見られていません。寝具と食べ物を置いただけです。今朝お話しするべきでした」

「洞窟から出られないようにしたのか?」と、おれ。「一日じゅう、そこにいるのか?」

オレグはうなずいた。

「本人と話そう」と、おれ。「ギャラノンとランディスローがいても、城のなかなら安全だ。でも、洞窟のほうが安心なら、それでもいい——きみが、それでよければ」

オレグが、おれに助けを求めにきた……昨日は、おれが放牧場に入ると、パンジーがうれしそうにいななないた——どうやら奇跡が起こったらしい。オレグは不安そうにおれを見つめた。家を出た日のトステンのように幼く見える。これまでは、オレグが奴隷であることを忘れるときもあった。でも、数分前の大広間での光景を見たあとでは、忘れようにも忘れられない。オレグは助けを求めにきたものの、完全におれを信用できず、言い出せなかったのだろう。

「その女に危害は加えない」と、おれ。

オレグが動きもしないのに、後ろの羽目板がサッと開き、オレグはクルリと背を向けて、羽目板の先につづく通路を歩きはじめた。あわてて後を追ってなかに入ると、後ろで勝手に羽目板が閉まった。前回と違い、ドラゴンの骨がある洞窟までは、わずかな距離だった。ヒューログ城の地下深くではなく、おれの部屋の隣にあるかのようだ。洞窟に入ると、ふたつのことに気づいた。ひとつは洞窟じゅうに響く、耳慣れない単調な音。もうひとつは、鍋に入った濃いスープのように、あたりを満たす魔法だ。岩のあいだで弱い光が揺らめいている。おれは首筋に視線を感じた。暗闇に何かいるのか？

おれが立ち止まると、オレグが振り向いた。

「女は魔法を使おうとしています。でも、ぼくがドラゴンの骨を守るためにかけた魔法を解くほどの力はありません」

おれたちは砂利の地面を踏み越え、ドラゴンの骨がある砂地に近づいた。足音がしたはずなのに、女は気づく様子もなく、ドラゴンの頭蓋骨《ずがいこつ》の前に座っていた。背中のなかほどまで伸びた髪は汚れ、もつれている。あまりに薄汚《うすぎたな》いので、小人の細工石《ドワーフ・ストーン》の光のなかでも、顔かたちはよくわからない。単調な音は、女の歌声だった。今まで聞いたことのない音楽だ。

じっと見ているうちに、ドラゴンの骨から鎖がはずれていることに気づいた。おれも一度はずそうと思ったが、一族の罪を隠すことになると思ってやめた。ヒューログ城の地下にドラゴンの骨があっても不思議はない。だが、それがつながれていたとなれば、わが一族の罪は誰の目にも明らかだ。だから、おれはそのままにしておいた。

「ヒューログの炉辺《ろへん》にようこそ、うるわしき旅人よ」

おれは伝統的な挨拶《あいさつ》で呼びかけた。この挨拶を受けた者は――本人が理解しようとしまいと――正式な客人として扱われる。

女は魔法に没頭していたらしい。おれの言葉に驚いてウサギのように跳び上がり、声をのみこんだ。おれが言葉をつづける前に、女は右手で投げるしぐさをした。パチパチと音を立てて燃える何かが、目にもとまらぬ速さで飛んでくる。

それは、おれたちがいる数メートル先で落ち、パッと消えた。

「落ち着いて、お嬢さん」と、オレグ。なだめるような声だ。「こんなところに放っておいてすみません。でも、あなたを助ける前にヒューログ城主《メーテン》に相談しなければなりませんでした」

女はあごを上げた。

「〝お嬢さん〟じゃないわ」と、女。声が震えて、どこのなまりなのかわからない。

「なぜヒューログに来たのです？」と、おれ。穏やかな口調だ。

「ドラゴンと奴隷を守ってくれる場所だと思ったからよ。みんなは笑い飛ばした。でも、実際に来てみて、みんなが正しいことがわかったわ」

女は、そばにあるドラゴンの鎖を指さした。

イランダーに比べるとなまりは弱いが、どうやらアビンヘル国から来たらしい。アビンヘル国には奴隷制がある。だが、どうも引っかかる。本当の奴隷なら、もっと卑屈な話しかたをするはずだ。

「ここなら安全です」おれは熱っぽく話しかけた。「好きなだけヒューログにいればいい。ギャラノンとランディスローが去るまでは、ここのほうが安全かもしれません。あなたしだいです」

「あなたは誰？　ずいぶん偉そうね」と、女。おれとオレグをじっと見つめた。バカにするような口調だ。「二人とも、まだ子供じゃないの」だが、声がかすれ、強がりはつづかなかった。

目元と口元のしわに疲労の色が見える。ギャランンとランディスローも疲れていたとはいえ、馬上の旅だ。でも、この女は……。おれは女の足を見て、小さく叫んだ。裸足《はだし》だ。

「オレグ」おれは女の質問を無視した。「足を見たか？」

オレグは女の足に目をやった。

「馬小屋から水を入れたバケツと、ペンロッドがマンサクから作った傷薬を持ってきます」

オレグは言い残し、姿を消した。

女は目を見開き、いきなり座りこんだ。

「あなたは誰？」と、女。さっきよりも穏やかな口調だ。

「おれはワード」親しげな口調だ。「父のフェンウィックが三週間前に死んで、いまは、おれがヒューログ城主《メーテン》です。でも、二十一歳になるまでは、叔父がヒューログを治めます」

「さっきの人は？」と、女。オレグが立っていた場所を指さした。

「ああ、オレグか？」迷った末に、おれは答えた。「友人です」

「あの人は魔法使いね」と、女。ひとりごとのようにつぶやいた。

「どうかな」おれは言葉をにごした。長年のくせで、人に対するときは、つい愚か者のふりをしてしまう。「おれは、そうは思いません。ヒューログにも魔法使いはいるが、オレグとはまったく似ていない」

「魔法使いが、みな似ているとはかぎらないでしょう？」と、女。驚いた声だ。

「デューロー叔父の魔法使いと、父の魔法使いはそっくりです」と、おれ。

「それはその魔法使いどうしが兄弟だからです、ワード様」

いきなりオレグの声がした。いつのまに戻ってきたんだろう？

おれは目をパチクリさせ、まぬけ顔でオレグを見つめた。この顔は芝居じゃない。オレグがいきなり現われたり消えたりするのには、いまも驚かされる。

「ああ、そうだ。忘れていた」

おれは、ちょうどよさそうな割れた石板を指さし、女に座るよう合図した。

「こういうことは得意です」おれはオレグからバケツを受け取り、女から少し離れた場所に置いた。「妹のチビすけは女用のサンダルをはくのが嫌いで、いつも足は切り傷だらけだった。しかたなく、木こり用の丈夫なブーツをはかせたんです。母は気に入らなかったけど、おかげで傷の手当をせずにすむようになりました」

おれが話しおえるころ、女はおとなしくなった。

おれはペンロッドの薬が入った陶器ビンのふたを開け、バケツにたっぷり注《そそ》いだ。女はそっと足をバケツに入れると、声を上げた。薬が傷にしみるのだろう。おれはオレグから清潔な植物の刷毛《はけ》を受け取り、バケツに入れて、女の片足を引き出した。

ひどい傷だ。足のうら全体の皮がむけ、泥が入りこんでいる。泥をこすり落とすのは、かなり痛いはずだ。どうせ痛いのなら、一度で終わらせよう。おれは足から砂や汚れを全部こすり取ってバケツのなかに戻し、反対の足に取りかかった。

それにしても変わった奴隷だ。自分が魔法使いである証拠に魔法を使ってみせるなんて……。本当に、魔法使いが奴隷になることがあるのだろうか？　どうも変だ。たしかに疲れてはいるが、この女には——普通の奴隷のような——無気力さも、今にも死にそうな弱弱しさもない。

「ここにいることが叔父様に知れたら、どうなりますか？」と、女。こわばった声だ。

「もう叔父は知っている」

おれは女の足を見て顔をしかめた。こっちの足は、すでに化膿しはじめている。

「ご主人様？」と、オレグ。遠くを見るような表情だ。「叔父上がお捜しです。夕食の用意ができたようです」

「あとを頼めるか？」と、おれ。

オレグは焦点の定まらない目でうなずいた。

「急いで部屋に戻れば、叔父上が来るのにまに合います」

母の両脇にギャラノンとランディスロー、その向かいに叔父と妹が座り、おれは上座《かみざ》についた。ギャラノンはいつものように穏やかだが、ランディスローはムッツリと黙りこんでいる。

「それで」と、叔父。「最近の宮廷はどうだね？　わしが最後におとずれたのは冬祭りのときだったが」

ギャラノンは口に運びかけた料理をおろして答えた。

「ジャコベン王は、ヴォルサグ国のことを憂《うれ》えておられます」ヴォルサグは五王国の南にあり、オランストーン国最南の国境に接する国だ。「新しい統治者のカリアルンは気まぐれな人物らしく、その父親が王の時代に結んだ協定を守らないのではないかと危ぶむ声が上がっています」

「気まぐれな点では、カリアルン王の父親も同じだった」と、叔父。「わしはカリアルン王に会ったことがある。信用ならない人物だ。協定が自分に有利でないと思えば、すぐに破棄するだろう。ヴォルサグ人がオランストーン国の国境の町を襲ったそうだな」

ギャラノンがうなずいた。「わたしは、兵の大半を武術指南役とともに領地に送り返しました」

「そなたの領地は、ヴォルサグ国から十キロ以上も離れておるではないか」と、叔父。世間話が緊迫した紛争問題に変わって、声がこわばっている。「それほど内部にまで略奪の手が伸びておるのに、なぜジャコベン王は軍を送らないのか？」

「ジャコベン王は、〝少数の盗賊団が活発化したか、オランストーン人どうしの略奪だろう〟というカリアルン王の言葉を真に受けています」と、ギャラノン。苦々しい口調だ。

驚いた――ギャラノンがジャコベン王を批判するなんて……。「ジャコベン王が、二、三の盗賊団を相手に戦《いくさ》を始めるはずがありません」

「戦？」おれは熱っぽくたずねた。いかにも力自慢のうすのろらしいセリフだ。

ギャラノンは肩をすくめた。

「ジャコベン王は、オランストーン国の財産や人命が奪われたくらいでは兵を出しません。戦を始めるのは、ヴォルサグ人が領土を奪おうとしたときでしょう」いつもの穏やかな声だ。さっきの刺《とげ》のある口調は気のせいだろうか？　ギャラノンはオランストーン人だが、この十五年間はジャコベン王の愛人だ。

おれは料理に気をとられているふりをしながら考えた。戦が始まれば、おれと叔父は〈青の防衛軍〉をひきいて五王国を縦断し、遠くオランストーン国まで行軍することになる。そのあいだヒューログを……誰かの手に……ゆだねなければならない。ただでさえ飢饉の恐れがあるのに、いま戦が起こっても、ヒューログにはなんの得にもならない。せいぜい、出征する者の数だけ食べる人数が減るだけだ。

おれも宮廷でカリアルン王に会ったことがある。それほど容姿端麗ではないのに、そう思わせる雰囲気があり、骨のお守りをいくつも身につけ、数人の魔法使いをしたがえていた。聞くところによればカリアルン王も魔法使いらしいが、どうもそうは思えなかった。魔法に対する態度が、魔法使いらしくないからだ。おれが知る魔法使いは、異常なほど魔法を崇《あが》めている。

「そうだろう、ワード？」と、ランディスロー。

おれは顔を上げた。

「え？　すみません、考えごとをしていて」

ランディスローはほほえんだ。

「デューローどのから、お父上の馬の話を聞いたところだ。とんでもない暴れ馬だったのを、きみが手なずけ、今じゃ、貴婦人の仔犬のように後をついてまわるそうじゃないか」

「馬を手なずけるのは簡単です」おれは明るく答えた。「でも乗りこなすとなると、話は別です。今週は三回も振り落とされました」

「ふうん」と、ランディスロー。気のない返事だ。「叔父上にも申し上げたんだが、きみのまわりには――その雄馬のように――扱いにくいものばかりが集まるようだな。宮廷でも、そうだ。去年のことを覚えているか、ギャラノン？　のろまな娘がワードの後をついてまわって……。それに、妹君も――まあ、口のきけない女性が悪いというつもりはないが……。そのうえ今度は、おれの奴隷まで仲間に加えるつもりか？」

デューロー叔父とギャラノンは場をとりなすように笑みを浮かべた。シアラは不安げに顔を曇らせ、消え入りそうに身を縮めている。

ふと母が顔を上げ、夢見るような、とりとめのない口調で話しはじめた。最近は夕方になると、いつもこの調子だ。

「でも、おっしゃるとおりですわ。もしワードが後継者じゃなかったら、魔法使いの弟子として修行に出ていたでしょう。でも、夫は頑《がん》として認めませんでした。やがてジャコベン王から直々《じきじき》に、ワードを修行に出すよう、命令が出たのです。あれだけたくさんいた魔法使いも、すっかり数が減ってしまいましたから。でも、フェンがワードを送り出す前に、あの悲しい出来事が起こりました。もっとも、もともとワードには、それほど魔法の才能はありません」

そう言うと、母は食事に戻った。

ランディスローは顔をしかめた。

「そのことと、ワードのところに集まるはぐれ者と、なんの関係があるのですか？」

母は上品に口を動かし、ワインを少し飲んでからつづけた。

「ワードは〈見いだす者〉です――ほら、よく物語に出てくるでしょう？　ワードは、なくなった物を見つけ――なくなった物はワードを見つけるのです」

広間は油布《ゆふ》でおおった天窓の明かりがさすだけで薄暗いのに、母の瞳孔《どうこう》は点のように小さくなっていた。母は、どの薬草を食べたのだろう？　夢根草を食べても、瞳孔には影響しないはずだが……。

父が死んだら、母の具合もよくなるんじゃないかと期待したが、喪に服す未亡人となって、ますます正気を失ってゆくようだ。一緒に積み木遊びをした母は、どこにもいない。

「そうとも言えないでしょう、義姉上《あねうえ》」と、叔父。「もしワードが〈見いだす者〉だとしても、その能力は……」叔父はチラリとおれを見た。おれはそしらぬ顔で生のニンジンをボリボリと食べつづけた。「ワードが傷を受けたときに消えたと、フェンから聞きました。もし、ワードに何かを見つける能力が残っているにしても、ワードが見つけるのであって、〝何か〟がワードを見つけるのではありません」

「ええ、そうね、あなた」と、母。父に話しかけるような口調だ。「あなたの言うとおりよ」

おれは叔父が気の毒になり、わざとらしく咳《せき》をした。もはや母は、まともに話ができる状態ではない。とくにギャラノンは居心地が悪そうだ。おれと母が食事に同席したのでは、せっかくの歓待も台なしだな。

おれは木皿の上のパンを食べおえて立ち上がった。叔父は眉をひそめた。食事中に主人が立ち上がるのは無礼だと、たしなめるような表情だ。でも、おれがいないほうが、逃亡奴隷を渡さない理由を説明しやすいだろう。

「パンジーにニンジンを持っていってやります」

おれがテーブルから失敬したニンジンをみなに見せると、シアラは残りのパンをつかんで椅子からピョンと立ち上がり、後からついてきた。

「しょうがないな」おれは叔父がシアラの行儀を注意する前に言った。「来てもいいけど、離れているんだぞ。パンジーがおまえにケガをさせたら、そのせいで傷つくのはパンジーのほうだ」

4　ワードウィック

逃げるのは臆病な行為だ。だが、臆病が悪いとはかぎらない。叔母がよく言っていたように、〝なにごとも、ほどほどが大切〟である。

おれがパンジーの世話を終えると、シアラは部屋までついてきて〝泥棒と王様〟遊びをしかけてきた。運のみに左右される遊びだ。おまけにシアラは、いつも恐ろしく運が強い――そうでなければ、ズルをしているのだろう。

オレグはお気に入りの丸椅子に腰かけ、おれがシアラに負けるたびにニヤニヤ笑ったり、目をグルリとまわしたりした。シアラの前では姿を見せる。もっとも、ほかに誰かがいれば別だ。

「もう寝ろ」と、おれ。厳しい口調だ。またしてもシアラにやられた。

シアラは笑い声を上げ、おれの頰《ほお》に口づけして、踊るように部屋を出た。

扉がピタリと閉まると、おれはオレグに向きなおった。

「われらが逃亡者の様子はどうだ？」

オレグはものうげに微笑した。

「眠っています。客人がここを離れるまで、地下から出ないでしょう。ランディスロー卿のことが嫌いなようです」

「おれもだ」正直な気持ちだ。「早く、あの二人がいなくなるといい」

行儀よく扉をノックする音がした。

「あの女《ひと》の様子を見てきます。ギャラノン卿のお相手を、よろしく」

オレグが姿を消すと、座っていた丸椅子がゆらりと傾き、次の瞬間、ガタンと大きな音を立てて床に倒れた。

まだ寝支度をしていない。急いでガウンに着替えて扉を開けると、ギャラノン卿が立っていた。

「あ、どうも」と、おれ。ギャラノンを招き入れるように扉を押さえ、しまりのない笑顔をつくった。

ギャラノンは取っ手を握ってなかへ入ると、扉を閉めて近づいてきた。

「ワードどの、頼みがある」

おれは、のろのろとまばたきした。おれに頼みだって？

「弟の荷物のなかに、こんなものがあった」と、ギャラノン。腰帯の袋から、布の束を取り出した。「同じようなものを見たことはないか？」

よく見ようと、おれが身をかがめると、ギャラノンは布を持ち上げ、なかのくすんだ緑色の粉をおれの顔に吹きつけた。鼻をおおって後ずさりするギャラノンが見え、おれは意識を失った。

目が覚めると、十二歳のころに戻ったような気がした。身体が動かない。まわりで人々が動きまわっているが、何を話しているのか、わからない。言いようのない恐怖に捕らわれて、おれは悲鳴を上げ、わめいた——つもりだったが、ささやき声ひとつ出せない。やがて、周囲が静かになった。耳まで麻痺したのだろうか？

そのとき、静寂を破ってオレグの声が聞こえた。

「ワード様、やつらがいなくなるのを待っていました」切迫した口調だ。「怒らないでください。どうか、どうか、お願いです。今、動けるようにしてあげます。もう大丈夫です」

ギャラノンがかけた魔法の拘束《こうそく》が解けた。おれは大きくあえいでゴロリとうつぶせになり、膝をついて上体を起こした。

「ああ、神よ」

気がつくと、涙が頬を流れていた。

「落ち着いて。大丈夫ですよ」と、オレグ。声をひそめ、不安げにおれの手を叩いた。及び腰で腕だけを伸ばしている。助けにくるのが遅かったから、おれにぶたれると思っているらしい。なぜ、そんなにおびえるんだ？　その瞬間、身体が自由になり、おれはわれに返った。

「大丈夫だ。ありがとう」叫びつづけたあとのようなかすれ声だ。

おれは震える手で顔を拭った。よく見ると、自分の寝台の上だ——なぜギャラノン卿は、魔法でおれを拘束したんだろう？

オレグが顔を上げた。

「やつらが戻ってきます。どうしましょうか？」

「おれが言うまで、何もするな」

扉の外で声がした。デューロー叔父がひどく怒っている。

「オレグ、姿を隠せ」

おれは寝台に横になって目を閉じた。

「もっと力を抜いてください」と、オレグ。

言われたとおりに、おれはできるだけ力を抜いた。扉が開いた。

「ですから、デューローどの」と、ギャラノンの声。うんざりした口調だ。「ワードどのにヒューログを統治する力はありません。亡き父君《ちちぎみ》のご希望どおり、エスティアンの王立療養所で適切な手当てを受けるべきです。王の命令書を、ごらんになったでしょう？　治療費はかかりません。ヒューログの財政状態は承知しておりますので、わたしが寄付しました」

父が、おれを王立療養所に入れる気だった――だと？

「しかし、それは五年前の話だ」と、デューロー叔父。「あのころフェンウィックは、ワードの症状が、もっとひどいと思っていた」

「ヒューログ城主《メーテン》は治療費を出したくなかっただけです」と、ギャラノン。そっけない口調だ。「費用の心配はいりません。問題なのは、誰がヒューログを継ぐか――です。奴隷を取り戻してくだされば、あなたがヒューログ城主《メーテン》に指名されるよう取りはからいます」

叔父は大きく息をのんだ。驚きのためか興奮のためかはわからない。沈黙がつづいた。何を迷っているのだろう？　叔父にとっては、ヒューログを手に入れる絶好のチャンスではないか。

「このような問題では、王はわたしの言葉を聞き入れてくださいます」と、ギャラノン。取り入るような優しい口調だ。「ワードどのの弟君は、行方不明になって二年もたちます。死んだと考えるのが妥当でしょう」

「選択の余地はないというのだな」と、叔父。

「ワードどのにすべての決定をまかせた時点で、あなたはご自分で選択を放棄なさったのです」と、ギャラノン。静かな口調だ。「奴隷がヒューログに向かったことを知ったときから、このような事態を予想していました。わたしは宮廷でのワードどのを知っています。聞く相手さえいれば何時間でも、英雄セレグの物語詩を暗唱していました」

それは、うるさい相手を黙らせたいときだけだ――おれは心のなかで言い返した。

「ワードどのは、古いやりかたに固執します」と、ギャラノン。「あまりにも……無邪気で、難しい駆け引きはできません。あなたやわたしとは違います」

一瞬、額《ひたい》に誰かの手が触れた。叔父の手だ。

「きみは、こんなに無力な若者まで迫害するのか」と、叔父。つぶやき声だ。

「弟を守るためなら、なんでもします」と、ギャラノン。硬い口調だ。

「わしからジャコベン王に話してみよう」と、叔父。警告する口調だ。「わしとて、まったくの無力ではない」

目を閉じているので顔は見えないが、ギャラノンの声は笑いを含んでいた。

「王のお考えは変わりませんよ。奴隷は必ず渡していただきます」

オレグがかくまっている以上、それは無理だな——おれは思った。石をひとつずつ取りはずして城を壊さないかぎり、奴隷は捕まらない。

「デューローどの、よくお考えください。頭の足りない城主のもとで、いつまでヒューログが持つでしょうか？」

「わしがヒューログを手に入れたくない場合は、どうなる？」と、叔父。声の様子から、室内を行ったり来たりしていることがわかった。

「この城を見るがいい。古くて、わしの城より小さい。まだ崩れずに立っているのは、ひとえにシャビグ人の頑固さゆえだ。北の寒冷地にあるため、食料を確保するだけで精一杯だ。今年は、それすらおぼつかない。昔あった鉱山も、すでに掘り尽くされて久しい」

自分に言い聞かせるような口調だ。だが、ヒューログに対する強い渇望が感じられる。おれの気持ちと同じだ。ギャラノンは気づいただろうか？

「貧しいというんですか？　小人族《ドワーフ》の宝があるでしょう？　黄金や宝石や魔法の護符の噂を聞きましたよ」

ランディスロー卿の声だ。一緒にいるとは知らなかった。本気で宝があると信じているのか？　それとも、いつもの皮肉だろうか？　どちらともとれる口調だ。

「宝探しは、わしの祖父が生まれる前から行なわれていた」叔父はいらだたしげにさえぎった。「宝があったとしても、とっくになくなっておる」

「ヒューログをジャコベン王に帰属させることもできます」と、ギャラノン。「しかし、王はカネのかかる趣味をお持ちで、多大な負債がおありです。もしも誰かが——」脅すような口調だ。「——〝ヒューログを委託したい〟と申し出れば、王は、この城の馬や金目のものを売り払い、荒れるにまかせてしまうかもしれません。ランディスローの奴隷を捕まえてくだされば、ヒューログがあなたのものになるよう取りはからいましょう」

沈黙が降りた。

「行方不明の甥トステンに代わって、わしが管理を引き受けよう」と、叔父の声。根負けした様子だ。「奴隷が見つかったら、そちらに引き渡す」

「あなたは話のわかるかただと思っておりました、デューローどの。申しわけありませんが、ワードどのの部屋に見張りを置かせていただきます。朝になったら、家来たちがワードどのを療養所へ護送します。ランディスローとわたしは奴隷が見つかるまで、ここに滞在させてください」

「お好きなように」と、叔父。寝台に足音が近づいた。叔父は、もう一度おれの額に手を置き、無言で部屋を出た。

「本人が抵抗するかもしれないな」と、ギャラノン。

「いやいや」と、ランディスロー。「王立療養所で、ジャコベン王が集めた〝一族のやっかいものたち〟と仲よくやるさ。デューロードのにも、わかっている。療養所に入っても、ワードの立場は今と変わらない。しかし、ヒューログにとっては、そのほうが望ましい。おれにとってもな」

「約束は守ってくれるだろうな？　二度とキアナックの賭博場には近づくなよ」

「わかった」と、ランディスロー。「わかったよ」

ギャラノンは見張りを一人残し、ランディスローを連れて出ていった。見張りの足音しか聞こえなくなると、おれは考えをめぐらしはじめた。

王立療養所に送られてたまるものか。父に連れられて、療養所を見にいったことがある。おれを送りこむ前に、どんなところかを見ておきたかったのだろう。鉄格子のはまった部屋にいる人々のうつろな目を見て、おれは気の毒でたまらなかった。

だが、おれは決してあんなところには入らない。おれをヒューログ城から引き離そうとすればどうなるか、ギャラノンは知らない。おれにはオレグという秘密兵器がある。それに、叔母のスタラも黙ってはいないはずだ。叔母は王や宮廷に遠慮しない。〈青の防衛軍〉の人数に比べれば、ギャラノンの供など、たかが知れている。

だが、おれは胸をつらぬく冷たい恐怖を抑えきれなかった。父は、そうまでしてヒューログをおれに渡したくなかったのか……。おれは骨の髄《ずい》までヒューログの人間だ。おれの血には、ヒューログの魔力がまじっている。ヒューログを離れると、胸にポッカリと大きな穴が開く。ほかのものでは埋められない。ヒューログがなければ、おれはからっぽだ。

スタラ叔母なら、ギャラノンを追い出せる。だが、王への反逆とみなされるのは確実だ。いずれにせよ、ヒューログは最期を迎える。何もかも、おれのせいだ。

ヒューログを離れなければならない。自分で招いたことだ。

ギャラノンは利口な男だ。そうでなければ、父親が始めた戦《いくさ》で命を落としていただろう。オランストーン国の中級貴族の一人として、少年のころから、デューロー叔父よりも強力な相手を何人も出し抜いてきた。ギャラノンは勝負のしかたを心得ている。〈黒のキアナック〉は王都エスティアンの荒くれた地域に歓楽街を築き、その界隈《かいわい》ではジャコベン王に匹敵する力を持つ。だからギャラノンは、キアナックよりも弱い敵に目をつけた。それが、うすのろの、おれだ。

父が死んだ日に、真実を叔父に話していれば、おれが本当はバカじゃないことがシャビグ国全土と五王国の大部分に伝わったはずだ。ギャラノンが、王に監禁命令書を要請することもなかっただろう。おれがヒューログ城を失うのは自業自得だ。

とにかく、ここから逃げ出そう。真似どころか本当にバカだった自分をどやしつけるのは、そのあとでいい。それから、ヒューログ城を取り戻す方法を考えよう。

決心がつくと、おれはしばらくウトウトし、見張りの息づかいがゆったりしたペースになるのを待って、そっと目を開けた。その瞬間、ノックの音が聞こえ、あわてて目を閉じた。

「誰だ?」と、見張りの兵。眠そうな声だ。

「お食事と飲み物を持ってまいりました」アクシールの声だ。

アクシールは食事を運ぶ係ではない。ヒューログ城主《メーテン》の身のまわりの世話をする警護士だ。食事は女の召使が運ぶはずなのに……。

見張りが扉を開けると、アクシールの足音が近づき、暖炉のそばのテーブルへ向かった。見張りが扉を閉めたあとは、足音も声も聞こえなくなった。そのとき、寝台のそばでアクシールの声がした。

「さて、今度は何をされたんですか、若様?」

急に、オレグやパンジーの気持ちがわかったような気がした。主人が変われば、誰だって警戒心を抱《いだ》く。父の警護士だったアクシールを、どこまで信用できるだろう?

「魔法をかけられた」おれは寝台の上に起き上がった。〝うすのろ若様ワード〟の仮面を捨てて——表情としゃべりかたを、ちょっと変えるだけだ——言葉をつづけた。「ヒューログで城主に魔法をかけても、長くは持たないのにな」

アクシールはじっとおれの顔を見つめた。アクシールの背後に、床にくずおれた見張りの姿が見えた。縛られて猿ぐつわを嚙《か》まされている。アクシールの手ぎわのよさは知っているが、物音ひとつ立てずにこれだけの仕事をやってのけるとは、驚いた。

おれは表情をやわらげようとした。

「おれはここを離れたほうがよさそうだ。ギャラノン卿が持ってきた監禁命令書に逆らえば、王は兵を出してヒューログを攻めるだろう。おれがヒューログを出る以外に手はない」

不意に、アクシールが口元をほころばせた。

「〝監禁〟の意味をご存じですか？　それとも、ワード様には難しすぎますか？」

「罪を犯した者を、罰として閉じこめることだ」

アクシールは静かな笑い声を漏らした。

「スタラ様との訓練の様子を見ていて、頭の弱いかたが、なぜあのように戦えるのか不思議でした。頭が弱いのは見せかけにすぎないと、もっと早く気づくべきでした」表情を引き締めた。「ここを離れるのが一番です。わたくしも、お供いたします。あなた様が拘束されたことを知って、スタラ様は馬小屋で食料品などを集め、わたくしをここへよこされました」

「一緒に連れていきたい者がいる」と、おれ。このことは、すでに考えていた。「シアラは置いていけない。きれいな娘になってきたし、叫び声も出せないから、あの娘《こ》には何をしてもバレないと考える不届き者がウヨウヨしている」

「たしかに、そのような連中を脅してまわる暇はありません」と、アクシール。

「シアラ様とバスティラに旅支度をさせ、待たせてあります。バスティラというのは例のもと奴隷の名です」

部屋の反対側から、オレグの声がした。アクシールには姿を見せることにしたらしい。

アクシールがサッと剣を抜いてオレグに近づいた。

「待て、アクシール」おれは小声で制した。外の廊下に人がいるとまずい。

アクシールは剣を握ったまま、足を止めた。

「アクシール、紹介しよう。この子は――」言いかけて、ためらった。「おれの親戚だ」

多情な父や祖父のおかげで、ヒューログ城主《メーテン》の家系には〝親戚〟が多い。「オレグは魔法使いだから、ギャラノン卿の魔法にかからなかった。オレグ、警護士のアクシールだ」

もちろん、オレグはアクシールを知っている。だが、今は初対面ということにしておこう。

オレグが古風なお辞儀をすると、アクシールは会釈《えしゃく》して、剣をおさめた。うまい説明を思いつくまで、あれこれ詮索《せんさく》させないほうがいい。

「オレグ、馬小屋へ通じる抜け道はあるか？　廊下には見張りがいる」

「もちろん、あります」

オレグは近くの壁の前に立ち、前とは別の羽目板の横にある石を押した。まるで裏に機械仕掛けの取っ手があるかのように、壁の一部が音もなく横に開いた。オレグが忽然と現われたのも――真相はともかく――この仕掛けのせいだと、アクシールに思わせたい。

オレグは先に立って階段を降りはじめた。埃《ほこり》だらけで、小人の細工《ドワーフ・ストーン》石もある。まるで本物の抜け道のようだ。ひょっとすると、本物かもしれない。せまい通路が枝分かれするところで、オレグが立ち止まった。

「ワード様、ぼくがアクシールを馬小屋へ案内し、あなた様がシアラ様とバスティラを連れてこられるほうが早いと思います」と、オレグ。「二人は洞窟にいます」

「わかった。アクシール、ティルファニグに通じる小道で落ち合おう。ウサギの耳みたいに岩がふたつ突き出た場所だ」

アクシールはうなずいた。スタラ叔母の助けがあれば、馬を連れて、こっそり城門を出られる。

おれは前にも来たことがあるかのように、左側の通路を進みはじめた。角をひとつ曲がってアクシールの姿が見えなくなると、足を止めて腰をおろした。このまま何キロ進んでも、洞窟にはたどり着けないだろう。オレグを待つしかない。

そのあいだ、おれは考えをめぐらせた。どうしたらいい？　おれはヒューログ城を失った。王の命令書を取り消せるのは、王だけだ。おれには王を動かすほどの力も、富もない――ヒューログ城の財産が、まだおれのものだとしても。おれは王立療養所に収容される、ただのうすのろだ。父なら、決してこんな目にはあわなかっただろう。父は戦で英雄になった男だ。

いきなりオレグが近くに現われた。魔法ですばやく戻ってきたらしい。オレグは腰帯をはずして差し出した。裏の隠しポケットにカネが入っている。

「アクシールには〝忘れ物をした〟と言って、戻ってきました」と、オレグ。「あとで落ち合うと言ってあります。書斎に寄って、金庫からおカネを出してきました。金貨もありますが、大半は銀貨と銅貨です」

おれは硬貨を調べ、頭のなかですばやく計算した。収穫のあとで税金を支払わなければならない。城には、修繕が必要な部分もある。硬貨はめったに手に入らない。こんなにたくさんの硬貨がヒューログ城にあることさえ、おれは知らなかった。とはいえ、賄賂として王に差し出すには少なすぎる。

「どのくらい残してきた？」腰帯を自分の腰に巻きながら、たずねた。

「城に必要なぶんは充分に残しました。お父上は、いくつも金庫をお持ちでした。書斎の金庫は、お父上の死後に置かれたものです。ヒューログは見かけほど窮乏してはいません」

「そうか」ほかに返事のしようもない。状況を考えれば、もう少し金貨を残しておきたいところだ。

「これから、どこへ行きますか、ご主人様？」

答えようとして、ふと、ひらめいた。父は戦で手柄を立てた……手元にはカネがある…

……。

「父はひとつだけ、おれにヒューログ城を継ぐ可能性を残してくれた──スタラ叔母の訓練だ。おれは、指揮のしかたも、作戦の立てかたも、そして──シファーンの神よ、お許しください──退却のしかたも知っている。おれは、戦に加わって英雄になる」父のように。

長い沈黙のあとで、オレグが言った。

「訓練は受けられましたが、実戦経験も、ご自分の軍もありません。そもそも、まだ戦は起こっていません」

おれは短く笑った。

「おれの人生そのものが戦いの連続だった。経験はある。おれが剣の腕を証明すれば、噂が広まって、王も命令書を撤回せざるをえなくなるだろう。めったに宮廷にも出ない十九歳のうすのろなら、たやすく始末できる。だが、戦で手柄を立てた隊長は無視できない。戦なら、オランストーン国で起こっている。ヴォルサグ国の急襲部隊が攻め入った。今はまだ小競り合いでも、すぐに戦になる」

オレグは愚か者を見るような目で、おれを見た。このような視線には慣れているが、オレグから向けられるのはおもしろくない。それに、今のおれは本気だ。

「隊長には軍勢が必要です」と、オレグ。「それに、英雄としてあがめられるのは、たいてい死んだあとです。死んでしまっては、王に反抗することもできません」そっけない口調だ。

おれはニヤリと笑った。

「そのほうが、誰にとっても好都合だろう。だが、おれは死ぬつもりはない。これだけのカネがあれば――」腰帯を叩いた。「兵士を四、五人、雇えるし、腕の立つアクシールも同行する。とりあえずは充分だ」

「ぼくも行きます」と、オレグ。「予備の馬を一頭、連れてくるようアクシールに頼みました」

「なんだって？」

おれの聞き間違いか？　影になって、オレグの表情は見えない。

「オレグ、オランストーン国は地獄の入口みたいに遠いぞ」

「知っています」

おれは疑いの目でオレグを見つめた。

「きみはヒューログ城そのものなんだろう？」

「そうです」と、オレグ。恥ずかしそうに、気取った表情を浮かべた。「でも、あなた様がその指輪をはめていらっしゃるかぎり、どこまでも、あなた様と一緒に行けます。魔法も使えます――ここにいるときほど、うまくはありませんが」

「戦えるのか？」と、おれ。魔法使いがいれば、心強い。

「ワード様ほどではありませんが、シアラ様よりは役に立つはずです」

「よし。それなら話は決まった」

オレグはいたずらっぽい笑みを浮かべた。

「では、ついてきてください。女性たちを連れ出して、アクシールとの待ち合わせ場所へ行きましょう」


もと奴隷のバスティラと妹シアラは、洞窟のなかで荷物を積み上げて待っていた。荷物の山のてっぺんに、おれの鎖かたびらが載《の》っている。部屋を出るとき、とっさに剣だけはつかんだが、鎖かたびらは衣裳だんすに突っこんだままで、オレグに取ってきてもらおうと思っていたところだ。

「オレグ、まったく手まわしがいいな」本当にありがたい。

おれはシアラの手を借りて、重い鎖かたびらを着た。肩に加わった重みは、親しげな抱《ほう》擁《よう》のようだ。おれは腰帯と剣の鞘《さや》の位置を調節しながら、王の命令書とギャラノンの話を二人に伝えた。

話しおわると、シアラが眉をひそめ、自分の額を二度たたいた。〝療養所に入るほどバカじゃないわ、兄さん〟という意味だ。

「そうだとも」と、おれ。「一緒に来るか？」

シアラはうれしそうに顔を輝かせた。安全な場所が見つかったら、そこにシアラを置いていくつもりだ。でも、今は言わないでおこう。どんな戦いにも時機がある。おれはバスティラに視線を移した。

「バスティラ、ヒューログに来たのに自由の身にしてあげられなくて、すみません。でも、決して奴隷の身分には戻しません」

バスティラは答えず、無表情のまま、おれを見つめた。


ウサギの耳のように突き出た岩は、城から八百メートルと離れていない。バスティラを抱えて歩く身には、ありがたかった。本人は歩きたいと言ったが、傷のある足では時間がかかりすぎる。

ハコヤナギの木立の上に突き出た白っぽい岩の陰で、ペンロッドとアクシールが八頭の馬を連れて待っていた。鞍《くら》をつけた馬が六頭で、荷馬が二頭だ。人間は五人しかいないのに、鞍の数が六つある。

「予備の手も必要かと思いまして」と、ペンロッド。

ペンロッドは〈青の防衛軍〉の一員として戦いつづけてきた。今でも毎日、馬の世話をするかたわら、スタラ叔母の訓練を受けている。父は、城に住む者全員にヒューログを守る力をつけさせようとした。三人の戦士と一人の魔法使い——大きな戦力ではないが、今のところは充分だ。

ペンロッドは言葉をつづけた。

「デューロー様には、わたしの助手が事情を伝えることになっています。ワード様が見知らぬ女を連れて馬小屋に現われ、いい馬を数頭よこせと仰せられた……わたしが抗議すると、一緒に来て馬の世話をするよう命じられた——という筋書きです」

「それなら、バスティラの捜索隊が城を壊す心配はありませんね」と、オレグ。賛成する口調だ。オレグはペンロッドに片手を差し出した。「ぼくはオレグ。ワード様の親戚の者です。ぼくが身の振りかたに困ったとき、ワード様がかくまってくれました。ぼくも一緒に旅をします」

オレグの作り話のうまさに舌を巻きながら、おれはペンロッドをオレグに紹介し、つづいてバスティラをアクシールとペンロッドに紹介した。状況が状況だから、簡単な紹介だ。

「急ぎましょう」と、アクシール。「スタラ様が時間を稼いでくださいますが、少しでも先へ進んだほうがいい」

馬に乗ろうとして、気づいた——鞍を置いた六頭のなかにパンジーがいる。パンジーはブルルと鼻を鳴らし、おれの胸に鼻づらを押しつけた。まだ充分にはおとなしくなっていないが、戦力になる。驚いたのは、雌馬フェザーがいたことだ。

「ペンロッド、パンジーと雌馬を一緒に連れてきたのか?」

シアラがフェザーの広い背によじのぼると、フェザーはゆっくりと片耳をおれに向けた。おれが自分以外でフェザーに乗ることを許したのは、シアラだけだ。

ペンロッドはクスクス笑いながら、自分が乗るたくましい去勢馬の腹帯を調べた。

「鞍や馬具を着けられると、パンジーは仕事をする気になります。前にも雌馬と一緒に旅をしたことがありますし、行儀をわきまえています。フェザーを置いてきぼりにしたら、きっと暴れて手がつけられなくなるでしょう。フェザーを乗りこなせる者は、もう城にはいません。一緒に連れてきて仔馬が生まれるなら、それもまたよし——です」

全員が馬に乗るまで、調整に時間がかかった。オレグのように乗馬経験のない者がいるとは、馬を選んだペンロッドも予想していなかったからだ。結局、荷馬の一頭に鞍をつけかえ、オレグにまわした。純血種だが、気性は穏やかで、初心者が乗っても安全だ。バスティラが馬に乗れたのは、さいわいだった。

これだけの馬の足跡を消すのは無理だ。足跡の心配をするより、少しでも先に進んだほうがいい。

「どこへ行くんですか?」隣で馬を進めるペンロッドがたずねた。

「南だ。まず、ティルファニグに向かう。速足で進めば、朝までには着くだろう。そこで、シーフォード国の大きな港へ行く貨物船に便乗させてもらうよう、船賃を払って話をつける。ニュートンバーン行きがいいかな。それから、オランストーン国をめざす」

進むにつれて、おれのなかからヒューログの魔力が少しずつ確実に薄れていった。わびしさと脱力感がつのる。当分、喪失感は増す一方だ。ヒューログを離れると、いつもそうなる。父はヒューログを離れても、平気だった。おれと違って、生まれつきの魔力がなかったからだろう。まるでビールを奪われた酔っぱらいのような気分だ。しばらくすれば慣れるが、それまでがつらい。とくに今は、心の底で〝二度と家へ帰れないかもしれない〟

と思っているから、よけいに気がめいる。

「オランストーン国とおっしゃいましたか？」と、アクシール。馬を進めて、おれとペンロッドのあいだに割りこんできた。「なぜ、オランストーン国へ向かうのですか？」

「戦が始まろうとしている」と、おれ。「戦で手柄を立てれば、ヒューログを取り返せるかもしれない。だが、おまえが一緒に戦う必要はない」

アクシールは父の警護士として、数知れない戦を経験した。オレグと同じように、無鉄砲だと反対するに違いない。だが、意外にも、アクシールは色黒の顔に真っ白な歯をきらめかせて笑った。

「お供できて光栄です、ご主人様」

「オランストーン国へ行くのなら、ニュートンバーン港よりも南へ向かう船に乗ったほうがいいのではありませんか？」と、ペンロッド。「ニュートンバーンからオランストーン国へ行くには、いくつも山を越えなければなりません。着くころには、秋になってしまいます。いちど通ったことがありますが、あのような行軍は二度とごめんです」

ヒューログから遠ざかるにつれて強まる不快感をまぎらすために、おれは話しつづけた。

「もともと、船に乗るつもりはない。おれが船を予約したことがわかれば、ギャラノン卿はその船を追わせるだろう。そのあいだに、おれたちは陸路でタルベン国に入り、王都エスティアンへ向かう。エスティアンからまっすぐ南下すれば、オランストーン国だ」

5 ワードウィック

城を脱出してよかったのかどうか、わからない。あのまま城にいれば、おれは愛する人々を失わずにすんだかもしれない。だが、あのときは、ほかに方法がなかった。

夜のうちは理にかなっていると思えた冒険も、朝日を浴びると、バカバカしく感じられる。だが、ほかにいい考えも浮かばない。

ふもとの丘陵地をくだると、前方にティルファニグの街が見えた。朝焼けでピンクに染まったまばらな建物が、ヒューログ城を囲む傷だらけの石壁のようになつかしい。

おれは隣を進む馬上のオレグを振り返り、小声でたずねた。

「ここから、ヒューログ城の様子がわかるか？」

「どこからでも」と、オレグ。身体の力を抜き、遠くを見る目になった。「ワード様の失踪に気づいたようです。ギャラノン卿が、馬小屋で馬に鞍《くら》を置いています」

「ありがとう」

馬を全力で走らせても、ティルファニグまでは四時間かかる。おれたちは五時間近くかかった。ギャラノン卿たちが現われる一時間前には、ティルファニグを離れたい。

「ペンロッド」

呼ぶと、ペンロッドが近づいてきた。

「アクシールと二人で、足りないものを買ってきてくれ。おれは宿に部屋を取ってバスティラを休ませる。オレグとシアラも宿に残して、自分の用事をすませてきたい」

「わかりました」と、ペンロッド。「アクシールにも伝えます」

ペンロッドの馬が離れると、オレグがたずねた。

「ぼくも一緒に行っていいですか？」

連れはほしくない。断わろうと思ったが、オレグの口調が気になった。

「どうかしたのか、オレグ？」

「ぼくはヒューログを離れると、ワード様からあまり遠ざかることができないんです」

「どういう意味だ？」

「気分が悪くなります」と、オレグ。申しわけなさそうに微笑した。「あなた様には関係ありませんが」

「どのくらいなら離れられる？　おれは、宿から一キロ半ほど離れるつもりだ。それなら大丈夫か？」

オレグはしばらく馬の耳の先を見つめてから、しぶしぶ答えた。

「大丈夫だと思います」

ニュートンバーンは、海岸沿いでティルファニグにいちばん近い大きな港だ。ニュートンバーン行きの船なら、いくらでもある。だが、どれも出発が遅い。このままではヒューログを出た捜索隊に追いつかれてしまう。ようやく〈ウミウ〉号が満潮を待って出帆することを知り、おれはあわてて乗客係を探した。乗客名簿が港の事務所に提出される前に登録をすませなければならない。

〝うちの船は、乗り遅れたお客を待たずに出航します〟と警告する乗客係に船賃を払い、〝かまわない……乗り遅れたら、次の船に乗る〟と説明した。金持ちの低能なお坊っちゃんだと思われてもいい。〝ヒューログのワード〟をはじめとする六人の乗客名と、一人あたり銀貨七枚の船賃を払ったことを、羊皮紙の名簿に載せるのが目的だ。こうしておけば、ギャラノンも簡単に見つけるだろう。

波止場から、街の南側へ向かった。こちら側の通りは薄汚く、建物も小さい。三軒の居酒屋と数軒の雑貨屋を通り過ぎ、鍛冶屋《かじや》の角を曲がると、まもなく樽屋《たるや》が見えてきた。おれは後戻りし、〈角《つの》のある君主〉といううみすぼらしい居酒屋に入った。穏やかでない店名だ。バチ当たり（〝角の生えた神〟は、古代の神に対する悪口だ）とも言えるし、大胆不敵（〝角の生えた領主〟の意味なら、妻を寝取られた領主を指す）とも言える。だが、いかにも船乗りの目を引きそうだ。

まだ日も高いので、店内に客はいなかった。みすぼらしい楽士が一人、古い竪琴《たてごと》をつまびいている。曲に夢中で、おれが入ってきたことにも気づかない。おれは厨房をのぞき、扉のすぐ内側にある棚からきれいなジョッキをひとつ取ると、自分で樽からビールを注《つ》いだ。

テーブルに向かって座り、音楽に耳を傾けた。若いが、なかなか腕がいい。竪琴が上等なら、もっとうまく弾けるだろう。

「酒代はあるんでしょうね？」楽士は目の上に落ちかかる淡い金髪を払いのけ、沈黙に耐えかねたように声をかけてきた。

「銅貨が少しある」と、おれ。

「ヒューログ城主《メーテン》が亡くなったと聞きました」と、楽士。おれを見つめたまま、悲しげな旋律を奏でた。

おれはうなずいて、ビールをひとくち飲んだ。

「葬式に出たくはないだろうと思って、知らせなかった」

楽士は無言だ。

おれは、からになったジョッキを置いた。

「トステン、おまえは樽屋で材木を切っているはずだぞ。まさか、荒くれの船乗り相手に竪琴を弾いているとは思わなかった」

楽士——おれの弟トステン——はグイとあごを上げた。

「ぼくには樽作りの才能はない。でも、竪琴なら弾ける。まともな仕事とは言えないけど――」

「それだけうまけりゃ、立派な仕事だ。おれは、父さんとは違う。おまえなら、樽屋の弟子になるより音楽をやったほうが、カネになるだろう」

トステンは目をそらした。それほど、実入りはよくないらしい。おれは咳払いした。

「おまえを樽屋に連れていったのは、才能を生かすことよりも身の安全を考えたからだ。おまえのようなハンサムな若者は、船乗りに目をつけられやすい」

トステンは身体をこわばらせた。おれの言う意味がわかったらしい。この街に連れてこられたころのトステンには、わからなかっただろう。

「兄さんは新しいヒューログ城主《メーテン》だ」と、トステン。急に話題を変えた。何を考えているのだろう？

トステンは、もともと隠しごとの多いたちだった。おれのことも、あまり好きではなかったようだ。お人好しで騒がしいうすのろの兄は、やかましい犬や癇《かん》の強い馬と同じように不愉快だったに違いない。さらに、父の怒りと暴力が――おれの受けた回数よりも少なかったとはいえ――トステンの神経をすりへらした。トステンは父が望むような息子になろうと、血のにじむ努力を重ねた――父が決して満足しないことも知らずに。

「いや、おれはヒューログ城主《メーテン》じゃない」いったん言葉を切って考えた。おれは王の命令書のなかで、この称号がどう扱われているかを知らない。「とにかく、いまはヒューログの統治者ではない」

トステンは興味を覚えたらしい。

「なぜ？」

「父さんは、おれが跡継ぎにふさわしくないと宮廷で公言したらしい。王は、父さんの生前の要望に応じて、おれを排除することにした。デューロー叔父さんが欲を出さないかぎり、ヒューログはおまえのものだ」

長い沈黙がつづいた。緊張で首筋がピリピリする。トステンが望めば、ヒューログはトステンのものだ。トステンが望むとは思えないが、それは本人しだいだ。おれは弟と争う気はない。トステンは居酒屋の黒っぽい壁を見つめたまま、オレグのように細くて長い指を曲げたり伸ばしたりした。

「どういう意味？」と、トステン。口のなかが渇いたようなかすれ声だ。

「おまえは、おれに次ぐ父さんの跡継ぎだ」

「それはわかっている」と、トステン。いらだたしげな口調だ。「でも、ぼくの居場所は誰も……兄さん以外、知らないはずだ。どうするつもり？」

おれは眉をひそめた。最後の言葉は妙に意味ありげだ。

「何をだ？」

トステンはフンと鼻を鳴らした。

「ぼくは何年も前から、兄さんと父さんのケンカを見てきた――」やけに大人びた口調だ。

「――兄さんにとってヒューログが、どんな意味を持つか、ぼくが知らないとでも思うのか？　兄さんに城を出されてから、なぜ兄さんがバカのふりをするのか考えた。あれは、ヒューログと兄さんのあいだに立ちはだかるものを、ひとつずつ片づけるための作戦だったんだろう？　父さんはぼくたちを……兄さんは父さんを破滅させようとしたんだ」

トステンは竪琴を脇に置いて立ち上がり、正面からおれを見た。

「そして今、ここには兄さんとぼくしかいない。でも、急いだほうがいいよ。店の主人は、すぐ戻ってくる。ビールをもう一樽《ひとたる》、取りにいっただけだから」

おれはあっけに取られてトステンを見つめた。本当にバカになったような気分だ。いったいトステンは、なんの話をしているんだろう？　主人が戻ってくるのを、なぜ、おれが気にしなきゃならない？

「いいか、トステン、おれはまもなくこの街を離れる。でないと、いわゆる〝好ましくない貴族や、人前に出したくない親戚〟として、死ぬまで王立療養所に監禁されてしまう。おまえが王都エスティアンの音楽堂で修業したければ、費用は出す。あの樽屋の主人は顔が広いから、おまえの護衛役を見つけてくれるだろう。おまえがヒューログを継ぎたければ……おそらくデューロー叔父さんも認めるだろう。だが、当分はスタラ叔母さんと仲よくしたほうがいい。ヒューログへ帰るなら、護衛役としてペンロッドをよこす――」必要ならば、オレグもよこそう――おれ自身が耐えられるようなら。「アクシールも同行するだろう」トステンがヒューログを継ぐなら、おれは軍勢など必要ない。おれは店内を見まわした。「おまえを、こんなところに残しておきたくない。ここは危険だ。もっとほかに、おまえが行きたいところがあれば――」

ハッと気づいた――トステンは、おれがここへ来た目的を完全に誤解している。

「おまえ、おれが殺しにきたと思ったんだな？」

今ごろわかるなんて、本当にバカだ。弟を殺すなんて考えもしなかった。まさかトステンが、そこまでおれを誤解するとは……。

トステンはおれの顔を見つめ、身をちぢめた。

「ごめん」と、トステン。ささやき声だ。片手を差し出しかけて、急に引っこめ、両手でギュッと竪琴を抱きしめた。古い竪琴が今にも壊れそうだ。

トステンの目に映ったおれの姿を想像すると、頭がクラクラした――ヒューログを手に入れることしか頭になく、父の死も、その最終段階としか考えない兄……。

「おまえが死んだら、ヒューログは王家の財産として没収されるだろう」と、おれ。一歩うしろに下がった。どこかで身体を丸めて、自分の傷をなめたい。眠って疲れを癒したい。自分がヒューログにいないという事実を思い出すたびに、疲れが増す。早く、ここを出よう。「おまえは、樽屋がおれの手下だと思って、あの店を出たんだな」これは半分しか当たっていない。トステンが昔から音楽好きだったのは事実だ。「いいだろう。おまえが稼いだカネを入れるかぎり、ここの主人はおまえを守ってくれるはずだ」自分でも驚くほど平静な声だ。

おれは硬貨を入れた重い袋を取り出して中身を二等分し、半分を袋に戻した。傭兵隊を雇うカネはなくなったが、ほかの方法を見つけよう。これだけあれば、トステンが何を学ぶにも、どんな仕事につくにも充分だ。

トステンに呼ばれたような気がしたが、おれは振り返らずに店を出た。

宿では、ほかの者たちが出発の支度をして待っており、ほどなく、おれたちはティルファニグの街を出た。ギャラノンの捜索隊に出くわす恐れがあるから、エスティアンに通じる大きな街道は避け、目立たないデコボコの小道を選んだ。日中は休まずに馬を進め、日暮れが近づくと、暗くならないうちに野営の準備にかかった。

〝おまえのために戦ってくれる者たちを、よく知ること〟――スタラ叔母の忠告だ。おれはバスティラを知るため、二人で最初の見張りに立つことにした。バスティラは疲れて弱っているが、おれはまだ元気だから、ペンロッドと交代するまで起きていられるだろう。

野営地のそばに小さな丘がある。ほかの者が寝静まると、おれはバスティラについてくるよう合図して、丘に登った。バスティラは足を引きずりながらも、遅れずについてきた。

丘の上に着くと、おれは倒木に腰かけ、バスティラは腕組みをして立ち木に寄りかかった。夕闇にまぎれてよく見えないが、昼間、馬に乗ったバスティラの傷ひとつない横顔の美しさに目を奪われた。ヒューログ城にいるあいだにオレグが入浴させたり、服を洗わせたりしたらしく、黒っぽい髪が光を浴びて赤く輝いていた。おれより年上――たぶん、母よりもふたつみっつ上――だが、まだ四十になってはいないだろう。

「さあ」と、おれ。「本当のことを話してください」

「何を知りたいんですか?」と、バスティラ。

おれは微笑した。「ヒューログに奴隷はいないが、おれは宮廷で何度も奴隷を見ました。あなたは奴隷らしくない。奴隷は素直で従順だ。ケガした足を洗ってもらうとき、痛みを隠しはしない。痛くないふりをすると、あとでもっと痛い目にあわされるかもしれないからだ。あなたは何者です? なぜ〈黒のキアナック〉に、そこまで付けねらわれるんですか?」

バスティラは無言だ。

「バスティラは魔法使いです、ご主人様」と、オレグの声。暗くて姿が見えない。近づく音も聞こえなかった。

「それは、わかっている」と、おれ。

オレグの声に、バスティラはあたりを見まわした。オレグはバスティラの前で隠れるつもりはないらしい。

「あなたがどうお思いになろうと、あたくしは奴隷です」ようやくバスティラが答えた。

「あまり優秀な魔法使いではありませんが、キアナックが所有する奴隷のなかで生まれつき魔力を持っているのは、あたくし一人です。キアナックは、あたくしを役に立つ奴隷だと思っています」

バスティラが片手を振ると、手の上に冷たい白い炎が現われた。バスティラは炎を高く上げ、その明かりでまじまじとおれの顔を見つめた。バスティラの顔が青ざめて見える。炎の色が映ったせいかもしれない。緊張で目が異様に光っている。バスティラがおれの表情から何を探りたかったのか……炎を消すまでに探り当てたかどうかは、わからない。

「わかりました」と、おれ。「どこでキアナックに買われたんです？　アビンヘル国ですか？」

バスティラのなまりは西方のものに似て、発音が柔らかい。

バスティラは一瞬ためらい、うなずいた。「コルの巫女《みこ》の慰安所で」

「あなたは女神コルの巫女だったんですか？」

アビンヘル国の守護女神コルの神殿に仕える巫女は、魔法使いでなければならない。巫女といっても実態は女奴隷だが、コル神殿の場合は魔法を使える奴隷だ。おれはようやくバスティラの話を信じる気になった。

「キアナックはどうやって、あなたを神殿から出したんですか？」と、おれ。コルの巫女たちに対する監視は厳しいはずだ。

「あの男は大金を出して、あたくしを買い取りました。神殿のあるじ――巫女の長《おさ》はタルベン国王に対抗する力をつけるために、資金がほしかったのでしょう」と、バスティラ。苦笑まじりの声だ。

「そこで長は、あなたをキアナックに売った」

バスティラは、ゆっくりとうなずいた。

「あなたはもう自由です」と、おれ。「五王国のなかとはいえ、ここはアビンヘル国からずいぶん離れています。でも、家に帰りたければ、護衛を一人雇ってあげましょう」

ほかの者が全員オランストーン国へ行くつもりなら、護衛は一人しか雇えない。

バスティラは首を横に振った。

「家族はあたくしをコル神殿に売りました、ワード様。家に帰れば神殿に戻されるでしょうし、巫女の長は代金を払った男のもとへ、あたくしを送り返すでしょう。あたくしには行くところがありません。一緒に連れていってくだされば、お力になります」

バスティラは頭を垂れ、立ち木に寄りかかったまま身じろぎした。

「いつ、どこでヒューログのことを知ったのですか？」突然、オレグがたずねた。「ヒューログは長いあいだ、奴隷の避難所とは言えなくなっていました。ヒューログに着くのが二、三カ月、早かったら、ワード様のお父上によって、即座に所有者に送り返されたでしょう」

バスティラはうつろな笑い声を上げた。

「キアナックは、男たちが酒を飲む部屋の火を絶やさないため、奴隷の少年を使っています。その子が、〝前に貴族が来て、ヒューログと呼ばれる伝説の城の物語を聞かせてくれた〟と話してくれました。よほど熱心に聞いていたのでしょう――少年は、いくつか物語を暗記していました」

そうだったのか――おれは自分のバカさかげんに笑い声を上げた。

「いや、その子はきっと同じ物語を何度も聞いたんですよ。最後に宮廷に上がったとき、おれは何回かキアナックの娯楽場へ行って、運悪く居合わせた人たちに何度もヒューログ城の話を語って聞かせたんです」

あのときは友人をキアナックの魔手から救おうとして、結局、救えなかった。

バスティラをヒューログへ向かわせたのは、おれが語った話だったのか。またしてもおれは、自分のまいた種で、やっかいごとを招いてしまったらしい。

おれは顔をこすった。

「本当に一緒に行きたいんですか？　おれたちは、オランストーン国で起こっている戦闘のどまんなかに向かうつもりですよ」

「街角で身を売るより、ましです」

「わかりました」おれは気軽な口調で答えた。「では、傭兵隊に入っていただかねばなりませんな」バスティラに向かって身を乗り出し、喉を鳴らした。「ごらんのとおり、わが傭兵隊は人材不足で、魔法の攻撃に対抗できる魔法使いを一人も抱《かか》えておらん」

バスティラは黙りこみ、しばらくしてたずねた。「どうして、そんなにたびたび態度を変えるのですか？　頭の足りない田舎者だったかと思うと、立派な貴族にもなり、今度はまた……別の……」

「ティブルン・キレートと申す者です。お見知りおきを」と、おれ。わざと仰々しくお辞儀した。

オレグが突然、クスクス笑った。

「そう言えば、そんな男がいましたね」と、オレグ。バスティラに説明しはじめた。「キレートというのは、何年か前に〝〈青の防衛軍〉で腕をみがきたい〟とやってきた傭兵です。自信満々でしたが、武術指南役のスタラ様――ワード様の叔母上――に泥のなかへ放り投げられ、次の日に出ていきました。女性に負けたのが耐えられなかったんです。ワード様の物真似は、まったく本人そのものです」

おれは、オレグのお世辞に軽く頭を下げた。オレグでさえ、真相を知らない。おれが演じる人物は――貴族も含めて――どれも物真似ではなく、〝芝居〟だ。キレートという人物は、文書室《もんじょしつ》にあったセレグの物語やセレグ自身の日記のなかから選んで作り上げた。おれは十二歳のころから、いつもほかの人物を演じている。

「キレートの下の息子にしよう」と、おれ。「キレート本人では、顔を知られすぎている」

「なんですって?」と、バスティラ。

「おれはヒューログのワードであってはならない。ヒューログのワードとわかれば、エスティアンに送られてしまう。ワードは頭が弱くて王立療養所に入れられた――みな、そう思っています。おれは、ある一族の面汚しとされた次男坊か三男坊で、名誉を回復したがっている……家から馬とカネを盗み、忠実な召使を連れて、夜中にこっそり家を出た――

という役どころだ。召使役はアクシールか？　それとも、ペンロッドか？　ペンロッドだな。いかにも老練な召使という感じだ。おれのお供役のシアラのことは、シアールと男の名前で呼ぼう。男だと思われたほうが、危険が少ない。アクシールは、旅の途中で出会った貧しい戦士で、主人を病気で亡くしたばかり……疫病がいい。オレグは、おれの従弟《いとこ》か、腹違いの弟か……」

「最後のところは本当ですか？」と、バスティラ。いくらか興味を引かれたらしい。

現実に引き戻されて、おれは眉をひそめた。

「そうです。だが、オレグはその話をしたがらない」

「したがらない？」と、オレグ。片方の眉を上げた。

「したがらない」おれはキッパリと言った。

「あたくしは、どんな役？」と、バスティラ。身を乗り出した。

「ワード様を誘惑した女というのは、いかがです？」と、オレグ。

「それじゃ、まるで安っぽいメロドラマだな。バスティラ、あなたはティルファニグでおれたちに雇われたことにしましょう。アビンヘル生まれの魔法使いで、北の港に漂着した」

「難破船から救い出されて」と、バスティラ。熱っぽい口調だ。「故郷からあまりにも遠いので、帰りの船賃が足りない。そこに、おあつらえ向きの傭兵隊が通りかかり、雇ってもらった――いかが？」

「けっこう」

おれはうなずいた。バスティラは魅力的だ――美しいだけじゃない。

「メロドラマは嫌いじゃなかったんですか？」オレグがつぶやいた。

「不思議ですわ」と、バスティラ。あらたまった口調だ。「故郷から遠く離れた場所で、こんな運命が待っているとは夢にも思いませんでした。コルの巫女は、〈巫女の塔〉を離れることを禁じられています。巫女のなかには、女神コルとの対話から永遠の輝きを得て生きる者もいます。でも、あたくしは女神の存在を感じたことがありません。女神に触れるために与えられる霊薬も、効《き》きませんでした。あたくしが女神にも〈巫女の塔〉にも役に立たなかったので、長はひどく腹を立てました」こわばった口調に、恥じ入る気持ちがまじっている。

オレグはフンと鼻を鳴らした。「コルの巫女は薬を飲まされて、長に魔力を吸い取られるんですよ。神々に触れるのに、薬なんかいりません。メノーグの苦行者にきいてごらんなさい。あの人たちはエサーボン神の力を持っています。コル神殿の〈巫女の塔〉を崩せるほど強力ですが、メノーグでは、一年間の見習修業を終えても抜け殻にはなりません」

おれは咳払いした――オレグ、しゃべりすぎだ。もっとも、バスティラはアビンヘル人だから、タルベン国の歴史には詳しくないかもしれないが……。

「メノーグですって?」と、バスティラ。「エスティアンの近くにある廃墟のことですか？　あそこは〈改革戦争〉で破壊されたと聞きました」七百年も前のことだ。「エサーボン神の命令だったのでしょう？　なぜ、そんな昔のことを知っているのですか？」

沈黙がつづいたあとで、オレグが答えた。

「ぼくは歴史家のようなものです。自分でも、現在より過去に生きているんじゃないかと思うときがあります」

バスティラはオレグの言葉を信じたようだ。本当のことを聞いたところで、信じはしないだろう。

「あなたがたは、いつ、どこで出会ったのですか？」と、バスティラ。「アクシールとペンロッドは、あなたのことを知らないようです。魔法使いとしては、若いのに腕がよすぎます。コルの巫女の長でも、瞬間移動の準備に時間がかかるのに、あなたは、またたくまにやってのけます」

オレグに話しているのだろう。おれは瞬間移動など、やったことはない。

「オレグは、おれの親戚です」

「私生児なんです」と、オレグ。説得力のある口調だ。「ぼくは見かけより歳をとっています。魔法の力で……」一瞬、口ごもり、ふたたび勢いよくつづけた。「いちど一族の領地を見てみたかったんです。こっそり忍びこんだのですが、ワード様とシアラ様に見つかってしまいました」

オレグは、おれと同じくらい嘘がうまい。本当の話を盛りこみながら、真実をはぐらかす。たぶん血筋だろう。

肩に触れる手を感じて、目を覚ました。まだ真っ暗だ。そばにペンロッドがひざまずいている。おれはできるだけ音を立てないように転がって立ち上がり、剣を引き寄せた。ペンロッドのあとについて森に入り、さっき見張りに立った小さな丘に登ると、オレグが待っていた。

すぐに、ペンロッドに起こされた理由がわかった。八百メートルと離れていないところに、オレンジ色の炎が見える。誰かが焚火をしているらしい。

「調べたか？」と、おれ。

ペンロッドは首を横に振った。

「ここにいろ。おれが見てくる。見張りをつづけてくれ。騒ぎが起こったら、みんなを起こせ」

足音を立てずに森のなかを進むのは難しい。月明かりしかない真夜中に歩けば、どうしても音が出る。焚火をする者の耳が聞こえないか、眠っているのでないかぎり、おれの足音に気づくはずだ。

野営地の人影は、ひとつしか見えなかった。薄いマントにくるまり、おれに背を向けて、焚火の前の大きな岩の上に座っている。丸めた毛布も、ひとつしかない。

「ぼくが馬で近づくより、兄さんに見つけてもらうほうが安全だと思ったんだ」

人影が言った。トステンだ。落ち着いた口調だが、近くの木の根元にしゃがむおれの姿は、見えないはずだ。

「火を見つめすぎると、夜目がきかなくなるぞ」おれは動かずに答えた。トステンが、いったいなんの用だ？

「ぼくはエスティアンで竪琴の勉強をする気はない」と、トステン。「樽屋になるのも、宿屋の楽士をつづけるのもゴメンだ。ヒューログを継ぐのは、もっとイヤだ」声が緊張でこわばっている。「ごめん、兄さん。兄さんがいなかったら、ぼくは今ごろ、安易な生きかたを選んだご先祖たちと一緒に山腹に埋められていただろう」

　おれはため息をつき、焚火に近づいた。トステンの姿がハッキリ見える。

「気にするな、トステン。おまえは、本当のおれを知らない。おまえが思っていたほどバカじゃないことだけは、わかってくれ」

　おれは小さな枯れ枝を焚火にくべた。

　トステンは、おれが見せた姿しか知らない。昨日、居酒屋で再会するまで、トステンにとっておれの記憶と言えば、夜中に二人でティルファニグまで馬を走らせた数年前の姿だったはずだ。あのときトステンは失血で弱っていたし、おれは気が急《せ》いて、ゆっくり話す余裕がなかった。

　おれはトステンを、今でもヨチヨチ歩きの悪たれ坊主のように思ってしまうが、トステンには、おれが父によく似た見知らぬ男に見えるのだろう。無理もない――おれを理解する機会など、トステンにはなかったのだから。

「まあ、父さんなら、やりかねない」と、おれ。「邪魔になれば、おまえのことも殺しただろう」

「兄さんを殺そうとしたようにね」と、トステン。淡々とした声だ。「今日、数人のオランストーン人が居酒屋に来て、船にまに合わなかったと悪態をついていた。年かさの危険そうな男が兄さんの名を出して、〝ニュートンバーンへ使いを出すつもりだが、たぶん捕まらないだろう〟と言った。〝ギアナックは、奴隷の代わりにカネを受け取るしかないだろう〟という話も出た。カネは若いほうの男が受け取った遺産から出すが、それでは、とても足りないらしい。意味がわかるかい？」

おれはうなずいた。この話題は、父の話をするよりも気が楽だ。

「おまえ、何をした？　盗み聞きか？」

「いや、竪琴を聞かせただけだ。なにしろ、通りの端まで響くような大声だった――とくに若いほうの男はね。〝今年いっぱいブリルで暮らすなんて、ごめんだ〟と、わめいていたよ。ブリルが、どこにあるかは知らないけど」

「ブリルは、オランストーン国にあるギャラノン卿の領地だ。弟のランディスロー卿は宮廷育ちだから、よほどの田舎だと思っているんだろう」

オランストーン国に入っても、ブリルへは近づかないつもりだったが、ますます決心が固まった。おれはトステンに、城を出たいきさつを簡単に話して聞かせた。

「それで、これからどうする気？」と、トステン。顔に火影《ほかげ》がチラチラして、表情が見えない。

「オランストーン国へ行って、ヴォルサグ軍と戦う」

トステンはアクシールと同じように、ただうなずいた。おれは首をかしげた──なぜ反対しない？

「いいかもしれない」と、トステン。「戦で英雄になれば、そう簡単には始末されないはずだ」おれが英雄になると信じて疑わない口調だ。

「おれも、そう思った」

トステンはうなだれ、髪が顔に垂れかかった。「ぼくも一緒に行きたい」

良心の痛みが言わせた言葉だ。本気ではない。おれを傷つけた罪をつぐないたいのだろう。

「エスティアンで楽士になる勉強をしろ。戦士は足りている」

「ぼくだって戦えるよ、ワード兄さん。知ってるだろう？」

そのとおりだ。トステンは父やおれとは違うタイプの戦士だ。腕力はないが、機敏で動きが速い。父がなんと言おうと、戦士として立派な資質だ。トステンが加われば心強い。戦士が五人に魔法使いの女が一人。守らなければならないのは、シアラだけだ。

「おれを助ける気なら、チビすけと一緒にエスティアンにいてくれないか？　あの子を安全なところに置いておきたい」

トステンは顔を上げた。シアラと同じ、頑固な表情だ。

「エスティアンには行かない。仲間に入れてくれなくても勝手についていく。旅費なら、たっぷりある」

おれは目を閉じて考えた。トステンを仲間に加えたいのはやまやまだが、危険にはさらしたくない。よし、オランストーン国に入ってから情勢を見て、もういちど考えよう。危険すぎるようなら、トステンをシアラと一緒に帰らせればいい。妹を守るためなら、トステンもイヤとは言わないだろう。

「毛布を持ってこい」と、おれ。「野営地に案内しよう」

おれはトステンを手伝って焚火を消し、荷物を集めた。

夜が明けると、おれは全員を呼び集めた。シアラはトステンの隣に座り、ときおりトステンの顔を軽く叩いて、夢でないことを確かめている。トステンはたえず遠慮がちな視線をオレグに向けた。

「今から、おれたちはひとつの部隊だ」と、おれ。「一緒に働き、できるだけ助け合う。毎朝、戦闘訓練をする。今日はアクシールが、オレグとバスティラとシアラとトステンに教える役だ。アクシール、オレグとバスティラの腕前はわからない。シアラは初心者だが、トステンは短剣と素手での戦いが得意だ――覚えているだろう？　おれはペンロッドを相手に訓練する。夕方は、おれとアクシール、ペンロッドとトステンで組もう。腕が上がれば、状況も変わる。訓練すれば、生き残る確率が高くなる。だから、旅のあいだも気を入れて練習するんだ」

おれたちは苛酷な訓練と厳しい旅程をこなした。人間はもとより、馬までが体重を落としたほどだ。息つく暇もなく一週間、移動しつづけ、王都エスティアンまで、あと三日の地点にやってきた。

「脇を締めろ、バスティラ」バスティラとシアラの剣の稽古《けいこ》を見ながら、おれはどなった。

バスティラは武術に詳しい。コルの巫女は戦士だというが、評判どおりだ。だが、スタラ叔母の訓練を受けた者の敵ではない。とくに足さばきが未熟だ。足の裏の傷が、まだ治りきっていないせいもあるだろう。シアラはバスティラより小柄で若いが、剣士としての腕はずっと上だ。

シアラはもうヒューログにいたころのかよわい子供ではない。バスティラの剣を受ける腕や肩に、見事な筋肉が盛り上がる。

ペンロッドがおれの肩を叩いて、トステンとオレグを指さした。おれは顔をしかめて野営地を横切り、二人の勝負を見つめた。

オレグも旅のあいだに成長した。乗馬も上達し、今では、どの馬にも乗れる。剣の腕は、おれとシアラのあいだくらいだが、かなりおれに近づいた。オレグとトステンの動きは軽《かろ》やかで、ヒラヒラと舞うふたつの影に見える。ひとつは金色……もうひとつは黒い影だ。二人の手の動きは目で追えないほど速い。ペンロッドはおれに、この上達ぶりを見せたかったのだろう。

トステンの戦いぶりは、初めはぎごちなかったが、すぐに上達した。問題は、トステンの態度だ。ほかの者たちと同じように、トステンもオレグのことを私生児だと思っている。だが、一族にそのような人間がいるのは我慢のならないことらしい。なぜ一緒に来たのかと首をかしげるくらい、トステンは不機嫌だ。シアラ以外の誰とも言葉をかわさず、オレグに軽蔑の目を向ける。オレグが普通の少年だったら、おれはオレグの心配をしただろう。だが、心配なのはトステンのほうだ。

トステンはたえず鋭く剣を繰り出し、オレグは忙しく剣先から身をかわした。

「これは練習だぞ、トステン。本気になるな」おれがどなって、にらみつけると、トステンの剣の勢いは少しずつ弱まった。

朝食を準備していたアクシールが、おれを見あげて同意のしるしにうなずいた。

「アクシール、ファーニッシュ城の包囲の話をしてくれ」おれはトステンとオレグを見つめたまま言った。

「ファーニッシュ城の話は、もうけっこう」と、オレグ。息をはずませて、トステンの剣をかいくぐった。「別の話にしてください」

アクシールはスタラ叔母よりも、すぐれた戦士だ。アクシールの指導を受けて、おれはみるみる腕を上げた。しかも、この男は戦術に対する理解が深い。ペンロッドは機敏で知恵がまわる。ペンロッドとの訓練で、おれは何度も負かされた。おれは、機会さえあれば、二人にオランストーン国の戦の物語や本人たちの戦闘体験、勝つための戦略を語らせた。

くれる。

二人とも、〝また、その話ですか〟と冷やかしながらも、頼めば、声がかれるまで話してくれる。

アクシールが防衛軍の犯した過ちについて話しだすと、おれは熱心に聞き入り、覚えこんだ。

朝食と物語が終わると出発し、一日じゅう牧草地を進んだ。馬にとっては海岸の荒れた道よりも進みやすいが、乗り手は退屈だ。どこまでも同じ風景がつづき、いつになったらオランストーン国に着くかと不安になる。

訓練と夕食がすむと、おれはいつものように一人でパンジーに乗って出かけた。日没まで、まだ一時間ある。日によって、狩りをすることもあれば、パンジーを戦馬にする訓練をしたり、しつけをしたりすることもある。それが気分転換になり、本当の自分を——それがどんな人間かはともかく——取り戻せる。みんなと一緒にいると、おれは伝説の英雄セレグを意識し、セレグの落ち着きや指揮能力を真似てしまう。オレグだけがそれに気づき、無言で皮肉っぽい表情を浮かべた。エスティアンに近づくにつれて、みな、おれの静かで自信ありげな態度に感化され、自分たちを過信しはじめた。オレグも例外ではない。おれの不安を知るのはパンジーだけだ。

「それで、アクシール」おれはあえぎながらうつぶせに地面に倒れ、シアラの腕を試すオレグの様子を見つめた。「この傭兵隊は、ものになりそうか？　人数は足りるだろうか？

誰かがエスティアンへ行って、傭兵を募ったほうがいいか？」

「あの子は暗殺者としての訓練を受けていますね」と、アクシール。あごでオレグを指した。アクシールはおれほど息を切らしていないが、服は汗でびしょ濡れだ。おれもアクシールに汗をかかせるようになったらしい。

「暗殺者？　オレグが？」と、おれ。訓練する二人に目を凝らした。

「もちろん、シアラ様ではありませんとも」アクシールはそっけない口調で言った。「微妙に変えていますが、あれは暗殺者の動きです。あの子を、どこで見つけたのですか？　暗殺者の訓練を受けた魔法使いなど、そうざらにいるものではありません」

「向こうが、おれを見つけた」と、おれ。本当の話だ。「オレグはヒューログの人間だ――私生児とはいえ、ヒューログ城主《メーテン》の一族だ。詳しい身の上は知らないが、おれは決して父のようなひどい扱いはしない」

「なるほど」と、アクシール。「人数は、これで充分でしょう。攻撃して、すばやく退却する……真夜中に急襲する――これが一番です。腕に覚えのある者が増えると、チャンスが減ります」

「栄光も独り占めできなくなるな。だが、おれは接近戦に弱い。大逆転は望めないだろう。スタラ叔母に、ずいぶん訓練されたんだが」

「接近戦で勝っても、すぐれた将軍とは言えません」と、アクシール。持ち前の低音で、スタラ叔母の口調を真似してみせた。

おれも叔母の口真似で先をつづけた。

「すぐれた将軍は、接近戦には加わりません。敵の弱点を突くのです」

「強い敵との対決は避けなさい」と、トステン。焚火のそばから近づき、おれの隣にあぐらをかいた。「攻撃するなら、敵の補給部隊と賃金台帳をねらいなさい」

オレグがシアラを怖い顔でにらむと、シアラは急にクスクス笑い出した。二人がふざけて剣をぶつけ合う音が単調につづき、おれは思わず笑みを浮かべた。オレグはシアラをかついで、自分がよろけるまでグルグルまわった。

6　エルドリック、ベックラム、ギャラノン卿——エスティアンにて

ここに記すのは、おれが経験したことばかりではない。かなりあとになって聞いた話も、いくつかある。おれたちが到着する前に、エスティアンでは、のちの展開を大きく変える出来事が起こっていた。

普段なら、王宮の文書室《もんじょしつ》から借りた書物を夢中で読みふけるところだ。だが、今夜は隣の兄の部屋から聞こえる物音が気になって、それどころではない。

エルドリックは寝台のなかでそわそわと身動きしながら、ページをめくった。

「せめて、もう少し静かにできないのか……」エルドリックはつぶやいた。壁ごしに、ひときわかんだかい嬌声《きょうせい》が聞こえる。「まったく気がしれない。王妃は、ぼくたちの母上よりも年上だぞ」でも、母よりずっと美しい。

ベックラムが誰と寝ようと関係ない。母の小間使いが初めてベックラムを誘惑したときから、ずっと無視してきた。でも、このままじゃベックラムは処刑されかねない。そもそも、そのスリルを味わうために、ベックラムは王妃との情事に走ったのだろう。兄は楽し

み、双子の弟は兄の身に迫る危険を恐れてヤキモキする——いつものことだ。

エルドリックは自分に嫌気《いやけ》がさして、フンと鼻を鳴らした。昨日は王妃にベックラムと間違えられ、跳び上がるほど驚いた。人前で男の身体に触れるなんて、王妃も軽率だ。人に見られたら、命を落とすのはベックラムだけではない。王族の不義が明るみに出れば、二人とも死刑だ。

この一週間、しきりに王の視線を感じて落ち着かなかった。文書室から農耕法の写本を大量に借り出しただけで、王の目を引くはずがない。やはり、ベックラムと間違われたのだろう。王は知っている。火遊びはやめろと何度も忠告したが、ベックラムは肩をすくめて聞き流した。でも、ぼくの思いすごしかもしれない——王の目に怒りの色はなく、何かを考えている様子だった。


ギャラノン卿は柔らかい枕の上で頭の向きを変え、隣に横たわる男の顔を見た。ギャラノンの父を殺した男だ。

「オランストーン国の西部で襲撃が激化していると、領地から知らせが来ました」と、ギャラノン。静かな口調だ。

五王国を統治するタルベン国の王ジャコベンは無造作に手を振ってギャラノンの言葉をさえぎり、刺繡《ししゆう》のあるビロードのベッドカバーを押しやって床に落とした。

「ヴォルサグ軍は、オランストーン国に居座りはせぬ」と、ジャコベン王。「連中の目的は土地ではないのだからな。奪うものを奪ったら引き揚げるだろう」

「陛下、ヴォルサグ軍に殺されているのは陛下の臣民であり、わたしの領民でもあります」と、ギャラノン。強い言葉だが、静かな口調を心がけ、ベッドカバーと一緒に落ちかけたリネンのシーツを整えた。

「ギャラノンよ」ジャコベン王はなだめるように呼びかけ、またしても気のない様子で手を振った。「心配しすぎだ。もう寝るがよい。少しは休ませてくれ」

ギャラノンは枕に顔をうずめ、無理に身体の力を抜いて、こみあげる憎悪を心の底に押しこめた。何年も前から――八歳の弟ランディスローと一緒にエスティアンの宮廷に送られた十二歳のころから――感情を押し殺してきた。オランストーン国の独立を求める戦いで両親も家臣たちも死に、弟の面倒を見なければならなかった。わたしは、〝油断したら命を落とす〟という教訓を学んだ。自分の命だけではない。妻や子供たちも陵辱《りようじよく》され、殺される。父の轍《てつ》は踏みたくない。わたしのやりかたは、もっと慎重だ。それとなく敵をそそのかし、少しずつ状況を変えてゆく。たとえわたしが耐えがたい苦痛を強《し》いられても、弟は無事だ。妻子も傷つかずにすむ。痛むのは自分の心だけだ。

ヒューログのワードには、ひどいことをした。罪もない若者の人生をメチャクチャにしたうえに、なんの成果もなかった。ワードがキアナックの奴隷を連れて姿を消したからだ。できることなら、王の命令書をヒューログへ届けなかったことにしたい。命令書の処理は、わたしに一任されている。だが、わたしの家来のなかには王の間者がおり、その多くは、わたしがワードを療養所に送りこむつもりだと知っていた。いまやワードは逃亡者となり、捕まれば投獄される身だ。わたしは弟ランディスローの命を救うために、最後の銅貨一枚まで投げ出した。しかし、本当に救ったと言えるのか？　キアナックは信用できない男だ。それにランディスローのことだから、ブリルで何をしでかすか、わからない。それでも、エスティアンにいるよりは安全だ。

緊張で、胃がキリキリと痛んだ。ジャコベン王が〝ワードにヒューログを継ぐ資格はない〟と宣言したのは――わたしがワードの治療費という名目で賄賂を贈ったせいもあるが――わたしに恩を売って拘束力を強めたかったからだ。王は、誰がヒューログを統治しようと気にしない。ヒューログは、税を金貨でなく産物でおさめるほど貧しい城だ。領民を震え上がらせる強い戦士だった城主が死んだ今、ヒューログはなんの利益ももたらさない。王が命令書を出したのは、わたしがヒューログに関心を示したからだ。

今わたしがワードの味方をすれば、ジャコベン王は〝ワードを殺せ〟という命令を出しかねない。王は、わたしが大切に思うものを――人であろうと、なんであろうと――ねたむ。

隣で眠るジャコベン王の腕が離れ、ギャラノンは思い迷った――わたしの選択は間違っていたのだろうか？　結局、わたしはオランストーン国を救えなかった。

ジャコベン王は知っている――ヴォルサグ国のカリアルン王は、オランストーン国全土を手に入れるつもりだ。宮廷や寝室でジャコベン王がなんと言おうと関係ない。ジャコベン王は、オランストーン国がヴォルサグ軍の手に落ちるのを待っている。オランストーン国を制圧すれば、ヴォルサグ軍は山道を通ってタルベン国やシーフォード国に攻め入らざるをえない。これが五王国の軍勢に動く口実を与える。

〈オランストーンの反乱〉と呼ばれる独立運動が鎮圧されてから、まだ十五年にしかならない。今でもオランストーン国と戦った記憶を持つ者が多く、オランストーン国が襲撃されても、〝局地的な小競り合い〟としかみなされない。だが、オランストーン国全土が貪欲なヴォルサグ軍に制圧されれば、ほかの四王国の貴族たちも怒りを覚え、義憤に駆られて、ジャコベン王を支援するだろう。

見事な戦略だが、オランストーン人にとっては悪夢だ。ランディスローを帰すときに、兵の訓練を始めろと言い渡し、〝ブリルを守るため……いざとなったらブリルを捨てて避難するためだ〟と説明した。

ジャコベン王を殺してオランストーン国が救われるのなら、とっくの昔にそうしていた。だが、王を殺しても自分が死刑になるだけだ。子供のころから、わかっていた。王を殺して死ぬより、王を利用したほうがいい。父が生きていたら、反対するだろう。だが、父にほめてもらうには、今となっては母のように自殺するしかない。なぜなら父がジャコベン王の愛人となったわたしの姿を見たら、たとえ生き残りの長男であろうと、迷わず、わたしの喉をかき切るはずだからだ。

眠る王の隣でギャラノンはうつぶせになり、床の分厚い絨毯《じゅうたん》を見つめた。

「大変だ、エルドリック」

エルドリックが扉を開けると、ベックラムが入ってきた。

窓から差しこむ朝日が、ベックラムが手にした羊皮紙《ようひし》を照らした。やけにまじめな声だ。近くに宮殿の衛兵がいるのだろう。

「どうしたんだ？」

ベックラムは羊皮紙を投げてよこした。

「読んでみろ」

床から羊皮紙を拾い上げて文字を見たとたん、父デューローからの手紙だとわかった。エルドリックは二回、その手紙を読んだ。

ワードが療養所に送られる？　ああ、かわいそうに。いくら愚か者のワードでも、ヒューログを離れたいはずがない。ヒューログ城主《メーテン》一族にとって、ヒューログ城から出ることは何よりつらい。それほど強く結びついているからだ。フェン伯父は、墓に入ってもなお息子を傷つけるつもりか――エルドリックは身震いした。あの恐ろしいフェン伯父なら、やりかねない。

「どうして、おれが王妃と同じ寝床で休んでることが父上にバレたんだろう？」と、ベックラム。

〝休んでる〟わけじゃないだろう？――エルドリックは喉まで出かかった言葉をのみこん

だ。ベックラムはからかわれるのが嫌いだ。

「そのことは何も書いてない」と、エルドリック。

「でも、ワードの身分を回復してもらうよう、おれから王室に働きかけてくれと書いてある」

そろそろ白状したほうがいい――エルドリックは思った。

「ああ、実は、ぼくが知らせたんだよ。このままじゃ一族が反逆罪に問われかねないことを、父上にも知ってもらいたかったんだ。心の準備ってものがあるだろう？」

「王は、なんとも思っちゃいないよ」と、ベックラム。腹立たしげな口調だ。「その証拠に、王妃とのあいだにも、側室とのあいだにも、子供はいない。王にはギャラノン卿がいるし、寝る相手には困らないはずだ」

「王妃に、そう言われたのか？」

いつになくベックラムは自然な笑みを浮かべた。これだから、ベックラムを憎めない。

「いいや。王が言ったんだ――王妃と寝る許可をくれたときに」と、ベックラム。壁に寄りかかった。「許可と言うよりも命令に近かった」

エルドリックは考えこんだ――本当に安心していいのか？　ジャコベン王は何かをたくらんでるのかもしれない。

「くれぐれも気をつけてくれよ」と、エルドリック。

ベックラムは、うるさそうにうなずいた。

「なぜ父上は、あんなにワードのことを心配するんだろう」と、ベックラム。「ワードは、あのとおりの愚か者だ。ヒューログみたいに小さな領地も治められない。まあ、無理もないか――あのしみったれのフェン伯父上でさえ、食料の確保に苦労してたからな。それに――」一瞬、口ごもった。「おれはワードが嫌いだ」

エルドリックは思った――そうだろうな。たとえうすのろでも、ワードは身勝手じゃない。なんでもやりたい放題のベックラムとは大違いだ。

「だからって、療養所に閉じこめるのはやりすぎだ」と、ベックラム。「そうだろう？　あんなところに入れられたら、本当に頭がおかしくなって人を殺すかもしれない。何か別の方法があるはずだ。父上がワードの後見人になればいいのに。どうせトステンはフェン伯父上に殺されて、海にでも捨てられたんだろう。ヒューログを治めるのは、父上しかいない」

「父上はヒューログを継ぎたいとは思ってないよ」と、エルドリック。ベックラムは驚くに違いない。世間の評価がどんなに分かれようと、つねづね父は〝ヒューログ城主《メーテン》こそ貴族の野望の頂点だ〟と公言していたからだ。

「なんだって？」と、ベックラム。

「父上はヒューログが怖いんだよ。呪われてるからだとさ。お祖父《じい》様《さま》がどんなにひどい人だったか、覚えてるだろう？　フェン伯父上は、もっとひどくなった。父上は自分の任務は果たすけど、本気でヒューログがほしいわけじゃない。兄貴は、どうだ？」

ベックラムは眉を寄せて考えこんだ。

「ヒューログ城主《メーテン》になると、独特の……まるで人食い鬼の飼い主のような雰囲気が身につくものだ。ヒューログを手に入れても、女にはモテない。あんな陰気くさい場所に住みたがる女なんて、いるわけないだろ？　でも、いずれは、おれがヒューログを継ぎ、おまえはイフタハールを継ぐ。ヒューログより豊かで暖かい土地だ」ベックラムは大げさに身震いした。「王妃に、ワードのことを話してみるよ」

エルドリックの部屋を出て扉を閉めたとたん、ベックラムの笑みが消えた。認めるのは死ぬほどシャクだが、やはり心配だ。王妃とのことがバレたら、どうなるんだろう？　王妃の前の愛人は、宮廷の中庭にある小さな噴水盤にうつぶせで浮かんでいる姿で発見された——噂好きの宮廷人たちも、この話題は避ける。

どんなヘマをして殺されたのか知らないが、その男の二の舞は演じたくない。だからこそ、王妃に政治がらみの話はしないよう気をつけてきた。何かをねだったこともない。王妃と愛人関係にあることは、エルドリックにしか話していない。それなのに、宮廷じゅうが知っている。

でも、ワードの身分を回復してほしいと王妃に頼むのは、おねだりじゃない。まったく逆だ。ヒューログの領主になるのは、そんなに悪い話ではない。その権利を命がけで返上する者は、まずいないはずだ。

おれが命がけでワードを救おうとしてるなんて、誰が思うだろう？

ベックラムは廊下を進み、扉から庭に出た。そろそろ昼どきなので、貴婦人たちが、お気に入りの男性を連れて集まっている。助けてやると、ワードに言うつもりはない。あいつを喜ばせて、あの怪力で抱きしめられては、たまらないからな。ベックラムの足取りは軽くなった。従弟を救うために命をかけるなんて、かっこいいじゃないか。


タルベン国および五王国の王妃ティードラ・フェーネ・タルベンは、庭の隅《すみ》にあるお気に入りの場所に寝そべり、侍女に髪を整えさせていた。茂みの陰になって、庭からは見えない。王妃がここに来るのは邪魔をされたくないときだと、貴婦人たちも知っている。

名前もわからない花の甘い香りが、髪に触れる侍女の手と同じように心地よい。子供のころ住んでいた家の外にも、こんな花があった。白い花びらの先がほんのりピンクに色づいているのも、同じ。目を閉じると、母の叱る声や、わたくしをなだめる父の豊かな低い声が聞こえてきそうだわ。

「おや、わが美しい人は、まだ夢路をたどっておいでですか？」

王妃は思わず口元をほころばせたが、目を開けたとたん、いつもの作り笑いに変わった。侍女の口から、〝王妃様はいとおしげに愛人を見つめておられました〟などと王に報告されてはまずい。

「ベックラム、いとしい人」

ベックラムはニッコリと笑い、感嘆の目で王妃をながめた。本気で見とれているのかもしれない。ベックラムは若いけど、わたくしだって、まだ実際の年齢の半分にしか見えないわ。なぜ王は、この若者をわたくしの相手に選んだのかしら？　わたくしを試すつもり？　オネブはこんなに若くなかったけど、もっと、おっとりした人だったわ。でも、一年もたたないうちに、王はオネブを殺してしまった。ベックラムには、もう少し長生きしてほしい。できれば命を助けたいけど、それは無理だと、とうの昔に思い知らされた。わたくしはベックラムの命がつづくかぎり楽しんで、のめりこまないよう気をつけるだけ。さいわい、ベックラムは、たわいもないことしか話さない。オネブの前の相手は船に乗るのが好きだった。あの人がいなくなってから、名前を忘れようとしてきたのに、また思い出してしまったわ。

「いとしい人、あなたの美しさの前では、リョウブの花さえ恥じて赤く染まります」と、ベックラム。王妃の好きな茂みを手で示した。

「リョウブという花なのですか？」と、王妃。まあ、驚いた——たずねもしないのに花の名前を教えてくれるなんて。これからはリョウブを見るたびに、ベックラムのことを思い出しそうよ。

ベックラムは笑い声を上げた。

「ええ、そうだと思います。でも、わたしの双子の弟エルドリックのほうが詳しいでしょう。ところで、昨日はエルドリックに何をなさったのですか？　今朝、ひどく動揺しておりましたが」

王妃は懸命に平静をよそおった。

「昨夜、わたくしはエルドリックの隣に立っていました。てっきり、あなただと思って——」と、王妃。こんなことで動揺するなんて、バカげているわ。わたくしは、ベックラムが生まれるずっと前から王妃だったのよ。これくらいで、うろたえちゃいけないわ。「——エルドリックのお尻をつねってしまったのです。エルドリックは卒倒しそうになりました」

わたくしも驚いたけど、うろたえるエルドリックはかわいかったわ。まるで、うぶな坊やのようだった。

またしてもベックラムは声を上げて笑い、王妃の足元にひざまずいた。いかにも若者らしく、しなやかな動きだ。

「弟は、なんでも深刻に考えるたちですから」と、ベックラム。両手で王妃の片足を持ち上げ、くすぐったくない程度に力をこめて優しくなではじめた。

「ああ、いい気持ち」と、王妃。「誰に教わったのですか？」

ベックラムは一瞬、返事をためらった。

「従弟のワードです」と、ベックラム。ついにワードの名を口にした。「わたしが十二歳のとき、愛馬が脚をくじいて……」

やめて——王妃は思った。あなたの一族のことは知りたくない。あなたが親や兄弟を持つ現実の人間だとは思いたくないの。だが、遅かった。ベックラムは真剣な顔で話をつづけた。

「弟は農業をやりたがっています」

「まあ」

エルドリックの話なら、安全ね。あれほど当たりさわりのない人は、めったにいない。

「父が死んで、わたしがイフタハールの領地を継いだら、弟と職務を分担するつもりでした。弟は農地を管理し、わたしは軍事と政治の担当です」

ベックラムは、まばゆい日差しに目を細めた。戸外では、こんなにもくつろいで見える。王妃は思った――なんだか寂しい。ベックラムは日を浴びて、はしゃぐ子供……わたくしは、その子供を捕まえた毒グモ。

「そう」と、王妃。気のない返事だ。

「その計画がダメになりました。わたしがイフタハールを治められるかどうか、わからなくなったからです」と、ベックラム。

あまり残念そうな口調ではないわ。次は、〝あなたの美しさを知ってしまった以上、戦場におもむく気にはなれません〟とでも言うつもり？　王妃は優しく「そう」と答えた。

「王は、ワードがヒューロッグ城主《メーテン》にふさわしくないと宣言なさいました。ワードは、見つかったら療養所に収容されます」

「見つからないのですか？」

ワード。覚えているわ。単純だけど心の優しい若者。あのような男性は、なかなかいない。いつも舞踏会では、不器量な娘とばかり踊っていた。あのワードが〝療養所〟という名の地下牢に閉じこめられるなんて、想像もできない。王が地下牢を造らせたのは、殺すに殺せないやっかいものを収容するためよ——王の異母弟のように。ああ、恐ろしい。いつか、わたくしもあそこに閉じこめられて死ぬのかしら？　でも、わたくしは今まで一度も、人前で王妃の顔を崩したことがない——ほほえみを絶やさず、どんな話題にも興味を示すけど、決して深追いはしない。

「見つかりません。でも、そのうち、ひょっこり現われますよ」と、ベックラム。一瞬ためらい、熱っぽく王妃を見あげた。若々しい一途な表情だが、恋に浮かれる男の目ではない。「ワードの身分を回復してくださるよう、王に頼んでいただけませんか？　ワードは愚か者ですが、狂人ではありません。ワードの父親とは違います」

王妃は思わずうなずいた。ワードの父フェンウィックを怒らせたら、どんなに恐ろしいか、よくわかる。王でさえ、フェンウィックを恐れていたわ。

ベックラムは言葉をつづけた。

「わたしも父も、ヒューログを継ぎたくありません。一族の者がヒューログを統治することに、それなりの関心はあります。しかし、決して居心地のいい場所ではありません。わたしにとっては、イフタハールを相続し、弟に管理をまかせるほうが好都合です」

王妃は侍女の手が髪にからまるのを感じた。心のなかに不気味な静けさが広がってゆく。

王は、この話に興味を持ち、ベックラムの本当の目的を探ろうとするでしょうね。長年、本心を口に出さない宮廷人たちを見てきたけど、ベックラムが嘘をついているとは思えない。でも、王が簡単に信じるかしら？

「それは本心なの？」と、王妃。誘うような笑みを浮かべた。わたくしは、あなたを助けたいの。これが最後のチャンスよ。「何か別の理由があるのでしょう？　ヒューログを手放せば、あなたにも何か見返りがあるはずよ」もっともらしい理由があれば、口添えしてやってもいい。王はいつも、わたくしの愛人に充分な手当てをくださるわ。

ベックラムは首を横に振った。

「ワードが監禁されると思うと、たまらないのです。ワードの心はヒューログから離れられません」と、ベックラム。子供のように内気な笑みを浮かべた。「ワードはのろまな大男ですが、やわではありません」なぜか、軽く片目に手を触れた。「それに、ヒューログの土地を知り尽くしています。石ころひとつ……獣《けもの》の一匹としてワードの知らないものはありません。ヒューログはワードの故郷です。あのフェンウィック伯父との生活に耐えたのですから、ワードこそがヒューログを継ぐべきです」

ああ、かわいそうなベックラム——王妃は、そっと髪を押さえた。王は決して信じないわ——従弟のために未来の領地を放棄するなんて。王位転覆をくわだてていると疑われるのがおちよ。ヒューログは豊かではないが、政治的には重要だ。わたくしが覚えているくらいだから、王が知らないはずはない。シャビグ国が今も独立王国なら、ヒューログ城主《メーテン》一族の者が王になっているはず。シャビグ国の貴族たちは、みなそう思っている。

でも、わたくしは王妃として返事をしなければならない。ティードラ王妃は微笑した。

「王に頼んでみましょう。でも、あまり期待しないでください。そもそも、わたくしの一言で考えを変えるようなかたではありません。さあ、何か飲み物を持ってきてちょうだい」

ベックラムは跳《と》び上がって深々と頭を下げた。

「親愛なる王妃様、ただちにお持ちいたします」

ベックラムが立ち去っても、侍女のシェイラは王妃の髪を整えつづけ、王妃は必死で身震いを抑えた。シェイラに罪はない。いまの話をすべて王に報告するのが、シェイラの仕事だ。悪いのは、みずから死を招くような真似をしたベックラムよ。


ギャラノンは唖然とした。まさか、ここにハーベルネス将軍が現われるとは思わなかった。年じゅう宮廷に出入りするオランストーン国の貴族たちも、同じ気持ちだろう。陳情役として、これ以上まずい人物はいない。ただでさえ不愉快な朝の謁見が、いっそう苦々しいものになりそうだ。

「国王陛下、われわれはオランストーンの血にかけて、陛下に忠誠を誓います」と、ハーベルネス将軍。

あなたの誓いなど、王にとっては無意味だ——ギャラノンは悲しい思いでハーベルネスを見つめた。ハーベルネスは、それなりの覚悟があって現われたに違いない。王にオランストーン国を支援するつもりがないことは、すでに、わたしからオランストーンの貴族たちに説明してある。かたくなに主張を通そうとするのは逆効果だと警告したが、貴族たちは耳を貸さなかった。

カリス領主ハーベルネスは、いかにも老戦士らしい。宮廷にいるオランストーン人のなかで、ただ一人、堂々と昔ながらのオランストーン貴族の髪型を守って短く刈りそろえ、こめかみから耳にかけて剃りこみを入れていた。ジャコベン王はハーベルネスを昔かたぎの負け犬とみなしている。ギャラノンにとっては真の英雄だが、この思いを他人に知られてはならない。

ギャラノンは決然とハーベルネスから視線をそらした。ジャコベン王が謁見を行なう広い控えの間には、聖獣タマレインの姿があった。荒れ果てたメノーグの街に退屈して、ときおり宮廷に現われる。

黄色と金色が斑《まだら》になったタマレインの身体は、地味な色の服が多い貴族たちのなかで、ひときわ目立つ。形も大きさもクマに似ているが、優美な動きはクマというよりも巨大な山ネコを思わせる。表情豊かな顔も、白くて鋭い牙も、ネコそのものだ。メノーグの守護獣にふさわしく、いちど見たら忘れられない恐ろしげな姿だが、やけに長いフサフサした尾だけは猛獣に似つかわしくない。ギャラノンは首をかしげた――これだけ大勢の貴族がいるのに、誰一人タマレインの尾を踏まないのは、なぜだろう？　数年前の〝あたくしの姿は、あなたにしか見えないのよ〟というタマレインの言葉は本当だったのか？

人々の頭ごしに、タマレインがぶしつけな黄色い目でギャラノンの目を見つめた。

「陛下、カリスが包囲されました」と、ハーベルネス。「断じて、ただの急襲ではありませぬ。オランストーン国が落ちれば、次にねらわれるのはタルベン国とシーフォード国です」

激しい怒りのこもった口調に、ギャラノンは思わずハーベルネスを見つめた。視線を戻すと、タマレインの姿は消えていた。

「南方の情勢は承知しておる」と、ジャコベン王。穏やかな口調だ。「だが、オランストーン国の戦士たちは勇猛で、戦上手《いくさ》だ。余が思うに……」

王の狡猾《こうかつ》な話しぶりに、ギャラノンは背筋がゾクッとした。表情を変えてはならない。

〝王に寵愛されるオランストーン貴族が、故国の将軍の陳情にどう反応するか？〟と、誰もが興味津々だ。

「オランストーン国の兵士が百人おれば、侵略者を撃退できよう。賭けてもよい」と、ジャコベン王。

ハーベルネスはジャコベン王の本性を知っている。ハーベルネスが深々と頭を下げ、何か言いかけたとき、別の声が割りこんだ。

「その賭けに乗りましょう」

耳慣れた声――ジャコベン王の異母兄アリゾン・タルベンだ。この部屋にいたとは知らなかった。アリゾン公はゆっくりとハーベルネスに近づき、ポンと背中を叩いた。

「だがハーベルネス将軍に賭けますよ、先の戦でその戦いぶりを目のあたりにしましたからな」と、アリゾン公。ただのにやけた男に見えるが、二十二歳のときには父王の軍で将軍と軍事顧問を務めた切れ者だ。

ジャコベン王は椅子の背に寄りかかった。ジャコベン王とアリゾン公は母親どうしが姉妹なのに、驚くほど似ていない。ジャコベン王は、いかにも支配者にふさわしい風貌の持ち主だ。はっきりした顔立ち……冷たい灰色の目……値踏みするような視線……。ハンサムではないが、品があり、細い鼻筋は折れた跡が残るものの、貴族的だ。今では半白になったが、昔はつややかな褐色だった巻き毛を軍人のように短く刈りそろえている。

アリゾン公は前王の三人息子の最年長だ。いつも髪を染めており、今日は濃い栗色の髪をフワリと肩に垂らしている。背が高く、狼のようにやせ、滑稽《こっけい》なほど優雅に動く。とても軍をひきいていたようには見えない。ジャコベンが即位すると、アリゾン公は自分から公職をしりぞいた。野心のないことを示したからこそ、末の弟のように王立療養所に送られずにすんだのだろう。

「ハーベルネスと百人の兵士が勝つと申すのか？」と、ジャコベン王。おもしろがる口調だ。

「地元のオランストーン人の支援があれば、勝てます」と、アリゾン公。「さらに兵士の選出は、ハーベルネス将軍に一任するという条件で」

ジャコベン王はクスクス笑った。本気で楽しんでいるようだ。

「何を賭ける?」と、ジャコベン王。

「お祖父様《じいさま》の剣を賭けてくださるなら、わたしの戦馬を賭けましょう」

ジャコベン王が緊張した。心が動いたらしい。ジャコベン王は以前からアリゾン公の馬をほしがっていた。

「よかろう」と、ジャコベン王。「ハーベルネスよ、百人の兵士を選ぶがよい。半年以内にヴォルサグ軍をオランストーン国から追い出せば、アリゾン、そちにお祖父様《じいさま》の剣を与えよう。追い出せなかった場合は、そちの戦馬トゥルーブラッドをもらうぞ」

「あとはハーベルネス将軍の了解を得られるかどうかです」アリゾン公がつぶやいた。

ジャコベン王とアリゾン公は、ハーベルネス将軍の訴えを茶番に変えてしまった——ギャラノンは思った。男の名誉をもてあそぶとは……。

「陛下の忠実な僕《しもべ》として、お受けいたします」と、ハーベルネス。威厳に満ちた態度だ。ほかの者たちも感銘を受けたに違いない。立派な人物だ。ギャラノンは自分がオランストーン人であることを誇らしく思った。父が生きていれば、ハーベルネス将軍を賞賛しただろう。

「勇敢な男だ」ジャコベン王はギャラノンを振り返って、つぶやいた。

恐怖でギャラノンの胃が痛み、頭の奥で小さな声がはやしはじめた——王は知っている、知っているぞ。いや、王が知るはずはない。王は、オランストーン国のために何もしてくれなかった。ジャコベン王に知られて困ることは、ただひとつ――わたしが、どれほど王を憎んでいるかだ。

「ハーベルネス将軍は類《たぐい》まれな勇士です」と、ギャラノン。賞賛する口調だ。「しかし、ときに勇士は愚かな行為に走ります。将軍は祖国を愛するあまり、五王国全体に必要なものを見失っています。侵略者を撃退させるのは、ハーベルネス将軍ご自身が最適任でしょう。祖国のためなら、本気で戦うはずです」

王の視線が鈍《にぶ》くなり、ギャラノンはホッとした。だが、ハーベルネスは顔を紅潮させている。人前で同国人に愚弄《ぐろう》されたのだから、無理もない。王は書記官を振り返った。

「今の決定事項を記録せよ。賭けのこともだ。人選と物資調達のため、ハーベルネスに一週間の猶予を与えるがよい。資金は王室で出す。その記録がすんだら、次の陳情を聞こう」

ジャコベン王は昼まで謁見をつづけた。ギャラノンは室内を見まわして、物思いにふけった――わたしは、かつて正しく公平な世界があると信じていた。だが、本当にあったのだろうか？

薄れゆく時代《とき》の影のなか
勇者の群れは去ってゆく。
盾と剣《つるぎ》と馬が消え

臆病な英雄は立ちすくむ。


悲しげな歌の一節が、ギャラノンの頭に浮かんだ。奴隷を追う途中、どこかの宿で聞いた歌だ。〝臆病な英雄〟か。気に入った――まさしく、わたしのことだ。

「腹違いの兄をのさばらせておくなんて、ジャコベン王も愚か者ね」

柔らかな月明かりが、庭の闇をきわだたせている。ギャラノンが声の主《ぬし》を振り返ると、彫刻をほどこした手すりの上に聖獣タマレインが寝そべっていた。さまざまな植物のつるが絡《から》みついた大理石の手すりが、タマレインの重みでたわんで見える。

声をかけられなければ、ギャラノンはタマレインの存在に気づかなかっただろう。タマレインは姿を隠そうとしたわけではない。だが、日光の下では目立つ黄色と金色の斑模様も、鬱蒼《うっそう》と草木が茂る夜の庭では背景に溶けこんでしまう。神に仕える不思議な獣《けもの》タマレインは、なぜか、おびえた若者の前にだけ姿を現わす。ただの退屈しのぎだと、タマレインは言った。

タマレインはエサーボン神殿のあるメノーグの番人だ。だが、メノーグの街が破壊されてから、タマレインの存在を信じる者はいない。以前、〝メノーグの崩壊は避けられない運命だった〟と言って、タマレインが激しく尾を叩きつけたことがある。まるで怒ったネコのようだった。今では廃墟となったエサーボン神殿を訪れる旅人も少ない。そのため、エスティアンの宮廷や、ジャコベン王の愛人であるギャラノンを観察して、暇をつぶしているらしい。

「王が愚か者？　なぜです？」と、ギャラノン。庭には、わたしとタマレインしかいないらしい。タマレインのくつろぎかたを見れば、わかる。

タマレインは手の幅ほどの手すりの上で身をよじって寝そべり、バランスを取りながら背中をこすりつけた。

「なぜ、オランストーン国は前の戦のようにヴォルサグ軍を撃退できないのかしら？」

「それは――」ギャラノンは一瞬ためらった。「――母国で領地を治めるべき貴族たちが宮廷に入りびたっているからです。でも、タマレイン、それだけではありません。戦が終わって、もう十五年――オランストーン国では軍を持つことが禁じられたので、どの領地にも戦士がいません。戦の経験がある貴族は処刑されたり、謎の死を遂げたりしました。ハーベルネス将軍が落馬もせず、森のなかで鹿と間違われて矢を突きたてられもせずに生きのびたのは、二心《ふたごころ》のない人物だからです。将軍はジャコベン王に忠誠を誓いました。愛国者きどりの愚か者も、将軍を反体制活動に引きこみはしません。そんな噂が将軍の耳に入れば、たちまち王に伝わるからです」

「戦になれば、大勢の者がハーベルネスにしたがうでしょう」と、タマレイン。喉を鳴らすような甘い口調だ。「ハーベルネスは英雄ですもの。でも、あなたが思うほど、名誉だけにこだわる人物ではなさそうね。宮廷には、あなたのような人もいる。将軍が利用できる同国人よ」

「ハーベルネス将軍が、わたしを利用するはずがありません。わたしは公衆の面前で将軍を侮辱したのですから」

「そうね」と、タマレイン。ヒラリと手すりから離れ、カチリと爪の音を立てて煉瓦《れんが》敷きの遊歩道に降り立った。「あなたの質問は、〝なぜ王が愚か者なのか〟だったわね。考えてごらんなさい――ハーベルネスと百人の兵士が首尾よくヴォルサグ軍を撃退したら、どうなると思う？　意地の悪い賭けが行なわれたことを、五王国じゅうの貴族が知るはめになるわ。逆転勝ちした負け犬に人気が集まり、ジャコベン王の地位が危うくなるかもしれない。あたくしが王なら、とっくの昔にアリゾン公を始末しているわね。頭の切れる人間は危険よ」

「なぜ、そんなに心配するのですか？」と、ギャラノン。「あなたに、どんな関係があるのです？」

突然、タマレインが姿を変えた。前にも一度だけ見たことがある。巨大な猛獣の代わりに、斑模様の肌をした裸の女が立ち上がった。目の色まで、温かな琥珀色《こはくいろ》に変わっている。二十歳にもなっていないような若い女の姿に、あらためてギャラノンは驚いた。

タマレインが歩み寄り、ギャラノンの頬に触れた。

「時が近づいていています、ブリルのギャラノン。長いあいだ闇に閉ざされていたのは、人間界だけではありません。魔界もまた、暗黒の時代を過ごしてきました。小人族《ドワーフ》は自分たちの世界にこもりましたが、その地に病気や不和が蔓延《まんえん》しました。遠い昔、何かが魔法を汚《けが》したのです。今、その地が救われるかもしれません」

「ヴォルサグ軍を倒せば、汚《けが》れが消えるのですか？」

今までにも何度か、タマレインから〝魔法が汚《けが》された〟と聞いたが、これほど具体的な話は初めてだ。

タマレインは微笑した。

「断言できませんが、消える可能性はあります。未来を予言するのは、エサーボンの神にも難しいことです」

「エサーボンの神？」と、ギャラノン。驚いてタマレインを見た。

「メノーグの街が廃墟となっても、エサーボン神が約束を忘れることはありません」と、タマレイン。ネコのような動きで、うつむいた。「エサーボン神の信者にメノーグの街が与えられたので、返礼として、エサーボン神はタルベン国を守ることを約束しました」ふと遠い目になり、空気のにおいを嗅いだ。「ジャコベン王が来るわ」猛獣の姿に戻り、いつもの別れの言葉を告げた。「では、ごきげんよう、坊や」

タマレインはあんなことを言ったが、どうすればいいのか、わからない。ギャラノンは、さっきまでタマレインが寝そべっていた手すりに腰をおろし、欠けた部分を親指でこすった。

「ギャラノン」と、ジャコベン王。「初めてここに来たときも、そちは、そのように手すりに腰かけていた。何を悲しんでおる?」

ジャコベン王が肩を抱き寄せようとしたが、ギャラノンは座ったまま背筋を伸ばした——もう嘘はたくさんだ。その手には二度と乗らない。

「オランストーン国のことです、陛下」

返事が気に入らなかったらしく、ジャコベン王はギャラノンの肩に置いた手に力をこめた。

「そちの父はオランストーン国の独立を求める戦いに身を投じ、そちを見捨てた。そちを守る者はなく、妹はそちの目の前で敵兵に殺され、そちと弟は陵辱《りょうじょく》された。そうだろう? 父君がみずからの誓いを守るつもりであれば、そちを見捨てはしなかったはずだ」

そして、あんたの餌食になることもなかった——ギャラノンはとつぜん荒々しい思いに捕らわれ、次の瞬間、ヒヤリとした——今の思いを口に出したのではないか? だが、肩をつかむ王の手はゆるんだ。

「ここに来たとき、そちは身も心もボロボロだった」ジャコベン王はつぶやいた。「小さな身体が、おびえきっておった。余は、そのような姿を——そちの顔が恐怖にゆがむのを見るのが、つらかった。だから、こうして目をかけてやったのだ」王はギャラノンの首に鼻をすりつけた。

そんな甘い言葉には、もうだまされないぞ。王は昔の話を持ち出しては、わたしを脅そうとする。とくに弟の話をするときは、そうだ。だが、ランディスローはオランストーン国にいる。王の魔の手は届かない。ジャコベン王の愛撫にこたえながら、ギャラノンは考えた——ハーベルネス将軍の軍勢に加わろう。たまには祖国や妻の顔を見るのも悪くない。

7 ワードウィック

信心深いタルベン人は、いつも不思議に思っていた――エサーボンが本当に神なら、なぜ自分の神殿が破壊されるのを止めなかったのか？　もっとも、何よりも黄金を崇拝するタルベン人にとっては、どうでもいい問題だ。

「もう一度きくけど、なぜ、こんなにエスティアンの近くを通るんだ？」と、トステン。おれをねらって剣を振りおろした。

「この山道を通れば、まっすぐ南へ抜けられるからだ」と、おれ。トステンの剣をかわした。「ギャラノン卿は奴隷の捜索をあきらめたんだろう？　それなら、もっと近道を通って、とっくにエスティアンに戻っているはずだ。だから、ギャラノン卿に出くわす心配はない」

おれもトステンも、やっと剣を握れるようになったころから剣術の稽古《けいこ》をつづけている。スタラ叔母が言うには、話をしながら稽古すると、反射神経を養えるらしい。それが本当かどうかはわからない。だが、トステンの動きが途切れる心配はなさそうだ。

「今日じゅうにエスティアンに着くかな?」と、トステン。

トステンの動きが速くなったので、おれも合わせた。

「そのはずだ」と、おれ。さらに少し動きを速くした。

「こんな訓練なんかやめて、少しでも先へ進んだら?」と、トステン。息をはずませながら、さらに速く動いた。

「ああ。だが、オランストーン国に着くまでに剣の扱いに慣れておきたい」と、おれ。トステンのスピードに合わせてひと息に答え、あえぎながら言葉をつづけた。「犠牲者を——ハアッ!——出したくないからな」

息切れして遅れを取ったぶん、さらにすばやく剣を動かした。視界の隅に、稽古の手を止めておれたちを見る仲間の姿が映った。

「なぜワード様のほうが、動きが速く見えるのでしょう?」と、バスティラの声。

「現に速いからです」と、アクシールの声。息子の自慢をする父親のような口調だ。「大柄な人は腕が長いので、剣を動かす距離も長くなります。そのせいで、動きが遅くなるのが普通です」

「剣を持ったワード様は別人のようですね」と、オレグ。「普段は話しかたも動きもゆっくりで、本当に頭が悪いのかと思うほどです」

「それは違う」と、アクシール。「無駄な動きがないから、遅く見えるだけだ。ペンロッドの去勢馬も抜群に足が速いのに、ほかの馬と一緒に歩くと、二倍も時間がかかるように見えるだろう?」声を張り上げた。「ワード様、トステン様、少しは手かげんしないと、ケガをなさいますよ」

「見物人を楽しませてやるか?」と、トステン。ニヤッと笑った。今までチラリとも笑顔を見せなかったのに、どうしたんだ?

「何をたくらんでいる?」と、おれ。どうでもいいが、早く終わってほしい。トステンの動きについていけそうもない。

「目を閉じて」と、トステン。

スタラ叔母の訓練を思い出した。目を閉じて戦うときは、木刀を使い、防具を着ける。そうすれば――ド素人でないかぎり――ひどい打ち身くらいですむからだ。たいてい、どちらかが目隠しをして、いつもの半分の速さで剣を動かす。

「おまえも目を閉じるのか?」

トステンは返事の代わりに目を閉じ、おれも閉じた。だが、二人とも、動きをゆるめない。目を閉じると、平衡感覚を取り戻すまで時間がかかるが、集中力は驚くほど高まる。剣の感触だけで、トステンがおれの剣ではなく腕をねらっていることまでわかった。フェザーに乗って急斜面の山道を駆けおりるよりも厳しい。しかし爽快感は、それ以上だ。

やがて、剣の触れ合う金属音が鈍《にぶ》くなってきた。どちらかが――あるいは二人とも――疲れてきたのだろう。

「三つ数えて終わりにしよう」おれは、ささやいた。

「一」と、トステン。静かな声だ。

「二」と、おれ。

「三」と、トステン。

剣の届かない位置へ跳びのいて目を開けると、トステンも同じことをしていた。感覚が研ぎ澄まされたところへ急に視覚が戻ってきたために、目がまわり、おれはヘナヘナと座りこんだ。

「愚かなことをなさるものではありません」と、アクシール。「いつか命を落としますよ」

おれとトステンは顔を見合わせ、ニヤッと笑った。久しぶりに兄弟の絆が復活した気がする。

だが、アクシールはムッとした。「目隠しは無意味だと、スタラ様にも申し上げたのに……。ステランが真似をするだけです」

ほぼ眩暈《めまい》がおさまると、おれは立ち上がり、まるで師匠に叱られた弟子のようにアクシールに剣を差し出した。

アクシールは首を振って剣を受け取らず、しぶしぶ小さな笑い声を漏らした。「今の一戦は、ヒューログじゅうの羊をもらうよりも胸がおどる見ものでした——ナイショですよ」

「ステ、ステランて、なんですか?」と、オレグ。

無邪気すぎる口調だ。おれはサッとオレグを見た。おれの注意をうながしているらしい。だが、なんのためだ？

「〝愚かな若者たち〟という意味です」と、アクシール。不快感を巧みに押し殺した口調だ。オレグが言ってくれなかったら、おれは気づかなかったかもしれない。五王国の貴族は数ヵ国語がわかる。おれも例外ではない。でも、〝ステラン〟という言葉は知らなかった。

「いけすかない小人《ドワーフ》の爺さんだな」と、オレグ。皮肉っぽい口調だ。

アクシールは顔をこわばらせた。だが、アクシールが何か言う前に、トステンが口をはさんだ。いつも、ここぞとばかりにオレグを攻撃する。

「この礼儀知らずめ」と、トステン。「年長者には敬意を払うものだ」

オレグの顔に、意地の悪い笑みが広がった。

「野営をたたむ時間です」不意にアクシールが言った。朝と夕方の稽古以外で指示を出したのは初めてだ。オレグとトステンのケンカを止めようとしたのかもしれない。それとも、オレグがドワーフのことを口にしたせいか？

アクシールに詳しいことをたずねたかったが、あきらめた。話したくなれば、自分から話してくれるだろう。アクシールには、長いあいだ、おれたち一族に仕えてくれた恩がある。それに、おれは他人にそそのかされて動くのは好きじゃない。たとえ、そそのかしたのがオレグでもだ。アクシールの父親は本当にドワーフなのか？　オレグはヒューログ城と同じ年齢だというが、それと同じくらい信じられない。アクシールがドワーフ族の血を引いていても、かまわない。だが、その話を信じるかどうかは別だ。自分がドワーフ族の王子だと言ったときのアクシールは、ろれつがまわらないほど酔っぱらっていたから、うのみにはできない。

パンジーは上機嫌で軽《かろ》やかに足を運び、鼻を鳴らした。暖かい日差しが心地よい。こんなに気分がいいのは、ヒューログを離れてから初めてだ。ヒューログとのつながりが切れて、身体の一部を失ったような感じはあるが、我慢できないほどではない。まるで切り取られた腕の傷口がふさがってきたかのようだ。

「ご主人様」と、オレグ。馬を寄せ、おずおずと声をかけてきた。

「なんだ?」

「今夜は、どこで野営しますか? 日暮れ前にエスティアンに着くのは、無理のようです」

「あと数キロで大通りに出る。父は、朝にエスティアン入りするのが好きだった。今夜は、いつものように適当な場所を探して野営する。エスティアンのそばを通るのは、明日にしよう」

「メノーグで野営してはどうでしょう?」と、オレグ。

「歴史家として、興味を引かれますか?」と、バスティラ。おれと並んで馬を進めている。

オレグはうれしそうに笑って、うなずいた。

バスティラは、一行にうまく溶けこんでいた。美しい女性が、この奇妙な一団にこんなにすんなりなじむとは意外だ。バスティラは、アクシールともペンロッドとも床をともにする仲なのかもしれない。だが、今のところ、三角関係によるいざこざは起こっていない。

「メノーグはエスティアンの北東だ。ここから八キロか九キロはある」と、おれ。「往復すれば、十六キロ以上もよけいに歩かなければならない」

「わかっています」と、オレグ。「でも、一晩だけメノーグで過ごしたいんです。先を急ぐ必要はないと、トステン様におっしゃったでしょう?」

「幽霊の出る廃墟だぞ」と、トステン。道幅が広くなり、おれの右側に馬を寄せてきた。「アクシールは、いろんな言い伝えを知っている。いつもは言い伝えなんかバカにして話してくれないけど、今夜は喜んで話しそうだ」

楽しげな口調だ。今朝の稽古のおかげかもしれない。

「幽霊?」と、おれ。わざと声を震わせ、オレグを見ないよう気をつけた。「そうだ、そのことを忘れていた。やっぱり、メノーグには近づかないほうがいい」

トステンが鼻で笑った。

「へたな芝居はやめてくれ、ワード兄さん」と、トステン。バスティラを振り返ってニヤッと笑った。なるほど、バスティラはトステンにも魔法をかけたのか。「ヒューログにも幽霊はいた。ぼくは見たことがないけど、叔母さん――スタラ叔母さんじゃなく、デューロー叔父さんの奥方——が見たって。兄さんも聞いただろ？」

バスティラは、スタラ叔母に会ったことがない。だが、今までのおれたちの話を聞いて事情は知っている。

「たしかに、昼間は幽霊なんか怖くない」と、おれ。「だが、夜の廃墟では、そうはいかないぞ」

何ごとかと、ペンロッドが近づいてきた。

「廃墟が、どうかしましたか？」

「オレグが、幽霊の出るメノーグの廃墟で野営したいと言うのです」と、バスティラ。

ペンロッドは笑った。「幽霊の出る廃墟ですか。ヒューログみたいなものですね」

メノーグに通じる道を見つけたのは、アクシールだ。おれなら、気づかずに通り過ぎてしまっただろう。かつては大きな通りだったらしい。だが今では、百年に一度、人が通ればいいほうだ。幽霊が出るとか、呪われているとかいう噂があったせいに違いない。タルベン人はおれたち北方人《ほっぽうじん》を迷信深いと言うが、それはこっちのセリフだ。一族《ファミリー》の守護霊《ゴースト》のオレグがいなければ、おれもメノーグへ向かう気にはならなかっただろう。叔父が言ったとおり、北方人は本物の魔力の恐ろしさを誰よりもよく知っているからだ。アクシールとバスティラはあまり乗り気ではない。だが、興奮ではちきれそうなトステンを見て、おれはメノーグに行く決心をした。あんなに楽しげなトステンを見たのは初めてだ。

おれたちは木々のあいだを縫ってクネクネとつづく道を進んだ。メノーグが栄えた時代にはなかったはずの木々が頭上たかく生い茂り、道に影を落としている。クロイチゴの低木の陰から、石の長椅子や彫像の残骸が見えた。

一日じゅう歩きつづけて、馬たちも疲れていた。それでも、荒い息を吐き、汗まみれになって丘の急斜面を登ってゆく。ペンロッドは鐙《あぶみ》を蹴り上げて足をはずし、馬からすべりおりた。ペンロッドの前にいたアクシールと横にいたシアラも、同じように馬を降りた。おれもしぶしぶ降りようとして、ちょっと笑った。あまり自分の足で丘を登りたくはない。だが、ペンロッドが歩くなら、おれも歩こう。ペンロッドはおれの二倍以上の年齢だが、朝と変わらずシャキッとしている。

しかし地面に立った瞬間、おれは笑い声をのみこんだ。両腕の毛が逆立ち、全身に鳥肌が立った。ヒューログと違って、この丘の魔力は、海のようにおれの体内に流れこんだり、心の隙間《すきま》を満たしたりはしない。だが、間違いなく魔力が存在し、おれを探ろうとしている。

なぜそう感じたのかは、わからない。おれは〝魔力は、風や太陽と同じ自然界の力だ〟と教わった。もはや、おれの呼び声はヒューログに届かないが、ヒューログの魔力はおれを歓迎し、おれが求めれば力と安らぎで満たしてくれた。だが、この柔らかい土の下にあるものは、おれの全身をくまなく探っている。これは歓迎ではない。オレグだけはおれが足を止めたことに気づき、そばに来た。おれは肘をつかまれ、引っ張られるままに歩きはじめた。

「魔力です」と、オレグ。馬具がカチャカチャいう音や蹄《ひづめ》の音にかき消されそうな、ささやき声だ。「感じるでしょう？　どうしてバスティラが感じないのか、不思議です」

「ヒューログと似ている」と、おれ。ささやき返した。

　オレグは不気味な笑いを浮かべた。

「似ているとも言えますし、違うとも言えます。どちらも古い力を宿す土地です」

「なんの力だって？」と、トステン。おれとオレグが話していると、必ず近づいてくる。だが、直接オレグに話しかけることは、まずない。

「メノーグだよ」と、おれ。頭を傾け、丘の上に黒々とそびえる廃墟を指した。

　トステンは両腕をこすった。「なんだか落ち着かない場所だな。誰かに探られている感じだ」

「早く進んでください」と、バスティラの大きな声。「後ろがつかえています。こんな荒れ果てた丘で野営するつもりなら、せめて日が沈む前に準備をしましょう」

　チラリと後ろを見ると、バスティラは馬に乗ったままだ。無理に歩く気はないらしい。おれは無言で歩きだした。バスティラの言うとおり、早く野営したほうがいい。

　誰も何も言わないが、なんとなくイヤな感じのする土地だ。だが、歩きつづけるうちに息が切れて、それどころではなくなった。勾配が急になると、おれは手綱《たづな》をパンジーの背中にかけ、後ろにまわってしっぽをつかんだ。昔の山の住人が、よく使った方法だ。パンジーはこのような扱いに慣れていないので、暴れるかもしれない。だが、おれの心配をよそに、落ち着いてペンロッドを追ってゆく。おれはありがたくパンジーの助けを借りて坂を登った。後ろを見ると、トステンも同じことをしていた。オレグは楽に登ってくるようだ。ついにバスティラも馬を降りて歩きはじめた。フェザーは運ぶ荷物が普段より軽いためか、まるで平地を歩くように軽々とシアラを引っ張って、おれたちを追い越していった。

夕日を浴びた丘の頂上が、吹雪のなかの灯台のように輝いて見える。パンジーも目的地が近いことを感じたらしく——それとも、フェザーに追い抜かれたのがくやしいのか——足取りを速めた。おれが小走りにならなければ追いつかないほどだ。

まだ頂上には日が当たっているが、道は木々にさえぎられて暗い。おれはデコボコの地面につまずいて転んだ。そろそろ自力で登ったほうがいい。パンジーのしっぽを放し、廃墟の一部らしい壊れた石柱に手をかけた——

気がつくと、おれは仰向けに横たわり、見知らぬ男が上からのぞきこんでいた。貴族階級を示す刺青《いれずみ》はなく、見慣れない長衣《ローブ》を着ている。なんとなく気になる顔だ……ヒューログの者らしい……空を飛ぶドラゴンが見える……荒々しく恐ろしい姿……金色に縁どられた濃い青のウロコ……。

ヒューログだ。

おれを心配そうにのぞきこんでいたのは、トステンだった。

「ケガをしたのかい、ワード兄さん？　何があった？」

当然の質問だが、全身がヒリヒリと痛んで答えられない。おれが幻覚を見ていたのは、ごく短い時間らしい。オレグが馬を連れて駆けつける足音が聞こえた。

「どうしたんです？」と、オレグ。

「転んだ」と、おれ。でも、何かにつまずいたからではない。あの壊れた柱のせいだ。おれはチラリと笑みを浮かべた。「あまり気持ちがいいので、このまま草の上に寝ていようかと思った」

まだ柱の根元に触れていることに気づいて、手を引っこめた。そのとたん、ヒリヒリする痛みは消えた。頭痛がするだけで、どこにもケガはない。

「大丈夫だよ」と、おれ。よろよろと立ち上がった拍子に、パンジーと頭をぶつけあい、パンジーは憤然と後ずさりした。驚いたのは、おたがいさまだ。「さあ、頂上へ行こう」暗がりがおれの顔を隠してくれればいい。恐怖の表情を誰にも見られたくない。朝の冒険気分は吹き飛び、おれは、オレグがメノーグに行きたがった真意を疑いはじめた。

「自分が何をしようとしているか、わかっているんだろうな、オレグ？」と、おれ。静かな口調だ。

オレグは無言で微笑した。

頂上に着くと、すでにアクシールとペンロッドとシアラは鞍をはずして、せっせと馬の手入れをしていた。パンジーはいないて、ほかの馬たちのあいだへ入り、汗ばんでチクチクする胴掛けや馬具をはずしてもらおうと、おれを待ち受けた。

「昔の僧侶たちの遺品がないか、調べてもいいですか？」と、バスティラ。足枷《あしかせ》の代わりに、馬の脚を縄で縛《しば》っている。

ペンロッドが空を見て言った。

「じきに日が暮れます」

シアラはピョンピョン跳びはねながら、期待をこめた目でおれを見た。すでにフェザーの脚は縛ってある。廃墟を見たい気持ちはわかるが、あんな経験をしたあとなので、不安だ。

「わかった」と、おれ。しかたがない。「今夜は稽古を休もう。行ってこい。だが、ここが神聖な場所であることを忘れるな。敬意を払い、うかつに手を触れるんじゃないぞ」

言いおわらないうちに、バスティラとシアラは行ってしまった。トステンも、馬の手入れをして脚を縛ると、すぐペンロッドと一緒に姿を消した。アクシールは荷馬の鞍から小さなスコップを取り出し、地面に炉を掘りはじめた。オレグは気のない様子で、乾いた小枝を集めはじめた。

おれは時間をかけてパンジーの手入れをした。毛がツヤツヤになるまでブラシをかけ、やがて腹帯のこすれた跡がかすかに残るだけになった。とうとうパンジーが足を踏み鳴らしはじめた。ほかの馬たちと一緒に草を食べたいらしい。おれはブラシを鞍袋にしまって、パンジーを行かせてやった。脚を縛らなくても、パンジーは群れから離れないだろう。

「おれも行ってくる」そう言うと、アクシールがブツブツ言った。オレグは枯れ枝の山をそのままにして、おれについてきた。

近くに大きな建物跡がある。いかにもペンロッドかアクシールが野営地に選びそうな場所だ。頂上の北のはずれにあたり、神殿の塔の残骸をはさんで南にエスティアンがある。

高い木々におおわれた丘の斜面と違って、頂上は百五十メートル四方ほどの平らな草地だ。昔は一面に石畳が敷かれていたのだろう。その上に薄く積もった土には、草しか生えない。

「なぜ、おれたちをここに連れてきた？」オレグと二人きりになると、おれはたずねた。

オレグがすばやく顔を伏せたため、表情は見えなかった。

「とりあえず、なりゆきを見守ってください。案外、それが大事なことかもしれません」

おれは足を止めた。

「ここは危険なのか？」

オレグは微笑した。

「生きてゆくには危険がつきものです、ご主人様。いちばん安全なのは死ぬことです。でも、ここは大丈夫です。悪霊が取りつかないよう、タマレインが番をしていますから」

おれはオレグを見つめた。伝説によれば、タマレインはここの神殿の番人だ。夜の悪霊を餌食として生きる巨大な猛獣で、メノーグの丘にしか住まない。ときどき、オレグが正気かどうか、わからなくなる。だが、今は落ち着いているし、おれたちの身の安全を真剣に考えているようだ。おれはうなずいた。なんと言っても、これから丘をくだる気にはなれない。おれは、倒れずに残っている大きな壁に向かって歩きつづけた。

神殿の残骸は大半がそのまま残っていた。メノーグを恐れるタルベン人たちは、廃墟から石材を持ち出して粗末な家を建てる気にはなれなかったらしい。メノーグの物を盗むと、疫病や不運に見舞われるという噂があるせいだ。昔、父が皮肉な口調で言った――〝神殿の石材を勝手に持ち出すと、自然の秩序が乱れる。たとえば農民が商人の真似をして立派な石造りの家に住むようになり、つけあがる。農民を立ち入り禁止にするには、不吉な迷信を流すのが、いちばん安上がりだ〟

壁に近づくには、グラグラする瓦礫《がれき》の山をよじ登らなければならない。おれの背丈より大きな破片もあるし、浮き彫りをほどこしたものも多い。どれもひびが入ったり割れたりしているが、細工《さいく》は驚くほど見事だ。

「これはドワーフの細工か？」と、おれ。

「えっ？」オレグは笑って答えた。「〝石細工の方法を知っているのは、われわれだけだ〟というドワーフの言葉を本気にしているんですか？　もちろん、ドワーフは石細工の名人ですが――ヒューログ城の文書室《もんじょしつ》に彫刻したのは、ドワーフです――人間にも、熟練した石工《いしく》はいました。これも人間の作品です。でも、石細工は何世紀も前にすたれました。石膏や木彫りのほうが、安くて仕上がりも早いからです」

めざす壁は、ヒューログ城の屋根よりも高そうだ。上部が崩れて地面に転がっているが、昔はもっと上までそびえていたに違いない。ゆるやかに湾曲した壁だ。高さ一メートルあまりの石の列を何段も積み重ねてあり、上の段ほど、少し奥へ入りこんでいる。もともとはドーム状の建物だったのかもしれない。どの段にも、一面に浮き彫りがある。だが、まだ遠すぎるうえに、日が暮れてきたので、細かい部分は見えない。

瓦礫の山を迂回したり、よじ登ったりして、壁のそばの小さな開《ひら》けた場所に出た。

「これは内陣の跡です」と、オレグ。少し悲しげな口調だ。「昔は、あざやかな色に塗ってありました。青と紫……オレンジ色と緑……。こんな神殿は、どこにもありませんでした」

たしかに、かつては壁全体が彩色されていたらしい。浮き彫りのくりぬいた部分は風雨が当たりにくいので、塗料が残っている。いちばん下の段には、すぐ上の段を両手で押し上げる人々の姿がおもしろおかしく彫ってあった。近づいてよく見ると、それぞれ顔や衣服がみな違う。なかには逆立ちして、両足で上段を支えた姿もある。二段目の縁《へり》は、ずんぐりした男がその部分を押し上げているかのように、上に少しそり返っている。最初に見つけた割れ目の近くに、いたずらっぽい顔で両手を上げた小男の姿があった。だが、この男は持ち上げるふりをしているだけで、手は上段に触れていない。

二段目には木々が描いてある。おれの知らない木ばかりだ。そして、あの木の上にいるのは――

「シファーンの神だ！」おれは叫んだ。やっと気づいたのかと言わんばかりに、オレグがプッと噴き出した。

タルベン国の多くの神と同じく、エサーボンも相反《あいはん》するふたつのものをつかさどる――悲しみと楽しさだ。三段目に彫られた人々の姿は、いかにも楽しげに見えた。

浮き彫りのなかのひとつの場面がおれの目を引いた。

「あんな格好が本当にできるのか？」

「とびきり身体の柔らかい女性でなければ無理です」と、オレグ。薄笑いを浮かべた。

おれは眉をひそめてオレグを見た。

「あの女がバランスを崩したら――と思うと、こっちの男にはなりたくないな」

「多少の危険を冒しても、やってみる価値はあるかもしれませんよ」と、オレグ。まじめな口調だが、楽しげに目を輝かせている。

おれは首を横に振り、オレグをその場に残して先へ進んだ。壁が大きく欠けた部分にシアラが立ち、遠く眼下に広がるエスティアンの街を見おろしている。おれはシアラが落ちないよう、背後から近づいた。

「大きな街だろう？」と、おれ。シアラにとっては、初めて見るエスティアンだ。

シアラは首を横に振り、両手で幅をせばめるしぐさをした。おれはもういちど街を見おろした。何が言いたいのだろう？　エスティアンは古い街だ。ヒューログより古いかもしれない。オレグなら知っているだろう。城壁に囲まれたエスティアンの街は、人口が増えて周囲に家ができると、新たに城壁を築いて家々を囲いこみ、少しずつ外へ広がっていった。この高さから見ると、クモの巣のように見える。内側の古い城壁は、隣接する建物にまぎれて輪郭がはっきりしない。

おれは眉をひそめた。いちばん外側の城壁は、すぐ内側の城壁よりも薄くて低い。そのふたつの城壁のあいだには数えるほどしか建物がなく、地面の大部分が黒い残骸におおわれている。おれが生まれたころにエスティアンで起こった大火事の跡だ。

シアラの言うとおりだ。エスティアンは小さくなりはじめている。


その夜、おれはあまり眠れなかった。鐘の音を聞いたような気がして何度も起き上がり、あたりを見まわした。最初の二回は、みな眠っていた。三回目には、見張り役のシアラとオレグがいなくなっていた。

おれはトステンを起こし、トステンがペンロッドを起こすあいだにアクシールに近づいた。おれが小声で呼ぶと、アクシールは目を開けた。だが、バスティラは、おれの声にもアクシールの声にも反応しない。まるで薬を飲まされたかのように眠りつづけている。

小声で話し合った結果、ペンロッドが言った。

「わたしがここに残ります」

おれはうなずき、ペンロッドを置いて全員でシアラを捜しに出た。

「暗すぎて、足跡が見えません」と、アクシール。ささやき声だ。「手分けして捜し、どこかで落ち合いましょう」

「よし、あの壁のそばがいい」

おれはシルエットになっている、壁の一番高いあたりを指さした。こっけいな男たちが上の段を支えている浮き彫りがあったところだ。おれにはシアラの居場所がわかる。前にも、シアラとオレグを見つけた。おれのなかの魔力が、〝壁のそばか、その周辺にいる〟と知らせてくれる。だが、まず、おれ一人で行ったほうがいい――なぜか、強くそう思った。あとで思えば、何かに命令されたのかもしれなかった。おれは、アクシールとトステンを送り出した。

夏の夜は虫の声に満ちていた。夜行性の動物が獲物を狩る音も聞こえる。霧笛フクロウのぼんやりと白い姿が、その名のとおりの鳴き声を立てて頭上を飛んだ。あたりに石が転がっているので、走るわけにはいかない。だが、おれは脇目もふらずに廃墟の壁へ向かった。

シアラは壁の上に立っていた。夕方と同じ位置だ。ひんやりとした夜風が、エスティアンを見おろすシアラの髪を乱した。そばの地面に、オレグが身体を丸めて倒れている。

「シアラ」おれは呼びながら、オレグの横にひざまずいた。「オレグ、どうしたんだ?」

「無理だ」オレグは叫んだ。「ぼくには無理です、ご主人様。止めようとしたんです。ぼくは……エサーボンを……」

「シアラ、オレグに何があったか、わかるか?」

シアラが振り向いたとたん、おれの首筋の毛が逆立ち、心臓が凍りついた。闇のなかで、シアラの目がオレンジ色に輝いている。シアラが片手を差し出すと、暗がりに何かが姿を現わした。巨大な獣《けもの》――タマレインだ。タマレインと並ぶと、シアラが小さく見える。タマレインは、甘えるネコのようにシアラの手の下に頭を押しこんだ。獣の息のにおいが、壁の下まで伝わってくる。

「シアラ?」

シアラは優しくほほえんで、言葉を発した。

「ヒューログのワードドウィックよ、汝《なんじ》が犠牲をいとわなければ、やがて、ふたたびドラゴンが現われよう」男とも女ともつかない声だ。子供の声か老人の声かも、わからない。

「シーッ」おれはオレグに言った。オレグは、まだブツブツと取りとめのないことをつぶやいている。

「ドラゴン殺しの末裔《まつえい》よ、心して汝の道を選ぶがよい。汝の選択しだいで、すべてが変わる。だが、ドラゴンの心臓は朽ち果てた」と、シアラ。今度は低い声だ。父の声かもしれない。

ぼんやりと、メノーグにまつわる伝説を思い出した。かつてエサーボンのお告げを代弁する預言者がいたという。メノーグの崩壊とともに、最後の預言者も死んだ。

「見つかりませんでした……」と、アクシールの声。大きな石塊の陰から出てきて、おれたちを見たとたん、言葉を失った。

「ドワーフ族の王子よ、なぜ、このような場に現われた?」と、シアラ。今度は女性の声だが、シアラにしては官能的すぎる。

「予言と必要に迫られて――です」と、アクシール。状況を瞬時に理解し、簡潔に答えた。

「ドワーフ族は滅びかけています」

「汝の父は、ある夢を見た」と、シアラ。同意する口調だ。今度の声は、シアラよりもかなり幼い。「浄化のために、汝が必要だ」

「シアラ！」

トステンの声だ。まるで走ってきたかのように息を切らしている。

「歌い手よ」と、シアラ。歌うようなテノールだ。

シアラの声を聞いて、トステンはピタリと足を止めた。

「持てる知識を掘り起こして活用せよ。楽士たちはつねに魂の道の近くにおり、憂鬱《ゆううつ》な気分に追いかけまわされる。しかし、汝は戦士でもある。この世には歌と剣が必要だ」

「バスティラとオレグに何をした？」と、おれ。エサーボンのお遊びには、もううんざりだ。おれの両手に、オレグの身体の震えが伝わってくる。オレグは相変わらず小声でブツブツ言うばかりだ。怒りがこみあげた。

「あの女は、時機に先んじて目を覚ました」と、シアラ。今度は母の、夢見るような軽い口調だ。「タマレインの魔力により、朝まで眠りつづけるであろう」

タマレインがシアラから離れ、地面に降り立った。まばたきひとつしない目が、おれの目を捕らえて引きこもうとする。おれは無理やり視線をそらして、シアラを見た。

「それで、オレグは?」と、おれ。口のなかがカラカラだ。クマのように大きな猛獣に見つめられているのだから、無理もない。

「やめよ、タマレイン。それでは永久にドラゴンを捕まえられぬぞ」おれの父の声がたしなめた。おもしろがる口調だ。「そいつは力の及ばぬことに手を出して、挫折した。身のほどをわきまえさせてやろう」

シアラがひとこと言うたびに、オレグはビクッと身を震わせた。ヒューログ城の大広間でオレグがみずからを痛めつけた日のことを思い出した。

シアラが父にぶたれたときと同じ怒りがこみあげてきて、おれは全身を震わせ、タマレインが驚いて後ずさりするほどの勢いでどなった。

「もう、たくさんだ! オレグを苦しめるな。妹から出てゆけ」

シアラの燃える目がおれを見た。

「われに命令するつもりか?」まだ父の声のままだ。

激しい怒りに全身が震えた。おれの呼び声にこたえて、太古の神殿の土台から魔力が流れこみ、古い通路を押し進む水のように、おれの身体と魂を通って全身に満ちた。

シアラは笑ってヒラリと片手を振った。すると、体内の魔力が一度に消えうせて、血管に冷水を流しこまれたような震えが走り、おれはガクッと地面に膝をついた。激しい頭痛がして、思わず頭を抱《かか》えた。

「ワード兄さん!」トステンの温かい手が、おれの両肩をつかんだ。

「われの力なくして、汝にはできぬ」と、シアラ。最初に聞いた、男とも女ともつかない、ささやき声だ。「ここはドラゴンの巣にあらず」

シアラは目を閉じ、よろめいた。壁の上から落ちてくる。しかし間一髪でアクシールが抱き止めた。シアラはぐったりとして、トステンが頬を叩いても目を開けない。タマレインはしっぽを二回ピクピクと動かし、姿を消した。

おれは必死で恐怖と頭痛を押し殺した。頭痛がひどくて、まだ立ち上がれない。

「アクシール、トステン、頼む。シアラをテントまで運んで、温かくしてやってくれ。おれもオレグを連れて、すぐに戻る」

「大丈夫か？」と、トステン。低い声だ。

おれは、うなずいて歯を食いしばった。

「ああ、大丈夫だ。早く行け」

トステンは轡《くつわ》を嫌《いや》がる若馬のようにグイと頭をそらし、アクシールに「行こう」と言うと、もうおれを振り返らずに大股で去った。

アクシールは考えこむ目でトステンを見送ってから、チラリとオレグに視線を向けた。

「気をつけないと、トステン様がオレグを憎むようになります――もう、遅いかもしれませんが」

「トステンのことは、おれにまかせろ。シアラを頼む」

アクシールはうなずき、意識のないシアラを肩にかつぐと、トステンを追って闇のなかへ消えた。おれもシアラを見てやるべきだろうが、シアラにはトステンとアクシールがついている。オレグには、おれしかいない。エサーボンの神は、オレグに身のほどをわきまえさせると言った。

「もう大丈夫だ」と、おれ。こわごわと地面に腰をおろした。全身の筋肉が痛む。「エサーボンは行ってしまった。安心しろ」オレグは、本当は何者だろう？　奴隷か？　ヒューログの化身か？

おれが触れると、オレグはビクッと身を引き、頭を石に打ちつけた。

「エサーボンは、どうしてもシアラ様から離れようとしなかった」と、オレグ。「止めようと努力したけど、離れてくれなかった。ぼくのせいだ。ぼくのせい……ぼくの……」

「もういい」と、おれ。

「ワード様はシアラ様を守れと、おっしゃった。それなのに、守れなかった。つらい……つらい……」うめき声だ。

胸が痛み、頭が混乱した。オレグが何を言いたいのか、わからない。

「努力してくれただけで充分だ」おれは声を絞り出した。「いいか、オレグ？　いつだって、努力すれば、それでいい。すべての危険からシアラを守ってもらおうとは思っていない」

たしかに、おれは〝シアラを守ってくれ〟と頼んだ。オレグは、おれの命令にしたがわなければならない。命令を実行できないとどうなるか、おれは知らなかった。おれの言葉を聞いて、オレグは身体の力を抜き、石から頭を離した。どうやら気を失っているらしい。おれの身体にも、エサーボンの影響が激しい訓練のあとの筋肉痛のように残っている。おれは力を振りしぼって立ち上がり、オレグをかつぎあげると、野営地へ向かって歩きはじめた。

アクシールとペンロッドとトステンが焚火を囲んで座っていた。おれがオレグを寝かせて毛布で包んでやっても、誰も何も言わない。おれが近づくと、トステンはあてつけのように自分の寝場所に戻り、おれに背を向けて毛布にくるまった。

アクシールは、その様子を見て言った。

「ペンロッドに、何があったかを話しました。バスティラとシアラ様は眠っているようです。ぐっすり眠れば、朝には元気になるでしょう」

「二人をメノーグから連れ出せればいいんだがな」と、おれ。「ここから遠く離れるまで、安心できそうもない」

ペンロッドもうなずいた。

「わたしと落ち合う前に、エサーボン神から何か役に立つお告げがありましたか?」と、アクシール。

「いや。おれが聞いたのは、ドラゴンの心臓が朽ち果てたとかいう話だけだ。まるで、ヒューログの窮状をおれが知らないみたいな言いかただった」だが、エサーボンのおかげで、アクシールが本当にドワーフ族の王子であることがわかった。オレグとシアラが受けた仕打ちは腹立たしいが、おれは怒りを抑えて、もう一度よく考えた。「おれが気をつけて道を選べば、ドラゴンは復活する——とも言っていた」

ペンロッドは、やれやれとばかりに頭を振った。だが、アクシールは、まるで革紐を前にした猟犬のように緊張した。かすかに満足げな笑みを浮かべている。

仲間が寝静まると、おれは両手を並べて椀《わん》の形にし、じっと見つめた。やがて指先から少し離れたところに、冷たく輝く銀色の光が浮かび上がった——子供が行なう魔法の練習だ。おれは魔法の訓練を受けていないから、これ以上のことはできない。だが、おれの身体には魔力が戻った。

8　ワードウィック

オランストーン軍は迷っていた——おれたち北方人《ほっぽうじん》と戦うか、それとも、ヴォルサグ軍と戦うか？　オランストーン軍にとっては、どちらもイヤな相手だ。

よく父が言った——急に風が吹き、雨が降りはじめたら、そこがオランストーン国だ。おれたちが旅してきたタルベン国は穀物の豊作地帯だ。なだらかに傾斜する草原地帯がまばらにあるだけで、あとは大半が平地だった。オランストーン国は、わが故郷シャビグ国以上に岩だらけで、切り立った山々に囲まれている。もっとも、シャビグ国はこれほど雨は多くない。

前を行くアクシールが馬の足取りをゆるめたため、まもなく、おれは追いついた。泥のはねたアクシールの姿は、とても小人族《ドワーフ》の王子には見えない。アクシールが自分から説明したことはないので、おれも詳しくきくつもりはない。

「これが道のない平地なら、沼と同じですね。とにかく山にたどり着くまで、この道を進みつづけるしかありません」と、アクシール。

おれをはさんでアクシールと反対側を進むペンロッドはうなずいた。

「夜が楽しみですな。きっと蚊がウジャウジャ出てきますよ」陽気な口調だ。

おれたちの一行がオランストーン国を通る古い道を進みはじめたとき、急に風が吹き、雨が降ってきた。正午近く、おれたちはびしょ濡れのみじめな姿で最初の村を通り過ぎた。

おれはくしゃみをした。

「馬の餌《えさ》が足りない。ペンロッド、バスティラと一緒に調達してきてくれないか？　おれたちはこの先にテントを張る。できたら、襲撃の情報も仕入れてきてほしい」

ペンロッドはうなずいた。

ペンロッドとバスティラを除く全員が前進をつづけ、突き出た岩（沼とは大違いだ）のあいだに木立を見つけて、初めてテントを張ることにした。ちょうどいい間隔で立つ二本の木が、支柱の代わりだ。おれはアクシールとオレグに設営をまかせ、シアラに馬の手入れを手伝わせた。馬も、おれたちと同じように、びしょ濡れの哀れな姿だ。

鞍《くら》をはずすと、パンジーは身を硬くして道の向こうを見つめた。全速力で走る馬の足音が近づいてくる。ペンロッドだ。

ペンロッドはバスティラより先に野営地に入ってきた。

だが、叫んだのはバスティラだ。

「盗賊です。十数人います」

「鞍をつけろ」ふたたび、おれはパンジーに鞍をつけ、鞍帯を締めた。

おれとしたことが不覚だった。ヴォルサグ国からこんなに遠い村で盗賊に出くわすとは……。たしかに、オランストーン国のように荒廃した土地ならば、標的にされても不思議ではない――盗賊がヴォルサグ人であろうとなかろうと。おれがヒラリと鞍にまたがると、パンジーはおれの動揺を感じ取り、頭を振り立てて暴れた。おれは何度も父と一緒に盗賊狩りをしたが、指揮をとるのは初めてだ。

仲間たちも馬にまたがった。

「おれがいいと言うまで、全員が一緒に行動する。村人を丁重に扱ってくれ――捕らえた相手が村人か盗賊かわからない場合は、殺すな。ほかに注意することがあるか、アクシール？」

「ございません」と、アクシール。

「ペンロッドは？」

「村人は、ほかの場所で仕事をしているに違いありません。わたしが見たのは盗賊だけです」と、ペンロッド。「丸石を敷いた大通りは泥だらけで、馬が足を取られます。こうなったら、いさぎよく馬を降りて戦いましょう。相手はヴォルサグ軍ではありません。ただの武装した盗賊です。おそらく剣の腕はシアラ様にも劣るでしょう」

「シアラ」と、おれ。急にシアラの存在を思い出した。「おまえは馬を降りるな。おまえには大の男と戦う力はない。たとえ相手の腕が未熟だろうと関係ない」

本当はシアラには野営地に残ってほしい。でも、ペンロッドの言うとおりだ。敵がただの盗賊なら、問題ない。第一、ここを動くなと言われて素直にしたがうシアラではない。優秀な指揮官は部下がしたがわないような命令は出さない――スタラ叔母の口ぐせだ。

おれは周囲を見まわし、全員が騎乗したことを確認した。

「行くぞ」

大急ぎで村へ引き返したが、通りには人影ひとつない。そのとき、女の悲鳴が聞こえ、おれたちは立ち並ぶ小屋のあいだを縫って駆けつけた。

十五人ほどの薄汚い盗賊がおり、そのなかの一人は粗末な弓を持っていた。この弓で矢を放っても、十五メートル先の塀にも届かないだろう。ほかの連中は、十五年前の戦場からくすねてきたかのようなボロボロの剣で武装している。お楽しみに夢中で、おれたちが馬で近づいていることに気づかないようだ。

盗賊は村の女たちをここに集めた。女たちの目の前で若い娘が冷たい剝き出しの地面に横たえられ、二人の男に押さえつけられている。もう一人の男がズボンを脱ぎはじめた。

おれは仲間に合図を出すのも忘れて剣を片手にパンジーを突進させると、その勢いに乗り、最初の一振りで、ズボンを脱ごうとしている男の首をはねた。

男は娘の上に倒れたが、避けようがなかった。おれにつづいてアクシールが別の男を殺し、やがて盗賊たちはちりぢりに逃げだした。

「容赦するな」おれは叫び、パンジーに乗ったまま盗賊の一人を追った。

まさに虐殺そのものだ。おれは無抵抗の盗賊を殺した。祖父と同年代の三人目の男を殺すと、もう周囲には誰もいなくなった。おれの仲間も大半が盗賊とともに散らばっていった。残ったのはペンロッド一人だ。馬を降り、盗賊の死体を馬の背に投げ上げている。

おれはペンロッドに近づいた。だが、まだ駆けまわりたいパンジーは、なかなか止まってくれない。結局、パンジーが落ち着くのを待つしかなかった。

「どうして死体を運ぶんだ？」

ペンロッドのことだ。何か理由があるに違いない。

「死体を探して、略奪品を村人に返すんです」と、ペンロッド。「そのあとでオランストーン国の風習にしたがって火葬します。そうしないと、死者の魂がこの地にとどまってしまいます」

どうして、こんなことに気づかなかったんだ？　だが、無理もない。盗賊狩りの経験はあるが、おれの仕事は後始末の手伝いではなく、ヒューログ城に知らせを運ぶことだったのだから。

「ほかの仲間にも言っておく。アクシールは森に逃げこんだ盗賊を追っているし、バスティラは村の女たちと一緒にいる。トステンとオレグとシアラはどこだ？」と、おれ。

部下の居場所も知らないなんて、これが本物の戦《いくさ》なら、おれは指揮官失格だ。

「トステン様とオレグは、野営地のほうへ逃げた三人を追っていきました。シアラ様は、わたしの後ろをついてこられたはずですが……バスティラと一緒に村に残られたのではありませんか？」

「アクシールに死体を集めるよう言ってくれ。おれはトステンたちを捜す」

「アクシールはもう知っているはずです」と、ペンロッド。「でも、見かけたら、伝えておきます」

「トステンたちを見つけたら、すぐに戻ってきて、おれも死体探しを手伝う」

パンジーが走りたくてたまらないというように跳びはねた。

おれが近づいてゆくと、村の女たちは一ヵ所にかたまり、まるで狼の群れをにらみつける雌馬の一団のように子供たちを取り囲んだ。なかには盗賊にいたずらされてケガをした少女もいる。

トステンたちの姿を求めてキョロキョロしていると、森のなかからバスティラが現われた。

パンジーは、その場で跳びはねた。戦馬として訓練されたため、血のにおいにおびえるどころか興奮している。おれにとっては秋の食肉処理を思い出すにおいだ。おれは自分に言い聞かせた——〝おれが殺したのは人間じゃない。肉牛だ〟そう思えるようにならなければ、戦のたびに気分が悪くなる。

「シアラを見なかったか、バスティラ？」

「盗賊を追って、あっちへ行きました」と、バスティラ。血だらけの剣で、ずらりと並ぶ小屋の向こうを指した。

おれは小屋のあいだを通って引き返し、大通りに出た。大通りの向こう側の頑丈そうな小屋の前にフェザーがつながれていて、おれとパンジーを見ると鼻を鳴らした。小屋のなかで争うような音はしない。

不安のあまり、耳が脈打つようにガンガン鳴り、やがて怒りがこみあげてきた。シアラのやつ……あれほど馬から降りるなと言ったのに。おれはゆっくりと馬を降りた。今さらあわててもしかたがない。あの小屋のなかで何があったか知らないが、とっくに終わったことだ。

おれは扉を開け、なかに踏みこんだ。いきなり暗い場所に入ったので、最初は何も見えなかった。そのとき、何者かがおれの脇腹にぶちあたってきた。

おたがいに密着しすぎていて、剣は使えない。おれは剣を放り投げ、短剣をつかんだ。そのとたんに自分が捕まえている相手の正体に気づいた。シアラだ。おれの身体に頭をうずめている。おれは急いでシアラを外へ連れ出し、すばやく全身をながめまわした。シアラの剣にも、衣服の胸から下にも、乾いた血がこびりついている。シアラは全身を震わせた。だが、もう少しでシアラを刺し殺すところだったかと思うと、おれの動揺は治まらない。

「ケガをしたのか？」おれは怒りをあらわにした。

シアラはかぶりを振り、サッと小屋を指さした。

おれは、さっき投げ捨てた剣を拾い、注意深く小屋へ足を踏み入れた。広さはヒューログ城の馬房とたいして変わらない。左の隅にハンモックが張られており、右手に暖炉がある。狭い室内に立ちこめているのは、まぎれもなく切り裂かれた臓物のにおいだ。しだいに暗闇に目が慣れ、人影が見えてきた。

腹を切られた盗賊が身体を丸めて、横たわっている。しかし目は開いており、息もあるようだ。シアラの最初の一刺しが致命的だったらしい。トステンと同じ年ごろのやせた少年だ。だが、ひげのない泣きぬれた顔は、もっと幼く見えた。

シアラの無謀な行動に対する怒りは消えたものの、恐怖のあまり、おれは思わず弱気になった。

「頼む」少年はあえいだ。強いオランストーンなまりがある。

おれは少年の目をのぞきこんだ。この少年は、もう長くないことを自覚している。おれに勇気がなければどうなるかということも、承知している。ヒューログの英雄セレグ……セレグなら、少年を苦しませたままほうっておきはしないだろう。おれは短剣を振り上げた手を止め、だらりとおろした。セレグなら、少年の命を助けてやるはずだ。こんな少年を容赦なく殺せるのは、父と……おれぐらいかもしれない。

おれは短剣を握りなおし、スタラ叔母に教わったとおりに少年の脳底に突き刺した。おれのように俊敏で力のある男にとっては、いちばん手っ取りばやくて確実な殺しかただ。

少年はピクリともしないで絶命した。

おれは剣と短剣を少年のシャツで拭って鞘《さや》におさめ、少年の亡骸《なきがら》を抱き上げて外へ出た。

シアラは、おれを見ると、そっぽを向き、フェザーのたてがみに顔をうずめた。肩を震わせて、静かに泣いている。おれはシアラを置いて、歩きだした。

別の小屋の前で、バスティラが村の女たちと話をしようとしている。いらだたしげな表情だ。うまく話が通じないのだろう。バスティラはオランストーン語が話せないし、女たちもタルベン語を理解しようとしない。おれは三つの死体が積んである横に、少年の死体を置いた。

「もういい、バスティラ」と、おれ。簡単なオランストーン語だが、はっきりと言った。父が首をかしげるほど、おれは異国語を覚えるのが速かった。だが父は、おれが何語をしゃべろうと、バカげて聞こえることに変わりはないと言った。「おれたちがこのまま立ち去れば、そのうち落ち着きを取り戻すでしょう。あなたも盗賊を殺したのなら、死体を運んできてください。魂があの世へ行けるよう火葬しなければなりません」

おれはバスティラのために、いま言ったことをタルベン語で繰り返した。おれの声は不思議なほど冷たく響いた。

そのとき、騎乗のオレグとトステンが現われた。トステンの馬は泥水をしたたらせている。

「沼に落ちた」と、トステン。ぶっきらぼうな口調だ。

「死体を集めなければならない」

トステンは、いらだたしげにおれを見た。「この馬じゃ無理だ」

「ぼくが行きます」と、オレグ。おれとトステンを交互に見てから、おれに向かって、わずかに首を横に振った。

おれは口にしようとした言葉をのみこんだ。トステンにまで怖い思いはさせたくない。もっとも、トステンは真っ青な顔で震えている。人を殺したのは今日が初めてに違いない。ティルファニグの酒場でよほど変化に富んだ毎日を送っていたとすれば、話は別だが。

バスティラは慣れた様子で、少しも動揺していない。まるで以前にも盗賊を殺したことがあるかのようだ。奴隷として鍛えられたのかもしれないし、コルの巫女《みこ》の神殿でおれが知りたくないような目にあったのかもしれない。オレグもバスティラと同じく、殺しなど日常茶飯事だと言わんばかりの表情だ。死体を拾い集めることにも抵抗はないらしい。

トステンはヒラリと片脚を振り上げ、すべるように馬を降りた。傷ついた表情でおれを見ると、おれの手に手綱を押しつけ、近くの茂みに駆けこんだ。おれはトステンの馬の首を優しく叩いて少し歩かせ、脚にケガがないことを確認した。村の女たちがおれを見たときのおびえたような表情が、頭から離れない。

トステンはさっきよりも青い顔で、馬を連れに戻ってきた。おれと目を合わせようともしない。

「スタラ叔母さんが言うには、鍛えぬかれた兵士のなかにも、戦のたびに気分が悪くなる者がいるそうだ」と、おれ。だが、トステンの表情はやわらがない。おれは別の方法を思いついた。「シアラのそばにいてやれ。シアラは盗賊の腹を刺した。おれがとどめを刺したが、シアラにはショックが大きすぎた。シアラは、あそこにいる」おれは並んでいる小屋の向こう側を指さした。

慰め合うことで、二人の心の傷が癒えるかもしれない。

ようやく、おれたちは死体を集めおわった。仲間どうしの統率を欠いた状態で（おれのせいだ）、よくも全部、集められたものだ。アクシールとペンロッドとオレグは死体を探しては、衣服を残してすべて剝ぎ取った。盗賊の親分は、袖に銀と琥珀《こはく》のピンをつけていた。オレグがそのピンを略奪品の小さな山の上に置いたとたんに、村の女の一人が駆け寄ろうとして足を止めた。

誰かに荷馬や所持品を持ち逃げされないうちに野営地へ戻れと、おれはバスティラにトステンとシアラへの伝言を頼んだ。やがて、バスティラはパンジーを引いて――いや、パンジーに引っ張られて戻ってきた。そう言えば、パンジーをシアラと一緒に置いてきたままだった。

「死体は、これで全部です」と、アクシール。死体に着せたままのボロボロのシャツで、血まみれの手を拭いた。「薪《まき》を探してきます」

「いいえ、ぼくにまかせてください」と、オレグ。死体の山に向かって身ぶりすると、まるで材木のように死体がくすぶりはじめた。

バスティラもオレグの片腕に触れ、一緒に魔法をあやつった。まもなく全員が、押し寄せる波のような熱に包まれた。魔力――ヒューログの魔力――に打たれ、おれはフラフラと一歩あとずさった。一瞬、故郷に戻ってきたかのような錯覚におちいり、虚しさは跡形もなく消えた。おれはもう大丈夫。すばらしく、いい気分だ。

「やりすぎです、お嬢さん」と、オレグ。鋭い口調だ。オレグは不安げにチラリとおれを見た。「すみません、ご主人様」次の瞬間、魔力は消えた。

　おれは苦痛のあまり、叫びそうになった。さいわい、オレグのほかには誰も見ていないので、そのあいだに立ちなおった。いま初めて、おれはヒューログとオレグが完全に一体であることを理解した。オレグから聞いてはいたものの、それでも、オレグはヒューログ城に関係のある――おれのように密接に関係している――存在だという認識しかなかった。でも、おれの勘違いだった。オレグの魔力を見れば、わかる。オレグこそがヒューログだ。オレグが戦で命を落としたら、どうなるのだろう？　今ごろ心配するなんて、遅すぎる。

「全盛期のリクレングでも、こんなことはできなかったはずです」と、ペンロッド。畏怖の念がこもった口調だ。

　その声で、おれは死体の山に注意を戻した。死体が積まれていたはずの場所には、もはや焦げた地面しかない。死体が灰になるまで、五回、深呼吸するまもなかった。

「その通りです」と、アクシール。「火のついた薪束《まきたば》の力を借りなければ、リクレングはロウソクを灯すこともできなかったのですから」

「今のはバスティラの力です」と、オレグ。まだ不安そうに、おれを見ている。

「行こう。馬も疲れている。おれたちが早くいなくなったほうが、村人たちは安心するだろう」おれは村の女と子供たちに向かってうなずいた。

おれたちは、野営地にほど近い場所を流れる澄んだ小川で身体を洗った。トステンとシアラがテントを張ってくれたので、あとは馬の手入れと食事の準備をするだけだ。しかしトステンもシアラもあまり食欲がない。

シアラはトステンの隣にピッタリとくっついて、おれを避けている。つらいが、しかたがない。できるものなら、おれだって自分自身から逃げだしたい。あの少年をひと思いに殺したことは後悔していない。殺さなければ、少年は地獄の苦しみを味わったはずだ。でも、どんなに自分の心を偽っても、おれが父の子であることは認めざるを得なかった。

明らかにオランストーン人よりもタルベン人を憎んでいる（オランストーン国に対しては税を納める必要がないからだ）父が、なぜ反乱軍の一味としてタルベン国のために戦ったのか、疑問に思う者は多い。初めて盗賊を殺した今、ようやくおれにもわかった。剣が肉に食いこむ感じが好きだからだ。渾身の力をこめて、剣を投げたり振りまわしたりするのは、たまらなく気分がいい。少年を殺したときでさえ、おれは快感を覚えた。だが、ときどき不安になる――目が覚めたら、おれはワードウィックではなく父のフェ、、ン、、ウィ、、ック、、になっているのではないか？

おれはオレグに付き合って、第二の見張りを引き受け、トステンとシアラには第三の見張りを命じた。しかし交替の時間が来ても、二人を起こすつもりはない。眠っているのなら、そのまま眠らせてやりたい。

おれは目を覚ましたまま、ペンロッドが交替を告げに来るのを待った。だが、ペンロッドもアクシールも眠っているようだ。おれはオレグの隣にしゃがみこんだ。オレグは焚火のそばで自分のシャツをつくろっている。

「きみが戦死したら、どうなる？」と、おれ。

「石どうしが支え合わないかぎり、ヒューログ城は崩れ落ちます」吟唱詩人のように朗々と声を響かせたかと思うと、ピタリと口をつぐみ、まったく違う口調で言葉をつづけた。「父がそれほど楽な逃げ道を残してくれたら、ぼくが利用しなかったはずがないでしょう？　ぼくはケガをするかもしれません。でも、ぼくを殺せるのは指輪の持ち主だけです」

「なるほど」おれは暗闇を見た。そのとおりだ。たしか前にもオレグの口から似たようなことを聞いた。「つまり、おれだけだ」

「教えてください」しばらくしてオレグは言った。「あなた様は、雌馬が通りかかったときのパンジーよりも緊張していますね」

おれはためらった。

「いつ戦が始まるか、わからないからな。戦は、あまりにも簡単に人々の命を奪う。だが、おれは剣を抜くたびに、おれの予想が裏切られてほしいと期待する。いや、裏切られるべきだと……」

やめろ。何を言おうと、愚かしく聞こえるだけだ。

「数々の歌のように？　栄光と名誉に満ちた結末を望んでおられるのですか？」と、オレグ。

やはり、バカなことを言うべきではなかった。じゃあ、なぜ、いまだにおれは、そのバカげたことを信じているんだ？

「今日の一件は戦ではありません」と、アクシール。そっと寝袋から出てきた。どうやら、おれとオレグの会話の最後の部分しか聞いていなかったらしい。「害虫を始末しただけです」

「おまえを起こすつもりはなかった」と、おれ。

アクシールは肩をすくめ、膝を抱えて座った。「どっちみち戦いのあとは興奮して眠れません」

「おれが殺した少年は――」喉《のど》が渇き、おれはゴクリと唾を飲みこんだ。「――家族と一緒に畑でも耕していればよかったんだ。何も生きるために盗みを働かなくても……。いったい、この国の支配者はどこにいるんだ？」

「あなた様が殺したのはマムシです、ワード様」と、アクシール。「盗賊は老いも若きも関係なく、あなた様を殺そうとします。あなた様と少年が逆の立場なら、少年は〝まあ、がんばれよ〟と言って、死にかけているあなた様を置き去りにしたでしょう。本物の戦には、功罪の両面があります。敵に身ぐるみ剝がれ、あげくのはてに化けの皮まで剝がされます。戦場では、イヤでも自分自身を見つめなければなりません。ペンロッドの静かな自信も、戦をへて身についたものです。ほかの連中も……ワード様はジャコベン王をご存じですね」

質問とは言えない。それでも、おれはうなずいた。

「ジャコベン王の父ジョアン王は立派な戦士でした」と、アクシール。「今でも畏敬《いけい》の念をこめて、その名が口にされるほどです。フェンウィック様もジョアン王の指揮下で戦われました。ジョアン王は勇気と英知を併《あわ》せ持つ数少ない支配者で、跡継ぎのジャコベンも非常に聡明でした。ジャコベンは年齢に似合わず、冷静に戦況を見きわめる能力を持っていました。剣の腕も抜群です。今ごろは優秀な指揮官になっていても不思議ではありません。しかし残念ながら、指揮官としての才能には恵まれなかったようです。初めて指揮した戦で、ジャコベンは多くの部下を死なせました。ジャコベン自身が怖気《おじけ》づいたからです。その後、ジョアン王はジャコベンを指揮所に置き、ジャコベンが前線を離れた安全な場所で能力を発揮できるよう取りはからいました。でも、ジャコベンが役に立たないことは誰もが知っていました。ジャコベンの性格がゆがんだのは、そのせいかもしれません。戦地で臆病風に吹かれただけでなく、その事実をみなに知られてしまったのですから。

今日のことは戦のうちに入りません。しかし、必要な行動でした。第一に、この村だけでなく、これから略奪されたかもしれないほかのすべての村を救う結果になりました。第二に、ワード様が今の顔ぶれで戦地に乗りこむおつもりだとしたら――敵を殺した経験のない者が、あまりにも多いことがわかりました。本物の戦は訓練とは違います」

「だが、怖気づいた者はいない」と、おれ。

「おっしゃるとおりです」と、アクシール。一筋の黒髪を引っ張った。「シアラ様も、トステン様も、すぐに立ちなおられるでしょう」


翌朝の天気は曇りだった。何もかもが湿っていて、最悪だ。昨夜は雨が降らなかったのに、あたり一面が分厚い霧に包まれている。薪も湿っぽく、オレグがいなければ、火もおこせなかっただろう。朝食後に剣術の稽古《けいこ》をした。昨日のことがあったせいで、全員がいつもより真剣だ——いや、おれがあまりにも不機嫌なので、冗談ひとつ言えない雰囲気なのかもしれない。オレグでさえ、いつになく無口だ。

いきなりアクシールが稽古の中止を告げた。おれは対戦相手のペンロッドに向かってうなずき、アクシールのもとへ行った。

やせこけた長身の男が荷馬を連れ、野営地から少し離れた場所に立っている。自分からは近づいてこないで、おれたちを呼び寄せるつもりらしい。戦闘集団に近づくには、利口な方法だ。ヒューログの農民なら、挨拶して、ずかずかと踏みこんでくるに違いない。もっとも、記憶にあるかぎり、シャビグ国は襲撃を受けたことがない。おれは身ぶりして仲間をさがらせ、男に近づいていった。

楽に声が届く距離まで近づいたとたんに、男はていねいなタルベン語で言った。

「ご貴族様、この村が助かったのは、あなた様がたのおかげだと、妻から聞きました」

芝居がかったセリフだが、まるで天気の話をするかのように、さりげない口調だ。おれは男が剣をたずさえていることに気づいた。反乱が起こって以来、オランストーン国の農民は刃物を武器として持つことを法律で禁じられている。しかも、男が持っているのは上等な剣だ。普通の兵士が持つようなしろものではない。おれはもっと近づいて、男を見た。

ペンロッドと同年代だろうか？　だが、そのわりに老けている。男は毛織りの帽子を耳にかかるほど目深《まぶか》にかぶっていた。防寒のためかもしれないが、オランストーン国の貴族に特有の髪型を隠すためでもあるようだ。荷馬が決定的な証拠になった。このひょろ長くて胸幅のせまい小柄な馬は、オランストーン国の貴族に珍重されており、ほとんど餌を食べずに何週間も旅することができる。

年老いた馬だ。第三者の目には、餓死寸前に見えるだろう。だが、おれの父は出征先のオランストーン国から一頭の馬を連れて帰ってきたことがあるので、おれにはわかる。まっすぐな脚も、高い位置についたしっぽも、しなやかな首も、農耕馬ではない何よりの証拠だ。

〝この男は貴族だ。オランストーン国が平定されたときに降伏を拒んだ一人に違いない〟。敵であるはずのおれたちに妻の命を救われたとは、さぞかし不愉快だろう。だが、表情は落ち着いている。本当は剣を抜いて、おれの喉をかき切りたいはずだ。それでも、正体を現わすわけにはいかないのだから、しかたがない。

「わたしが何かおかしなことを申しましたか？」と、男。あわてて付け加えた。「ご貴族様」

「いいえ、考えていたのです。あなたがたにとっては、おれたちと盗賊がたがいに全滅するまで殺し合ったほうがよかったのではないか——と」と、おれ。率直な口調だ。「でも、ご安心ください。おれたちのなかにタルベン人はいません。おれたちのほとんどがシャビグ国で生まれ育ちました。おれたちはヴォルサグ国のならず者どもと戦うために来たんです」おれも「ご貴族様」と付け加えた。

男は、しばらくおれを見ていたが、やがて、かすかに笑った。

「それを聞いて安心しました。盗賊に乱暴されかかったわたしの娘を救ってくださったことにも、感謝します。わたしはルアベレットと申します」おれはルアベレットが差し出した手を握り返した。「妻から聞きましたが、ひょっとすると、あなた様がたは旅の途中で食料の調達に立ち寄られたのではありませんか？　わたしどもにできるのは、食料をご提供することくらいです。乾燥した地域では収穫できないようなものも、いくつか持ってまいりました」

「ありがとうございます」と、おれ。心からの言葉だ。「もちろん代金は支払います」

ルアベレットの両方の眉が跳ね上がった。おれの祖父が見せた最高に傲慢な表情にそっくりだ。「そのようなご心配は無用です」もう、おたがいを〝ご貴族様〟と呼ぶのはやめた。

「おカネはあります。取引させてください。あとは情報を提供してくだされば結構です。ヴォルサグ人の盗賊の実態を知りたいんです」

「なぜ、そのようなことを気になさるのですか？」と、ルアベレット。敵意は感じられない口調だ。

気がつくと、おれは正直に答えようとしていた。「おれはたしかに盗賊が嫌いです。しかし、そもそも盗賊と一戦まじえるために、この国の領土の半分を旅しようと思ったわけではありません。どうしても、わが一族に自分の力を証明する必要があります。そのためには、オランストーン国をめざすことが最善の方法だと考えたのです」

「今に戦が始まります、お若いかた」と、ルアベレット。

おれはうなずいた。「承知しています。ジャコベン王の軍勢が到着するまで、しばらくここで待つつもりです」

ルアベレットはニッコリ笑って空を見た。しかし表情は悲しげだ。

「まだまだお若いですな。いいですか、ジャコベン王は軍勢を送る気などありません。ヴォルサグ軍がわれわれを皆殺しにするのを待って、ヴォルサグ軍の隙を突き、山の向こうから攻撃をしかけるつもりです」

なるほど。これで、すべてがつながった。ギャラノン卿からオランストーン国の実情を聞いたときから、戦が始まることはわかっていた。おれにわかるぐらいだから、戦略に強い者なら誰でもわかる。アクシールによると、ジャコベン王は戦略家らしい。だが、血も涙もない冷血漢でもある。

その先も予想がつく。孤立した村のルアベレットがジャコベン王のたくらみに気づいているなら、ヴォルサグ軍も気づいて当然だ。ヴォルサグ軍はオランストーン国を征服したいだけなのか？　そうだとすれば、峠を占領したうえで防御を固めようとするはずだ。征服が目的ではないとしたら、いくつかの部隊に分かれて、ふたつの前線——おそらくシーフォード沿岸——を襲撃するだろう。もちろん、カリアルン王がバカでなければの話だ。おれにとって、どんな意味があるかは、まだわからない。

その夜はルアベレットにもらった油布《ゆふ》で暴風雨をしのいだ。足元が泥ですべりやすく、剣術の稽古はとうてい無理だ。このままの状態がつづくとしたら、何か方法を考えなければならない。結局、稽古は休むことにした。

またしてもアクシールは戦いの物語を繰り返した。シアラはトステンの肩にもたれかかっている。トステンは竪琴《たてごと》を引っ張り出し、見事な腕前を披露した。どうやら樽屋《たるや》をやめて正解だったようだ。トステンの奏でる旋律は、暖かな毛布のようにおれを包みこんだ。

ペンロッドがどこからか小さな戦太鼓《いくさだいこ》を取り出し、演奏に加わった。バスティラも楽しげに歌いはじめた。細いアルトの声だが、アクシールのバスとトステンのすばらしいテノールが加わると、何倍も魅力的に聞こえた。最後に宮廷を訪れてから、これほど美しい音楽は耳にしたことがない。おれはテントの支柱代わりの木にもたれて目を閉じ、緊張を解いた。誰かが湿った毛布を肩にかけてくれた。

「そっとして差し上げてください」と、ペンロッド。静かな口調だ。「ワード様は、昨日の戦いの前から眠っておられないはずですから」

9　ベックラム、エルドリック、ギャラノン卿――エスティアンにて

ジャコベン王は邪悪で狡猾《こうかつ》で危険な臆病者だと、いつも父は言っていた。ジャコベン王が臆病者でなければ……そして、年に一度の税の取り立てがなければ、父はジャコベン王を好きになっていたかもしれない。


「一晩だけ頼むよ」と、ベックラム。懇願する口調だ。「キアナックの酒場にアビンヘルの剣舞姫《けんぶひめ》が来てるんだ」

エルドリックは腕組みして、自分の寝台に座った。

「この前も一晩だけの約束だったのに、結局、三日間も身代わりをさせられた」

「お願いだ」と、ベックラム。勝ち誇ったようにほほえんだ。「いつも、うまくやってくれるじゃないか」

「うまくないよ」と、エルドリック。追い詰められた口調だ。「兄貴も知ってるくせに」

ベックラムの笑みを見て、〝断わる〟の一点張りで通せばよかったと後悔したが、もう遅

い。引き受けることは、すでに決まったも同然である。問題は、うまくやれるかどうかだ。「おまえの宮廷作法は完璧だ。そうだろ？　今夜は、絶対に無礼は許されない。頭痛か何かのせいにして、早めに退出してもいい」

「行儀のいい兄貴なんて、ありえない」と、エルドリック。鋭い口調だ。「急に行儀よくなったら、怪しまれるよ」

「大丈夫だ」と、ベックラム。意外なほど断固とした口調だ。「父上がヒューログの統治者として認められたから、いい子ぶってると思われるだけだ」

「あれは兄貴のせいじゃない。やるだけのことはやったんだから」エルドリックは寝台を離れ、ベックラムの肩に手を置いた。

ベックラムは顔をこすった。

「じゃあ、ヒューログの統治権は父上のものだと宣言したとき、どうしてジャコベン王はおれを見て笑ったんだ？　よけいなことをしなければよかったよ。父上にジャコベン王を説得してもらうべきだった」

「それでも、結果は同じだったはずだ」

ベックラムはニッコリ笑った。エルドリックがかばってくれたことがうれしい。だが、目は笑っていない。

「なぜか、おれの作戦は失敗した。おたがい、知ってるとおりだ」と、ベックラム。リネンの袖のしみをこすった。「エルドリック、今夜は宮廷の連中に合わせる顔がない。今夜だけだ。たまには、どこか駆け引きの必要がない場所へ行って、ジャコベン王のことも、王妃のことも、父上のことも忘れたい。父上は死ぬほどワードのことを心配してる」

「兄貴だって」と、エルドリック。

ベックラムは信じられないという表情で眉を吊り上げた。

「あんなやつ、大嫌いだ」

「本当は、ねたましいんだろ」と、エルドリック。鋭い指摘だ。「バカでもなんでも、ワードはいいやつだ。兄貴はワードが好きなんだよ。自分のこと以上にね」

ベックラムの顔が怒りで真っ赤になった。

「あいつはバカだ。あいつがまぬけじゃなければ、こんな心配をしなくてもよかったのに」

「父上がなんとかしてくれるよ」と、エルドリック。「こういうことは父上にまかせればいい」

ベックラムはうなずき、エルドリックの手を握った。

「ありがとう、エルドリック。おれの緑と金色の服を着ていけ。みんなが知ってる、いかにも、おれらしい服だ」

エルドリックは、意気揚々と自室に引き揚げるベックラムを見つめた。どうして、ベックラムの身代わりなんか引き受けてしまったんだろう？　今の会話を思い返し、思わず表情をゆるめた——いや、ぼくは〝引き受ける〟とは一言も口にしなかった。まあいい、べックラムの言葉を信じよう。エルドリックは読みかけの本を棚に戻した。今夜は本を読みおえるつもりだったが、それどころじゃない。クジャクみたいな連中とチャラチャラ歩きまわることになりそうだ。

ギャラノン卿は首をすくめてハーベルネス将軍の剣をかわし、とどめを刺そうとして腕を引いた。しかしハーベルネスは目にもとまらぬ速さで、ギャラノンの喉元に短剣を突きつけた。

「まいりました」と、ギャラノン。笑みを浮かべ、悪意がないことを示した。ここまで、なんとかハーベルネスの攻撃をかわせたことはうれしい。ハーベルネスが手かげんしてくれたのかもしれないが、とにかく剣の達人と互角に戦える者はまずいない。

ハーベルネスは短剣を引いて鞘《さや》におさめ、厳しい表情でギャラノンを見た。

「さあ、話してもらおうか？　なんの真似だ？　本当に剣の稽古《けいこ》のためだけに、父君《ちちぎみ》の名でわしを呼び出したのか？」

ギャラノンは訓練場を見まわした。古びた部屋には誰もいない。

「少し歩きましょう」

盗み聞きを警戒している。

ハーベルネスの表情がこわばった。

「思わせぶりだな」

「たしかに。しかし、あなたを呼んだ理由をジャコベン王に知られたら、冷や汗をかくのはわたしです。お願いですから、一緒に歩いてください」

ハーベルネスは傲然《ごうぜん》とした表情で、しばらくためらっていたが、やがて剣を鞘におさめ、先に行くようギャラノンに身ぶりした。

ギャラノンは無言で廊下を進みつづけた。この先の中庭まで行けば、流れる水の音で声がかき消される。ギャラノンとハーベルネスとすれ違っても、振り返る者はいなかった。新たに〝オランストーン国の英雄〟となった男が王のお気に入りと一緒にいる理由は、二人の汗と、たずさえた剣を見れば、明らかだ。

カビくさい廊下から城の中心部にある中庭へ出ると、むせかえるほどの花の香りがただよった。まだ早い時間なので、人気《ひとけ》はない。

いきなりギャラノンは切り出した。

「本気で百人の兵士をひきいてヴォルサグ軍を倒すおつもりですか?」

ハーベルネスは、わずかに眉を吊り上げた。不思議そうな表情だ。

「わしは身も心も国王陛下に捧げた」

たとえ皮肉がこめられているとしても、そのようには聞こえない。

「兵士の顔ぶれは?」と、ギャラノン。口にしてから、思わずたじろいだ。こんなことをきくつもりはなかった。ハーベルネスがうつろな表情になったのも当然だ。

「書記が一覧を持っているが、内容は覚えていない」

ギャラノンは、もういいと言うように片手を振り、言いかたを変えた。

「わたしが知りたいのは、わたしが加わる余地があるかどうかです。父の時代、ブリルには三百人の兵士がいました。それにはかないませんが、現時点で、訓練経験のある者が六十人おり、さらに百人の新兵を集めることができます」

「わしがそのようなことを計画しておると思うのか？」と、ハーベルネス。ひとりごとのようにささやき、表情をこわばらせた。

「ええ、心から期待しています」と、ギャラノン。即答した。「ジャコベン王が知っていようといまいと関係ありません。もっとも、王は今、奥方の愛人問題のほうが気になるようです。今さら、やめろとは言えないのでしょう」

中庭をゆっくりと一周したとき、ふたたびハーベルネスが言った。

「きみは父君にそっくりだ」

「おっしゃるとおりです」

「アスケンウェンは今回の計画に耳を貸さなかった」と、ハーベルネス。若きアスケンウェンはオランストーン国でも指折りの富豪で、宮廷にいりびたっている。「アスケンウェンはタルベン国びいきだ。オランストーン国は雨が多すぎると嘆いていた。アスケンウェンの父親が戦《いくさ》のときになんと呼ばれたか、知っておるか？」

「〈闘狼《ダイアウルフ》〉です」と、ギャラノン。うっすらと笑みを浮かべた。

「〈闘狼《ダイアウルフ》〉は、わずか二十人の兵とともに三日間も敵の大軍を寄せつけず、残りのオランストーン軍をあちこちに分散させた。そのおかげで、戦には負けたものの、われわれは城に戻り、家族を守ることができた。だが、息子のアスケンウェンは戦よりも〈黒のキアナック〉の酒場で飲んだくれているほうが好きらしい」ハーベルネスは首を左右に振り、苦笑した。「今度の戦に勝てると思うな。ジャコベン王にとって、若い兵士を骨なしにするくらいは、なんでもない。ようやくジャコベン王が五王国を守る気になったときにはもう遅い。勇気ある犠牲者として、われわれの名が鬨《とき》の声に使われるだけだ」

「戦死者は英雄あつかいされるのが、つねです」と、ギャラノン。「こう言ってはなんですが、その大半が無駄死にです。わたしの父も例外ではありません」ギャラノンは深呼吸した。「昨日、アスケンウェンの弟のカーコベナルが騒ぎを引き起こしたそうです」

「本当か？」と、ハーベルネス。うわの空だ。

「カーコベナルは平和を乱したとして罰金を科せられました。オランストーン人の名誉を守るために二人組のタルベン人貴族をめった打ちにしたそうですが、ジャコベン王は正当な理由とは認めませんでした」ギャラノンはスイレンの花が浮かぶ小さな池を見つめた。「カーコベナルは、やっとペンを握れるぐらいの歳から、兄のために愛馬グレンズワードを走らせつづけています」

「まだほんの子供だ」と、ハーベルネス。

「もう十八歳です。一人前に剣を使える年齢ではありませんか？」と、ギャラノン。穏やかな口調だ。「グレンズワードをけしかけて……敵に向かってゆくこともできます」ヴォルサグ人が敵であることは言うまでもない。

ハーベルネスは一瞬の間を捕らえて、口をはさんだ。「オランストーン反乱軍は全滅した」

わたしが生きているかぎり、全滅しない――ギャラノンは思った。

「そのとおりです。だが、われわれがヴォルサグ国を倒さなければ、オランストーン国そのものが滅びることになります。わたしが力になりましょう」

ハーベルネスが何ごとか言おうとしたとき、ジャコベン王の使いの少年が走ってきた。「ギャラノン様」と、少年。呼吸が整うのを待った。「国王陛下より、陛下のお部屋で朝食をご一緒にとのことでございます」

みるみるハーベルネスの表情が凍りついてゆく。ギャラノンは心のなかで悪態をついた――もう少しで色よい返事を聞けたのに……。ハーベルネスは使いの少年を見て、ギャラノンがジャコベン王の愛人であることを思い出したらしい。

ギャラノンは深呼吸すると、優しい言葉で少年を帰らせ、ハーベルネスがわれに返る前に言った。「ここの小川は実に見事ですね。ジャコベン王のお力に感服しました」

「いや、国王づきの魔法使いの力だろう」

ギャラノンは首を横に振り、ハーベルネスの目をまともに見た。「いいえ、ジャコベン王のお力です。われらがジャコベン王には、何か秘密兵器がおありなのです。ジャコベン王をあなどってはなりません。ヴォルサグ国のカリアルン王は魔法使いきどりですが、魔法使いではありません。とはいえ、練達の魔法使いを少なくとも四人は雇っています」

「ヴォルサグ国じゅうを探しても、魔法使いは四人もおらぬはずだが……」と、ハーベルネス。ジャコベン王についてはギャラノンの言葉にうなずいた。

ギャラノンは肩をすくめた。

「ジャコベン王の首席魔法使いのアーテンによると、現に、四人の魔法使いがカリアルン王に仕えているそうです。わたしを百人部隊に加えてくだされば……有益な情報をほかにも提供できます」

ハーベルネスは考えこむ表情でうなずいた。目を伏せている。

「考えておこう」

「もちろんです」と、ギャラノン。自分でも意外なほど落ち着いた口調だ。だが、ハーベルネス将軍が百人部隊を引き連れてエスティアンを出発するとき、わたしはまだジャコベン王のそばを離れられないだろう。「剣の相手をしてくださって感謝します。国王陛下がお呼びですので、失礼します」


エルドリックは鏡を見た。ベックラムの緑と金色の宮廷服を着た自分が映っている。目を閉じて、まるでマントをはおるかのように別の人格をまとい、あきれるほど自信たっぷりなベックラムに変わってゆく自分を想像した。いい、これが最後だ。でも、本気かどうか自分でもよくわからない。ベックラムになりきれば、自由を――自由と興奮を味わえる。ふたたび目を開けると、鏡のなかにはベックラムがいた。エルドリックは上衣の襟《えり》を直し、ぶらりと部屋を出た。

ベックラムの代役は意外に楽しい。エルドリックはご婦人がたのうっとりした視線を浴び、男たちと軽い冗談を交わしながら、にぎやかな宮殿内を軽やかに歩きまわった。だが、王妃には近づかなかった。王妃が気を悪くしたら、あとでベックラムになだめてもらおう。

食事の席で、ジャコベン王の異母兄のアリゾン公が隣に座った。

「そなたの父君がヒューログ城主《メーテン》を継いだそうだな」と、アリゾン公。うんざりした口調だ。

「ひどい話ですよ」と、エルドリック。ベックラムそっくりのもの憂げな口調だ。「父が哀れです。ヒューログなんて、冬は寒いし、夏はジメジメ。おまけに、農民の半数が自作農です——農奴のほうがよほど扱いやすい。ヒューログ城主《メーテン》の仕事は、住人が飢え死にしないよう食料を行きわたらせることとです」

「ヒューログ城主《メーテン》と言えば、伝統ある称号だ」

「この称号に銅貨半分を足せば、パンがひとかたまり買えますよ。いちばん納得がいかないのは——」と、エルドリック。いかにも哀れっぽい口調だ。「——わたしの弟が得をしたことです。ヒューログよりも豊かで暖かいイフタハールを手に入れることになったのですから」

「では、ヒューログの統治権を父君に与えるよう、そなたがジャコベン王に頼んだわけではないのだな？」と、アリゾン公。上目づかいに見た。

「わたしが愚か者に見えますか？」と、エルドリック。憤然とした口調だ。「そんなバカな真似をするはずがないでしょう？　ヒューログなんて、ほしくありません」

アリゾン公が席を立つと、エルドリックはうなじの汗を拭った。アリゾン公がそばにいると、どうにも落ち着かない。でも、ベックラムと入れ替わるのも、これが本当に最後だ。

エルドリックはグラスのワインを飲み干し、通りかかった召使からおかわりを受け取った。ようやく退出しようと立ち上がったときには、すっかりいい気分になっていた。だが、ちょっと寄り道して中庭を散歩するうちに、冷たい夜気が酔いをさましてくれた。

文書室《もんじょしつ》の隣にあるこの中庭は、エルドリックのお気に入りの場所だ。噴水と人工の小川の水音に耳を傾けると、故郷を思い出す。暗闇のなかに、白い花が不気味に浮かび上がって見えた。においを嗅《か》ごうとしたが、残念ながら、なんのにおいもしない。

なおも花のことを考えていると、いきなり誰かに肩をつかまれた。


〈黒のキアナック〉の酒場で、とつぜんベックラムは咳きこんだ。グイと酒をあおると、喉の痛みは治まったものの、一瞬、不安がよぎった。いや、なんでもない。筋肉が痙攣《けいれん》しただけだ。そうに決まってる。ベックラムは剣舞姫に注意を戻した。超人的な動きで、まさに剣を鞘から引き抜こうとしている。

ジャコベン王は後ろに跳びのいて血しぶきを避け、のたうちまわる若者が動かなくなるのを待った。やがて、短剣からしたたり落ちるどす黒い液体をなめ、地面に横たわる若者のそばに短剣を投げ捨てた。なんの変哲もない短剣だ。しかし、誰の仕業《しわざ》なのかわかれば、そんなことはどうでもいい。

「王妃にもう愛人は必要ない」と、ジャコベン王。大声だ。爪先で蹴っても、若者はピクリとも動かない。ジャコベン王は血の気のない若者の顔を見つめた。「相手がシャビグ国の愚かな若者であろうと、油断は禁物だ。なあ、ベックラム、どう思う？　そちの死を知ったら、王妃は自害するだろうか？　それとも、余の領地のひとつに引きこもるだろうか？　どちらも、たいして違わぬか？　まあよい、どちらにするかは、余が明日、決める」

ひとあし違いで、まに合わなかったか——アリゾン公は物陰でこぶしを握りしめた——何人殺せば気がすむのだ、ジャコベン王？

ベックラムは楽しげに口笛を吹きながら、服を着替えた。剣舞姫は前評判どおり……いや、それ以上だった。もう少し見たかったが、エルドリックのことが気になって、早めに帰ってきた。またしても代役を押しつけて申しわけない気持ちもある。

ベックラムはエルドリックの部屋の扉を勢いよく開けた。エルドリックにしてはめずらしく、まだ帰っていないようだ。だが、お祭り騒ぎは夜明けまでつづくのだから、しかたがない。

「かわいい娘をたらしこんだのか？　気をつけないと、王妃がヤキモチを焼くぞ……」いや、待てよ――ベックラムは言葉を切った。「まさか、王妃を誘惑するつもりじゃないだろうな」帰りが遅いのは、そのせいなのか？

ベックラムは服装を確かめ――いかにもエルドリックが着そうな服だ――膝に巻いた黄色いスカーフをもぎとると、少しうつむいて廊下を歩きだした。

まだ広間には大勢の人々がいた。しばらく見まわしたものの、とうとうエルドリックは見つからなかった。王妃は、取り巻きの女性の一人とおしゃべりを楽しんでいる。エルドリックの裏切りを本気で心配したわけではない。それでも、ベックラムはホッとした。

「エルドリック？」

ベックラムはエルドリックになりきっていた。エルドリックよりも、はるかに演技がうまい。だから、弟の名で呼ばれても、ためらわなかった。

「アリゾン公ではありませんか」

「そなたがダンスをしにくるとはめずらしい」と、アリゾン公。疲れた表情だ。

ベックラムはエルドリックそっくりに、照れたような低い笑い声を漏らした。

「兄を捜しているんです。スカーフのしわ伸ばしに使うと言うので本を貸したのですが、その本がどこにも見当たりません」

「そうだったのか」アリゾン公は肩をすくめた。「そう言えば、食事のあと、外の空気を吸ってくると言って出ていったきりだ」

「では、中庭を捜してみます」と、ベックラム。

アリゾン公はうなずいた。

「見かけたら、わたしからも伝えておく」

ベックラムが遠ざかると、アリゾン公はジャコベン王の悪事の味を消そうとするかのように水を飲んだ。

最初、中庭には誰もいないように見えた。少し肌寒い。秋が近い証拠だ。今夜、ベックラムは漠然とした不安に駆られ、仲間を置いて先に帰ってきた。王妃をエルドリックに横取りされなかったことがわかっても、その不安は消えない。

ベックラムは中庭の真ん中に立ち、いらだたしげに地面を蹴った。もう寝よう。気分が悪いのは、きっと今夜のビールに変なものが入ってたせいだ。この宮殿は広すぎる。エルドリックを見つけるのは無理だ。どうせ、どこかの長椅子の上で酔いつぶれているのだろう。

ベックラムは自室に近い入口に向かおうとして、足を止めた。風に乗って、血のにおいがプンとただよってくる。その瞬間、ベックラムのなかで新たな不安がふくれあがった。エルドリックの身に何かあったに違いない。

「エルドリック？」と、ベックラム。返事はない。聞こえるのは、木の葉を揺らす風の音だけだ。

ベックラムは夢のなかをさまようかのように、入念に手入れされた花壇に足を踏み入れた。死臭をたどると、暗闇にまぎれるように横たわる人影が見えてきた。エルドリックだ。エルドリックの死に顔を見たとたん、ショックは悲しみに変わり、やがて激しい怒りがこみあげてきた。ベックラムは、王妃の前の愛人が溺死したときのことを思い出した。あの青白い顔が忘れられない。エルドリックに身代わりなんか頼むんじゃなかった。おれは、なんてバカなことをしたんだ。

ジャコベン王を殺してやりたい。自信はある。ジャコベン王は剣の達人だというが、本当のところはわからない。五王国を統治するタルベン国王との剣の試合で手かげんしないのは、愚か者だけだ。おれはスタラ叔母さんの手ほどきで剣の腕を磨いた。おれなら、ジャコベン王を殺《や》れる。ジャコベン王が一人のときをねらえばいい。

だが、そんなことをしたら、父上は二人の息子を失うはめになる。エルドリックをジャコベン王に殺され、おれまで打ち首になったら……。ベックラムは、あれこれと考えをめぐらせ、悩んだ。あからさまな形での復讐は無理だ。父上のためにも、ジャコベン王への忠誠を守らなければならない。

ベックラムは、そっとエルドリックのまぶたをおろし、冷たくなった額《ひたい》に口づけして優しい言葉をつぶやくと、エルドリックのわきの下と膝の裏に腕をまわした。

だが、なかなか立ち上がれない。二人とも大柄で、体重も変わらないから、無理もない。それでも、うまくバランスを取ってエルドリックを抱き上げ、ふらふらと歩きだした。

ベックラムは広間の入口に立ち、あたりを見まわした。まだ誰もベックラムに気づいていない。ハーベルネスの向こうに、十数人の貴族がいる。おれが捜していたのは、まさにあの連中だ。ジャコベン王に心からの忠誠を誓い、何があろうとジャコベン王を裏切らない者たち……。

よし——ベックラムは心臓の鼓動に合わせて、リズミカルな足取りで近づいていった。

そのとたんに、時間を忘れて踊りつづけていた人々がいっせいに動きを止めた。広間にいる全員が、王妃の愛人のことを——ベックラムが愛人だったことを——知っている。誰もが、目の前にいるのは、兄ベックラムの遺体を抱いたエルドリックだと思いこんでいた。

ジャコベン王は無表情な顔で、じっと待った。王妃が小さく叫んだが、ベックラムの目にはジャコベン王しか入らない。ベックラムはジャコベン王の四、五メートル手前でひざまずき、白い大理石の床にエルドリックの遺体を置いた。しきたり上、国王に忠誠を誓うにはちょうどいい距離だ。

「国王陛下」と、ベックラム。ひざまずいたまま、父に教わったとおり、広間じゅうに響きわたる声で言った。「ヒューログの民は代々のタルベン国王にお仕えもうしております。わが父も、伯父も、祖父も、あなた様に忠誠を誓いました。もちろん、わたしも、その所存でございます。ハーベルネス将軍?」

ベックラムの視界のすみからハーベルネスが現われ、近づいてくる——おお、まさに勇士の姿だ。

ハーベルネスはジャコベン王の背後に立つまで返事をしなかった。これも、しきたりどおりだ——ベックラムは思った。今のベックラムは恐ろしいほど落ち着いている。この広間に来たのも、冷静な判断にしたがえばこそだ。

「そなたはヒューログの人間か?」と、ハーベルネス。

ベックラムはハッとした。父のデューローが領主になってから、ベックラム自身はイフタハールに身を置きつづけてきた。だが、ハーベルネスの言うとおりかもしれない。たしかに心は今も、ヒューログの黒く冷たい石壁のなかに閉じこめられたままだ。

「お連れの兵士は何人ですか、ハーベルネスどの?」と、ベックラム。ジャコベン王から目を離そうとしない。

「八十四人だ」と、ハーベルネス。

「出発はいつですか?」

「十日後だ」

「わたしも連れていっていただけますか?」

「ヒューログの人間はほとんどいない。歓迎する」

ベックラムは初めてジャコベン王から目をそらし、エルドリックの土気色の顔とどす黒い血痕を見つめた。古いしきたりなんか、クソくらえだ。

もういちどベックラムはジャコベン王を見た。ジャコベン王の反応が見ものだ。

「では、あなたの部下として、ヒューログのベックラムの名を加えてください、ハーベルネスどの」

広間のあちこちで息をのむ音がした。

「しかし、まずは弟のエルドリックをヒューログに埋葬しなければなりません。エルドリックは中庭で事故にあいました。あるいは自殺かもしれません」エルドリックの大きく開いた傷口を見てから、広間を見まわした。「いいえ、おそらく事故でしょう。つまずいた拍子に、植物の刺《とげ》で喉を切ったに違いありません」

ベックラムはエルドリックを抱き上げ——ひどく軽くなった気がする——大股で最寄りの扉へ向かった。廊下に出ると、いつのまにかハーベルネスとギャラノンが横にいた。

「いつヒューログへ出発するつもりだ?」と、ギャラノン。

「今すぐに」と、ベックラム。

「馬を借りるカネはあるのか?」

「なんとかします」

ギャラノンは腰帯からカネ入れをはずし、ベックラムの腰帯に結びつけた。

「護衛を二人つけよう」と、ハーベルネス。「馬小屋で待っててくれ」

「それまで待てません」と、ベックラム。

「では、あとから追わせる」

ベックラムはそこで二人と別れて、一人で自室へ向かい、エルドリックを降ろして扉を開けた。だが、怒りが静まると同時に全身の力が抜けた。もはや罪の意識しかない。ふたたびエルドリックを抱き上げるのが、やっとだ。

ベックラムはエルドリックを寝台に置き、荷造りを始めた。ギャラノンに渡されたカネ入れを鞍袋《くらぶくろ》にしまうと、途方に暮れて部屋を見まわした。ほかに何を持っていけばいいだろう？

結局、エルドリックの遺体を掛け布団で包み、ほとんどからの鞍袋を持ってよろよろと部屋を出た。わざわざ馬丁を起こす必要はない。ベックラムは荷物を干し草の山の上に置き、二頭の馬に自分で鞍をつけた。ヒューログ生まれの去勢馬たちは遺体に反応し、わずかに鼻を鳴らした。しかしエルドリックの戦馬ヘリボーは、ベックラムが遺体を鞍に載せて縄で結わえるあいだも、じっとしていた。

ベックラムは愛馬に乗り、出発した。途中、馬小屋へ走ってゆく二人組の男——ハーベルネスの部下に違いない——とすれ違ったが、無視して進みつづけた。とにかく、エルドリックを殺した男のもとから一刻も早く離れたい。ギャラノンとハーベルネスが宮殿の門を開けてくれたことにさえ、気づかなかった。

「ハーベルネスどの、わたしもお供させてください」と、ギャラノン。しゃがれ声だ。

「ここにいたら、この手でジャコベンの喉をかき切ってしまうかもしれません。オランストーン国のためにも、そのような真似はできません」

ハーベルネスは不思議そうにギャラノンを見てから、ベックラムを馬で追ってゆく二人の部下に視線を移した。

「たしかに愚かな行為だ。よし、わかった、ギャラノンどの。ぜひとも、オランストーン国のためにご同行ねがいたい」

「オランストーン国は不滅です」ギャラノンは指を折り曲げて、しるしを作った。かつてのオランストーン反乱軍のしるしだ。

ハーベルネスもすぐに同じしるしを作り、つづけて母国語で言った。

「オランストーン国に自由を」

ギャラノンは思った——ハーベルネスのジャコベン王に対する忠誠心を疑う者は、今まで本当にいなかったのだろうか？

カネを払って借りた馬の足取りが乱れはじめたころ、朝の空を背景に不気味なシルエットが見えてきた。ヒューログ城だ。二日三晩にわたり、八頭の馬を乗り継いでここまで来た。ギャラノンにもらった金貨も、ほとんど底をついた。二日めの晩からハーベルネスの部下を見ていない。

ベックラムは城門の前で馬を止めた。以前、無理に塀を跳び越えさせて友人の馬にケガをさせたとき、父が弁償金を払ってくれた。だが、今度ばかりは父を当てにはできない。

おかしくもないのに、疲れきったベックラムは笑い声を上げた。おれは父に会わせるためにエルドリックの遺体を運んできた。だが、まだ実感が湧かない。なおも、ベックラムはとぼとぼと馬を歩かせつづけた。

舗道に響く馬の蹄《ひづめ》の音に気づいて、ヒューログ城の衛兵たちは身構えた。しかしベックラムだとわかると、門を開けた。まだ夜が明けたばかりだというのに、父のデューローは中庭で農民と話をしている。

「エルドリックか？」

ベックラムはポカンとして目をパチクリさせた。いつのまにかデューローが目の前にいたからだ。父上は、この広い中庭をひと飛びしてきたのか？　いや、違う。おれがほんの一瞬、目をつぶってるあいだに、馬が進んだだけだ。

「エルドリック？　どうした？　鞍に載せられているのは誰だ？」

ベックラムは馬を降り、そのまま冷たい地面にへたりこんだ。

「おれはベックラムです」はっきりとした口調だ。「エルドリックは亡くなりました。おれのせいです」

ベックラムはデューローを見つめた。父上はショックを受けるに違いない。おれはどんな罰でも甘んじて受けるつもりだ。

「では、おまえが王妃と愛人関係にあったから、エルドリックは殺されたのか？　おまえが王妃と床《とこ》をともにするよう仕向けたのは、ジャコベン王自身ではないのか？」と、デューロー。ベックラムが不思議に思うほど、落ち着いた口調だ。

二人は小さな控えの間に座った。ここなら、誰にも話を聞かれない。

ヒューローグに戻ってきてから、ベックラムは温めたワインと極度の疲労のおかげで眠りに落ち、夢にうなされて跳ね起きるまで、死んだように眠りつづけた。それなのに、まだ疲れている。

「ジャコベン王はエルドリックをおれと間違えて殺しました。おれが代役を頼まなければ、エルドリックは死なずにすんだはずです」

同じ話をするのは、これで三度めだ。

デューローは目を閉じた。

「知っていたか？　わしはジャコベン王の命を救ったことがある。そのジャコベン王に息子を殺されるとは夢にも思わなかった」と、デューロー。ため息をついた。「明日、エルドリックを埋葬しよう。ちょうど母さんも来ているからな」

「母上はイフタハールに埋葬すると言い張るでしょう」

デューローはベックラムの本心を察した。

「おまえさえよければ、ここに埋葬するつもりだ」

「ええ、きっとヒューローグの魔力が、殺人者や愚か者たちの手からエルドリックを守ってくれますね」と、ベックラム。こんなことを言うつもりはなかった。口に出してしまうと、いかにもバカげて聞こえる。

デューローは、かすかにうなずき、ベックラムはほんの少し緊張を解いた。

「おれは明日、エスティアンに出発します」

「まだハーベルネス将軍の部隊に加わって無駄骨を折るつもりなのか？」

ベックラムはテーブルカバーをもてあそんだ。

「何かせずにはいられないんです。ジャコベン王を殺してしまいそうで……」

デューローは唇を引き結んだ。

「わしも同じことを考えた。これが十五年前なら、ジャコベン王を殺せたのに。若いアリゾン公は人気者だったし、諸国は戦に明け暮れていた。だが、今となってはジャコベン王は邪魔者を次々に殺したあとだ。おまけに、アリゾン公は戦とは無縁のただの気取り屋になりはてた」デューローはため息をついた。「わかった、行け。しかし、おまえ一人を行かせはしない。スタラに相談してみる。スタラと五十人の兵士を同行させよう。指揮をとるのは、おまえだ」

「連れてゆくことはできません」と、ベックラム。「ハーベルネス将軍が同行を許された兵士は百人です。おれが八十五人めのはずです」

「かまわん。連れてゆけ」と、デューロー。立ち上がった。「〈青の防衛軍〉の信条は〝一致団結して戦うこと〟だ。おまえたちは一心同体——つまり一人だ」

「ジャコベン王がそのようなことを認めるはずがありません」

デューローは冷たい笑みを浮かべた。

「わしが話をする。まかせておけ」

10 ワードウィック

死は、不幸そのものだ。雨が降れば、よけいにつらくなる。

栄光を求める旅に出て、数週間が過ぎた。だが、収穫はないようだ。おれたちは略奪を行なうヴォルサグ人を捜しながら、オランストーン国の南部に近づいた。しかし、出くわしたのは、二、三のみすぼらしい盗賊団と、ヴォルサグ人に焼き払われた村だけだ。雨は一向に止《や》まず、ときおり雹《ひょう》やみぞれに変わった。油を塗ったかいもなく、オレグの去勢馬と一頭の荷馬の蹄《ひづめ》が腐りはじめ、絶えまない寒さと雨のせいで、みな怒りっぽくなっていた。

例によって、いちばん機嫌が悪いのはトステンだ。自分からは何もしゃべらない。雨と寒さで、ペンロッドの肩の古傷がうずきだした。見るからに、剣の稽古《けいこ》がつらそうだ。だが、ペンロッドはおれとの稽古をやめようとしない。アクシールが無理にやめさせようとしたら、険悪な雰囲気になった。バスティラが止めなければ、なぐり合いになっていただろう。小人族《ドワーフ》の王子アクシールは羊飼いの命令を待つ牧羊犬のようにおれを見つめるものの、口数は少ない。オレグでさえ、静かだ。

　ある日の昼下がり、食料の調達のために村に立ち寄った。あまり期待できそうにないが、おれは村長《むらおさ》を見つけて話をつけるようペンロッドに命じた。すかさずオレグは村の探索を開始した。

「略奪者など見たことも聞いたこともないそうです」戻ってきたペンロッドは言った。「それから、食料も馬の餌《えさ》も売れないと言われました」

　どこの村でも返事は同じだな。森についての知識とルアベレットにもらった食料がなければ、飢え死にするところだ。やはり、オランストーン人は過去の恨みを忘れていないらしい。

　トステンは言った。「東の村が焼け野原になっていたことは話したのか?」

「もちろんです」と、ペンロッド。「われわれの仕業《しわざ》だと思っているようです。オレグはどこですか?」

「メーロンの神殿へ行った」と、おれ。「雨が止むようにお願いするつもりだろう」

「では、みぞれになりますね」アクシールは皮肉を言った。

　直前に訪ねた村より大きいというだけで、ほかにたいした違いはない。忙しげに仕事をしていた村人たちは、おれたちを見ると、表通りから円を描くように立ち並ぶ、わらと石でできた小屋に隠れてしまった。

　治療師であり成長の女神であるメーロンを祀《まつ》った神殿は、周囲の建物よりも少し大きい。

いつ塗装したのかわからないが、オレンジ色の石壁に青と白の斑模様《まだらもよう》が残っている。扉はなく、戸枠からボロボロの油布《ゆふ》がぶらさがっていた。

「宝物《ほうもつ》を見にいったのでしょう。メーロン神殿には宝物が数多くありますから」と、バスティラ。「でも、神殿から、魔力はあまり感じられません」

おれは目をグルリとまわした。おれたちは、ヴォルサグ人の略奪からオランストーン国を救う傭兵隊のはずだ。物見遊山《ものみゆさん》に来たわけではない。

「たしかに、あまり魔力はない」おれはバスティラに言った。「全然ないわけじゃない。でも、貴族はほとんどが軍神ヴェッケを崇拝している。メーロンに仕える神官は貢《みつ》ぎものとして魔法を要求したのかもしれないが、手に入るのは三流の魔法使いが作った護符くらいだ。農民には本物の魔法を貢ぐ力はない」

「シルバーフェルスという村が、わりと近くにあるはずです」と、アクシール。「あの岩の形に見覚えがあります」丘の上にそそり立つ岩を指さした。「たしか、このまえ来たときに、ここの西側を通りました。魔法の宝物をお探しでしたら、シルバーフェルスに、かつてドラゴンだったという石があります」

ペンロッドはフンと鼻を鳴らした。「近くを通りかかったとき、〝あんな石がドラゴンなら、わしは馬だ〟と、ワード様のお父上はおっしゃいました」

アクシールは首を横に振った。「よくわかりませんが、魔力を宿した石であることはたしかです」

アクシールが魔力を感じ取れるとは、初耳だ。

油布をくぐって神殿から出てきたオレグは、急いで自分の馬へ向かった。

「さあ、次はどこへ行きますか？」

「シルバーフェルスだ」物見遊山だろうと、かまうものか――おれは苦々しく思った。

「ドラゴンと対面するんですね」と、オレグ。「すばらしい」


すでにずぶ濡れのおれのブーツに水をはね上げながら、パンジーは大きな足で勢いよく水たまりのなかを進んでゆく。どこが川で、どこが道なのか、区別がつかない。

それでも、パンジーは上機嫌だ。ほかの馬と並んで歩くより、先頭を歩くほうが好きらしい。さっきトステンを元気づけようとしたら、悪態をつかれた。よけいなことを言わないよう、おれもしばらく一人になりたい。

ほかの馬と違って、パンジーは雨をものともしない。天候など些細なことだと言わんばかりだ。

みんなをヒューログへ帰らせるべきなのか？　肩に古傷があるペンロッドには、雨の少ないシャビグ国のほうがいい。シアラは、こんな旅をするには若すぎるし、トステンは弱すぎる。しかも、問題なのは肉体ではなく精神だ。死体を焼いたとき、トステンは死体の数だけショックを受けた。おれたちが殺した盗賊だろうと、盗賊に殺された村人だろうと、関係ない。バスティラも、どこか別の場所へ行ったほうがいい。バスティラは自分では無能な魔法使いだと言う。それが本当かどうか、おれにはわからない。ただ、オレグほどではないが、父づきの魔法使いだったリクレングよりは、はるかにましだ。毎晩、オレグが寝具を乾かすあいだに、バスティラは湿った薪《まき》や濡れた木材に火をつけてくれる。これだけの力があれば、貴族の屋敷で雇ってもらえそうだ。特に雨の多い地域では重宝《ちょうほう》がられる。おれのそばにいる必要はない。

オレグはヒューログそのものだ。ヒューログにいれば、オレグもヒューログも安全でいられる。それに、オレグがそばにいると、つらい。ヒューログがおれのものではないことを……一生、手に入らないことを……毎日のように思い知らされるからだ。

残るは、ドワーフ族の王子で父の警護士だったアクシールだ。おれたちは、このいまいましい沼地をあてもなくさまようだけでやっとだが、アクシールは違う。どんな貴族でも、アクシールを武術指南役に雇いたがるはずだ。だが、エサーボン神によると、アクシールは父親が見た夢のお告げにより、ドワーフ族を救うためにここへ来た。おれの父に十六年以上も仕えていたにもかかわらず、アクシール自身は、おれのためにヒューログへ送られてきたと思いこんでいる。

とつぜんパンジーが鼻を鳴らし、意識を集中させた。戦闘開始の構えだ。誰かに見られているのか？　おれはハッとわれに返り、ドキドキしながら森のなかをうかがった。

おれは片膝でパンジーの脇腹を突き、体重を移動させて、すばやくパンジーを方向転換させた。だが、少し後ろをついてくる仲間たちの姿しか見えない。先頭はアクシールで、オレグが最後尾だ。トステンとバスティラは熱心に話しこんでおり、シアラは肩をさするペンロッドを心配そうに見つめていた。アクシールは剣に手をかけて、おれを見つめている。

おれは片手を上げてアクシールを制し、アクシールがうなずくと、高山地帯の沼地のあいだをクネクネと走る細い道に入った。パンジーは耳をピクピクさせながら、小股《こまた》で進んでゆく。引き返そうとしたとき、ヤナギの木が並ぶ曲がりくねった道の向こうに村の残骸が見えた。

仲間を連れてこなくてよかった――それしか頭に浮かばなかった。シアラやトステンには見せたくない。これほどひどく荒らされた村を見たのは、初めてだ。

ヴォルサグ人は家々を破壊し、道沿いに木材とわらの山を残した。その上に村人たちの死体が整然と積み上げられている。焼こうとしたが、死体が焦げる前に雨が降りだしたらしい。パンジーは、焼けて雨を含んだ肉と血のにおいに反応したに違いない。おれは鞍《くら》から降り、パンジーを引いて歩きはじめた。

ヴォルサグ人の襲撃の跡をいくつも見たが、ここは特別だ。ほかの村では、不審な音に気づき、いち早く逃げて無事だった者もいる。しかしヴォルサグ人は、この村の住人を文字どおり皆殺しにしようとした。ヴォルサグ人はシャビグ人と同様に、死体を土葬する習慣がある。だが、見たかぎりでは、オランストーン人の浮かばれぬ魂を鎮《しず》めようとした様子はない。そもそも、急に習慣を変えて火葬するとは思えない。

〝敵がいつもと違う行動を取るときは、何かある〟と、父は言った。どうしてここ、シルバーフェルスだけが特別なのか？

この村には石竜《ストーン・ドラゴン》を祀《まつ》った神殿がある。

おれは死体の山から離れて、神殿――あるいは、神殿があったはずの場所――を探した。ヴォルサグ人が片っぱしから破壊して薪にしたため、ほとんど建物は残っていない。ついに、残る候補地を四つにしぼったが、どれなのか見当もつかない。アクシールの言う石《ストーン》・竜《ドラゴン》は見つからなかった。あったのは、おれのこぶしよりも小さい石だけだ。

ヴォルサグ人に襲撃を命じているのは誰だ？　カリアルン王はおれより、ふたつ、みっつ、年上にすぎない。普通なら、陰で糸を引く相談役がいて当然だ。でも、おれはカリアルン王に会ったことがある。相談役がいるとすれば、おれよりもひねくれたやつだろう。もっとも、そんなやつがいるとは考えにくいが。

カリアルン王はエスティアン滞在中に、家臣に命じて魔法の宝物を探させた。今も、探しつづけているのか？　メーロンの神殿がある村を次々に襲って宝物を奪い、証拠隠滅のために村を焼き払っているのか？

ほとんどの神殿には、がらくたしかない。だが、例外もある。ほかの王国と同様、オランストーン国も古い国だ。未知の宝を蔵《かく》した遺跡もあれば、強力な魔力を持つ神殿もある。

おれは地面を注意深く調べた。しかし蹄の跡も轍《わだち》もなく、大きなものを動かした形跡はない。雨で足跡がはっきりしないが、五十人から百人ほどのヴォルサグ人が来たことは、たしかだ。

アクシールとペンロッドが父に同行してここに来たのは、ずっと昔のことだ。そのあとでドラゴンが運び去られたのかもしれない。

カリアルン王はどこまで魔力を高めるつもりなのか？　カリアルン王なら、やりかねない。大いなる魔力の時代は大帝国の崩壊とともに終わったと聞いている。かぎりある魔力を少しずつ使い果たしてしまったのだろう。父は、魔力の時代など、ただの作り話だと言い張った。

だが、無数の宝物に魔力が封じこめられているとしたら？　一人の人間がそのような宝物をすべて集め、魔力を解き放つ方法を見つけてしまったら？　こうしちゃいられない。オレグを捜さなければ……。

おれは引き返そうとして、死体の山のそばで足を止めた。ヴォルサグ人が死体を焼こうとしたとしても、死者を弔《とむら》うためだとは思えない。ひょっとすると、死体が語る何かを隠すためではないのか？

男も女も子供も含めて、七十二人の死体が薪の上に積み重ねてある。ほとんどが裸でうつぶせに置かれ、ボロ布——本人の衣服の一部だろう——で目隠しされて手足を縛られた状態だ。縛られていないのは、最初にヴォルサグ人の襲撃を食い止めようと戦って死んだ者たちだろう。ハエが飛んでいないのは、雨がもたらした唯一の恩恵だ。

おれは、このような事態を防ぐために生まれてきた。ヒューログ城主《メーテン》は領地を所有するだけでなく、住民を守らなければならない。おれには生まれついての責任感がある。臣民を守れないジャコベン王は許せない。

まともな領主がいれば、これほどの大軍に略奪のかぎりを尽くされることはなかった。しかし、正当な領主は〈オランストーンの反乱〉で命を落とした。それ以来、ジャコベン王は代わりの領主を置かず、シルバーフェルスは無防備なままだった。

おれは少女の死体をひっくりかえした。まだあどけない顔は泥まみれで、雨が涙の跡を洗い流してゆく。すでに身体は冷たくなっていた。喉《のど》に指二本ぶんの幅の切り傷があるだけで、ほかに目立つ傷はない。胴体に、謎めいた文字が記されている。雨が当たると、塗料で書かれた文字は消えはじめた。だが、皮膚に彫りこまれた文字もある。おれは、ほかの死体をチラリと見た──七十二人のオランストーン人の死体ぜんぶに書いたのか？ ずいぶん手間がかかったはずだ。

手足を縛った紐《ひも》の下も調べた。手首は皮がむけているだけだが、足首は骨に届きそうなほど強く紐が食いこんでいる。しかも、死体の周囲には血だまりがない。つまり、逆さ吊りにされて、首から一滴のこらず血を抜かれたのか？ まるで食用のブタのように……。

許せない。メノーグでエサーボン神がおれの怒りに火をつけてから心の底でくすぶりつづけていた炎が、一気に燃え上がった。怒りは胸を駆け抜け、腕から手へ向かった。目に見えない魔力が全身にたぎるのを感じたとたん、おれが触れた薪が燃えはじめた。パンジーは鼻を鳴らし、わずかに後ずさりした。たちまち炎は湿った薪に広がり、死者の魂をあの世へ解き放った。

おれは父と同じで、神を信仰したこともなければ、興味を持ったこともない。メーロンのことはほとんど知らないし、ましてや軍神ヴェッケのことを知るはずもない。シアラが受けた仕打ちを思うと、死んだ村人たちをエサーボン神に捧げる気にはなれない。死者に必要なのは正義だ。子供のころに乳母が歌ってくれた祈りの言葉が、口をついて出た。シャビグ国の祈りは場違いかもしれない。それでも、目を閉じ、正義と調和の神シファーンに祈りを捧げると、炎はますます激しく燃えさかった。

そのときシファーン神が現われた。目を開けていても姿は見えないが、存在を感じる。シファーン神は虐殺への怒りをあらわにし、恐れおののく死者の魂を胸にかき抱《いだ》いた。やがて、おれの額《ひたい》に触れて、立ち去った。

祈りを捧げおわると、おれは落ち着きを取り戻した。からっぽとも思えるほど透明で正直な気持ちだ。ここ数日ムシャクシャしていたのは、雨のせいではない。もはやヒューログはおれのものではないことが、日ごとにはっきりしてきたからだ。たとえ、おれがオランストーン国を守って栄光を手に入れたとしても——今より状況がましになっても、おそらく無理だろう——肝心のジャコベン王はオランストーン国を守る気がない。やすやすと虐殺を許すのが何よりの証拠だ。父はひどい統治者だったが、叔父や、叔父の息子たちは、もっとヒューログを大事にしてくれるだろう。

だが、初めて、おれにも目標が見つかった。無力な人々を救うことだ。

「ワードウィック様?」と、アクシールの声。息を切らしている。振り向くと、アクシールが膝をついて頭を垂れていた。

おれはギョッとして手を伸ばし、アクシールを立たせた。

「待っていろと言ったはずだ」

アクシールは期待と不安の入り混じる表情でおれを見た。

「十五分ほど待ちましたが、何も聞こえませんでしたので、護身術に自信のあるわたくしが先にまいりました。ペンロッドたちは、これからのことを話し合っています。そのうち来るでしょう」と、アクシール。ひと息ついて、言葉をつづけた。「林を抜けたとき、何世紀も前に忘れたはずの邪悪なにおいを感じました——血の魔法のにおいです。その瞬間、はるかな北の大地からシファーン神を呼ぶあなた様の声が聞こえ、あなた様の望みにこたえて、シファーン神は禍《わざわい》を一掃してくださいました。われわれの希望の光はヒューログにあると、わたくしの父は言いました。父が見たのは正夢だったのですね」

いくらなんでも、ほめすぎだ。第一、おれはシファーン神を呼び出す方法を知らなかった。バスティラやオレグなら、もっと簡単に死体を焼けたはずだ。そんなことより……アクシールはいまなんと言った？

「さっき何世紀も前と言ったか？」と、おれ。しゃがれ声だ。

アクシールは恥ずかしそうに笑い、かかとを軸にして身体を前後に揺らした。すでに畏敬の表情は消えたものの、いつもとは違う顔つきだ。普段の用心深さはどこへやら、場違いなニヤニヤ笑いを浮かべている。

「ええ、まあ」と、アクシール。「ドワーフは人間より少し長命です。わたくしは半世紀前に、ドワーフ族救済の希望を託されてヒューログに送られました」

ドワーフ族救済だと？　詳しくききたいが、やめておこう。「おまえはドワーフに見えないな」

「わたくしは母に似ましたから。それに、父はドワーフにしては、とても背が高く――」と、アクシール。手を肩のあたりまで上げた。「――体重は、わたくしの倍もありました」

　蒸気まじりの白煙と肉の焼けるにおいが、湿った薪から立ちのぼった。そのにおいを嗅いだとたんに、おれはこの村で起こった奇妙な惨劇を思い出した。今はとにかく、ヒューログを失ったあとの心の穴を埋めることが先決だ。

「石竜《ストーン・ドラゴン》の大きさはどれくらいだった？」と、おれ。

　一瞬の間のあと、アクシールは答えた。

「パンジーよりも少し大きめです。姿は、ヒューログの紋章にあるドラゴンとも、ほかのドラゴンとも違います。強いて言えば、腕のいい石工《いしく》が作った石像のようですが、ノミで彫った跡はありません」

「ここにはないようだ」と、おれ。「おれは見つけられなかった。動かした形跡もない」

　アクシールは咳《せき》をして、火から離れた。

「奇妙ですね。この前、来たときはあったのですから、その後に持ち去られたことになります」

　おれは死体が焼けるのを見つめた。

「魔法のことはよくわからないが、村人のほとんどが食用の羊のように血を抜かれたのは、なぜだ？　それに、どうして大量の血がしみこんだ跡がないんだ？」

　アクシールは顔をしかめた。

「やはり、あれは血の魔法のにおいだったに違いありません。あれほど大量の血を消せるのは、そうとう力のある魔法使いでしょう。ジャコベン王づきの魔法使いの力は、せいぜいバスティラと同程度です。わたくしの知るかぎり、このような魔法を使える人間はオレグだけです」

　バスティラがジャコベン王づきの魔法使いに匹敵する力を持っているというのか？　たしかに、バスティラは自分で言うほど無能じゃない。かと言って、あっと驚くような魔法を使うところを見たわけじゃない。おれがさらに質問しようとしたとき、パンジーが頭を振り立てていなないた。林のなかから現われた仲間への挨拶《あいさつ》のつもりらしい。

　オレグは、おれのそばで馬を止めた。

「これは、ひどい」と、オレグ。鞍にまたがったままだ。「死体を積み上げたのは、あなた様ですか？」

「いや、ヴォルサグ人だ。オレグ、バスティラ、ちょっと」と、おれ。ほかの者たちも集まってきた。「石竜《ストーン・ドラゴン》が消えた。アクシールはパンジーくらいの大きさだと言うが、引きずった跡はない。村人は逆さ吊りにされて血を抜かれ、全身に謎の文字を書かれていた」薪に火をつけたのは、性急だったかもしれない。だが、おれは考えるよりも先に、感情にしたがって行動しただけだ。

オレグは首をかしげ、うっとりと薪を見つめた。なぜか、かすかに笑みを浮かべている。

「ドラゴンのにおいがします」

「アクシールは、血の魔法が使われたと言っている」

「血の魔法を使うと、痕跡が残ります」と、バスティラ。「でも、ここでは感じられません」

シファーン神について説明するつもりはない。説明すれば、やっかいなことになるだけだ。おれが魔法を使ったことも、ヒューログを失った虚しさを埋められないことも、話したくなかった。

「魔法使いは、魔法の宝物から魔力を引き出して使うことができるのか?」と、おれ。

「はい」と、オレグ。

「いいえ」と、バスティラ。二人同時に答えた。

おれが眉を吊り上げて二人を見ると、バスティラは肩をすくめた。

「理論的には可能です。でも、石竜《ストーン・ドラゴン》が存在するとしても——魔力はないはずです」

「石竜《ストーン・ドラゴン》は特別です」と、オレグ。あいかわらず、うっとりした表情を浮かべている。

「現に今もドラゴンのにおいがします」

「その石は違う姿に変えられたのではありませんか？」と、ペンロッド。

「あの石からドラゴンの魔力が感じられました」アクシールが言った。「石に変えられたドラゴンをヴォルサグ人が解放したのかもしれません」

おれのうなじを冷たいものが流れ落ち、しとしと降りつづいていた雨が土砂降りに変わった。

「ドラゴンはカリアルン王のものになったのか？」と、トステン。

「誰かのものになったことは、たしかです」オレグは穏やかな口調で答えた。

おれの一部が上機嫌で歌いはじめた——今もドラゴンは存在している……そうとも、おれは知っている……知っている。だが、頭のほかの部分では必死に答えを探していた——カリアルン王はドラゴンを意のままにあやつって、どうするつもりだ？

「これから、どこへ行きますか？」バスティラがたずねた。

それが問題だ。とりあえず、ドラゴンのことは後まわしにしよう。とすれば、やるべきことはひとつだけ。ヴォルサグ人がこのような襲撃を行なった理由を確かめたい。どこへ行けば情報が手に入るかは、わかっている。

「アクシール」おれは言った。「カリスへの行きかたはわかるか？」

「カリスですか？　もちろんです。しかし、どうしてカリスなんですか？」

「情報を得るためだ。オランストーン国の実情を把握している者と言えば、海千山千のハーベルネス将軍くらいだろう。今もカリスを治めていると聞いた」

ハーベルネスの部下なら、ヴォルサグ人に襲われた村に重要な宝物があったかどうか知っているはずだ。今後の標的になりそうな村もわかる。ハーベルネスはジャコベン王以上にジャコベン王の軍勢を知り尽くしていると、いつも父から聞いていた。おとなしそうな顔で宮殿を歩きまわりながら、情報収集しているに違いない。

一時間ほどたつと、雨は小降りになった。ほかにいい場所もなく、おれたちは少しでも雨をしのげる木の下で野営した。焚火《たきび》が煙を上げてパチパチはじけた。だが、料理するにはちょうどいい。今夜は、おれが食事当番だ。

オレグが二羽のウサギを捕まえてきた。おれがウサギを串に刺し、まわしながら焼いていると、シアラが横に座って一本の串を手に取った。手伝いにきたわけではなく、何か食べたいだけらしい。

「もう、おれを避けるのはやめたのか？」

シアラはニッコリ笑い、おれの顔を軽く叩いた。

「おれが？　機嫌が悪そうだって？」おれの返事にシアラは眉を吊り上げた。「ずっと雨つづきで、おまけに夏も終わりだというのに収穫のない旅をつづけているせいさ」

シアラは首を横に振り、まず空を、つづいて、おれを指さした。

「たしかに、まだ雨は降っている」と、おれ。「でも、やっと次の目標が見つかったんだ」本当のことだ。カリアルン王はドラゴンを奪い、歴史上かつてないほど大量の魔力を手にしたのかもしれない。そのために、ひとつの村が全滅し、おれはヒューログを失った。だが、気分はいい。おれには使命があるからだ。「おい、もっとゆっくり串をまわせよ」

シアラは、おれの肩にもたれた。しかし串をまわすスピードは変わらない。シアラのウサギはほどよく焼け、おれのは真ん中が生焼けだ。だが、そんなことも気にならないほど腹がすいていた。

夕食後、おれたちはシアラと馬を残して、全員で薪を集めにいった。もしものときに吹いて知らせるよう、シアラには狩猟用の角笛を持たせてある。いつもは全員バラバラになるのに、今日にかぎってオレグがおれについてきた。いつになく口数が少ない。だが、はずむような足取りからすると、おれに話しかける機会をうかがっているらしい。

「では、ふたたび英雄をめざすことにしたんですね」オレグがようやく口をきいた。皮肉かどうかは、わからない。

「オランストーン国には英雄が必要だ」おれは道に転がる石を思いきり強く蹴った。

「ドラゴンをカリアルン王から解放するつもりですか？」

「オレグ、おれたちは七人しかいない！　七人で何ができる？」

それに、オランストーン国の村人を救うという計画じたい、実現が難しい。おれは父のような伝説の戦士じゃないし、ましてやセレグのような英雄でもない。軍勢も持っていない。このままでは、馬に宣戦布告するが相手にもされないハエの物語と同じだ。

「カリアルン王にドラゴンを持たせてはなりません！」オレグが急に熱のこもった口調で

言った。「ドラゴンが炎を発して抵抗した痕跡はありませんでした。おそらく、魔法をかけられて連れ去られたのでしょう」

魔法だと？　ドラゴンが抵抗できないほど強力な魔法なんて想像もつかない。

「きみに、その魔法が解けるか？」

一瞬の沈黙のあとで、オレグは言った。「どうするおつもりですか？」

「まずカリスへ行き、ジャコベン王、デューロー叔父、ハーベルネス将軍に信書を送る。カリアルン王を止められるかもしれない――いい方法があればの話だ」

「きっとジャコベン王たちは殺そうとしますよ」と、オレグ。低い声だ。ドラゴンのことらしい。「ドラゴンがカリアルン王に利用されたら、誰も手出しできませんからね」

「じゃあ、どうすればいいんだ？」と、おれ。たしかに、オレグの言うとおりだ。

さらに数メートル進むと、オレグはおれから顔をそむけた。

「セレグ様は、軍勢の力を借りずにドラゴンを殺しました」

おれは足を止めた。

「なんだって？」

「過去のヒューログ城主《メーテン》と同じ過《あやま》ちを犯す者がいたとしても、不思議ではありません」

オレグの皮肉に気づいたとたん、おれは冷たい手で胃袋をつかまれたような気がした。

「洞窟のドラゴンを鎖でつないだのは、セレグだというのか？」

おれの英雄がドラゴンを殺したのか？

〝汝《なんじ》より弱き者を守れ〟と、セレグは日記に書いた。〝機会あるごとに優しくせよ〟――父の存命中は、笑われるのが怖くて口にできなかった言葉だ。おれはセレグのかかげた理想を実行しようとした。だが、オレグの言う真実を無視することはできない。

「ドラゴンを殺したからこそ、セレグ様は侵略軍を倒す力を得られたのです。セレグ様は恐れていました……ヒューログを失うことを何より恐れていました」

オレグらしくない口調だが、おれはそれどころではなかった。

息が苦しい。本当にセレグがドラゴンを殺したのなら、ドラゴンを守ろうとしたオレグを鞭打《むちう》ったとしても不思議ではない。ギャラノン卿がヒューログに来た日、おれは大広間でオレグが打たれる幻影を見た。何世紀も前に死んだ男に裏切られるとは、なんとも言えない気分だ。

「オレグ……」オレグの目を見た瞬間、おれは言葉をのみこんだ。神秘的なラベンダー色の光を放っている。ヒューログ城主《メーテン》の指輪をはめた大男のおれでさえ、思わず後ずさった。

「ドラゴンを殺して、人生が楽になりましたか？」と、オレグ。ささやき声だ。「あなた様にも、毎晩、ドラゴンの悲鳴が聞こえますか？」

「オレグ、おれはドラゴンを殺していない」おれは背筋が寒くなり、もう一歩、後ずさった。

オレグは、トウモロコシ畑を吹きわたる秋風のような笑い声を上げた。

「ドラゴンを殺したらどうなるか、警告したはずです。孫子《まご》の代になってから報《むく》いを受けることになるのですよ」

　オレグは正気を失ってはいない。スタラが〝戦士の夢〟と呼ぶ戦の幻影に襲われただけだ。とつぜん戦士が過去の戦の場面を思い出し、恐怖のあまり身動きできなくなる。魔法使いの場合は、その影響が倍になり、オレグのように強力な魔法使いは血を流すこともあるほどだ。

「オレグ、ドラゴンを殺したのは、おれじゃない」

　戦士は生涯において、多くの恐怖と恥辱を経験し、記憶する。オレグも数えきれないほど記憶しているに違いない。その証拠に以前、〝できるだけ早く忘れることにしている〟と言っていた。

　オレグはあえぎながら、おれを見た。幻影と闘っている。

「もう終わったことだ、オレグ」と、おれ。「ドラゴンは大昔に死んだ」

「あなたは……ワード様？」

「そうだ」オレグの目に浮かぶ恐怖の色を見て、胸が痛んだ。オレグは記憶を恐れているのか？　それとも、おれが怖いのか？　おれはオレグに背を向け、歩きだした。「薪を探そう」

　やがて、オレグの足音が追いかけてきた。

「申しわけありません」と、オレグ。「あなた様がセレグ様によく似ているので、錯覚したのです。セレグ様も身体が大きくて、魔力に満ちあふれていました――メノーグを訪れたあとのあなた様のように」

おれは肩をすくめた。

しばらくのあいだ、おれたちは薪拾いをした。ほとんどが雨に濡れて腐っている。シルバーフェルスに近いので、使えそうなものは、すでに村人たちに拾われたあとかもしれない。

「オランストーン国の国境ちかくで盗賊の少年を殺したあとのおれは、まるで父が乗り移ったかのようだった」おれは不意に言った。「父にとって、殺しはお手のものだったからな」誰かに胸のうちを話したい。バスティラは聞き上手だが、それよりも、父を知るオレグのほうがいい。

「お父上には似ていません」と、オレグ。自分に言い聞かせる口調だ。「昔からずっと、そうです」

おれは、あの少年の首に短剣を刺し、楽にしてやった。あんなことをした以上、トステンがもう純粋さを失ってしまったとみずからを嘆いても、慰めることもできない。やはり、おれには父の血が流れている。

「どうして、おれが父の死後も愚か者のふりをしつづけたか、わかるか?」

「いいえ」と、オレグ。さらっと答えて、さりげなく、おれから離れた。おれの物言いに驚いたらしい。おれは肩の力を抜いた。

「急に仮面をはずすのは、きまりが悪かった。でも、それだけじゃない。あまりにも長いあいだ仮面をかぶっていたので、本当の自分がわからなくなっていたんだ。ヒューログを出発するとき、おれは傭兵になるつもりだった。だが、間違いに気づき、セレグを手本にしようと考えた」

オレグは押し黙った。おれは後ろを見ないで歩きつづけ、野営地から遠ざかった。話に夢中だったので、まだ獲物をしとめていない。だが、トステンかアクシールが何かしとめてくるだろう。

「セレグ様に会ったことがない人は、あなた様がセレグ様に似ていると思うでしょう」と、オレグ。おずおずとした口調だ。「セレグ様は、それほど悪党ではありませんでした――歳をとってヒューログを失うことを恐れるようになるまでは……」オレグが追いついてきた。「あなた様のほうがセレグ様よりもずっと賢くて親切です。だから、そのままでいいのです、ワード様」今や、おれたちは並んで、ぬかるみを歩いている。

おれには本当の自分なんてないんだ、オレグ。父は愚かな傭兵だが、出会う者すべて――スタラ叔母だけは別だ――の心を捕らえて放さなかった。セレグは、おれが読みきれないほど多くの日記を残した。おれは、二人を細切れにして寄せ集めたようなものだ。

とつぜんオレグがニッコリ笑い、暗い雰囲気を吹き飛ばした。

「あなた様のことは、よく知っています。話しかたはゆっくりですが、戦うときは真剣です。頭がよくて、小さな子供や、虐待された馬や、奴隷にも親切で……あなた様こそヒューログ城主《メーテン》です。誰だって、自分のことはわからないものですよ」

おれは感謝の笑みをオレグに向けた――セレグも、こんな顔で笑ったはずだ。おれは、ゆっくり話す愚か者で、父は真剣に戦い、セレグは利口で傲慢で親切だった。ヒューログがおれのものじゃないことも、事実だ。おれはバカのふりをして、オレグさえもあざむいた。だが、自分にだけは嘘をついていないことを確かめなければならない。

おれはオレグと一緒に見張りに立つつもりだった。しかし考えが変わった。森でしゃべりすぎて、丸裸にされたような気がするからだ。オレグにはペンロッドとともに第一の見張りをまかせ、おれは、いつもペンロッドと組んでいるバスティラと第二の見張りを担当することにした。

野営地の近くの小高い場所から、東西に伸びる道が見わたせる。見張りを終えたオレグとペンロッドがシアラとトステンの隣で横になると、おれとバスティラは並んで大きな岩に腰かけた。

「あの村で新しい目的を見つけたようですね」と、バスティラ。硬い岩の上で居心地わるそうに身じろぎした。

「スタラ叔母によると、〝戦いに勝利するには、敵を知り、味方を理解することが一番〟だ」と、おれ。顔をしかめてバスティラを見た。「ヴォルサグ国と戦っても勝ち目はないと思うが、ヴォルサグ国のねらいはわかった」

バスティラは笑い声を上げ、小さな包みから取り出したパンとチーズをおれに渡した。

「お食べください。あなた様に渡してほしいと、アクシールに頼まれました。今日じゅうに食べないと腐ってしまいます。食料が手に入りにくくなってから、あなた様はほとんど食べていません。また少しやせたようですね」

しぶしぶ、おれは硬くなったパンをかじった。こんな干からびたパンにもカビが生えるのか？

「では、ヴォルサグ人のねらいは魔力を持つ宝物だとおっしゃるのですか？」と、バスティラ。おれの顔を見て、笑った。「昼間、〝魔法使いは宝物から魔力を引き出せるのか？〟と、あたくしにおききになりましたよね」

おれは惜しいとも思わずパンを置いた。

「ひょっとすると、ハーベルネス将軍の部下がその答えを知っているかもしれない」

「もう苦労して沼地を進まなくてもいいのなら、それで結構です」と、バスティラ。苦々しげな口調だ。「あたくしは戦いのほうが好きです」

おれは静かに笑った。「おれもだ」おれのなかの父が言わせたセリフだ。

バスティラは、おれの唇の端に一本の指を当てた。さっきまで、ふざける様子もなかったので、おれは驚いた。

「あたくしはずっと、あなた様のことをおバカさんだと思っていました」バスティラは、おれの口から目のきわまで指をすべらせた。おれは落ち着こうとした。にもかかわらず、息は荒くなるいっぽうだ。

「この牛のような目と、ゆっくりした話しかたのせいだ」

おれの顔にバスティラの指が羽根のように触れ、おれは胃が締めつけられるのを感じた。このもと女奴隷が誘惑するそぶりを見せたのは、初めてではない。おれが見張りに立つとき、バスティラと組むのを避けていたのは、そのせいだ。ペンロッドとアクシールは、迷わずこの女と寝るかもしれない。だが、おれにはできない。

「本当のことを知らなければ、あなた様の話しかたにイライラしていたでしょうね」と、バスティラ。「でも、あなた様のビロードのようになめらかな声を聞くと、ホッとします」

バスティラはおれの顔を両手ではさんでひざまずき、おれに口づけした。

この女は、おれの肉体を求めている。相手がどんなにまぬけな男でも、女は気にしない。おれの頭が悪いから、なおさら肉体を求めてくるのかもしれない。でも、バスティラはおれが好きだ。その気持ちがあれば、バスティラと寝ても、たんに欲望を満たすだけにはならない。つまり、友達どうしの慰め合いだ。

それにバスティラは、おれのことを強くて優秀で誇り高くて利口な男だと思いこんでいる。少なくとも、そんなおれのイメージが好きなはずだ。

おれはバスティラの魔法にかからなかった。森でのオレグとの会話が、頭のなかで反響しているせいだ。ワインのようになめらかな口づけを味わいながら、さらに数時間、魔法にかかったふりをしようとあがいた。父との駆け引きのなかで、おれは相手の先入観を利用することを覚えた。おれを愚か者だと思いこんだ父は、それを否定する事実をいっさい無視した。バスティラは、おれを英雄だと思っている。この役を演じるのは簡単だと思った――が、そうでもなかった。おれは、しかたなくバスティラから離れた。

「ワード様？」

おれは大きく息をしながら、バスティラと額を合わせた。バスティラも自分も傷つかないような口実を見つけて、バスティラを拒否したい。さいわい、バスティラは遊びのつもりらしい。男女関係については、アビンヘル人はシャビグ人よりも奔放だ。

「ダメだ、バスティラ。見張りに戻ろう。このままじゃ、百人のヴォルサグ人が馬に乗って襲ってきても無視してしまいそうだ」

いい口実だ。ヴォルサグ人が襲ってくる可能性は、大いにある。

バスティラはクスクス笑い、おれを解放してくれた。

「百人のヴォルサグ人ですって？」

おれは未練がましく、もういちどバスティラの首筋をついばむと、勢いよく立ち上がり、数歩、後ずさった。

「いや、千人かもしれない。あたりを見てくる」と、おれ。バスティラを指さした。「あなたは、ここにいてください」

おれがその場を離れたとき、まだバスティラは笑みを浮かべていた。おれは結局、問題を先送りしてしまっただけらしい。

カリスはヒューログと同じく、堅固な城塞だ。だが、外観はまったく違う。ヒューログ城の本塔は四角いが、カリス城の本塔は丸い。しかも、ヒューログ城の三倍の大きさがあり、地元産の石で造られている。灰色がかった緑色の苔《こけ》におおわれているため、オレンジ色の壁が薄汚い茶色に見えた。

城門は閉じられ、閂《かんぬき》がかかっている。見た目以上に守りが堅く、若い衛兵に事情を説明したが、どうしてもなかに入れてくれない。

領主が不在であることは、百も承知だ。

おれたちが薄汚い盗賊団に見えることも、わかっていた。おまけに、どう見ても、シャビグ人の盗賊団だ。衛兵は〝おまえたちが年老いて朽ち果てるまで、入れてやるつもりはない〟という意味のことを言った。だが、ほかの衛兵たち――おれと衛兵のやり取りをおもしろがって、たちまち集まってきた――はニヤニヤ笑っている。どうやら力になってくれそうだ。

それに、この衛兵は半日もしたら別の衛兵と交代するだろう。なりふりかまわず頼みこむのは、それからでいい。

アクシールがリンゴをひとつくれた。近くの果樹園で取ってきたものだ。青くてすっぱいが、硬いパンやカビの生えたチーズよりはましだ。

「どこでリンゴを手に入れた？」と、衛兵。いぶかしげな口調だ。

てほほえんだ。

「途中で会った男から買った」おれは、もうひとくちリンゴをかじり、すっぱさを我慢し
「オランストーン人が、おまえみたいな北方人《ほっぽうじん》においしいリンゴを売るはずがない」

「そうか」と、おれ。一瞬、リンゴを見つめた。「おれはおいしいとは思わんが、これでもオランストーン国で一番おいしいリンゴだと言っていたぞ」

衛兵は猛反論した。城壁ごしで距離があるため、よく聞こえない。それでも、低い城壁の向こうで衛兵が笑みを浮かべているのは、わかった。好感触だ。おたがい本気でケンカしたいわけではない。暇つぶしに北方人と南方人のいがみ合いを楽しんだだけだ。だが、いま会話に加わったばかりの別の若い衛兵は、状況をまったく理解していない。

「そのリンゴは、おまえみたいなシャビグのクズ野郎にはもったいない！」と、若い衛兵。カッとして、持っていた石弓に矢をつがえた。

〝場の空気が読めない愚かな若者には用心しなさい〟と、よくスタラ叔母に言われた。どうして、よりによって愚か者のおれにそんなことを言うのだろうと、いつもおかしくてたまらなかった。

おれは最初の衛兵のおびえた顔をチラリと見た。おれと同じで、若い衛兵に石弓を引いてほしくないようだ。ヒューログと比べてカリスの城壁は低く、一メートルもない。若い衛兵が矢を放つより先に、おれはリンゴを投げつけた。若い衛兵の注意をそらすためだ。だが、若い衛兵はしっかり石弓を握っていなかったのだろう。石弓がはじけ飛び、おれの

近くに落ちてきた。

最初の衛兵――上位の衛兵らしい――は、石弓を落とした若い衛兵を振り返った。何を言われているかはわからないが、若い衛兵はしょげかえっている。

「どうかしたのか？」鐘の音のように、はっきりした声だ。そのとたんに、すべての衛兵がいっせいに声の主《ぬし》を見た。かなり上位の人物らしい。

おれは石弓を拾い、使えないよう細工してから、城壁の向こうに放りこんだ。衛兵たちの足元に落ちたと願いたい。そのとき、さきほどの声の主が衛兵たちに近づいた。おれは誰にもケガさせずに若い衛兵の愚かな行為を阻止し、石弓を返した。だから、なかに入れてもらえるかもしれない。

まもなく声の主が城壁の上から顔を出した。うなじから両耳の上まで剃り上げた、伝統的なオランストーンふうの髪型だ。だが、白いあごひげはシャビグふうに長く伸ばしてある。特徴のある風貌なので、すぐに誰かわかった。

おれは驚いた。ハーベルネス将軍の右腕とも言うべき男だ。名前は知らない。きわめて口数が少なく、いつもハーベルネスに寄り添っている。この男もエスティアンにいるはずじゃなかったのか？　ハーベルネスは、種まきと収穫のときの各二週間ずつしかカリスに滞在することを許されない。エスティアンから、このはるか南の地に来るのは、あと一カ月以上も先のはずだ。

男は顔をしかめて、おれを見た。

「おまえは何者だ？　何をしにきた？」タルベン語だ。

おれもタルベン語で答えた。

「ヒューログのワードです。ヴォルサグ国についてお耳に入れたいことがあります」

「ここで待っていろ」男は衛兵たちを持ち場に戻らせると、立ち去った。

オレグがもうひとつリンゴをくれた。

「入れてもらえそうですか？」

おれはリンゴをかじった。

「たぶんな」

ここにハーベルネスがいなければ、城門を開けるか、おれたちを追い返すかを決める権限は、あの男にあるはずだ。いったん立ち去ったのは、もっと上位の者——ハーベルネスの指示をあおぐために違いない。

ハーベルネスは、いつもおれに親切にしてくれた。でも、おれがバカのふりをしていただけだと知ったら、態度を変えるかもしれない。ハーベルネスはここで何をしているのだろう？　ついにジャコベン王はヴォルサグ人の略奪者たちを倒す気になったのか？

ガタガタと音を立て、ゆっくりと城門が上がりはじめた。

「馬に乗れ」おれは仲間に命令し、自分も馬にまたがった。

おれたちは庭へつづくせまい道を進んだ。城壁と本塔とのあいだの大部分に丸石が敷きつめてある。雨が多いせいだろう。春になると、ヒューログ城の庭も深さ十五センチほどの泥でおおわれる。ここは年じゅう雨が降るのだから、もっとひどくて当然だ。

庭のへりに沿って山積みのわらが置かれ、城壁沿いにテントが並ぶ。チラッと見ただけで、おれにはわかった――本塔に入りきれない人間が二百人以上もいるらしい。ジャコベン王はハーベルネスがカリスを守ることを許したのか？　ジャコベン王への忠誠を誓ったハーベルネスが、ジャコベン王に無断で戻ってきたとは思えない。おれたちは本塔へ向かう途中で、数人の召使を連れたハーベルネスに出くわした。

「ワード？」と、ハーベルネス。「ここで何をしている？」

おれは、いつものように、どんよりした牛のような目を向けようとして、思いとどまった。今こそ、おれがバカじゃないことを示さなければならない。ハーベルネスが嘘と反古《ほご》にされた約束を何よりも嫌うことは、語り草になっている。

「おそらく、あなたと同じ理由です」と、おれ。ハキハキした口調だ。「ヴォルサグ人と戦うためです」

ハーベルネスは優しい笑みを消した。おれは鞍から降りてパンジーの腹帯をゆるめ、言葉をつづけた。考える時間をハーベルネスに与えるためだ。

「今のところ、ヴォルサグ人は村を襲うだけで、領土を奪おうとはしていません。カリアルン王のねらいは大量の魔力を手に入れることです。ここに来る前、おれたちはシルバーフェルスに立ち寄りました。ヴォルサグ人が村人たちを皆殺しにして去ってから、半日もたっていませんでした。おれの部下の話では、十五年前に訪れたとき、メーロンの神殿に大きな石竜《ストーン・ドラゴン》があったそうです。でも、もうそこには残っていませんでした」

「オランストーン国に来て、頭の回転が速くなったようだな」と、ハーベルネス。

おれは、ゆっくりと笑みを浮かべた。

「ええ、うすのろにはお薦めの国ですね」と、おれ。だが、まだハーベルネスは状況が理解できないようだ。そこで、おれはもっとまじめな口調でつづけた。「おれの父は祖父を殺して、ヒューログを手に入れました。おれも以前父に殺されかけましたが、このままでは本当に殺されると思ったんです」

ハーベルネスは一瞬、驚きの色を浮かべたが、やがて、ゆっくりとうなずいた。父の実態を知っていたからだ。

「とにかく、そなたは生き延びたのだな」と、ハーベルネス。「お仲間にわしを紹介してくれないか？　ヒューログで見た顔もいるが、よく覚えていない」

「こちらはハーベルネスどのだ」と、おれは丁寧に紹介した。オランストーン人は肩書きを嫌うので、何もつけなかった。「おれの仲間を紹介します。まず、アクシールとペンロッドです。父の旗印《はたじるし》のもとで戦っていましたが、今はおれの部下です」ハーベルネスほど地位の高い人間に軍勢の面々まで紹介することは、めずらしい。だが、今度ばかりはしかたがない。紹介しろとハーベルネスに命令されたも同然だからだ。「そして、妹のシアラです」ハーベルネスがうやうやしく会釈すると、シアラは生意気な笑みを浮かべた。「こら、行儀が悪いぞ、このおてんば娘」シアラはおれを見て目をグルリとまわし、召使のようにペコリとお辞儀《じぎ》した。ハーベルネスはクスクス笑った。

「弟のトステンです」と、おれ。

ハーベルネスは鋭い目でトステンを見た。

「弟君《おとうとぎみ》は亡くなったと思っていた」

「誰がそんなことを言ったんですか？」と、おれ。そんな噂が流れているとは知らなかった。

「たしか、そなたの父君が……」

「お会いできて光栄です」と、トステン。お辞儀をした。「父の勘違いだと思います」

「こちらはアビンヘル国のバスティラです」おれは紹介をつづけた。「魔法使いで、戦士でもあります」

バスティラは微笑し、優雅に腰をかがめてお辞儀した。くたびれた革の戦闘服を着ているにもかかわらず、まるで貴婦人のようだ。

「それから、おれの親戚で、次席魔法使いのオレグです。オレグの話では、カリアルン王は宝物から魔力を引き出し、とてつもない魔法をあやつろうとしているようです。すでにカリアルン王づきの魔法使いが、石のなかに封じこめられたドラゴンを解放したかもしれません」

「ワードか？」と、聞き覚えのある声。

一瞬、誰の声かわからなかったが、やがて、一人の男が走ってくるのが見えた。ここにいるはずのない人物――おれの従兄《いとこ》だ。エルドリックか？　それとも、ベックラム？　いつもなら、簡単に見分けがつく。だが、なぜか今日は、そのどちらでもなく、まるで別人に見えた。すっかりやせこけ、何週間も前から眠っていないかのように憔悴《しょうすい》しきっている。「こいつは驚いた」と、従兄。驚いたのは、おたがいさまだ。エルドリックなのかベックラムなのか知らないが、ここで何をしているんだ？　「間違いなくワードだ。いったい、どこから現われた？」

いつも身体のあちこちに結んである色あざやかなスカーフはない。しかし、このこぎれいな服装は……。

「ベックラムか？　ここで何をしている？」

ベックラムは質問には答えず、おれの肩をポンと叩いた。

「おまえが元気でいることを父が知ったら、さぞ喜ぶだろう……」と、ベックラム。口をポカンと開けた。「トステン？」

「お久しぶりです、ベックラム」と、トステン。

「積もる話がありそうだな」と、ハーベルネス。おれたちに向かって、うなずいた。「ベックラム、ひとまず、みなさんになかへ入っていただこう」

11　ワードウィック

おれが戦っているのは、ヴォルサグ国からオランストーン国を守るためか？　それとも、ジャコベン王を倒すためか？——もう、どちらでもいい……

城壁に面した柔らかい芝生の上に、〈青の防衛軍〉のテントが並んでいる。おれはテントを数えて、ヒューッと口笛を吹いた。スタラ叔母の目立つテントもある。〈青の防衛軍〉の三人の兵士が、あたりをゆっくりと見まわっていた。ほかの兵士は、どこかで訓練しているに違いない。叔母が考えそうなことだ。

「叔母と〈青の防衛軍〉の半数をこんなところに連れてきて、どうするつもりですか、ベックラム？」と、トステン。おれがききたかったことだ。ベックラムがおれを嫌っているので、気をきかせてくれたらしい。「とうとうジャコベン王は戦争をする気になったんですか？」

ベックラムは鼻を鳴らした。

「王の失言を捕らえて、腹違いの兄上がうまく話を運んでくれたのさ」

「アリゾン公か？」と、おれ。

「決まってるだろ。つまり、ハーベルネス将軍は、百人の兵士とともにヴォルサグ軍を撃退するために帰国を許された」

「その百人に選ばれたのが、〈青の防衛軍〉か？」と、おれ。疑う口調だ。

テントに向かっていたベックラムは足を止めた。

「それはまた別の話だ。ワード、おまえこそ、どうした？」気づかわしげな口調だ。

おれは、つい昔のくせで泣きごとを並べ立てたくなったが、我慢した。

「父が死んで、おれは大きく成長した。見た目も、頭の中身も、もう以前のおれじゃない」

ベックラムは、ゆっくりと笑みを浮かべた。だが、いつもの明るい笑顔ではない。一瞬、エルドリックかと思った。ときどき二人が入れ替わると、性格はぜんぜん違うのに見分けがつかなくなる。

「エルドリックの言ったとおりだ」と、ベックラム。「みんなが思ってるほどワードはバカじゃないって、あいつはちゃんと見抜いてた」

「いや、おれはバカだ。だから、ヒューログを失った」

ベックラムは肩をすくめ、目立つ青色のテントをめざして、ふたたび足早に歩きだした。

「野営の道具は持ってきたか？」

「テントはある。でも、ここには支柱になる木がないな」

ベックラムが身ぶりすると、数人の男が馬を馬小屋へ連れていった。おれたちは荷物を整理し、空《あ》けてもらったテントに運びこんだ。

作業が終わると、アクシールはペンロッドの肩に手を置いた。

「スタラ様のご様子を見学がてら、あなた様のご無事を伝えてきます、ワード様」

「バスティラとシアラも一緒に連れていけ。二人がスタラ叔母さんのテントを使わせてもらっていると、伝えてくれ」と、おれ。

シアラは熱心にうなずいて自分の剣をポンと叩き、一人だけ先に駆けだした。

やがて、アクシールたち三人もあとを追った。そのとたんに、ベックラムはトステンを振り返り、きつく抱きしめた。

「会えてうれしいよ、トステン。おれが贈った竪琴《たてごと》をまだ持っててくれたんだな」

ベックラムの魅力には、森の鳥たちも引き寄せられる。トステンも思わず、笑顔になった。だが、トステンの竪琴がベックラムからの贈り物だとは初耳だ。

「トステンはティルファニグの酒場で働いていた」と、おれ。

ベックラムは眉を吊り上げた。

「ティルファニグだと？　それなら、どうして、もっと早く見つけられなかったんだ？」

「そもそも兄さんがぼくをティルファニグに連れていったんです」と、トステン。おれに笑顔を向けた。

「船乗りの宿にか？」ベックラムはおれを見た。「やっぱり、おまえはバカなのか……

？」

おれは首を横に振り、説明しようとした。だが、その前にトステンが弁護してくれた。

「いいえ、ぼくが連れていかれたのは樽屋《たるや》です」

ベックラムは笑った。

「いかにもワードらしいな。まさか、きみがそこから逃げだすとは夢にも思わなかったんだろう」

「樽屋の主人はいい人でした」と、トステン。必死な口調だ。「ほかに行く場所がなければ、ずっとあの店にいてもよかったと思っています」

トステンは、おれをかばっているのか？　いや、樽屋の主人をかばっているんだろう。

「こいつは誰だ？」と、ベックラム。あごをしゃくり、なるべく目立たないようにしていたオレグを示した。

「ヒューログの住人だ」と、おれ。「オレグ、従兄《いとこ》のベックラムを紹介するよ。ベックラム、こちらはオレグだ」

「あなたは〈青の防衛軍〉がここで何をしているかという質問に答えませんでしたね」と、オレグ。挨拶もなしに、いきなり切り出した。穏やかな口調だ。もちろんオレグはベックラムを知っている。しかしベックラムがシアラをからかうので、快く思っていない。

ベックラムは値踏みするような冷たい目でオレグを見ると、こわばった笑顔をおれに向けた。

「おれなんかより、おまえのほうがずっといい兄貴だ。ちゃんと弟を守ったじゃないか。エルドリックは死んだよ」と、ベックラム。おれは息をのんだ。ベックラムは、おれが口をはさむまもなく言葉をつづけた。「おれは王妃の愛人だったが、どうもヘマをしたらしい。エルドリックは、おれと間違われて、ジャコベン王に殺された。ハーベルネス将軍に同行して宮殿を出なければ、おれはジャコベン王を殺してたかもしれない」早口で明るい口調だが、血に飢えた獣のような目をしている。おれたちを出迎えたときは、心の奥の怒りを押し殺していたに違いない。おれは手を伸ばし、ベックラムの肩に触れた。だが、なんの慰めにもならない。ベックラムは、おれからスッと離れた。

エルドリックが死んだなんて信じられない。

「エルドリックの遺体をヒューログに運んだとき、父の勧めで〈青の防衛軍〉を連れていくことになった」

「ハーベルネス将軍の百人部隊に加わるためにか？」おれは話題を変えた。エルドリックの話題はつらいだろう。

「いや、すでに百人部隊の顔ぶれはほとんど決まってた」

「ジャコベン王は過《あやま》ちを犯した」と、アリゾン公。テントの陰から現われた。いつもの宮廷服ではなく、こうして革の狩り装束《しょうぞく》を着ていると、いつにもまして危険な雰囲気だ。おれたちの話をぜんぶ聞いていたのか？　それとも、たまたま通りかかっただけか？　その答えは明らかだ。

「ジャコベン王はベックラムを殺そうとした」と、アリゾン公。「ジャコベン王にとって、ヒューログはどうでもいい。北の野蛮な国にある貧しい土地にすぎないからだ」知的な口調だ。アリゾン公は愚か者ではない。愚か者は、このおれだ。ヒューログには、なんの価値もないというのか？　だが、たしかに、そのとおりかもしれない。「長年ヒューログを統治してきた類《たぐい》まれな男の死とともに、ヒューログは力を失ったと、王は信じていた。だからこそ、デューローはヒューログの力を見せつけようとした。ベックラムとともにシャビグ国の貴族の半数をエスティアンへ送り、〈青の防衛軍〉をけしかけて、わが兄にとどめを刺すつもりだ。まさに〝ヒューログは一致団結して戦う〟の言葉どおりだな」と、アリゾン公。少年のような表情でニヤリと笑った。しかし知的な印象は隠せない。「シャビグ国には何世紀も前から王がいない。にもかかわらず、記憶力のいいシャビグ人は王の理想像を忘れていない。デューローが反乱をくわだてていることは、誰の目にも明らかだ。王の生皮を剝《は》ごうとしながらも、かわいい息子の身は守りたいらしい」

「ジャコベン王は、おれの父がこの世にいないことに感謝すべきです」と、おれ。「父なら、ジャコベン王を殺して、政治をなりゆきまかせにしたはずです」

「あれだけのすぐれた資質をお持ちのお方でしたからね」と、オレグ。小声だ。

「ところで、ここで何をしている、ワード？」と、アリゾン公。「それに、以前とはずいぶん感じが違うな」

「オランストーン国の空気がいいからだそうです」と、トステン。地面を見た。「あるいは、リンゴのおかげかもしれません」

「最大の原因は父の死だと思います」と、おれ。「父が生きていたころは、バカのふりをしたほうが安全でした。ここに来たのは……ヴォルサグ人の襲撃を受けていると聞き、オランストーンの人々にシャビグ人の戦いかたを教えてやろうと思ったからです。結局、必要以上に同行者が増えてしまいました。数百人を超えるヴォルサグ人が相手でも、シャビグ人が二人いれば充分ですが。そうだよな、トステン？」

アリゾン公は鋭い目でチラリとトステンを見た。

「兄は何人かを置いてくるつもりでした。でも、女性陣が意外に戦力になることがわかったんです。オランストーン国とヴォルサグ国をまとめて征服しようかと思ったほどです。百年間で二度も征服されたらオランストーン国がかわいそうだと、兄に言われましたけどね」と、トステン。大口を叩いている。これでは北方人は野蛮だと思われてもしかたがない。

ようやくベックラムは笑顔になり、トステンの背中を叩いた。「野蛮なシャビグ人が言いそうなことだ。ワードが来たからには、もう大丈夫だぞ」

「オランストーン人の前で、そのような話はするなよ」と、アリゾン公。たしなめる口調だ。

「誰でも本当のことは聞きたくないものよ」

スタラ叔母の声だ。誰かが近づいてくるのはわかっていた。だが、ほかの兵士と同じ青色の服を着ているので、特に気にとめていなかった。

「スタラ叔母さん」

おれは武具をつけたままのスタラ叔母を抱き上げ、クルリとまわった。

「降ろしてちょうだい、ワード」と、叔母。それでも、うれしそうだ。「アクシールもバカなことを考えたわね。こんなところで、あなたに兵士の真似ごとをさせるなんて」

おれは叔母を降ろした。

「ここに来ることを決めたのは、おれだよ」

「あなた、やせたわね」

おれは肩をすくめた。

「オランストーン人は、ぼくたちに何も売ってくれない。反乱のときにシャビグ人に痛めつけられたことを忘れていないんだね」と、トステン。

叔母は最初、トステンの存在に気づかなかったようだ。今になって、ポカンと口を開けている。

「トステン？」と、叔母。小声だ。

トステンは照れくさそうに叔母と抱き合った。叔母に強く抱きしめられ、ぎごちなく突っ立っている。やがて、ようやく叔母はトステンを放し、ジロジロとながめまわした。

「指は全部そろっているよ、スタラ叔母さん」と、トステン。優しい口調だ。

「ワード、あなたがトステンを隠していたのね」と、叔母。かたときもトステンから目を離さない。

「安全な場所にかくまっただけだ」と、おれ。

スタラ叔母にも、トステンの秘密を話すつもりはない。おれとトステンしか知らない恐ろしい記憶が、まるで、ついさっきの出来事のように、はっきりと脳裏によみがえってくる。

「ああ、お腹がすいた」と、オレグ。「何か、ごちそうになりましょう」

夕食のとき、おれとハーベルネス将軍、それにアリゾン公、ベックラムは、いちだん高いテーブルにつき、おれの仲間はスタラや〈青の防衛軍〉と同じテーブルについた。ハーベルネスは、すばらしい料理を振る舞ってくれた。おいしく感じたのは、ハーベルネスの娘のおかげかもしれない。それに、ここには、かいがいしく世話を焼いてくれる女性が大勢いる。そのほとんどが、保護を受けるために送られてきたオランストーン人貴族の娘や妻たちだ。視線を感じて、おれが会釈をすると、燃えるような赤い髪を背中に垂らした美女が真っ赤になった。だが、おれの心を奪ったのは、ハーベルネスの娘のティサラだ。

ティサラは普通のおしゃれな娘と違って、スタラ叔母に似た感じだ。形のいい頭をおおう黒い巻き毛を、男のように短くしてある。美人とは言いがたい。短剣のように細くて高すぎる鼻……がっしりした身体つき……長身――どれもこれも父親ゆずりだ。剣士のような手には、戦い慣れた者にしかない傷跡がいくつもある。それでも、身体をおおう女もののガウンを着た姿は、優雅だ。

そう言えば、ハーベルネスがエスティアンの宮殿にいるあいだは、カリスの管理を娘にまかせていると聞いた。管理と言っても事務的な仕事だろうと思っていたが、書記と議論したくらいで、あんな傷はできない。

料理が運ばれてくると、ティサラはおれを見て言った。

「戦《いくさ》のまっただなかで愚か者が何をするつもりかしら？」

たちまち、おれはティサラが好きになり、作り笑いを浮かべた。

「愚か者だからこそ、戦のまっただなかへ突き進んでゆくのです。愚か者でなければ、自分のものでもない土地を守ろうとはしません」あたりを見まわすと、バスティラが複雑な表情でおれを見つめていた。おれが首をかしげると、バスティラは目の前の料理に視線を戻した。

ハーベルネスはフンと鼻を鳴らした。

「わしが娘を宮廷へ連れていかなかった理由がわかるだろう？」

「おれの父も、できれば、おれを連れていきたくなかったはずです。ヴォルサグ人に襲撃された村をごらんになりましたか？」

ハーベルネスは、まじめな顔でうなずいた。

「女神メーロンの神殿がある村ばかりだったな。たいていの村に神殿があるが——」食事用ナイフをおれに向けた。「——ねらわれたのは魔法の宝物《ほうもつ》がある村だけだ。わしの魔法使いと神官が、次にねらわれそうな村を一覧にまとめてくれている」

おれたちは、しばらく食事をつづけた。まさに、ごちそうだ。温かくて、味つけもいい。次の料理を待つあいだ、ハーベルネスが言った。

「まず、標的になりそうな村に小隊を送り、ヴォルサグ人の所在がはっきりするまで大部隊をカリスで待機させる。ヴォルサグ人は本当の目的を隠して、オランストーン国のどこかに軍勢を配置しているはずだ」

おれは低くうなり、カモ肉を飲みこんだ。

「おれたちは戦うために来ました。村を守りにいかせてください」

「その言葉を待っていたぞ。わしには魔法使いが一人しかいないし、訓練を受けた兵士の数もかぎられている。おまけに、エスティアンから連れてきた者の大半は、ヴォルサグ人の襲撃から自分の住まいを守るだけで精一杯だ」

「なるほど」おれは、もうひとくちカモ肉を食べた。「しかし、それほどの大部隊を作ることは法に触れませんか？」

「ジャコベン王も、ジャコベン王が作った法律も、どうにでもなれ」と、ハーベルネス。激しい口調だ。ジャコベン王への忠誠の誓いを破ることは、どれほどつらい選択だっただろう。だが、ジャコベン王はオランストーン国を見捨てた。先に誓いを破ったのは、ジャコベン王だ。

「王が手をこまねいているうちに、オランストーン国から五王国の敵を追い出そう」と、アリゾン公。「王は、玉座を守った兵士たちをたたえこそすれ、絶対に罰することはない。そのような真似をすれば、五王国すべての貴族を敵にまわすことになる——王にも、それくらいはわかるはずだ」

おれは、うなずいた。「あなたの助言があれば、なおさら効果的です」

「いかにも、そのとおり」と、アリゾン公。満足げにつぶやいた。


「昨夜は遅くまで楽しんだみたいね」と、ハスキーな女性の声。非難する口調だ。

片目を開けると、鼻の高いティサラの顔が見おろしていた。おれは誰もいないテントのなかを見まわし、昨夜のことを思い出そうとした。

「あなたのお仲間はとっくに起きて、稽古《けいこ》を始めているわ。指導者らしい小柄な男性から、あなたがここにいると聞いたの。わたしたちの行く村が決まったわよ」

昨夜は、あまり酒は飲まなかったが、エルドリックの死やオランストーン国の政治情勢について遅くまでスタラ叔母と話しこんだ。身体がだるく、もう少し寝ていたい。しかしティサラは許してくれそうにない。おれはぎごちなく立ち上がると、腰をかがめて両手を前に垂らし、背中を伸ばした。

「オランストーン人の名前は長くて、言いにくい。きみを愛称で呼んじゃダメか？　たとえば、ティサとか、ラリーとか……」

「わたしを怒らせたくなければ、やめてちょうだい」と、ティサラ。まじめな口調だ。だが、えくぼがチラリと見えた気がした。

「あなた、たしかに頭が悪そうだわ」と、ティサラ。おれと並んで馬を進めている。ハーベルネスは、おれたち七人にティサラと五十人の忠実な部下を同行させた。これでも〝小隊〟だと言うが、おれの思う〝大部隊〟よりずっと人数が多い。

「うすのろ――ね」ティサラは頭を振った。

寄り目にして、よだれでも垂らしてやろうか？　しかし、わざわざ、おれがけしかけるまでもなく、ティサラの話はつづいた。

「その目のせいよ。そんなまつ毛をしているから、バカに見えるのよ」

身もふたもない言いかただ。まつ毛をどうしろって言うんだ？

「そりゃ、どうも」おれは小声で言った。「おれは目の色のせいだと思っていたよ」ティサラの目も、おれと同じ茶色だ。おれの嫌味が通じるだろうか？

「図体《ずうたい》も大きいしね」ティサラは言葉とは裏腹にえくぼを見せ、周囲の森を注意深く見まわした。

「図体が大きいとバカに見えるのか？」ティサラは、おれをからかっているだけだ。おれはホッとして、ティサラとのやり取りを楽しんだ。今だけは、死んだエルドリックのことも、寝不足で目が痛いことも、忘れられる。

「〝ウドの大木《たいぼく》〟って、よく言うでしょ」と、ティサラ。緊張の色はない。だが、ティサラの馬――やせて尻の小さい雄の戦馬だ――は首を弓なりに曲げ、そろそろと歩いた。体重はパンジーの半分もないだろう。ティサラには小さすぎる馬だ。よく考えると、ティサラの背丈は父親のハーベルネスと変わらない。ハーベルネスだって、おれよりは小さいが、長身だ。男並みに背が高いなんて、ティサラにとってうれしいはずがない。

「へえ、〝ウドの大木〟ねえ」と、おれ。

ティサラはあごをツンと上げ、意志の強そうな眉をひそめた。おれの言いたいことがわかったらしい。

おれはニヤッと笑った。

「そんな膝の悪いやせっぽちの小馬《ポニー》じゃなくて、ちゃんとした馬に乗りなよ」

馬の膝は、それほど悪そうには見えない。それでもカチンときたらしく、ティサラは猛烈に抗議した。

「うすのろの農耕馬よりましよ」と、ティサラ。陶器職人の窯《かま》も凍りそうなほど冷たい声だ。

う、うすのろだって？　おれはパンジーを見た。なるほど、ティサラの言うとおりだ。パンジーはティサラの馬には目もくれず、まるで農耕馬のようにゆったりと歩いている。細長い草がぶらさがった口元が、いかにもだらしない。いつのまに草を食ったんだ？　今朝のパンジーは、馬丁たちを震え上がらせるほど凶暴な馬にはとても見えない。

「こいつの名前はパンジーだ」と、おれ。すでに自尊心はボロボロだ。「おれの馬を侮辱するつもりなら、名前ぐらい覚えておけ」

シアラがクスクス笑った。おれをはさんで反対側を馬で進んでいる。

ティサラはシアラとおれの顔を交互に見ると、シアラに向かって言った。

「本当に口の減らない兄上ね」

シアラは〝自分はどうなの？〟と聞き返すように眉を吊り上げた。

「わたしは違うわよ」と、ティサラ。「無神経で、がさつなだけ。みんな、そう言うわ」

シアラはニッコリ笑い、おれに向かってあごを突き出した。

「ティサラの言うとおりかもしれないな、シアラ」と、おれ。残念そうな口調だ。「おれのパンジーがうすのろだなんて、無神経で、がさつじゃなきゃ言えないセリフだ」

「恥知らずね」と、ティサラ。「よくも、あんな汚い真似ができたものだわ。いったい、いつから愚か者のふりをしていたの？」

シアラが指を七本たてた。

「七年も前から？」ティサラは頭を振った。「七年間も口をつぐんでいたなんて……わたしにはとても無理よ」

「だろうな」と、おれ。

ティサラは声を上げて笑った。

「兄上は、いつもこの調子なの？」

シアラはきっぱりと首を横に振り、グルリと目をまわした。

「冗談でしょ」と、ティサラ。「これでも、ましになったほうなの？」

シアラの言いたいことを理解できる者は少ない。おれのほかには、もの言わぬ馬の世話をするペンロッドくらいだ。トステンも多少は理解できる。でも、これほどまともにシアラと会話した女性は初めてだ。バスティラはシアラを避けることが多い。口のきけない者のそばにいるのは、いたたまれないようだ。

おれはずっとバスティラのことを考えないようにしてきた。

おれが十五のとき、ペンロッドの下で働く馬丁の娘に恋をした。ほがらかで優しい二十歳の娘だった。おれが十六のとき、娘はティルファニグの商人に嫁入りし、おれの恋は終わった。娘がその男を選んだ理由は、よくわかる。おれも、その男が気に入った。それでも、失恋の痛手が癒《い》えるには時間がかかった。娘と別れてから、何人かの女性と床をともにした。だが、愛してもいない女性と寝るのは虚しいだけだとわかった。

バスティラに対して特別な感情はない。おれにとっては、アクシールと同じ……いや、それ以下の存在かもしれない。やはり、もったいぶらずに、あのとき、きっぱりと拒《こば》むべきだった。あれ以来、バスティラと二人きりで話す機会がない。こうして馬を進めている今こそ、絶好のチャンスだ。

「お嬢さんがた、悪いが、おれは逃げ出すぞ。口で女性に勝てる男はいないからな」

シアラは舌を出した。まったく女にはかなわない。

馬車が通れるほど広い道が、うっそうとした森を縫うようにつづく。オレグとバスティラは隊列の後方にいる。おれとパンジーは難なく道を引き返し、向きを変えて二人の横に並んだ。

「シアラの相手をしてやってくれ、オレグ。きみがそばにいるほうが、ティサラも喜ぶ」

「ティサラ様に嫌われたのですか?」と、バスティラ。おもしろがる口調だ。

「ああ、このまつ毛のせいでね」

オレグは目をパチパチさせた。

「では、ぼくのかわいいまつ毛で、ティサラ様のご機嫌を取ってきます」

オレグが行ってしまうと、おれは馬の足取りをゆるめ、一団の最後尾についた。

「あなたに話がある」と、おれ。なまりのあるアビンヘル語だが、話は通じるはずだ。アビンヘル語なら、誰かに会話を盗み聞きされる心配もない。

木漏れ日のなかでバスティラの魅惑的な目がキラリと光った。

「どんなお話ですか、ワード様?」バスティラはほほえんでいる。

「カリスに来る前の晩のことだ」

バスティラの笑みが跡形もなく消えた。

「それが何か?」

「あのとき見張りに立っていなければ、おれはあなたを受け入れていただろう。でも、思いとどまってよかったよ」

「そうですか」と、バスティラ。指の関節が白くなるほど強く手綱を引っ張っている。バスティラの去勢馬は抵抗して頭を下げた。「あたくしが歳《とし》をとりすぎているからですか？あなた様にはティサラ様のほうがふさわしいとおっしゃるのですか？」

おれは首を横に振った。

「そうじゃない」ティサラのせいだとは思われたくない。「あなたは軽い気持ちで誰とでも寝るのかもしれない。でも、おれは違う」

「うぶな娘のようなことをおっしゃるのね」と、バスティラ。痛々しいほど冷ややかな口調だ。

おれは頭を振った。

「最初の恋人が教えてくれた——価値観の同じ相手でなければ、本気で愛し合うことはできない」たしかに、そのとおりだ。おれは恋人に誘われるままについてゆくばかりで、床をともにするときも、愚か者の仮面をはずさなかった。「あなたとおれじゃ、価値観が違いすぎる。アクシールもペンロッドも迷わず、あなたと寝るだろう。でも、女の扱いに慣れていないおれには無理だ。二番目の恋人と付き合って、愛していない相手と寝るのは不毛だと悟った。おれにとっては、何よりの教訓だ」

「つまり、あなた様はあたくしを愛していないのですね？」と、バスティラ。

「あなたはおれを愛しているのか？」その答えは聞くまでもない。

バスティラはあごを上げたが、何も言わなかった。

「あのとき、はっきり言えばよかった。おれたちのあいだに愛はない。おれがあなたに抱いているのは、尊敬と欲望だけ。愛じゃない」

「きっと後悔しますよ」と、バスティラ。心の傷を隠して笑顔をつくった。

「ああ、おれの身体はもう後悔しているよ」と、おれ。残念そうな口調だ。「でも、これでいい。もう、いいかげんな態度はとらない」

バスティラは答えなかった。おれはしばらく考え、バスティラを一人にしてやることにした。ペンロッドとアクシールを追い抜いて、頭で合図すると、二人は引き返してバスティラの後ろにまわった。


神官は穏やかな表情でおれたちを見た。

「わたくしたちの使命は、女神メーロンにささげられた宝物を守ることです。宝物を神殿から持ち出すことはできません」

小さな木造の神殿だ。大きさは村人たちの小屋の半分しかない。神官、オレグ、バスティラ、アクシール、そして、おれが入ると、身動きできないほどだ。ティサラは神官を説得しようとしたが、あきらめて大股で立ち去った。荷物をまとめて避難するよう、小さな村に残っている住人たちにうながすためだ。おれよりもティサラが行ったほうがいい。

「腕章のほかに、たいしたものはないようです」と、オレグ。「バスティラと一緒に、祭壇に祀《まつ》られた宝物を調べている。「魔力を失った宝物がほとんどです。この腕章も、かつては強い魔力を持っていたはずですが、もはや力を発揮することはできません」

神官はオレグの言葉にムッとした。

「命がけで守るほどのものではありません。それくらい、女神メーロンもご存じでしょう」と、アクシール。ティサラがいないので、神官との交渉はアクシールにまかせてある。アクシールは北方人には見えないし、オランストーン語が話せるからだ。

「それはわかっています、わが息子よ」神官はいらだちを抑え、アクシールにほほえみかけた。「しかし神への誓いは命がけで守らなければなりません。女神メーロンのために死ねれば、本望です」

「敵に手を貸すことになるんですよ」思いがけず、オレグが言葉を発した。「たしかに、ここにある宝物にはあまり魔力がありません。でも、ヴォルサグ人がそれなりの数を集めて使いかたを覚えれば、オランストーン国と偉大なる治療師メーロンの記憶を歴史から消し去るくらいは簡単です。宝物をもっと安全な場所に移さなければなりません」だが、村を一歩でたら、神官は宝物に対する権限を失う。神官も、そのことを承知していた。

「女神メーロンは神殿を守ってはくださらないのですか？」と、神官。とがめる口調だ。

　オレグは、おれの横に来ると、言った。

「神にも、したがうべき掟《おきて》があり、掟にそむけば、破滅を招きます。この神殿を守るために女神メーロンが現われたら、ヴォルサグ人が仕える神もヴォルサグ人を守るために現われるでしょう」

「ヴォルサグ人も女神メーロンに仕えているとしたら？　聖なる宝物を手に入れよとの女

神のお告げがあったのかもしれませんぞ」と、神官。オレグとのやり取りを楽しんでいる。〝人を説得する前に、相手がどんな人物なのか……何を望んでいるのか、見きわめなさい〟と、スタラ叔母は言う。この神官はどんな人物だろう？　ここには農民しかいないから、上部組織との関わりは薄いはずだ。オレグが神官と議論をつづけるあいだ、おれは考えた――おれたちは神官の目にどのように映っているのか？　シャビグ人の集団？　それとも、たんなるよそ者？　いや、現に神官は、オランストーン人のティサラの言葉にさえ耳を貸さなかった。

女神メーロンの信奉者は、大地とともに生きる農民や牛飼いたちだ。なかには小作人もいる。小作人が貴族の使者に対して、今の神官のような口をきいたら、ただではすまない。おれの父なら、立てなくなるまで鞭打《むちう》たせただろう。しかし神官となると、話は別だ。

神官の手には、タコがいくつもあった。畑仕事を手伝っているか、自分で家畜を飼っているか、どちらかだ。

「待ってください」おれは無遠慮にオレグをさえぎり、神官に言った。「やつら魔法使いが、女神メーロンの教えを知っているはずがありません。口から出まかせの議論が得意な連中ですからね」オランストーン語だ。これまでオランストーン人の農民と接する機会がたっぷりあった。だから、農民ふうのなまりも完璧に近い。「石造りの大広間にいる貴族たちも、同じです。おれは剣を手にするよりも先に、大地を耕しました。鋤《すき》を振るいながら、女神メーロンのお導きを実感したのです」この神官は、父に仕えていた牛飼い頭《がしら》と同類かもしれない。そうだとすれば、牛飼い頭に使ったのと同じ手が使えるはずだ。「やはり、すべての聖なる宝物を安全な場所に移すべきです」と、おれ。あごをしゃくり、祭壇に祀られた腕章を示した。「あの腕章が、シルバーフェルスを焼いて石竜《ストーン・ドラゴン》を奪った野蛮人の腕に巻かれるところなど、見たくありません」

初めて神官の信念が揺らいだようだ。

「いったん宝物を持ってカリスへ行き、カリアルン王の注意をそらしておいて、すぐに戻ってくればいいんです」と、おれ。外で妙な音がする。

神官は深呼吸した。

「一時的に……移動させるだけなら……」

今のは鋼《はがね》がぶつかり合う音だ。おろおろする神官をオレグにまかせ、すばやく神殿の扉に近づいて外を見ると、おれは一瞬で状況を把握した。

「武器を取れ！」おれは叫んだ。もっと早く気づくべきだった。「敵が襲ってきたぞ！」

ヴォルサグ人は、こっそり村に近づこうとして、周辺を見まわるティサラの部下に出くわしたに違いない。

おれは神官との話を中断して神殿を飛び出し、パンジーにまたがった。

ティサラの数人の部下だけでヴォルサグ人の大軍を食い止めることはできない。だが、おれが現場に到着したとき、すでに味方の大部隊がヴォルサグ軍と衝突していた。今やヴォルサグ軍は、ゆっくり前進するのがやっとだ。

パンジーはかんだかい雄叫びを上げ、戦いのまっただなかに突進した。ふいに時間の流れが遅くなった。敵の剣をかわしては一撃を加え、敵を倒す。おれは意識をひとつひとつの動作に集中させた。気づいたときには、右にいるトステンと左にいるペンロッドにはさまれて、戦っていた。しかし、二人の存在を意識したのは、ほんの一瞬だ。

おれは戦が好きだ。たとえ相手がみすぼらしい盗賊だろうと関係ない。戦とは、剣を交え、敵と根比《こんくら》べすることだ。おれの剣が敵の肉に深く食いこむ感触は、なんとも言えない。パンジーの進む方向は耳と筋肉の動きでわかる。おれも体重を移動させて、パンジーに指示を与えた。人馬一体となり、次々に敵を倒してゆくのは、たまらなく気持ちがいい。だが、これでは、まるきり父と同じだ。おれにとっては、その事実がどんな戦よりも恐ろしい。

アクシールの言ったとおりだ。本物の戦は訓練とは違う。だが、ようやく、おれと同じように訓練を受けた戦士と戦える——そう思うと、興奮が高まり、ますます剣を持つ手に力が入った。もちろん、盗賊が相手のときとはわけが違う。少しでも隙《すき》を見せれば、おれが殺される。敵は鎧《よろい》の上にボロ切れをまとっているが、間違いなく正規軍の兵士だ。

スタラ叔母なら、撤退しろと言うだろう。それほどの接戦だった。このままでは勝負がつかず、死体の山が増えるだけだ。しかし、おれたちには使命がある。無力な女性や子供を守らなければならない。

長引く戦には流れがある。敵軍のまっただなかを猛烈なスピードで駆け抜けて戦列を突破すると、向かってくる者は誰もいなくなり、おれとパンジーはつかのまの穏やかな時間を味わった。おれは、その場でパンジーを休ませた。同じように馬を休ませている者が何人もいる。

そのときティサラが現われ、おれと顔を見合わせて笑った。だが、すぐにベテランの指揮官らしい表情に戻った。

「大接戦ね」と、ティサラ。

おれはうなずき、麻痺《まひ》した腕の感覚を取り戻そうと右肩をまわした。

「今にヴォルサグ軍の指揮官も、この状況に気づくだろう。おれたちは断固として村を守る。でも、まんいちヴォルサグ軍が撤退しなければ、双方の犠牲者が増えるだけだ」

ティサラは戦況を確認し、敵に追い詰められた部下の一団を指さした。おれはティサラとともに、敵をめがけて馬を走らせた。

ティサラの雄馬はパンジーと同じくらい好戦的で、よく訓練されているようだ。だが、身体の大きいパンジーのほうが強力な武器になる。パンジーがぶつかってゆくと、ヴォルサグ軍の馬は騎手もろとも倒れた。ティサラは、やたらと派手な動きで敵をひるませる。おれの戦いかたとは違うが、一瞬で敵を倒すところは同じだ。

またしても静かな時間が訪れた。まだ昼過ぎだと思っていたのに、もう日が傾きかけている。頭を垂れたパンジーが激しく呼吸するたびに、おれの身体が前後に揺れた。

騎乗のペンロッドが近づいてきた。

「敵の指揮官が戦線を離れようとしています」と、ペンロッド。どす黒い血にまみれた顔をほころばせ、白い歯を見せた。「この村で武装したわれわれが待ち受けているとは思いもよらなかったのでしょう。われわれは人数で勝《まさ》る敵と互角に戦いましたが、結局、双方に大勢の犠牲者が出ました」

「すぐれた将軍は接近戦に勝たない」と、おれ。スタラ叔母の言葉だ。「すぐれた将軍は犠牲が大きくなる前に撤退し、決着を次回に持ち越す」

「スタラ様が部下より先に戦線を離れたことはありません」

ペンロッドの視線を追うと、森のなかを逃げてゆくヴォルサグ軍の指揮官が見えた。部下たちは指揮官とは別の方向へ撤退しようとしている。

「追うか?」おれはペンロッドの返事を待たずに、パンジーとともに血まみれの死体の山を飛び越え、逃げる指揮官を追った。

森の向こうは、石灰岩の断崖絶壁だった。パンジーを止めると、崖から飛び降りるヴォルサグ軍の指揮官が見えた。馬が乗り捨ててある。おれは急いでパンジーから降り、手綱《たづな》を地面に落とした。後ろで、同じようにペンロッドが馬を降りる音がした。

「あいつは死んだのかな?」と、おれ。返事はない。

おれの腕に何かが当たった。剣を構えて振り向くと、ペンロッドがおれの血で染まった短剣を握ったまま、目を見開いて立っていた。その後ろにトステンがいる。トステンがペンロッドの背中から剣を引き抜いたとたんに、ペンロッドは地面にくずおれた。

「ペンロッド?」と、おれ。何が起こったのか、わからない。「トステン、いったい……」

トステンは剣を落とし、おれを見た。

「ペンロッドは兄さんを殺そうとした」おれと同じくらい呆然としている。「あとを追ってきたら、ペンロッドが兄さんの背中に短剣を突き立てようとしていた」

おれの手を伝い落ちる生温《なまあたた》かい血が何よりの証拠だ。

ペンロッドは仰向けに横たわっている。背中の傷は見えない。

「ワード様がご無事でよかった……」と、ペンロッド。力なく、おれを見た。しゃがれ声だ。「自分を止められませんでした」

おれはひざまずき、ペンロッドの口元に耳を近づけた。だが、もう何も聞こえない。ペンロッドは身体を痙攣《けいれん》させ、息を引き取った。いかにも兵士らしい壮絶な最期だ。おれは目をしばたたかせ、あふれそうな涙を振り払った。

トステンはゆっくりと剣を拾い上げて、ペンロッドのシャツの裾《すそ》で血を拭い、ペンロッドを見つめた。

「刺してから、ペンロッドだと気づいたんだ」

トステンが子供のころ、ペンロッドは心の支えでもあった。今でも、その点は変わらない。

おれはトステンを見あげた。

「ペンロッドはヴォルサグ軍と戦って死んだ」

「そうだね」と、トステン。おれの言いたいことを完全に理解している。裏切り者よばわりして、ペンロッドの名を汚《けが》したくない。トステンはかがんでペンロッドのまぶたをおろし、おれの横にひざまずいた。「シファーンの神がペンロッドの行く道をお守りくださいますように。でも、どうして兄さんを殺そうとしたんだろう？」

おれは信じられない思いで、首を左右に振った。ペンロッドに刺された傷が痛むのは、まぎれもない事実だ。それでも、理解できない。

「少しのあいだ、人を意のままにあやつれる魔法使いもいます」と、バスティラの声。考えこむ口調だ。

トステンもバスティラの足音に気づかなかったらしく、驚いている。バスティラの革の戦闘服は血まみれだ。

「でも、すぐ近くにいなければ、その魔法はかけられません」と、バスティラ。どこか奇妙な口調だ。バスティラとペンロッドは床をともにした間柄なのに、まるでしとめた雄鹿を見る狩人《かりゅうど》のように落ち着いている。

バスティラはおれの肩に手をかけてバランスを取りながら、ペンロッドをのぞきこんだ。おれとバスティラのあいだでエネルギーの塊《かたまり》がはじけたかと思うと、目の前が真っ暗になり、おれは意識を失った。

12　ベックラム――カリスにて

指揮官は戦場で部下を失うことに慣れている。だが、遺体を見るのは、つらい。

エルドリックが死んで以来、ベックラムが夢中になれるのはスタラとの訓練だけだった。剣の稽古《けいこ》に集中しているときは、胸を突き刺す悲しみと罪の意識から逃れられる。だが喪失感だけは、どうしても消えない。

最近、スタラはほかの者にベックラムの相手をさせず、自分一人で稽古をつけた。今日は防御の特訓だ。スタラは剣のひらでベックラムを攻撃した。

「そんな戦いかたでは、片腕を失うわよ」スタラがどなる。

ベックラムはすばやく剣を突き返し、数分間、無言の突き合いがつづいた。だが、ついに剣を払い落とされ、ベックラムは自分が手本どおりに動いていないことに気づいた。剣先が当たったら、スタラを殺していただろう。スタラがほかの者にベックラムの相手をさせないのは、稽古中の事故を避けるためだ。

ベックラムは剣を拾おうともせず、立ち尽くした。身体がフラフラする。立っているのがやっとだ。

「申しわけありません」

「さあ、もう一戦」

スタラの呼吸は少しも乱れていない。

ベックラムはノロノロと剣を拾い上げ、スタラに向き合った。

「あなたを戦死させたくない。あなたの父上に、訃報を知らせたくないのよ、ベックラム」と、スタラ。優しい口調だ。「この訓練で打撲傷が残るようなら、動きが悪い証拠よ」

稽古が終わると、ベックラムはヨロヨロとテントまで戻り、寝袋の上に倒れこんだ。こんなふうにクタクタに疲れきったときは、夢を見ない。邪魔が入らなければ、何時間でも眠れそうだ。ベックラムは目を閉じた。しかし、眠気は訪れず、ワードウィックのことが頭から離れなくなった。

伯父が亡くなったとたんに、ワードがまともになるなんておかしい。今のワードはまぬけどころか、やり手の策士だ。人前でおれをイライラさせるようなことを言ったのも、すべて演技だったのか。もっとも、迷惑をこうむったのは、おれだけじゃない。

ベックラムは思わずニヤリと笑った。数年前の出来事を思い出したからだ。アイブリム卿の未亡人がワードを誘惑しようとして――そのころ、すでにワードは大人なみの立派な体格をしていた――逆に公衆の面前で赤っ恥をかかされた。アイブリム夫人のみじめったらしい顔を見たときは、胸がスッとした。その前夜の晩餐会で、アイブリム夫人と取り巻き連中がエルドリックをバカにしたからだ。しみのついた服を笑われたエルドリックは、大勢の客の前で泣きだした。エルドリックが十六歳のときのことだ。

ワードも、あの夜の出来事を見ていた――そう気づいて、ベックラムの顔から笑みが消えた。ワードはアイブリム夫人に仕返しをしたんだろうか？　エルドリックの死を知ったときのワードの顔。一瞬、ショックと悲しみの色が浮かんだあと、激しい怒りでワードの目が冷たく光った。あれは〝愚鈍《ぐどん》な牛〟の目ではない。

うす暗いテントのなかで、ベックラムは考えにふけった。今のワードしか知らなければ、おれもワードを好きだと思うかもしれない。昨日の夕食のとき、ワードはヒューログからここまでの旅路について語り、同席した者――アリゾン公もいた――を楽しませた。でも、おれにとっては、あんな話は少しもおもしろくなかった。ボロ着をまとった軟弱そうな連中に何ができるものかと思っただけだ。

「ベックラム、ぼくだ！」

テントの外から聞き慣れた声が聞こえた。

「カーコベナルか？」

カーコベナルは名将〈闘狼《ダイアウルフ》〉の次男で、ベックラムの数少ない親友の一人だ。ほかならぬカーコベナルを追い返すことはできない。ベックラムは起き上がった。

「入ってくれ」

カーコベナルは垂れぶたをくぐってテントに入ってきた。赤い髪をオランストーンふうに刈りこんでいる。剃《そ》ったばかりらしく、両耳の上が青々としていた。

「ワードが、ここにいるんだって?」と、カーコベナル。

「ああ」と、ベックラム。あぐらをかいて座り、カーコベナルにも〝座れ〟と身ぶりした。

「妙なことに、伯父が亡くなったとたんに、ワードがまともになった」

「ワードはキアナックの酒場にいたバスティラと何をしているんだ?」

ベックラムはパチンと指を鳴らした。

「そうか! どうりで見覚えがあると思った。キアナックの酒場で見かけたのか! 今まで名前と顔が一致しなかった」

「バスティラとワードは何をしているんだ?」

ベックラムは顔をしかめた――どうしてカーコベナルは、こんなにイライラしているんだ?

「知らないのか? ワードはギャラノン卿がキアナックの奴隷を連れ戻そうとするのを拒《こば》んだために、ヒューログにいられなくなった」

「バスティラが、その奴隷だったのか?」と、カーコベナル。驚きのあまり、言葉を失っている。思いもよらなかったらしい。

「ああ。キアナックに何人の奴隷がいるのか知らないが……。おい、大丈夫か?」

カーコベナルがそわそわと両手で顔をこすっている。

「きみは不審に思ったことはないか？　〝キアナックの酒場で何が行なわれているのか？〟とか〝オランストーン人の常連客がやたらに多い〟とか……」

　ベックラムは頭を左右に振った。「いや。だが、そう言われてみると……」

「初めは、ぼくも知らなかった」と、カーコベナル。「事実を知ったのは、二年前にギャラノン卿に仕事を頼まれたときだ。あのころのぼくは酒びたりで、キアナックの酒場で飲みながら情報を集めるだけでいいと言われて、その話に飛びついたよ。キアナックの動向を監視しているのは、ギャラノン卿だ」

「キアナックはオランストーン反乱軍の仲間なのか？」と、ベックラム。

「いや」カーコベナルは声をひそめた。「キアナックはヴォルサグ国と通じている」

「なんだって？」

　ベックラムは頭を振った。信じられない。オランストーン国の能なし貴族どもは、ヴォルサグ国に協力しているのか？

「オランストーン国の貴族にとって、ヴォルサグ国よりも憎い相手は誰だ？」と、カーコベナル。

「タルベン人だ」ベックラムは即答した。「つまり――シファーンの神よ、おれをお守りください――ヴォルサグ国に協力してるオランストーン人がいるってことか？」

　カーコベナルは否定した。

「いや、そうは言っていない。キアナックの酒場の客たちを思い出してみろ。ぼくと同じような、暴動で孤児になった者ばかりだ。権力も、領地もない。ヴォルサグ国の助けになるとは思えない。せいぜいタルベン国の情報を提供するくらいだ」

「バスティラも、そのことに関係があるのか？」

なぜか、カーコベナルは暗い笑みを浮かべた。

「ああ。さっき話したとおり、ぼくはギャラノン卿に頼まれて、キアナックの酒場の様子を見張りはじめた。そして、気づいた——バスティラは魔法を使える」

ベックラムは、うなずいた。

「ワードも、そう言ってた」

「魔法使いが奴隷になるなんて、おかしいと思わないか？　そんなことは、ありえない。それに、キアナックは決してバスティラに命令したり、どなったりしなかった」

「なるほど」と、ベックラム。「おれはバスティラのことをよく知らないが、魔法使いが奴隷にされるなんて、たしかに妙だな。だけど、バスティラがワードと一緒にいるからって、どうしてそんなに興奮するんだ？」

「きみはワードをどう思っているんだ？　好きなのか？」と、カーコベナル。

ベックラムはフッと笑った。

「自分でも、よくわからない。たぶん、好きだと思う」

「ポーロンを覚えているか？」

「去年、シェイドタウンで、盗賊に殺された若者だろう？　もちろん、覚えてる」

「殺される一カ月ほど前に、朝っぱらからグデングデンに酔っぱらったポーロンが、ぼくの部屋を訪ねてきた。ぼくはポーロンを着替えさせて寝台に寝かせてやったよ。何日かたって、ポーロンに〝バスティラに犯《おか》されて拷問を受けた〟と打ち明けられた」突然、カーコベナルは黙りこみ、目を伏せた。「信じられなかった――その話をしたときもポーロンは酔っていたし、男が女に犯されるなんてありえない」

ベックラムは、そうは思わなかった。おれなら、五十歩はなれていても、男を犯しそうな女を見分けられる。

「ポーロンは、バスティラに拷問されたことを口外したために殺された――きみは、そう思うのか？」と、ベックラム。

一瞬、カーコベナルは引きつった笑みを浮かべ、弱々しく息を吐いた。

「誰かが――たぶん、ポーロンが――ぼくに話したことを、バスティラに言ったんだろう。この前、キアナックの酒場に行ったとき――」

突然、カーコベナルが立ち上がり、両手のこぶしを握りしめた。

「このことは、今まで誰にも言えなかった。でも、ワードのために話すよ。きみには言っていなかったが……」カーコベナルは不安そうに歩きまわった。「ワードは命の恩人だ。あるとき、ぼくはシェイドタウンでカネをたかられ、暴行されて気を失った。目覚めると、大男どもが路地に倒れていて、ワードがぼくの頭をトントンと叩いて〝大丈夫ですか〟と声をかけてくれた」カーコベナルは言葉を切り、ベックラムに背を向けた。「ポーロンが死んだあと、ぼくはキアナックの酒場に行った。そのときはポーロンの話を信じていなかったから、ポーロンの死にバスティラが関係しているとは思わなかった。でも、あの日、わかった。バスティラは……」

カーコベナルは言葉に詰まり、ベックラムに背中を向けたまま、シャツの裾《すそ》をめくり上げた。

「なんてことだ」と、ベックラム。うす暗いテントのなかでも、カーコベナルの背中に残る無数の傷あとがはっきりと見えた。

カーコベナルはシャツの裾をおろした。

「バスティラに拷問されたときの傷だ。もっとひどいこともされた。死ぬかと思ったよ」

「なぜバスティラは、きみを殺さなかったんだろう？」と、ベックラム。

「二日間、酒場に監禁された。でもぼくは、ポーロンのことは何も知らないと言い張って、作り話をした――〝ぼくはお仕置をしてもらいにきたんです。以前に、ここの女将《おかみ》さんにお仕置きしてもらったことがあります。でも、このことは秘密にしてください。こんな趣味があることが兄に知れたら、切り殺されます〟。こうして生きているんだから、バスティラは、ぼくの話を信じたらしい」カーコベナルが振り返った。「あれ以来、酒は一滴も飲んでいない」

ベックラムは立ち上がった。

「よく話してくれた。ワードに知らせたほうがいいな。でも、誰にきけばワードの居場所がわかるだろう？　今朝、ワードはバスティラと一緒に馬に乗ってどこかに出かけた。行き先を聞いたんだが、思い出せない」

カーコベナルは、うなずいた。

「調べてみるよ。居場所がわかったら、ぼくも一緒に行く」


ティサラは自分の左腕を手当てしながら、副将が死傷者の名前を読み上げるのを聞いた。兵士たちのことはなんでも——好きな色まで——知っているつもりだ。苦労をともにしてきた兵士を失うのは、つらい。今日は、五十名の兵士のうち、十四名が死に、十二名が重傷を負った。生き残った兵士は切り傷や青あざを誇らしげに見せ合っている。

「火葬のための薪《まき》を集めてちょうだい」

ティサラは副将に指示した。自分が見張りをするつもりだ。ヴォルサグ軍が引き返して急襲してくるかもしれない。油断は禁物だ。ティサラはケガの軽い兵士を十名えらんで、偵察隊を組んだ。ティサラが指示しおわったとき、神官が足を引きずりながらやってきた。

「女神の宝物《ほうもつ》に護衛をつけて、カリスへ運ばなければなりません」と、神官。哀れっぽい口調で訴えた。

「カリスに戻ったら、その件を父に話すつもりです」と、ティサラ。「明日の朝、われわれは出発します。よろしければ、神官と村の人もご同行ください」

「あいにく、村にはあまり馬がおりません——」

ティサラはイライラした様子で神官の言葉をさえぎった。

「馬がいないのなら、歩いていただくしかありません。自分の荷物は自分で持っていただきますから、軽くしてください」

明らかに、神官はがっかりした顔をした。いったい、何人の村人を連れていくつもりだったのだろう？

ティサラはイライラしながら踵《きびす》を返し、大股で立ち去った。火葬に使う薪の準備は進んでいるかしら？　様子を見にいこう。歩いていると、誰かに腕をつかまれた。ヒューログから来たワードウィックの供――黒髪のすらりとした魔法使いだ。

「ご主人様を見かけませんでしたか？」と、魔法使い。切迫した口調だ。「ペンロッドの馬が走りまわっていたので、捕まえました。でもペンロッドが、どこにもいないんです。ご主人様も見当たりません」

ティサラは顔をしかめた。大きな戦場では死体が見つからないことがある。でも、ここはそれほど大きくない。

「退却する直前に、ワードが森のほうへ駆けていったわ。仲間が一緒だったみたいだけど……」

「どっちの方向ですか？」

オレグの顔が、こわばっている。よほど深刻な事態らしい。薪を見にいくのは後にしよう。

「案内するわ。馬を連れてくる」

森に着くと、ティサラは塹壕《ざんごう》のなかで倒れている男を見つけた。短剣で背中をひと突きされて死んでいる。オレグは男の顔を見ようとして身を乗り出し、馬から落ちそうになった。

「ペンロッド？」

オレグは馬から降り、ペンロッドの脈を調べた。

無駄だわ。これだけ出血したら助からない——ティサラは思った。

オレグが遺体を調べるあいだ、ティサラは森のなかを歩きまわった。少し前まで、この森にワードの馬がいたことは、たしかだ。その証拠に、地面に大きな蹄《ひづめ》の跡が残っている。地面は雨でぬかるんでいるうえ、草が生い茂っていて、ほかに足跡らしきものは残っていない。たとえ足跡が残っていたとしても、このぬかるみでは判別できないだろう。

「馬はこっちの方向へ行っ……」

そうティサラは言いかけてオレグの苦しそうな顔に気づき、オレグに駆け寄って抱きかかえた。

「ケガをしているのね？」

オレグは苦しげな声で泣きくずれ、ティサラの腕のなかでぐったりと全身の力を抜いた。

そのとき、後ろの茂みがガサガサと音を立て、ティサラはオレグを地面におろして剣を抜いた。しかし、茂みから姿を現わしたのは、ワードの仲間だった。たしか、アクシールという名前だったわ。父から、この男は小人族《ドワーフ》だと聞いたので、印象に残っている。かつては、カリスにもドワーフ族が交易のために訪れたものだ。

アクシールはチラリとペンロッドの遺体に目をやり、泣き叫びつづけているオレグのそばにひざまずいた。

「どうした、オレグ?」

「いつもこんなに興奮するのですか?」ティサラはオレグの叫び声に負けないよう、声を張り上げた。

「いや、こんなことは初めてです」と、アクシール。両手でオレグの顔を包みこんだ。

「オレグ、どうした? ペンロッドに何があった?」

オレグはアクシールの手を振り払い、胎児のように身体を丸めて泣き叫びつづけた。

「いなくなった……ぼくのせいだ……いなくなった」

「誰がいなくなったんだ?」

「ワードのことでしょう」と、ティサラ。「ワードを捜しにきて、ペンロッドの遺体を見つけたの。ワードの馬がここにいたことは、たしかよ。ほかにも二頭いたようね。わかったのは、それだけよ」

アクシールは何も答えず、さっきのティサラと同じように、せまい空き地を歩きまわって調べた。戻ってくると、ティサラに向かってうなずいた。

「数カ月間、雨が降っていなくて地面が乾いていたら、足跡が残ったかもしれません。誰かがここでペンロッドの馬を放したんでしょう。ほかの三頭は、あっちへ行ったようです。蹄の跡を見るかぎり三頭とも大型種ですから、われわれの馬に違いありません。オレグはここにいるし、ペンロッドは死んだ。シアラ様はケガ人の手当てを手伝っています。つまり、馬に乗ってここから立ち去ったのは……ワード様とトステン様、バスティラということです」

「三人は同じ方向に行ったのかしら？」

アクシールは肩をすくめた。

「少なくとも、馬は同じ方向に行きました。おそらく、ワード様たちはペンロッドを殺した犯人を追っているんでしょう」

「じゃあ、犯人を捕らえたら、戻ってくるわね」

アクシールは「ウーン」とうなった。返事に困ると、男はこんなふうにうなる。でも、これは〝そうだ〟という意味よ――ティサラは思った。

「いいわ。まず、オレグを野営地に連れて帰って、ケガ人たちと一緒に寝かせましょう。誰かにペンロッドの遺体を運ばせるわ」

ティサラは、戦《いくさ》が終わっても興奮が冷めず正気を失う兵士を何人も見てきた。オレグも一時的に錯乱状態におちいっただけなら、明日になればすっかり落ち着くはずだ。

「オレグを寝かせたら、わたくしがここに戻ってペンロッドを連れて帰ります。ペンロッドは昔からの仲間です。他人にはまかせられません」と、アクシール。

アクシールとオレグの体重はほとんど変わらないように見えるが、アクシールは軽々とオレグを抱き上げた。

「わたしはシアラを捜して、状況を知らせるわ」

アクシールがオレグを馬に乗せるあいだ、ティサラは馬を押さえた。思わず〝馬は小型種にかぎるわ〟と言いそうになり、言葉をのみこんだ。世の中には、冗談の通じる人間とそうでない人間がいる。父上に〝口をつつしめ〟と注意されなくても、わたしにも相手の性格を見抜けるし、余計なことを言わないように気をつけているわ。

アクシールは二枚の毛布でオレグの身体をくるんだ。しかし、オレグの震えは止まらない。

「ペンロッドの遺体を取りにいってくるからな」

オレグには聞こえていないようだ。アクシールが鞍《くら》にまたがると、馬はまるで人間のように吐息を漏らした。だが、おとなしく進みはじめた。

「行くぞ、フォクシー・ラド」アクシールは馬に話しかけた。「戦が終わったあとのほうが、戦そのものよりもつらいのは、なぜだろうな。しかし、これが現実だ」

アクシールは疲れきっていた。人間は〝ドワーフ族は疲れを知らない〟と言う。たしかに、そうかもしれないが、アクシールにはドワーフ族の血が半分しか流れていない。戦で剣を振りまわしたおかげで、両腕がだるい。肋骨がズキズキと痛む――無傷ではすまなかったようだ。だが、ペンロッドを弔《とむら》うまでは倒れるわけにはいかない。

このごろは世のなかがすっかり物騒になり、ペンロッドはつねに用心していたはずだ。それなのに、なぜ、後ろから刺されたのだろう。いや、もうよそう。嘆いてもしかたない。死を受け入れるほうがいい。わかりきったことだ。

ペンロッドの遺体は、さっきと同じ状態で横たわっていた。日が沈みかけ、影が長くなってくると、アクシールは不安になってきた。あたりに人気《ひとけ》がないからだろう。アクシールはペンロッドの遺体のそばにかがみこんだ。

「安らかに眠るんだぞ、親友」

アクシールはつぶやき、まだペンロッドに息があるかのように、優しく抱き上げた。


ペンロッドの遺体が灰になると、シアラは静かに泣いた。アクシールは、シアラの両肩にそっと手を置いた。アクシールの目に涙はない。これまでにも、たくさんの仲間を火葬してきた。人間には炎しか見えないが、ドワーフ族は目がいい。アクシールには、炎のなかでペンロッドが灰になってゆくさまがはっきりと見えた。

シアラが振り向いてアクシールの胸に顔をうずめたので、アクシールはぎゅっと抱きしめた。

「行きましょうか」と、アクシール。「着替えをして、テントを張りましょう。急がないと、暗闇のなかで作業することになります。夜になれば、お兄様がたは戻ってきますよ」

あたりが暗闇に包まれるころ、ベックラムとカーコベナルは野営地に着いた。火葬に使った薪の燃えさしが見える。つまり、戦があったということだ。ベックラムは野営地の手前で馬を止めて大声で名乗り、それから野営地のなかへ馬を進めた。

何人かの兵士にワードのことをたずねたが、誰もワードウィックの行方《ゆくえ》を知らない。それでもあきらめずに、別のオランストーン兵にたずねていると、ベックラムは小さな手に袖をつかまれた。

「シアラ？」と、ベックラム。涙で濡れたシアラの顔を見て、ギクリとした。「どうしたんだ？　ワードに何かあったのか？」

シアラは首を横に振って肩をすくめ、ベックラムの腕を引っ張って歩きはじめた。カーコベナルも馬から降り、二人の後を追った。

シアラに連れられて野営地の中央まで行くと、アクシールが鍋の前にいた。

「ベックラム様」と、アクシール。「ここで何をしていらっしゃるんです？」

「ワードを捜しにきた。ワードはどこだ？」と、ベックラム。

アクシールは鍋の底が焦げつかないよう、かきまわしつづけながら答えた。

「わかりません」と、アクシール。「おそらく、ワード様とトステン様、バスティラの三人は、ヴォルサグ軍を追っているのでしょう。それだけしかわかりません。今朝早く、ヴォルサグ軍と小競り合いがありました。その後、戦場の向こうの森でペンロッドの遺体が見つかりました。蹄の跡から判断すると、三人は南へ向かったようです。ワード様に何かご用ですか？」

カリスから馬を走らせているあいだ、ベックラムはカーコベナルから聞いた情報とワードの話について考えつづけ、結論に達した。

「エスティアンのキアナックは、カリアルン王と前王に情報を売ってた」と、ベックラム。「初めは軍事情報だけだったのだろうが、カリアルン王は、それだけでは満足できなくなったらしい。カリアルン王が魔法に興味を持ちはじめたため、キアナックの酒場の使用人は魔力を秘めた道具を買い集めた。盗みも働いただろう。二年前、カリアルン王の父君《ちちぎみ》が病床に伏したころ、キアナックは使用人を増やした。女奴隷のバスティラも、その一人だ。だが、バスティラは奴隷じゃない。カリアルン王の間者だ」

「バスティラがカリアルン王の間者ですって？」と、アクシール。

「バスティラがヒューログに逃げてきたわけは、それしか考えられない」と、ベックラム。「バスティラは、自由を求めて脱走した奴隷なんかじゃない。カーコベナルは、バスティラが殺した男や拷問した男を知ってる。命令する立場にあったのは、キアナックではなくて、バスティラのほうだ。おそらくバスティラは、ヒューログ城の宝物の噂を聞いて、自分の目で確かめにいったに違いない。愛人のランディスロー卿はバスティラが無事に戻ってくるか心配で、後を追ったんだろう」

「でも、ヒューログに逃げてきたとき、バスティラの脚や背中に傷跡がありました」と、アクシール。信じられないと言うように首を左右に振った。

「あの女には、そういう趣味があるんだ」と、カーコベナル。「ぼくは、うっとりした表情で男の背中の生皮を剝《は》ぐバスティラを見た。ジャコベン王でさえ気を遣う〈黒のキアナック〉が、バスティラを怒らせないようにビクビクする。バスティラは純真な乙女のように振る舞うこともできるし、娼婦のように振る舞うこともできる」

ベックラムが口をはさんだ。

「以前、ランディスロー卿に〝ヒューログ城にドワーフ族の財宝や魔力が隠されているというのは本当か？〟ときかれたことがある。バスティラがヒューログに〝逃亡〟してくる前のことだ。おれは〝バカバカしい噂だ〟と答えたが、ランディスロー卿は本当かどうかを確かめるために、バスティラを送りこんだのかもしれない。でも、そうだとすると、なぜバスティラはワードと一緒にヒューログを去ったんだ？」話しながら、ベックラムは答えを見つけた。「つまり、バスティラは、まだ目的のものを見つけてない。簡単に見つかるものではないということだ。ワードに救出されたときに、バスティラはワードがオランストーン国へ向かうことを知ったんだろう。そして、カリアルン王に情報を報告するには、ワードと一緒にオランストーン国に行くのが手っ取りばやいと考えた」

「ハーベルネスどのによれば、オランストーン国内にカリアルン王の領地があるそうだ」と、カーコベナル。「ワードたちは南へ向かったんだな？　ブリルなら、ここからそう遠くない」

「ギャラノン卿の城か？」

ベックラムが問うと、カーコベナルはうなずいた。

「ブリル城で、ランディスロー卿はわがもの顔で振る舞っていた。あいつはバスティラの愛人だ」

「それに、ヴォルサグ国を憎む以上に、ジャコベン王を憎んでる」と、ベックラム。

「推測にすぎません」と、アクシール。「証拠があるんですか？」

「ワードがいなくなったのは、いつだ？」

「戦が終わった直後です」

「戦の直後に、ワードが部下を置き去りにして敵兵を追いかけると思うか？　仮にもワードはスタラ隊長の訓練を受けた指揮官だ」アクシールが答えないので、ベックラムは言葉をつづけた。「そんなことをするはずがない。バスティラはヒューログ城に宝があると信じてる。だが、ワードがいなければ、その宝を手に入れることができない。バスティラはトステンを利用して、ワードに協力させるつもりだ」

13 ワードウィック

執念とは不思議なものだ。剣を鍛える火にもなり、剣をもろくするひびにもなる。

夢のなかで、おれはヒューログにいた。やけに現実的な夢で、文書室《もんじょしつ》のカビくさい蔵書のにおいまでしそうだ。書棚に、古語で書かれた大判の本が並んでいる。今では、古語を読める者はいない。どこかに秘密の通路の地図があるはずだが、地図を入れた平たい引き出しがどこにも見あたらない。地図を見つけられなければ、トステンが殺される。

遠くからトステンのくぐもった叫び声が聞こえ、おれの胸がズキンとした。

「トステンとシアラの世話をお願いね」と、母。「わたくしは庭の手入れをしますからね」

「おまかせください、母さん」おれはトステンの温かい手を握り、もう片方の手でシアラを胸に抱いた。暖かい日差しが庭に降りそそぎ、花々が金色に染まっている……。

「ドラゴンの骨はどこだ!?」

つづいて、またしてもトステンの叫び声。

その声を聞いたとたんに庭は消え、おれはヒューログ城の地下にあるドラゴンの洞窟にいた。ここから出なければならない。でも、オレグがいないため、おれは洞窟のなかで迷って罠《わな》にかかった。下水道を通ってここまで来たが、トンネルはせまく、万力で締めつけられるかのように窮屈だ。

「ヒューログの魔力は汚《けが》されています、ワード様」頭のなかでオレグのささやき声がした。「ヒューログの魔力は人間の弱みにつけこみます。夢見る者は道に迷い、怒りはさらに激しくなり、野望は執念になり、憎しみが魂を食い尽くします」

ヒューログ。ヒューログとはドラゴンのことだ。

目覚めると、ヒューログははるか彼方《かなた》に消えていた。ここはガランとした場所だ。おれは泣きたいほどの喪失感に襲われた。右手が氷のように冷たい。痛いくらいだ。傷ついたプラチナの指輪から、冷たさが全身に伝わってくる。寒い冬の朝によくやるように、わきの下で手を温めようとすると、足につながれた鎖がガチャガチャと音を立てた。

おれはせまくて暗い牢獄にいた。天井が高く、高い位置にある小窓から光が差しこんでいる。牢獄のなかには床に敷いたムシロの悪臭が充満していた。十年以上も取り替えていないだろう。

最初、ここにいるのは、自分だけだと思った。だが、ふと床に視線を落としたとき、人がムシロに倒れているのに気づいた。

悪臭も忘れて、おれは声をかけた。

「トステンか？」

腫れ上がって変形した手が目に入った。トステンの叫び声は、夢ではなかったのだ。

「トステン！」おれは叫んだ。トステンを揺り動かして、息をしているかどうかを確かめたかった。もし、トステンが死んでいたら？　そんなことが、あってたまるか。

おれの叫び声に答えるかのように、牢獄の扉が開き、ヴォルサグ国王のカリアルン王が入ってきた。おれよりひとつかふたつ、年上だ。細い茶色の髪を肩の長さで切りそろえ、派手ではないが高級そうな衣裳を着ている。以前に見たときと印象は変わらない。おれが驚いたのは、カリアルン王がバスティラを連れていたことだ。

初めは、カリアルン王の後ろにひっそりと立つ女性がバスティラだとは気づかなかった。バスティラは視線を床に落とし、服従するように頭を垂れている。もはや、土埃《つちぼこり》にまみれた戦士ではない。汚れを落とし、身なりを整えている。だが、卑屈な態度は奴隷そのものだ。象牙色《ぞうげいろ》の絹のドレス――細い布きれを巻きつけただけのようだ――をまとっているが、はだか同然である。カリアルン王はバスティラに何をしたのだろう？

おれはカリアルン王を見あげた。

「弟君《おとうとぎみ》を傷つけて悪かった」と、カリアルン王。ブーツの先でトステンを蹴飛ばした。

鎖でつながれていなければ、カリアルン王を殺してやるところだ。

「そなたには、魔法が通じなかった。わたしの首席魔法使いによれば、魔法の通じない相手などいるはずがないのだが……。バスティラが言うには、そなたのような頑固な北方人《ほっぽうじん》には魔法が効かないそうだ」

カリアルン王は振り返り、バスティラの頭をなでた。まるで、狩人《かりゅうど》が獲物をしとめた猟犬をほめるかのようだ。

おれはバスティラがカリアルン王を攻撃するだろうと思った。だが、何も起こらず、カリアルン王は言葉をつづけた。

「それでバスティラは、そなたたちを二人とも連れてきた。ちょうどよかった。トステンどのが悲鳴を上げると、そなたまで度を失う。残念ながら、われわれがほしいものに通じる道を、そなたは本当に知らないらしい。ヒューログの城主なら、魔法使いの案内がなくても宝のありかに行けるだろうと思ったが、間違いだったようだな」カリアルン王は責めるような目でおれを見た。「ま、いいだろう。バスティラはその洞窟に髪を一束残してきた。それを使って首席魔法使いが宝のありかを突き止めることができる。魔法を無駄に使いたくはないが、ドラゴンの骨を見つけるためならしかたない」

〝ドラゴンの骨〟と言ったときの強欲そうな声を聞いて、おれは新入りの召使女をなめるようにながめた父を思い出した。

喉《のど》がカラカラだ。おれはゴクリと唾を飲みこんだ。バ、バ、バスティ、ティ、ラ、ラが、か？　カリアルン王の後ろからバスティラがおれにほほえみかけた。こんなにずるがしこくて勝ち誇った表情のバスティラを初めて見た。

ようやく、おれは言った。

「つまり、これはすべて……」

カリアルン王が微笑した。

「年寄りの説教は聞き飽きた。わたしには若い側近が必要だ。〝若さは、愚かさでも弱さでもない〟と理解できる側近が必要だ。そなたの魔法使いは、そなたの選んだ支配者にしたがうそうだな——バスティラから聞いた」

カリアルン王は言葉を切った。おそらく、おれの返事を待っているのだろう。しかし、おれは麻痺《まひ》して冷えきった右腕に気を取られていた。痛みは消えたものの、おれは不安になった。あいつらは、おれに何かしたのか？　この指輪を奪おうとしたのか？

「わたしはヒューログを手に入れることができる、ワードどの」と、カリアルン王。ヒューログと聞こえたので、おれはハッとしてふたたびカリアルン王に注意を向けた。「わたしの指先に宿る魔法を使えば、ヒューログ城を破壊して、ドラゴンの骨を奪うことができる。だが、そなたを連れていって、そなたにヒューログをくれてやってもいい。男色家のジャコベン王と縁を切って、わたしに忠誠を誓うつもりはないか？　なんの義理があるのだ？　あの男はそなたの従兄《いとこ》を殺し、そなたからヒューログを奪った。あの男がオランストーン国に何をしたか、知っているだろう？　あのような男は王にふさわしくない。先を見よ、ワードどの。あの男の支配下で、五王国はしだいに衰退してゆくだけだ。わたしに委《ゆだ》ねれば、五王国とヴァルサグ国がともに栄える。そなたをシャビグ国の王にしてやろう、ワードどの――そなたは、もともとシャビグ国王になる血筋だ」

〝負けるが勝ち〟も戦術のひとつよ――懇々と説明するスタラ叔母の声が聞こえるような気がした。最悪なのは、カリアルン王が正しいことだ。ジャコベン王には五王国の王はおろか、領主の資格すらない。カリアルン王なら自分の領地が荒らされるのを黙って見ていることはないだろう。自分の所有物を守り抜くはずだ。おれにはカリアルン王が魔法に執着する気持ちがわかる。ジャコベン王を理解するより簡単だ。なぜなら、おれも執着しているからだ――ヒューログに。

おれの足元で、トステンがビクッと動いた。

カリアルン王は、おれの視線の動きに気づいたらしい。

「バスティラはトステンどのを治療できる。そなたには話さなかったようだが、バスティラには治療師の才能がある。少々、バスティラのお楽しみが度を超したようで申しわけない。しかし、これはバスティラへのほうびだ。バスティラは人を傷つけるのが好きでね。ときどき、わたしはバスティラの自由にさせてやる。さっきも言ったが、バスティラはわたしの仲間の傷を治療してくれるからな」

おれはうなだれ、トステンの指先を見つめた。この指は、もう二度と竪琴《たてごと》を奏《かな》でられないだろう。頭の隅でぼんやりと考えた――バスティラがこんなことをしたのか？　自分の快楽のために、トステンを苦しめたのか？

「ワードどのに、あなた様のペットを披露なさってはいかがでしょう、ご主人様？」と、バスティラ。

カリアルン王が鎖をグイッと引くと、バスティラはくずおれ、息を詰まらせて咳きこんだ。

「許可なく口をきいてはならぬ、奴隷め。一人旅が長すぎて身のほどを忘れたようだな。しつけなおしてほしいのか？」

激しく首を振るバスティラを見て、カリアルン王は満足げにふんぞり返った。

「お披露目は、もう少しあとだ。ワードどのにも、考える時間が必要だ」

バスティラの咳がおさまった。だが、立ち上がらず、カビの生えたムシロにひざまずいたまま、カリアルン王のブーツに口づけした。カリアルン王がバスティラのあごの下に指を添えると、バスティラは立ち上がりながらカリアルン王の手に口づけした。バスティラの顔に盲目的な敬愛の表情が浮かんでいる。おれは気分が悪くなった。なぜ、バスティラは鎖を引きちぎらないのだろう？　魔法を使えばできるはずだ。

おれには、バスティラに対する恋愛感情はない。だが、好感を持っていた。おれはバスティラをまじまじと見つめ、首をかしげた。バスティラは芝居をしているんだろうか？

だが、さっきカリアルン王は、トステンを傷つけたのはバスティラだと言った。おれの知るバスティラは、戦《いくさ》でもないのに他人を傷つけたりしない。

バスティラは、おれ以上に芝居がうまいらしい。

バスティラから目をそらすと、カリアルン王と目が合った。

「バスティラは変幻自在だ」と、カリアルン王。おれの心を読んだかのような口調だ。

「わたしの望みどおりの人間になる──首席魔法使いが育て上げてくれた。人間の姿をした夢魔で、身も心も、わたしのものだ。そうだろう、バスティラ？」

「はい、あなた様だけのものです」と、バスティラ。

カリアルン王が、おれを見つめた。

「そなたはコルの巫女《みこ》に会ったことがあるか？　巫女になる者は、女神コルに仕える女預言者か、巫女の長《おさ》か、あるいは長が定めた相手に忠誠を誓う。十三歳の誕生日に、わたしは巫女の長からバスティラをもらった」

カリアルン王はバスティラをしたがえて牢獄から出てゆき、扉の向こう側で閂《かんぬき》をかける音がした。

しばらくして、トステンがうめきながら起き上がった。

「バスティラは魔法にあやつられているのかい？」と、トステン。

「わからない」と、おれ。

「ひどい顔だね」と、トステン。弱々しい口調だ。「そんな目で見ないでよ。兄さんのせいじゃないいんだから」

「おれがもっと早く話していたら、おまえはこんな目にあわなかった」

「拷問が始まったのは兄さんが話したあとだ」トステンはおれから目をそらし、暗闇を見つめた。「ワード兄さん。仲間だと思っていたのに、バスティラはぼくの指の骨を折り、ぼくに口づけした。まるで、苦しむぼくを見て欲望に火がついたかのようだった。バスティラは、ぼくの背中から流れる血をおいしそうになめた」トステンは身震いし、一言ずつ喉の奥から搾《しぼ》り出した。「バスティラがあんなことをしたのは、魔法のせいだよね？　悪魔にあやつられているんだよね？」

「たとえ神でも、人格を完全に変えることはできない。他人の苦痛を見て快楽を感じる人間がいるのはたしかだ」おれは小声で答えた。「父さんが、そうだった」あなたのお父様に犯されたの——そう言って泣きじゃくる恋人をひと晩じゅう抱きしめていたことがある。「父さんはおれに暴力を振るったあと、近くにいる召使女を寝台に引きこんだ」

トステンは膝《ひざ》に顔をうずめ、笑った。

「ぼくを不安にさせないでくれ、兄さん。無力な者を助けることが兄さんの務めだろう？」

「いつかは、わかることだ」と、おれ。「邪悪なものの存在を認めないと、つけこまれる。母さんを見ろ。父さんから逃れることに必死で、おれたちを父さんから守ることができなかった」おれは、母にこれほど強い怒りを抱いていたのか。われながら驚いた。母は父がトステンに暴力を振るっても——言葉の暴力もあった——見て見ぬふりをした。虐待から逃れるためにトステンは自殺を図ったほどだ。夢のなかで、オレグは母をかばった——〝お母上はヒューログの魔法にあやつられているのです〟。でも、母は子供を守るべきだった。

「母さんは子供を守る役目を兄さんに押しつけた」トステンから意外な言葉が飛び出した。「ぼくは母さんと同じだ。ずっと悩みを抱えている。ここまでずっと……ティルファニグからずっと……兄さんに反抗してきた。兄さんが、ぼくよりもオレグを好きだと思ったからだ」

「賢人から教わった言葉がある——馬が蹴ったり噛みついたりするのは、怒っているからではない。馬が暴れるのは、恐れているか、ケガをしている証拠だ」ペンロッドの受け売りだ。ペンロッドのことを思い出すとつらい。

「馬と一緒にするなよ」と、トステン。ふてくされた口調だ。

「でも、おまえは恐れ、傷ついている」と、おれ。トステンは答えなかった。「痛みや恐れのために暴れる馬を責めてはいけない。原因を取り除く方法を考えることが必要だ」

トステンが笑った。今度は心からの笑いだ。

「それができなければ、喉をかき切って死なせてやるんだね」

「ま、そういうこともあった……」

こんな汚い牢獄のなかで笑いころげる姿を見られたら、おれたちは気が狂っていると思われるだろう。おれは鎖で壁につながれ、ケガを負ったトステンはうめきながら笑っている。

「ところで兄さん、どうやってぼくを助けてくれるんだ?」と、トステン。「哀れなエルドリックを殺したジャコベン王への忠誠を捨てるのか?」

「そしてカリアルン王に忠誠を誓うのか？」おれは鼻をフンと鳴らした。「究極の選択だな。犬を恐れてキツネと暮らす農家のニワトリみたいなもんだ。おれは、そんなことはしない」

「では、ここで死ぬのを待つのか？」

おれは指にはめた銀色の指輪を見た。まだ指が麻痺している。

「いい考えがある」

おれはヒューログにいるときのように、指輪を通じてオレグに呼びかけた。だが、ヒューログ城の外で試すのは初めてだ。村人の死体を焼いて以来、できるだけ魔法を使わないようにしている。訓練を受けずに魔法を使うことは危険だからだ。久々に魔法を使って、おれは指先にあふれる魔力に圧倒された。魔法で指輪が振動しはじめ、麻痺した腕と手が温かくなってきた。感覚が戻ってきたようだ。

不思議なにおいがたちこめ、うずくまった姿のオレグが徐々に現われた。トステンと同じ姿勢だが、ブルブルと震えている。オレグはのたうちまわり、おれの脚にしがみついた。

「どこにも行かないで……もう二度と……。お願いです……置いていかないで。遠くに行かないで」と、オレグ。絶望した口調で呪文のようにつぶやいた。

おれはうなじの毛が逆立つほどの怒りを覚えた。オレグをこんなふうにしたやつを殺してやりたい。だが、オレグの父親はずっと前に死んだ。おれはオレグの父親のようにひどい男を知らない。おれの父よりもひどい。おれとオレグを結びつけるのは、指輪よりもむしろ〝父親に虐待された者どうし〟という仲間意識だ。

トステンがオレグを見つめている。

「ああ、どこにも行かない」と、おれ。「わざときみを置き去りにしたんじゃない、オレグ。大丈夫か？」

オレグは顔をおれの脚に押しつけ、水から上がったばかりの犬のように激しく頭を振った。

「オレグに何をしたんだ？」と、トステン。顔が嫌悪でゆがんでいる。

おれも不快な気分になった。おれの脚にすがるオレグを見て、さっきのカリアルン王とバスティラを思い出したからだ。

「何もしていない。オレグが落ち着くまで待ってくれ。あとで計画を説明する」

トステンはオレグとおれを交互に見て、つらそうに顔をそむけながら、「そのほうがいい」とつぶやいた。

「ここは、どこですか？」

しばらくして、オレグがたずねた。少しくぐもっているものの、いつもどおりの声だ。だが、まだ、おれの脚にしがみついている。

「ブリルだ」と、トステン。おれの代わりに答えた。「ギャラノン卿の城だよ」

ギャラノンはカリアルン王と関係があるのか？　おれの知るギャラノンは、そんなことをする男ではない。だが、おれの知らない一面があるのかもしれない。バスティラにも、おれの知らない一面があったのだから……。

「どうやって、ここに来たんですか？」と、オレグ。「バスティラは、どこにいるんですか？」

「バスティラに連れてこられた」身体は鎖でつながれ、脚にオレグがしがみついた状態で、おれはできるだけさりげない口調で答えた。「トステンを傷つけたのもバスティラだ。バスティラはキアナックの奴隷ではない。カリアルン王の奴隷だ。カリアルン王によれば、バスティラは巫女の長にあやつられて、カリアルン王の忠実な僕《しもべ》になった。そんなことが可能なのか？」

「本人が同意すれば可能です」と、オレグ。

「きみはバスティラの正体に気づいていたのか？」

オレグがおれの脚から離れ、おれを見あげた。暗い牢獄のなかで、オレグの目がキラリと光った。

「バスティラがヒューログに到着した瞬間に、魔法使いだとわかりました。バスティラは自覚している以上に――少なくとも、自分が認める以上に――強力な魔法使いです。でも……洗脳されているかどうかを見抜くのは簡単ではありません。見抜こうと思っても、わかりにくいものです」

おれは、うなずいた。

「おれは、すっかりだまされたよ。カリアルン王はバスティラを〝変幻自在〟だと言った」おれはオレグにほほえみかけた。「バスティラは、おれに似ている。バスティラは自分の望む人間になれる」

「違う」と、トステン。急に口をはさんだ。「自分の望む人間になるんじゃない。ぼくは、このことをずっと考えていた。兄さんは、助けを必要とする弱者をほしがり、ペンロッドとアクシールは、あとくされのない恋人をほしがった。ぼくがほしかったのは……話し相手だ。だから、バスティラは聞き役になった。バスティラがシアラに近づかなかったのは、シアラがどんな相手をほしがっているかわからなかったからだ。バスティラは相手の望む人間を演じるんだ。人は自分にとって都合のいいものを見ているかぎり、なんの疑いも持たない」

オレグが、うなずいた。おれの脚から完全に離れ、トステンを見つめている。

「ワード様はご自分のなりたい姿——周囲をイライラさせる愚か者——を完璧に演じました。でも、頑固さと誇り高さは隠せません」

「それに、困っている人を放《ほう》っておけない」と、トステン。おもしろがる口調だ。

「トステン」と、おれ。「話しておきたいことがある。おまえしかここから脱出できなかったときのためだ。オレグは父さんの隠し子じゃない。ヒューログ城と結びついた霊で、ヒューログ城が建てられたときに生まれた。おれたちの一族の守護霊《ファミリー・ゴースト》であり、魔法使いでもある」

オレグは裏切られたような目でおれを見た——だが、さっきのオレグの異様な状態を説明するには、真実を話すしかない。トステンもオレグと同じような目でおれを見た。

「オレグが一族の守護霊《ファミリー・ゴースト》だって？」と、トステン。「どうして今まで隠していたんだ？」

「父さんが死ぬまで、おれも知らなかった。それに、これはオレグの口から話すべきことだ。オレグに誰にも話さないでほしいと言われた」

トステンもオレグも不満そうに、おれの説明を聞いている。おれは話題を変えた。

「オレグ、おれたちをここから出せるか？」おれはわざとらしく鎖をジャラジャラと鳴らした。

「はい、ご主人様」と、オレグ。

まるでカリアルン王に答えるときのバスティラのような口調だ。トステンは目を見開いた。

おれは目をグルリとまわした。

「オレグ、そう怒るなよ。トステンもそんな目で……」

そのとき、気味の悪い声が響いた。馬のいななきのようにかんだかくなったり、背骨に響く低い声になったりする。

オレグは獲物のにおいを嗅ぎつけた猟犬のように身構えた。

「バシリスクです。どこで見つけたんだろう？」

「バシリスク？」と、トステン。

「たしかシャビグ人は――」オレグは急に思い出したらしく、おれにニヤリと笑いかけた。

「石竜《ストーン・ドラゴン》と呼びます。オランストーン人も、そう呼んでいたはずです」

「シルバーフェルスの石像のことか?」と、おれ。

オレグは目を伏せた。

「バシリスクはドラゴンのようなにおいがします」

「それで、バシリスクとは、いったいなんだ?」

オレグはしだいに落ち着いてきた。

「トカゲです。全長——鼻の先からしっぽの先まで——が、人間の身長の四倍もあります。体重は少なくとも馬の四倍はあるでしょう。犬より賢いかもしれません。それに、少し魔法が使えます」

「どんな魔法だ?」と、おれ。

「人間を石に変えるんだ」と、トステン。声がかすれているのは、ケガの痛みをこらえているせいだろうか? それとも、バシリスクの声に興奮しているせいだろうか? 「歌にも出てくる。〈バシリスク狩りの歌〉だよ、ワード兄さん」

トステンがメロディーを口ずさんだ。なつかしい響きだ。おれは、うなずいた。

「バカバカしい歌です」と、オレグ。「肉食性なのに獲物を石に変えるわけがありません。バシリスクと目が合うと、身体が硬直するだけです。バシリスクは身動きできなくなった獲物をじっくりと味わうんです」

「シルバーフェルスの石竜《ストーン・ドラゴン》がバシリスクになったのか? でも、石竜《ストーン・ドラゴン》は、そんなに大きくなかったはずだ」と、おれ。

「生き物の身体は、半分以上が水分です。それを石に変えるときは、水分を一滴残さず搾り取ります。力のある魔法使いなら、人間を小石に変えられます」と、オレグ。

それなら、オレグにもできるということだ。オレグは、かなり落ち着いてきた。だが、この暗い牢獄のなかでは、顔色は見えない。オレグは左手をおれの脚に置いたままだ。

「オレグ」おれは、しばらく考えてから言った。「トステンを野営地に戻せないか？　おれはここに残るべきだ。カリアルン王は何かをたくらんでいる。トステンをここに置いては行けない。トステンを人質《ひとじち》に取られていたら、おれは自由に動けない」

オレグは首を横に振った。

「できません。トステン様をこの城の外へ連れ出すことはできます。でも、ぼくはあなた様から離れて、それ以上、遠くに行くことはできません」

オレグの言葉に嘘はないだろう。おれは、さっきのオレグを思い出した。

「ヒューログ城になら連れていけるか？」

「いいえ。あなた様と一緒でなければ、ヒューログ城に帰ることもできません」

おれはオレグをまじまじと見つめた。

「きみはヒューログ城そのものなんだろう？」

「そうです。ぼくにはヒューログ城で起こっていることがわかります。でも、ここから影響を及ぼすことはできません。おわかりだと思いますが、ヒューログ以外の場所では、ぼくはあなた様から離れることができないんです。それに、ここからヒューログは遠すぎて、ぼくの魔法ではヒューログに戻ることはできません」

トステンが、じれたように動いた。だが、どうにもならないようだ。おれは眉をひそめてトステンを見ると、オレグにたずねた。

「それなら、三人でここを脱出できるか？　アクシールとシアラのいる野営地に戻ろう」

オレグは頭を横に振った。

「ぼくは指輪の魔力に呼ばれてここに来ました。でも指輪の魔力はぼくを送り返せません。トステン様とあなた様をこの城の外に連れ出すことはできます」

「ここはたしかにブリルなんだな？」おれはトステンに確認した。

トステンが、うなずいた。「間違いない。以前からカリアルン王は、ここに兵を置いている」

「ギャラノン卿がカリアルン王をもてなしているのか？」おれは、つぶやいた。そんなことがあるだろうか？　ベックラムの話では、ギャラノンはハーベルネス将軍ひきいる百人部隊の一兵士だ。そのギャラノンが祖国を裏切るはずがない。

「誰かが来ます」と、オレグ。

「姿を消せ」おれは声をひそめた。

トステンが床に横たわった瞬間、扉が開いて三人の衛兵が入ってきた。おれは鎖を解かれ、三人に連れられて牢獄の外に出た。三人はおれのかたわらにいるオレグに気づかない。

ヒューログ城では、オレグは姿を自在に消すことができた。だが、ここでもそれができるとは思わなかった。

おれは三度も階段をおり、大広間のような部屋に連れていかれた。ヒューログ城では、牢獄は監視塔の地下にある。驚いたことに、ここでは牢獄が上階にあるらしい。部屋はヒューログ城の大広間よりも広く、霧のたちこめた森にいるようなにおいがした。大きな暖炉のそばにカリアルン王がいて、おれを出迎えた。十名の衛兵がひかえている。なぜか、バスティラはいない。いったい、どこに行ったのだろう？

「ワードどの」と、カリアルン王。おれを牢獄に放りこんでおきながら、まるで客を歓迎するかのようにほほえみかけた。「また会えてうれしいぞ。そなたとギャラノン卿は旧知の仲だが、レディー・アリセイアンとは初対面だろう？　レディー・アリセイアンは、ヴォルサグ国の宮廷に行ったことがないからな」

十人の衛兵が左右に分かれると、哀れな姿のギャラノンが見えた。顔の半分はあざだらけで——おれの両手は自由なのに——両手を背中で縛《しば》られている。左右の足首と左右の腕が、それぞれきつくつながれているので、よろよろとしか歩けない。危険な捕虜を移動させるときには、この方法が一番よいと、スタラ叔母に聞いたことがある。ギャラノンは城に乗りこんできたカリアルン王に抵抗したに違いない。ギャラノンは、おれからヒューログ城を奪った男だ。だが、おれはギャラノンが売国奴《ばいこくど》ではないとわかって、なぜかホッとした。

ギャラノンのそばに、女性が立っていた。おれより若く、シアラより少し背が高い。決して美しいとは言えない顔立ちだ。汚れた宮廷ドレスは引き裂かれているにもかかわらず、誇り高い雰囲気がただよっていた。ギャラノンに指の一本も触れず、鎖にもつながれていない。それでも、夫に対する忠誠心は明らかだ。

「ギャラノン卿」カリアルン王の猫なで声が聞こえ、おれはわれに返った。「お客様に挨拶したらどうだ？」

ギャラノンがおれをチラリと見た。おれが鎖につながれていないことがわかると、裏切られたような顔をした。

「無礼を許してくれたまえ、ワードどの」と、カリアルン王。「弟君に裏切られたと思いこみ、他人を信用できなくなっている」

「領地を失ったせいかもしれません」と、おれ。少しためらってから、あてつけがましい口調で言った。カリアルン王がギャラノンを危険人物だとみなしているとすれば、ギャラノンの味方をしないほうがいい。タルベン国王のジャコベンを裏切ってカリアルン王と手を組むのは、犬を恐れてキツネに取り入るニワトリのようなものだ。だが、ここは思わせぶりな態度でカリアルン王を油断させておいたほうがいい。

カリアルン王は笑みを浮かべた。

「そうかもしれないな。そなたたち、ここに連れてこられた理由を知りたいだろう？」おれとギャラノンに向けた言葉だ。

おれはていねいに頭を下げた。衛兵が鋭い目でおれを見ている。だが、トステンの無事を確認できないかぎり、おれはカリアルン王を攻撃するつもりはない。トステンのことを考えたとたん、バスティラがここにいないことが急に不安になった。

「あたくしか夫を、あの化け物の餌食にして、その北方人を威嚇《いかく》するおつもりでしょう？」と、レディー・アリセイアン。淡々とした口調だ。ヴォルサグ人のことも、おれたち北方人のことも、同じくらい憎いようだ。

カリアルン王は、うなずいた。

「レディー・アリセイアン。そなたにも、喜んでもらえると思うぞ」

カリアルン王は衛兵にうなずいて合図を送ると、衛兵が部屋から出ていった。

「ギャラノン卿、そなたの弟君――ランディスロー卿はオランストーン国の王に指名されると勘違いしていたようだ。そうしてもよいと思った時期もあったが、ランディスロー卿は人の上に立つ器《うつわ》ではない。そなたがここを留守にしてジャコベン王と仲むつまじくすごしているあいだに、ランディスロー卿には人心をつかみ、そなたの妻を奪うチャンスがあった。それなのに、ランディスロー卿は孤立しただけだ。あのような男が国王になっても、わたしがここを引き揚げたとたんに、民衆に殺されるのがおちだろう」

これから契約を結ぼうとする相手の前で、守らなかった約束の話をするのは賢明ではない。おれがどんなにヒューローグをほしがっているかバスティラから聞いたのだろうが、そこがカリアルン王の未熟なところだ。

わめき散らす声が聞こえ、おれは通路のほうを見た。二人の衛兵が、ギャラノンと同じように縛られているランディスローを連れてきた。ランディスローはおれたちの前を通りすぎ、部屋の中央に連れていかれた。

カリアルン王は前進するランディスローを目で追いながら、話しつづけた。

「ランディスロー卿は支配者として不適格だ。よって、わたしはブリルにヴォルサグ国の将軍と軍勢を駐屯させる。そして、ランディスロー卿にはみずからの無能を償ってもらう」

ギャラノンが何か言いかけたが、カリアルン王はギャラノンを見ていない。レディー・アリセイアンがギャラノンの腕に手を置いて頭を左右に振ると、ギャラノンは言葉をのみこんで口をつぐんだ。ランディスローを見つめる目に、絶望の色が浮かんでいる。

大広間に、鳴き声がとどろいた。さっき牢獄で聞いた不気味な鳴き声だ。おれが身震いすると、カリアルン王がおれを見た。

カリアルン王はなれなれしく、おれの肩をポンと叩いた。

「心配ない。わたしの魔法使いは、バシリスクの扱いに慣れている。今日は魔法使いが二人、立ち会う」

カリアルン王が言いおわるやいなや、大きな両開きの扉がバンッと音を立てて開いた。扉の向こう側に、朝日に照らされた中庭が見える。戸口に巨大なバシリスクが現われ、大広間に入ってきた。図体《ずうたい》が大きいのに、意外にも動きは軽やかだ。一歩はいったところでバシリスクがピタリと止まった。

バシリスクの体高は、パンジーと同じくらいだ。だが、体長はパンジーよりもずっと大きい。けたはずれに大きいことと、いくつかの特徴を除けば、ジャコベン王がエスティアンの宮殿の庭で飼っているトカゲと変わらない。全身をおおう緑色のウロコは、おれの手のひらくらいの大きさだ。バシリスクは飛び出たエメラルド色の目玉をギョロつかせておれたちをながめまわした。トカゲなので、両目の動きがバラバラだ。おれはオレグの話を思い出し、目が合わないように横目でバシリスクを観察した。

バシリスクの胴体には皮を編んだ帯が二重に巻かれていた。帯には黒いインクで古代文字がぎっしりと書いてある。魔法使いの呪文だ。この呪文によって、バシリスクをあやつるのだろう。

先がふたつに分かれたしっぽから背中にかけて、黒い刺《とげ》が並んでおり、首のまわりにはトカゲなのに赤い羽が生えている。チョロチョロと動く舌は、おれの腕くらいの太さがあった。

バシリスクの姿に目を奪われていたので、後ろからついてくる二人の魔法使いに気づくのが遅れた。おれの父と同じように、カリアルン王も魔法使いに独特の格好をさせていた。長いひげ、黒いラシャ（高級生地の一種）で作られた細身の上衣《うわぎ》。白く輝く飾り布は、裾《すそ》を引きずるほど長い。二人の魔法使いの両脇に衛兵が付き添い、魔法使いの肘《ひじ》を支えている。一人では立てない老いぼれ魔法使いに、バシリスクをあやつれるかどうか、怪しいものだ。心の奥底で感じていた不安が、小さくなった。この魔法使いは、戦でも集中力を持続できないだろう。戦でバシリスクを使えば、味方の兵士まで死ぬに違いない。

「獲物に注目させよ」と、カリアルン王。

衛兵の一人が魔法使いに耳打ちすると、ランディスローを押さえつける衛兵たちがバシリスクから目をそらした。

バシリスクがランディスローのほうを向いた。ランディスローは目を閉じたまま、衛兵の手を振り払おうとして、もがきつづけている。衛兵が力をゆるめたのか、恐怖のためにランディスローに思わぬ力が出たのか、ランディスローは衛兵を振り払い、脚を縛られたまま、おれたちに向かって這いはじめた。

「兄さん！」と、ランディスロー。悲痛な叫びだ。

ギャラノンがランディスローに駆け寄ろうとしたが、衛兵に取り押さえられた。

突然、バシリスクが動いた。目にもとまらぬ速さだ。さっきまで戸口にいたのに、もうランディスローの目の前にいる。ランディスローは物音に気づいて、振り返った。バシリスクと目が合った瞬間、ランディスローは動けなくなった。まるで糸の切れたあやつり人形だ。

バシリスクは片目でランディスローを見つめたまま、もう片方の目でおれたちを見まわした。目をそらすべきだったと気づいたのは、バシリスクの冷たい視線がおれを通りすぎたあとだった。だが、バシリスクは新しい獲物には興味がないようだ。おれの身体が凍りついたとしたら、バシリスクの視線のせいではなく、自分には何もできないという無力感のせいだ。丸腰で衛兵やバシリスクに立ち向かうことはできない。トステンが捕らわれているのに、犬死にしてたまるか。立っているしかできないことが、これほどつらいとは知らなかった。

獲物を奪われる心配はないとわかったらしく、バシリスクはあごでランディスローを突き飛ばした。口を開けると、犬の牙《きば》のようにとがった歯が見える。バシリスクは頭を振りまわしながらランディスローの上半身にかぶりつくと、鼻づらを上に向け、ぐったりとしたランディスローを飲みこんだ。

ランディスローを取り押さえていた衛兵の一人が顔をそむけ、激しく吐きはじめた。ランディスローは生きたまま、飲みこまれた。バシリスクの恐ろしい魔力のせいで、生きながらゆっくりと消化される。

おれはランディスローが嫌いだった。だが、こんな目にあうのはひどすぎる。

「鎖はどうなるんですか？」おれは、さりげない口調でたずねた。大広間のなかは薄暗い。顔が青ざめていても、カリアルン王にはわからないだろう。

カリアルン王は、おれの意外な反応に片眉《かたまゆ》を吊り上げた。

「消化できないものは、二、三日すると吐き出される」

「フクロウみたいですね」と、おれ。声の調子を変えずに言った。敵に恐怖心を悟られてはならない。おれはカリアルン王を見つめつづけた。腹のなかでランディスローが苦しんでいると思うと、バシリスクを正視できない。「どこでバシリスクをあやつる方法を知ったのですか？」

　カリアルン王は前世からの友人に出会ったかのような笑みを浮かべた。うまくカリアルン王をだませただろうか？　おれの計画は始まったばかりだ。状況の変化を見逃してはならない。

「巫女の長に教えてもらった。巫女の長はタルベン国の法にうんざりしている。〝ジャコベン王がいなくなれば、コルの巫女が国を支配できる。帝国時代には、コルの巫女が国を支配したという記録も残っている〟と、そそのかしたら、数人の魔法使いを送ってくれた——そのなかでも、バスティラは最高の魔法使いだ」

「なぜ、おれにこんなものを見せたんですか？」

「バスティラに、そなたが石竜《ストーン・ドラゴン》に興味を持つだろうと聞いたからだ。ヒューログはドラゴンの生息地だったそうだな」突然、カリアルン王が微笑した。「そなたは知っているか——古代の皇帝はドラゴンを家来にしていた。古代以来、わたしはドラゴンを所有する最初の皇帝だ」

　最初の皇帝だと？　まだ帝国もないじゃないか。

　おれは、考えこむ表情でうなずいた。

「教えてください、陛下。どうやって、おれにヒューログを返還してくださるのですか？」故郷に対する思いを偽る必要はない。どんなに鈍感な兵士にも、おれの熱意が伝わるだろう。

カリアルン王が笑った。

「率直だな。なぜ、気が変わった？」

「弟の目の前で、あなたと取引したくなかっただけです。いまは無理でも、いつかは弟も、おれがヒューログを救うために取引したとわかってくれるでしょう。ジャコベン王には、おれにヒューログを返還する気はないでしょう。従兄のエルドリックを殺されてから、おれのジャコベン王に対する敬愛は消えました。見返りとして何がほしいんですか？」

「簡単だ」と、カリアルン王。釣りかけた魚を逃がすまいと必死だ。「忠誠と納税——相手がタルベン国からヴォルサグ国に変わるだけだ」

「おれはジャコベン王に忠誠を誓いました」おれは眉をひそめた。カリアルン王の援助を受け入れるべきかどうか、苦悩しているように見えるだろう。

「破られた誓いに執着する必要はない」と、カリアルン王。「ジャコベン王は衝動的にそなたからヒューログを奪った。その時点で、先祖の代からつづくタルベン国とヒューログとの友好関係は終わった。ジャコベン王に気がねする必要はない」

カリアルン王の話を聞きながら、おれは口元をこわばらせた。ハッとしたかのように、目を見開き、悲しげな声で答えた。

「そのとおりです。オランストーン国から軍勢を奪ったうえで、ヴォルサグ軍にオランストーン国を襲わせたこともあります。あのような男は王としてふさわしくありません」

「誇りを捨てる気か、ワードどの」と、ギャラノン。怒りに満ちた涙声だ。

「誇り？」おれは父の口調を真似して、どなった。「あなたは、おれからヒューログを奪った。いったいなんの目的です？　裏切り者のランディスロー卿をキアナックの罰から守るためですか？　ランディスロー卿が罰を受けるのは、当然の報《むく》いです。あなたがちゃんと償いをさせていたら、ランディスロー卿はあんな死にかたをしなかった。ジャコベン王の男妾《だんしょう》ごときに誇りについて説教される筋合いはありません」

今夜、トステンとオレグとともに、ギャラノン夫妻もここから脱出させるつもりだ。こうして暴言を吐けば、カリアルン王はおれがギャラノンを助けるとは思わないだろう。

「ギャラノン卿とレディー・アリセイアンを牢獄に戻せ」と、カリアルン王。うむを言わせぬ口調だ。

ギャラノンは目を細めておれをにらんだ。手足を縛られた苦痛よりも怒りで目をギラギラさせ、小声で悪態をついた。

「弟は売国奴ではない。きみとは違う。弟はジャコベン王に忠誠を誓っていない。オランストーン国の人民のために自由を取り戻そうとしただけだ。罪があるとすれば、愚かで先見の明がなかったことだ。だが、きみも愚かで先見の明がない。そのうえ強欲だ。きみがバシリスクの餌食になるのを見届けるまで、わたしは死んでも死にきれない」

ギャラノンはバシリスクのような冷たい目でおれをにらみつけたが、衛兵に部屋から引きずり出された。

カリアルン王が、おれの腕を叩いた。

「そなたは売国奴ではない。ジャコベン王はシャビグ国王でも、オランストーン国王でもない。真の王なら、人民を守るものだ」

おれは顔を上げ、カリアルン王を見つめた。

「おっしゃるとおりです」と、おれ。断固とした口調だ。「王たる者は、人民を守るべきです。ヒューログをどうするおつもりですか？　なぜ、ヒューログに興味を持つのですか？　ヒューログは貧しい領地にすぎません」

「たしかにそうだ。だが、ヒューログには強大な力がある。ドラゴンの骨だけではない。キアナックからヒューログの状況を聞いた。エルドリックどのが殺されたあと、デューローどのがジャコベン王に反旗をひるがえした。そのとき、シャビグ国全土の領主がデューローどのを支持したそうだ」

「当然です」おれは少しも驚かなかった。「ヒューログはシャビグ国の誇りです」言葉に力をこめた。「これで、納得できました。おれを通じてシャビグ国を支配するおつもりですね？　しかし、シャビグ国民におれを支配下に置いたことを知らしめないかぎり、そのような計画は成功しません。シャビグ人はヴォルサグ人を憎んでいます」

カリアルン王はほほえんだ。

「思ったとおり、そなたはランディスロー卿よりも賢明だな。そなたにヒューログを救済させたら、どうなる？　そなたにヒューログを敵から守らせたら？　われわれがデューローどのを殺したあと、そなたはヒューログに帰還してデューローどのの家臣を引き継ぎ、ヴォルサグ軍を追い払う――ただし、わたしがドラゴンの骨を手にいれたあとだ」

「いいでしょう」と、おれ。あきらめた口調だが、誠実そうに聞こえるはずだ。おれが守るべきなのは、死んだドラゴンではなく、いま生きている民《たみ》だ。「でも、デューロー叔父を殺す必要があるのですか？」

「デューローどのは、そなたからヒューログ城を奪ったのだぞ、ワードどの。情けは無用だ」

おれは難問に立ち向かうかのように深いため息をついた。

「そのとおりです。わかりました、やりましょう。おれの弟はどうなるんですか？　弟を死なせたくありません」

「トステンどのを説得して、そなたにしたがわせてほしい。そうすれば、弟君を殺さない」

おれは、うなずいた。

「説得してみせます」

このあと、おれに対する待遇が急によくなった。ペンロッドに襲われたときの傷を消毒し、手当てをしてもらってから、おれは衛兵に付き添われて――さっきとは、大違いだ――牢獄に戻った。扉に鍵をかけるときも、衛兵は恐縮した。今度は壁に鎖でつながれることもない。大広間に行っているあいだに、牢獄はきれいに掃除され、腐りかけたムシロの代わりに真新しいにおいのするムシロが敷いてあった。

　牢獄の隅にトステンが座っていた。両膝を立て、そのあいだに頭をうずめている。高い位置にある小窓から光が差しこんでいるが、トステンの表情はわからない。おれはランディスローを見殺しにした罪悪感でいっぱいだったが、トステンの姿を見ると、それどころではなくなった。

「トステン？」

　おれが声をかけても、トステンは答えなかった。

「バスティラがトステン様を治療しました」

　背後から、オレグの声がした。怒りのこもった口調なので、おれはますます驚いた。

「バスティラは、ぼくの心に侵入した」トステンはつぶやくように言った。「ぼくはバスティラを追い出すことができなかった。バスティラを止められなくて、魂を盗まれた……」

　おれはギョッとして、オレグを見た。オレグは頭を左右に振った。

「誰もあなたの魂を盗むことはできません、トステン様。あなたが魂を捨てることはできても、他人はあなたの魂を盗めません」

「ああ、神よ」と、トステン。嘆く口調だ。

　おれはトステンの肩に手を置いた。

トステンは身体を揺らすのをやめて、おれを見あげた。「あのあと、どうなったんだ?」

おれはバシリスクのことを思い出し、吐きそうになった。

「盗聴されていないだろうな?」おれはオレグに確認した。

オレグは首をかしげ、様子をうかがった。

「少なくとも、魔法では盗聴されていません」

「カリアルン王はおれの目の前で、バシリスクにランディスロー卿を食い殺させた。まるでヘビがネズミを丸のみするかのようだった」

話すだけで、胸がムカムカする。

「もう鎖につながれていないんだね」トステンはランディスローに同情する様子もない。弟はランディスローの名前を知っているだけで、実際に会ったことがなかった。

「カリアルン王はシャビグ国を乗っ取ろうとしている。それにデューロー叔父さんの影響力のおかげで、ほかの領地がヒューローグにしたがうと思っている」話題を変えることができて、おれはホッとした。バシリスクの胃のなかでゆっくりと消化されてゆくランディスローを想像するよりは、カリアルン王のことで頭を悩ますほうがずっとましだ。「少し考えさせてくれ」

おれが考えをまとめるあいだ、トステンとオレグは黙っていた。

昔、スタラ叔母が石並べ遊びを教えてくれた。敵の陣地を取る遊びだ。勝つためには、ずっと先の手まで考えなければならない。

まもなくカリアルン王はヒューログに行軍する。ギャラノン夫妻は、その前に処刑されるだろう。ブリルの領主を生かしておくはずがない。処刑の前に、オレグに二人を連れ出してもらわなければならない。

バスティラがおれたちをここに連れてきたあと、カリアルン王が急にオランストーン国に対する計画を延期したことには驚いた。オランストーン国を手に入れる絶好のチャンスを見逃がすとは不思議だ。いつハーベルネス将軍が、ブリルにいるカリアルン王の部下に気づいてもおかしくない。カリアルン王はドラゴンの骨を手に入れるためなら、その危険を冒してもよいと思ったのだろうか？

執念だ。本当に、執念とは恐ろしいものだ。カリアルン王はオランストーン国よりも、魔法がほしいらしい。

「ドラゴンの骨を手に入れてどうするつもりだろう？」

「ドラゴンの骨を砕いた粉を飲めば、最強の魔法使いになれるそうだ」と、トステン。

「バスティラが夢見るような顔で言っていた」

「魔法を使えない人間が飲んだら、どうなる？」おれがきくと、オレグが答えた。

「一時的に魔法が使えるようになります。しかし、魔力を維持するためには、粉を飲みつづけなければならず、ついには死にいたります」

「オレグ、ヒューログ城に行けば、きみは魔法使いがドラゴンの骨を見つけるのを阻止できるか？　バスティラは洞窟のなかに一房の髪を置いてきた」

「たぶん、できます——カリアルン王には、何人の魔法使いがついているのですか？」

「何人なら、退治できる？」

「ヒューログ城でなら、バスティラくらいの力の魔法使いを三、四人……。数日間は食い止められると思います。バスティラの髪を見つけて処分すれば、もっと長く持ちこたえられます」

「ドラゴンの骨を破壊できないのか？」

オレグは頭を左右に振った。「できません」

おれはうなずき、ふたたび考えはじめた。

「ワード兄さん、なぜバスティラはペンロッドに兄さんを殺させようとしたんだろう？」トステンがたずねた。「バスティラはカリアルン王がドラゴンの骨をほしがっていることを知っている。ドラゴンの骨を手に入れるには、兄さんを利用するのが早道だ」

「なんのことですか？」と、オレグ。

考えてもみなかった。だが、トステンの言うとおりだ。たしかに、おかしい。おれはオレグに、ペンロッドに殺されそうになったことを話した。

そういえば、ハーベルネス将軍の城でティサラと談笑していたとき、バスティラは複雑な表情を浮かべておれを見ていた。それに、おれが〝あなたの恋人にはなれない〟と話したときのバスティラの反応。カリアルン王を激怒させる危険があるのに、おれを殺そうとするなんて、それほどおれが憎いのか？

「カリアルン王は、あの一件を知らないと思う」と、おれ。「どの程度まで、バスティラは独断で行動できるんだろう？」

オレグが頭を横に振った。とりあえず、バスティラのことは忘れよう。ほかに急を要することがある。

ギャラノンと、レディー・アリセイアン、トステンの安全が最優先だ。トステンの命を危険にさらすくらいなら、自分の命を捨てるほうがいい。トステンが安全なら、おれはカリアルン王とヒューログに帰れる。カリアルン王はドラゴンの骨を手に入れるためにヒューログ城を破壊するかもしれない。だが、オレグがいれば、ヒューログ城を守れるだろう。

「ジャコベン王は……」おれは、ゆっくりと話しはじめた。トステンやオレグに話すというより、ひとりごとだ。「ジャコベン王はエルドリックを殺し、おれからヒューログ城を奪った。もはや、おれはヒューログ城主《メーテン》の後継者としての誓いに縛られていない。おれがカリアルン王を支持すれば、カリアルン王はヒューログをおれに返してくれるそうだ」

トステンが、よろよろと立ち上がった。

「ワード兄さん……ダメだ。あいつは信用できない」

「わかっている」おれは穏やかな口調で言った。「でも、カリアルン王も、おれを信用していない。どのみち、カリアルン王はヒューログを攻撃するだろう。だから、おれは早くヒューログに戻りたい。それには、カリアルン王に同行するのが一番いい」

トステンは眉をひそめた。

「しかし、どうすれば……」ふたたび、おれは壁を見つめた。「おれが計画を話すと、おまえは激怒しておれを――」振り返ると、さっきまでなかった便器が目に入った。これも待遇のよくなったしるしだ。「――便器でなぐる。おれは気を失い、その隙におまえはたくみに牢獄から抜け出す……」おれは扉を見つめた。いかにも頑丈そうだ。だが、大きな錠がかかっているだけで、閂はかかっていない。

「トステン様は港町で暮らした経験があります。港町のならず者は何かと便利な技《わざ》を知っています」と、オレグ。

おれが興味深そうに見つめると、トステンはモゾモゾと動いた。

「わかったよ。一日か二日あれば、錠を破れると思う」

「ぼくなら、もっと早くできます」と、オレグ。

おれはニヤリと笑った。

「よし。トステンはおれを殺してしまったと思い、牢獄を脱出する。それから逃げ道を探して上階へ進むうち、偶然にギャラノン卿夫妻を見つける――いいか、ここを忘れるな。ギャラノン卿は抜け道を知っている」

トステンは深いため息をついた。

「オレグは兄さんに同行するんだね？　ぼくは一緒にいなくてもいいのか？　ぼくだって役に立てる」

トステンはハッキリと〝同行したい〟と言ったわけではない。だが弟が、こんなことを言い出すとは驚いた。しかしトステンの口調からは、オレグのほうが役に立つと思っていることは明らかだ。

「オレグには、バスティラからヒューログ城を守ってもらいたい」と、おれ。「おまえはギャラノン卿をティサラのもとへ無事に案内してくれ。そこに行けば、ベックラムに会える。ベックラムは、おまえを好いている。おまえの言うことなら素直に聞くはずだ。おまえが話せば、逃亡した女奴隷の正体がカリアルン王の間者《かんじゃ》であることも、ヒューログ城の中心部にドラゴンの骨が隠されていることも、信じてくれるだろう。ベックラムと〈青の防衛軍〉をヒューログに向かわせろ」

トステンは不安そうにおれを見た。本気かどうかを確かめる目だ。トステンは背筋を伸ばし、コクリとうなずいた。トステンに任務を与えたのは、トステンを危険に巻きこまないためだ。トステンがカリスに到着して、ベックラムとともにヒューログ城に向かうころ、カリアルン王とおれはティルファニグに向かう船に乗っているだろう。トステンは地理に弱いから、このことに気づいていないはずだ。事実を知れば激怒するだろうが、これでトステンは安全だ。

オレグの魔法で扉の錠が開いたとき、衛兵が階段の下を捜している物音が聞こえた。おれたちは音を立てないように、同じ階の部屋を探しはじめた。ギャラノン夫妻は、ふたつめの部屋にいた。さっきよりもすばやく、オレグは部屋の錠を開けた。

扉を開けてなかに入ると、便器――さいわい、中身は入っていない――でなぐられそうになった。正しい使いかたではないが、便器はりっぱな武器になる。

おれは、ふたたび便器を振り上げようとする奥方の手をつかんだ。

「おやめください」おれは声をひそめた。

「ワード兄さんをなぐるのは、ぼくの役目です」戸口からトステンが進み出て、お辞儀《じぎ》した。「ヒューログのトステンです。ギャラノン卿の奥方でいらっしゃいますね？」

「どういうつもりだ？」暗闇からギャラノンの声がした。不機嫌ながら落ち着いた声だ。

おれは奥方の腕を放し、便器を取り上げた。

「助けにきました」と、おれ。「カリアルン王があなたを生かしておくとお思いですか？」

オレグが魔法を使ってギャラノンを縛る鎖を解くと、おれは便器を床に置いた。

「ワード様のことは存じ上げております」と、ギャラノンの奥方。ギャラノンに話しかけながら、おれに向かってうなずいた。「ほかのお二方《ふたかた》は、どなたですの？」

ギャラノンは鎖を取りながら、オレグとトステンを見た。

「二人ともヒューログの人間だ……だが、わたしも初対面だ」

無礼を働く気はないが、ギャラノンの奥方の名前が出てこないので、紹介のしようがない。だからと言って、〝レディー・ブリル〟とか〝レディー・ギャラノン〟と呼べば、二人の気を悪くさせるだろう。オランストーンでは、そのように呼ぶ習慣はないからだ。

迷ったあげく、おれは言った。

「仲間を紹介する前に、もう一度、奥方を紹介していただけませんか、ギャラノン卿？」

一瞬、ギャラノンが笑みを浮かべた。

「妻のアリセイアンだ」と、ギャラノン。意外にも、愛情のない声だ。ジャコベンと愛人関係にあることを考えると、女性には愛情を持てないのかもしれない。

おれはお辞儀して、トステンのほうに手を伸ばした。

「レディー・アリセイアン、ギャラノン卿、こちらは弟のトステンです。あなたがたを助けにきました」

ムシロを敷いた——しかも、便器が転がっている——みすぼらしい部屋のなかで、レディー・アリセイアンはうやうやしくスカートをつまんでお辞儀した。トステンも返礼した。

「トステンどのは、生きていたのか？」と、ギャラノン。

おれはニヤリと笑った。

「幽霊かもしれませんよ。ヒューログにはよく出るんです。レディー・アリセイアン、ギャラノン卿、こちらはオレグ。魔法使いです」

「本物なのか？」と、ギャラノン。「それは好都合だ」

「さて」と、おれ。「このあたりに抜け道はありますか？　それともオレグの魔法で脱出しますか？」

「ブリルをカリアルン王に委《ゆだ》ねろと言うのか？」と、ギャラノン。

「今は、どうしようもありません」と、オレグ。

ギャラノンはオレグをにらみつけた。あごがピクピクと痙攣《けいれん》している。ギャラノンはおれを見た。

「きみはカリアルン王に同行するのだな？　なぜ、わたしを助ける？」

「それが正しいことだからです」

ギャラノンは静かに笑った。信じられないと言わんばかりだ。

「これが〝まぬけのワード〟の言葉なら信じられるが、きみは大嘘つきだ。カリアルン王はきみに、わたしの弟のときと同じ契約を申し出た。弟の最期を見ただろう？　それでも、ヒューローグのために危険を冒すというのか？」

トステンがハッと息をのんだ。カリアルン王が出した条件の重大さに初めて気づいたらしい。

おれは、うなずいた。議論する暇はない。

「ご想像におまかせします。トステンが、あなたがたをハーベルネス将軍の娘が指揮する軍勢の野営地に案内します。ブリルの状況がハーベルネス将軍の耳に入るように、彼女が取りはからってくれるはずです」

ギャラノンは眉を吊り上げた。

「きみはヒューローグに行くのだな？　そしてカリアルン王がヒューローグを侵攻し、ヒューローグ城から目当てのものを奪い――」

「ドラゴンの骨です」と、オレグ。

間髪をいれずに、ギャラノンがつづけた。

「きみの叔父上を殺す。そして、ヒューログは、きみのものになる」

トステンは身体をこわばらせ、目を見開いておれを見た。トステンはデューロー叔父のことを忘れていたようだ。

おれはヒューログを取り返すためにデューロー叔父を殺したいわけじゃない。トステンに誤解されるのはつらい。だが、おれは心のどこかで叔父の死を望んでいる。自分の手で殺したいとは思わない。避けようのない事故か何かで叔父が死んでくれたら、英雄――つまり、おれだ――が戻って悪は滅び、ヒューログはおれのものになる。おれのものに……。

だから、おれは言いわけできなかった。

ギャラノンは暗い目でおれを見つめたあと、トステンに言った。

「隣の部屋に抜け道がある」

おれとオレグは牢獄に戻った。もとどおり錠をかけると、オレグは便器を手にして言った。

「不思議ですね」

「何が不思議なんだ？」と、おれ。

「あなた様はたくみにまわりの人――あなた様自身さえも――を説得します。あなた様のお話を聞いていると、あなた様とぼくでカリアルン王の軍勢を阻止できるような気がしてきます」

「軍勢を阻止する必要はない」と、おれ。「おれはデューロー叔父にヒューログを守るために戦ってほしいわけじゃない。安全なところに避難してほしいんだ。カリアルン王の目的はドラゴンの骨だ。それさえ手に入れれば、カリアルン王はヒューログから撤退する」

「カリアルン王にドラゴンの骨を渡すんですか？」オレグは太もものあたりに置いた便器をコツコツと叩いた。不満そうだ。

「ヒューログが生き延びるためには、それしかない」

オレグは、おれを見つめた。だが、角灯《カンテラ》の明かりがチラチラして、オレグの表情はよくわからない。

おれは黙ったまま、近づいてくる足音に耳を澄ませた。数人の衛兵がボソボソとしゃべりながら階段をのぼってくる。

「さあ、便器でおれをなぐれ」おれはオレグがなぐりやすいように膝をかがめた。「おれは気を失ったふりをする。コブができるくらいの強さでなぐるんだぞ」

オレグは便器を見つめた。

「今なら、まだまに合います。この城から出てベックラム様を捜し、〈青の防衛軍〉でカリアルン王を撃退できます」

おれは背筋を伸ばした。

「ブリルは海から二十キロほどしか離れていない。すでに魔法使いの伝言が届いて、最寄りの港町に軍勢が待機しているだろう。ベックラムはカリスにいる。ベックラムは陸からヒューログに戻ったほうがいい」

オレグは考えこんだ。

「ベックラム様はカリアルン王より一週間も遅れてヒューログに着くことになります」

おれは、うなずいた。

「ヒューログは無防備だ。一週間以内に陥落するだろう」

衛兵たちはギャラノンの部屋に行ったようだ。衛兵たちの騒ぐ声が聞こえた。

おれは身をかがめた。

「早くなぐれ！」

「またしてもヒューログ城主《メーテン》は、ドラゴンを犠牲にするんですね」と、オレグ。

便器を振り上げたオレグの顔がはっきり見えた。その顔に迷いはない。おかげで、おれは気を失ったふりをするまでもなかった。

14 ワードウィック

船旅に出るといつも数日間は、胃のなかがからっぽになるまで吐きつづける。

胃がムカムカする——そうだ、おれは船に乗っているんだった。目を開けると、寝台のそばにバスティラがあぐらをかいて座っていた。少年のような服を着ておれを見つめるバスティラは、五王国を旅していたときと少しも変わらないように見えた。

バスティラがニッコリ笑った。

「おはよう、ワード。頭の痛みはどう?」

つられてほほえんでから、おれはバスティラの正体を思い出した。おそるおそる頭に手をやると、コブはできていなかった。

「あたくしが治療したの」と、バスティラ。「あなたがご主人様にしたがうと知ると、トステンは激怒して、あなたが気絶するほどなぐったのよ。ご主人様に〝海に着くまで寝かせておけ〟と命令されたから、今まで起こさなかったの」

「なぜ、トステンが激怒したとわかる?」

そう思わせるのが、おれの計画だった。だが、バスティラの確信に満ちた口調が気になった。

「治療をしたときに、わかったの」バスティラは話しながらおれの膝《ひざ》をなでた。「あなたの心を読ませてもらったわ。トステンの言葉にひどく傷ついたようね」

そういえばトステンも、バスティラが心のなかに侵入してきたと言っていた。バスティラは、どこまで気づいているんだ？

「トステンは、ヒューログがおれにとってどれほど重要かわかっていない」と、おれ。ためらうような口調だ。

いまのバスティラとカリアルン王のブーツに口づけしたときのバスティラは、まるで別人だ。

バスティラは同情するようにうなずいた。

「トステンにも、いずれわかるわ――トステンは、あなたに憧れているもの。デューローが死ねば、トステンは今回のことをすっかり忘れてしまうわ」

カリアルン王に同行することにしたのは、デューロー叔父の命を救うためだ。さすがのバスティラも、そこまではおれの心を読めなかったらしい。

どうやらおれは、野望を実現させるためには叔父の命まで奪う男だと思われているようだ。バスティラにどう思われようとかまわないが、トステンにも誤解されていると思うと胸が痛む。

「カリアルン王は、あんたがおれを殺そうとしたことを知っているのか？」

バスティラは急にうつむいた。どんな表情をしているのだろう？

「あんなことをして悪かったわ」と、バスティラ。顔を上げて、おれと目が合うと声を立てて笑った。「あたくしの誘いを断わって、ハーベルネス将軍の下品な娘といちゃいちゃするから、痛い目にあったのよ。ペンロッドが死んだときの、あなたのつらそうな顔ときたら……」と、バスティラ。庭園について語る母のように楽しげだ。「哀れなペンロッド。本当はオレグを殺させるつもりだったけど、ご主人様がすぐ近くにいらっしゃったから、計画を変えたの。でもペンロッドは、あたくしに逆《さか》らった。ペンロッドに魔法をかけて、あなたにケガを負わせようとしただけで、殺意はなかったのよ。それなのにトステンが余計なことをするから、あんなことになったんだわ」バスティラはおれの顔を見て満足げにほほえみ、おれの耳の縁《ふち》に指先を這《は》わせた。「あたくしの誘いを拒《こば》んだら、後悔するわよ――そう言ったでしょう？」バスティラの目が不気味に光った。「あなたがご主人様に告げ口すれば、あたくしは罰せられるでしょうね。そうそう、あなたが目覚めたことをご主人様に報告しなければ……」

おれは無言でうなずいた。

バスティラは部屋を出て扉を閉めた。鍵《かぎ》をかけたのだろうか？

いつのまにか、バスティラが座っていた場所にオレグがいた。

「カリアルン王はバスティラに、あなた様を喜ばせろと命令しました」

おれが身震いすると、オレグはバスティラのまねをして、おれの膝をなでた。さっきは逃げられなかったが、今度は反射的に身体を引き離した。

「トステンは無事に逃げたか？」

「はい」と、オレグ。おれを見ずに、寝台に飛び乗った。「あんなに強くなぐってすみませんでした」

おれたちの最後の会話を思い出した。オレグが怒った理由も……。

「オレグ、おれだって方法があれば、カリアルン王にドラゴンの骨を渡したくない」

オレグは、うなずいた。まだ、おれと目を合わそうとしない。

「デューロー様をどうなさるおつもりですか？」

〝トステン、バスティラ……そしてオレグまで、おれを疑うのか？〟またしても船酔いで胃がムカムカしてきた。苦しくて、オレグに八つ当たりしたくなった。

「カリアルン王が殺さないなら、おれが殺す。おれとヒューログのあいだに立ちはだかる邪魔者はデューロー叔父だけだ。ヒューログ城主《メーテン》の地位を取り戻すために、ヒューログ城に残っている者を殺さなければならないのなら……そうするしかない」と、おれ。嫌味な口調だ。

オレグは無言で姿を消した。

〝オレグも……オレグまで……おれがデューロー叔父を殺しかねないと思っている〟

それから数週間、最悪の船旅がつづいた。

甲板《かんぱん》に行けば必ず、バスティラをはべらせたカリアルン王がいた。バスティラに、おれの忠誠心が見せかけであることを見破られないよう、慎重に行動しなければならない。バスティラが以前と同じように振る舞ったので、おれも調子を合わせた。

少しずつ監視の目が甘くなっても、おれは油断しなかった。父に虐待された経験から、警戒心が身体にしみついている。すべてはヒューログを取り戻すためだ。おれの本心をカリアルン王に気づかれてはならない。

カリアルン王は噂どおり魔力にとりつかれていた。優しい声でおれに問いかけ、魔法について聞き出そうとする。おれがまわりのまぬけどもについて大声で不満をぶちまけても、いつ魔法の話が出てくるかと期待して、カリアルン王は黙って聞いた。おれはいつも、大声で文句が言えたらせいせいするだろうと思っていた。おれの野望……ヒューログへの熱い思い……父のこと……。おれは自分の気持ちをさらけだした。自分の部屋に戻ってオレグに無言で非難の目を向けられても、何も言い返せなかった。

オレグに信じてもらえないことは、ヒューログを失うくらいつらい。これで二度めだ。シルバーフェルス村で、おれはヒューログをあきらめたはずだった。だがカリアルン王に、目の前で故郷をちらつかせられると、ふたたび心が乱れた。

ある日の夕方、おれは船首の近くに立っていた。左に見える沈む夕日が、暗くなりかけた海を赤く染めている。海上の空気は冷たく、ひんやりとした風が髪をなびかせた。

「念じても、船の速度は上がらない」

背後からカリアルン王が近寄ってきた。

速度を落とすこともできない。昨夜、シーフォード生まれの船長が、〝予定よりも早く着く〟と話していた。

「船の食事にはうんざりです」と、おれ。正直な気持ちだ。

最近、オレグはおれが答えを求めないかぎり何も話さない。おれと話さなくなった代わりに、先祖代々のヒューログ城主《メーテン》の幽霊にドラゴン族を裏切った〝ワードウィック〟の悪口でも言っているんだろうか？　だがオレグには、ほかに話し相手がいた。真っ暗な船底に住む臆病なネズミたちだ。ある晩、部屋に戻ると、オレグの膝から緑がかった褐色のネズミが逃げるのを見た。

　そのころから、船の食料が腐りはじめ、ネズミやゾウムシに食い荒らされるようになった。おれの毛布はいつもジメジメしているし、ネズミがおれのカバンに侵入して服は穴だらけだ。おれはオレグに穴をつくろわせた。船ではよくあることかもしれないが、おれはオレグかネズミの仕《し》業《わざ》だろうと疑った。ネズミは悪さをする動物だし、おれの僕《しもべ》でもない。

「食品貯蔵庫の状況を、船長に話した」と、カリアルン王。愛想のいい口調だ。おれは心のなかで、こんな悲惨な状況を招いたことを船長にわびた。「食料を補給するために、船を一隻、補給船〈シー・シンガー〉号に向かわせた。今夜は、まともな食事を出せる」

　カリアルン王の船団には、この船を含めて六隻の船がいる。〈ウミヘビ〉号以外の船に二百五十人ずつ乗っており、〈ウミヘビ〉号には百五十名の人間と、一匹のバシリスク、それに五十頭の馬（士官の馬だ。パンジーはブリルに置いてきた）が乗っていた。千四百人のうち、およそ三分の二が兵士。残りは、料理人、伝令、鍛冶屋《かじや》、馬番などだ――千人以上の兵士とバシリスクが、ヒューログに向かう。スタラ叔母と五十人の〈青の防衛軍〉がヒューログを離れているため、デューロー叔父の軍勢はせいぜい百二十人だ。

おれは海をながめつづけた。

「船旅は苦手だ」と、カリアルン王。両腕を手すりにかけて、風に当たるように身を乗り出した。

「船酔いするからですか？」と、おれ。カリアルン王が船酔いするとは知らなかった。

「そなたと同じだ」と、カリアルン王。ニヤリと笑った。

おれもニヤリと笑い返した。昨日、一晩じゅう、おれが吐きつづけたことは誰も知らない。オレグは後始末《あとしまつ》を手伝ってくれた。もちろん、おれが命令したからだ。オレグは裏切り者のヒューログ城主《メーテン》に同情しなかった。

「だが……」と、カリアルン王。「自分が支配できないものに苦しめられるのは、我慢ならない」

おれは笑いながらカリアルン王を見た。

「おれもです」

「そなたは、ときどき悲しそうな目をする」と、カリアルン王。「叔父上が心配なのだろうと、バスティラが話していた」

おれは、うなずいた。

「それもあります……でも、叔父はおれからヒューログを奪いました」と、おれ。カリアルン王の目を見た。まさに〝とりつかれた〟人間の目だ。「おれは父が怖くて、いつもおびえていました……それで、ヒューログを守るために頭が足りないふりをしていました。デューロー叔父にヒューログを奪われたくありません」

カリアルン王はおれの腕に触れ、その手に力をこめた。

「そなたは本当にドラゴンの骨のあ<ruby>り</ruby>かを知らないのか？　わたしには信じられない」

以前にも、同じことを言われた。だから、おれも前と同じように答えた。

「おれがドラゴンの骨のことを知ったのは、バスティラがヒューログにやってくる数週間前です。そのころ、オレグは父に仕えていました」その前は、祖父に仕えていたが、カリアルン王に説明する必要はない。「父がオレグを虐待したため、最初、オレグはおれを信用しませんでした。ヒューログの秘密をいろいろと話してくれるまで、ずいぶん時間がかかりました」

「もっと秘密があるのか？」と、カリアルン王。驚いた口調だ。おれがカリアルン王を期待させるようなことを言ったのだろうか？　おれは自分が話した内容を思い返した。

秘密をいろいろ、か……。これは、まずい。魔力にとりつかれた者にとって、秘密とは魔力のことだ。ドラゴンの骨のほかにも秘密があると思われたら、カリアルン王をヒューログから追い出せなくなる。もっとも、ヒューログには、ほかの秘密などない。

おれはうなずき、事実を話しはじめた。

「祖父が宝を売り払ってしまいました。小人族《ドワーフ》が作った鎖かたびらが四領……祖父の魔法使いが見つけた魔法の道具の数々……たくさんの高価なタペストリー……。約五十年前のことです。二年つづきの飢饉《ききん》を乗り切るためでした。ヒューログ城の帳簿を見ると、そのとき二千枚の銀貨が残っていました。帳簿によると、その後、父が一部を使いましたが、千二百枚の銀貨が残っているはずです。それなのに、金庫のなかには、銀貨がありませんでした。オレグは銀貨のありかを知っているはずです——賭けてもいいですよ。それだけの大金があれば、羊をまとめて買えます。そうすれば、ヒューログを復活させられます」

おれはいつものノロノロした口調で話した。カリアルン王の表情に変化はない。おれは話しつづけた。

「父と祖父は農耕馬を買おうとしましたが、よほどうまく訓練しないと、馬で儲けることはできません。それに比べて羊は……」

おれが羊の飼いかたについて熱く語っていると、カリアルン王の目から興味が消えうせていった。

シャツを脱ごうとして裾《すそ》をつかんだときには部屋に誰もいなかった。だが頭からシャツを脱ぎおえると、オレグが立っていた。

「ゆっくり話すのはしかたないとしても、だらだらと話すのはよくありません。相手が退屈して酒を飲みはじめますよ」と、オレグ。「あなた様が北アビンヘル産の羊と南アビンヘル産の羊の違いを話しているあいだ、カリアルン王は剣の柄《つか》を握っていました。気づいていましたか？」

この船で目覚めて以来、オレグがこんなに話すのは初めてだ。おれはイヤな予感がした。「今度は何をするつもりだ？」おれは穏やかな口調で話しかけた。ちょうど退屈していたところだ。今夜こそ、オレグと話し合おう。「おれを床に落とそうとして、ネズミたちにハンモックのロープをかじらせたんじゃないのか？」

この船では、おれは寝台ではなくハンモックに寝る。そのほうが船酔いしないからだ。

オレグが目を丸くしたので、おれはハンモックの最上部（ここが壊れたら、おれは頭から落ちる）をグイッと引っ張ってみた。そしてもう一度。すると、ハンモックを固定するフックが梁《はり》からはずれた。ネズミたちがかじったのは、ロープではなく梁だ。

おれは無言のまま、衣裳箱をひっくり返して踏み台にすると、はずれたフックをもう一段上の板に引っかけた。フックがおれの体重に耐えられるかどうか試してみたが、大丈夫そうだ。衣裳箱を元どおりにして、その上に座った。とうとう話し合うときがきた。ヒューログを救うためには、オレグの協力が必要だ。これ以上、仲たがいをつづけるわけにはいかない。

「きみはドラゴンの骨をカリアルン王に渡したくないんだろう？　でも、おれには防ぎようがない」

「美しいドラゴンでした」と、オレグ。ひとりごとのようにつぶやいた。「深紅と金色のウロコ……波をあやつる鳴き声……。セレグ様はヒューログを失うのが怖くて、ドラゴンを殺しました。ドラゴンの死を嘆き悲しむ一方で、自分の行ないを正当化しました。自分のせいで、一族に末代まで呪いがかかるというのに……。セレグ様は、侵略者からヒューログを守りたい一心でドラゴンを殺し、そうして手に入れた魔法で敵を撃退しました。でも、その罪を認めようとしませんでした」オレグは後ずさりした。「セレグ様はドラゴンを殺せばどんなことになるか知っていました。ヒューログ城主《メーテン》の血筋には魔法使いが多いのに、セレグ様がドラゴンを殺してからあなた様が生まれるまで、一族に一人も魔法使いが生まれていません」

おれはオレグをじっと見つめながら、アクシールとオレグから聞いた話を思い出した。「それで、ドワーフ族がヒューログに寄りつかなくなったのか？　ドラゴンが殺されたせいじゃなかったんだな。セレグがドラゴンを殺したと知ったら、ドワーフ族はヒューログを攻撃したに違いない。そんな記録はないが、ドラゴンの死がヒューログに不幸を招いたのは、たしかだ。そしてドワーフ族は病《やまい》におかされ、魔力は弱まった」オレグがうなずいたので、おれは大きなため息をついた。「鉱物が尽き、豊かな土壌が塩害に侵されたことも、それが原因か。おれは古い収穫高の記録を見たことがある。いまの収穫高は、もっとも豊作だった年の半分にも満たない」

「そうです」と、オレグ。小声だ。

おれは立ち上がり、歩きだした。

「だけど……影響を受けたのは、ドワーフ族と交易をしていた王国だけじゃないだろう？　メノーグで神殿の遺跡の頂上に立って、エスティアンを見おろしたときに思った。エスティアンもどんどん衰退している。衰退したのは、ヒューログだけじゃない。でも、原因はヒューログだ」

「そうです」ふたたびオレグは、つぶやいた。

「一族にかけられた呪いは、ヒューログに魔法使いが生まれなくなったことだけじゃない。昔の母は幸せそうだった。でも、ヒューログに住んでいるあいだに、だんだん正気を失った。父が事故死したのも呪いのせいだ」

おれは、夢のなかでオレグから聞いたヒューログにまつわる話を思い出した。

「ヒューログは、そこに住む人間を破滅させる。祖父には八人の実子がいたけど、六人が子どものころに死んだ。生き残った父とデューロー叔父は、幼いころに里子に出された。シアラは口がきけないし、トステンはみずから命を絶とうとした」

船酔いのためにイライラしているせいだろうか、先祖の軽率な行動が一族に不幸を招いたと思うと、何かに八つ当たりしたい気分だ。

「そして、あなた様は魔法を使えなくなりました……」

おれが片手を振ると、部屋じゅうの灯油ランプにパッと火がともった。

「少しは使える」

オレグは、その場に凍りついたように動かない。おれを恐れているからだ。船酔いと疲れのせいで、おれはイライラしてオレグにどなりちらした。まるで、かつての父のように……。おれは大きく息を吸って目を閉じると、怒りの炎をひとつひとつ消していった。堕《お》ちた英雄セレグに対する怒り……父や母への怒り……ヒューローグへの怒り。おれの魂は魔力にとりつかれ、妹は口がきけなくなり、母は正気を失った。しかし、もっとも大きかったのは、おれを信じようとしないオレグに対する怒りだ。

〝怒りは、愚かな感情よ。怒りは敵の剣より確実に、あなたの命を奪うわ〟

スタラ叔母の声が頭のなかでこだまして、おれは冷静さを取り戻した。おれが勝手にセレグを英雄だと思っただけだ。セレグのせいじゃない。父がおれを嫌ったことも、母が正気を失ったことも、おれのせいじゃない。怒りがおさまると、おれはオレグを見た。オレグは、おれの何倍もつらい目にあってきた。

「おれには、セレグが犯した罪を消すことはできない。昔の過《あやま》ちを正すこともできない」

おれに対する恐怖なのか、激しい憎悪なのか、オレグは紫色の目を大きく見開いておれを見た。ここから逃げ出したそうな顔だ。

「もう少しヒューローグに近づいたら、きみの魔法でヒューローグに戻れないか？　そうすれば、デューロー叔父がヒューローグ城を守る手助けができる」

「叔父上にはヒューローグを守れません、ワード様」と、オレグ。「ヴォルサグ軍は大軍です。〈青の防衛軍〉が全員で立ち向かっても、太刀打《たちう》ちできません。しかも、今はスタラ様と五十人の〈青の防衛軍〉がヒューログを離れています。包囲されたら、おしまいです」

おれは、ほかの案を考えた。

「それなら、ドラゴンの骨の場所をどこかに移せないか？」

オレグは首を横に振った。

「洞窟の外にあろうと、なかにあろうと、半径百六十キロ以内にいる魔法使いなら誰でもドラゴンの骨を探し当てることができます。でも、心配はいりません。セレグ様の魔法によって、ぼくは死ぬまでヒューログ城に結びつけられて、ドラゴンの骨を守らなければなりません」

「カリアルン王からドラゴンの骨を守る方法があるのか？」

「いいえ」オレグは、おれから顔をそむけた。

「オレグ」おれは返事を待った。「オレグ！」

ようやく、オレグはおれを見た。

オレグがどんな返事をするか——おれにとって重要な問題だ。おれはそれを悟られないように咳払いした。

「ヒューログ城主《メーテン》の地位を取り戻すためだけに、おれが叔父を殺すと思うのか？」

突然、オレグの表情が変わり、おれの前にひざまずいた。

「あなた様は、ご自分の名誉のためにドラゴンを殺すようなかたではありません。信頼を裏切るようなかたでもありません」

力強い口調だ。おれはオレグを信じたい。でも、おれはイヤと言うほど奴隷を見てきた。奴隷は主人が望むように答え、その答えが真実だと思いこもうとする。

オレグが顔を上げた。今まで見たことのない表情を浮かべている。すぐに、それが期待の表情だとわかった。

「あなた様はヒューログを裏切るようなかたではありません」と、オレグ。「結果がどうであれ、正しいことをなさるでしょう」含みのある話しかたが気になった。いったい何を言いたいんだ？

そのとき、収納箱の向こうの暗闇から、チュウチュウと騒がしい鳴き声が聞こえ、小さな影が走り出てきた。オレグはおれのびっくりした顔を見て笑いだし、首の後ろの毛をつかんでネズミをつまみ上げた。それから、ネズミに話しかけた。ネズミを床に降ろすと、ネズミは部屋の暗闇のなかへと走り去った。

オレグは膝を引き寄せて抱え、そのまま顔をうずめた。肩を小刻みに震わせて笑っている。

「あなた様の毛布に、腐った魚を入れたそうです」

「明日の夜明けには、ティルファニグに到着するそうだ。船長から聞いた」と、おれ。

オレグはハンモックにうつぶせになり、床を見ながら前後に揺らしている。外は真っ暗だが、小さな灯油ランプの明かりでも、船室のなかは充分すぎるほど明るい。

「えっ、なんですって?」と、オレグ。おれの話より、床を見ているほうがおもしろいらしい。

「床のひびを見るのはやめて、おれの話を聞け」おれは話しながら歩きはじめた。二歩進んで、回れ右。また二歩進んで、回れ右。船で二番目に大きい船室でも、この程度の広さだ。「できるだけ早く、ティルファニグに移動して住民にヴォルサグ軍が向かっていることを知らせろ。そして、領主からデューロー叔父に伝言を送らせろ。それから——」

「落ち着いてください、ワード様」と、オレグ。なだめる口調だ。オレグはゴロッと寝返りを打ち、ハンモックからおれの目の前にピョンと飛びおりた。歩くスペースがなくなり、おれは立ち止まった。「わかりました。町の住民たちにヴォルサグ軍が通り過ぎるまで避難するよう伝えます。それから、もう少しヒューログに近づいたら、魔法を使って二人でヒューログへ移動しましょう。そうすれば、あなた様は叔父上に警告できます」

この数日間で、オレグは変わった。オレグがおれを信用したからだろう。こんなに穏やかで機嫌のいいオレグは初めて見る。だが、おれは不安になってきた。今までよりも、もっと不安だ。カリアルン王の船で目を覚まして以来、ときどき不安に押しつぶされて、自信を失いそうになる。おれの計画は、バカバカしいほど薄っぺらだ。おれが何をしようと、デューロー叔父の命を救うことはできない。

おれには攻囲戦の経験がない。だが、ヒューログが秋までに陥落することくらい、おれにもわかる。だから、住民をヒューログから避難させ、ドラゴンの骨を手に入れたカリアルン王がヒューログから立ち去ることを願うしかない。不思議なことに、いつもは心配性のオレグが、そのことはまったく心配していないようだ。ヒューログの住民を避難させろと言っても、デューロー叔父はおれを信じないかもしれない。おれは自信がない……。だがオレグは、計画の成功を信じている。

「もし……おれがバスティラと一夜をともにしていたら、バスティラは、カリアルン王のもとへ戻らなかったかもしれないな」

おれは寝台にゴロリと横になった。オレグにハンモックを占領されていたからだ。

「関係ありませんよ、ワード様。どのみち、バスティラはカリアルン王に束縛されています」

「魔法で束縛を解けなかったのか、オレグ？」

「バスティラが強く望めば、できたと思います」と、オレグ。「でも、当のバスティラにその気がないのでは無理です」

オレグは憎らしいほど落ち着いている。おれは腹が立ち、ギュッとこぶしを握り締めた。父が暴力を振るうときも、いつもこうだった。おれは指の力をゆるめ、細長いマットレスに手のひらをギュッと押しつけた。

「ごめん、オレグ。ちょっとイライラしただけだ。これからどうなるのか知りたいんだ」

一瞬、オレグがホッとした顔になった。

「あなた様が望もうと望むまいと、なるようにしかなりません」

突然、オレグは顔を上げ、遠くを見つめたまま身動きしなくなった。

「ここまで近づけば、充分でしょう。すぐにティルファニグに移動して、住民に警告します」

「頼んだぞ」

おれが言いおえたときには、もうオレグの姿はなかった。

おれは深く、ゆっくり息を吸いこんだ。ついに始まった。ホッとしたのか、ますます不安になったのか、自分でもわからない。


ティルファニグの港には、船は一隻も見あたらなかった。人夫の姿もない。それでも、カリアルン王の船団は進みつづけた。沖合いで錨《いかり》を降ろすと、兵士と馬を港まで運ぶための数隻のウナギ型ボートを準備した。

「ここは、いつもこんなに静かなのか？」

船首から、カリアルン王の声が聞こえた。

おれはヴォルサグ軍のウナギ型ボートを見ながら、首を横に振った。北方人が使うボートより幅広で平べったく、ウナギには見えない。嵐の時期だったら、転覆したかもしれないが、今日の海は穏やかだ。まるで南方の海を渡るかのように、ウナギ型ボートは波間をすべるように進んでいった。

「住民は、どこにいる?」と、カリアルン王。

「トステンがデューロー叔父に伝言を届けたのでしょう」うっかり口をすべらせ、おれはあわてて取りつくろった。「あっ、大変です！　気をつけないと、馬が落ちそうで——ああ、よかった。馬に目隠しをしました。危うくボートが転覆するところでした」

「伝言?」と、カリアルン王。「どんな伝言だ?　デューローどのには、どのくらい兵がいる?」

おれは目をグルリと動かした。

「叔父にも、ハーベルネス将軍にも、魔法使いがいます。ティルファニグがもぬけの殻《から》ということは、ハーベルネス将軍の部下がデューロー叔父に伝言を送ったのでしょう」

一瞬、希望の光が見えた。叔父に魔法使いがついていることを、すっかり忘れていた。

「バスティラ、どう思う?」と、カリアルン王。

バスティラは首を左右に振った。

「聞くところによると、デューローの魔法使いは無能ですし、ハーベルネスの部下は伝達の技《わざ》を使えません。でも、オレグなら……」バスティラはチラリとおれを見た。

おれは肩をすくめた。

「オレグなら、できるかもしれません。でも、よくわかりません——オレグは秘密主義者ですから。心配はいりません。ティルファニグには、商人の用心棒として雇われた傭兵がせいぜい二十人いるだけです。もう夏も終わりですので、そう多くはいないはずです。叔父のもとには、〈青の防衛軍〉の半数しか残っていません」

「デューローどのは、ほかにも領土を持っているだろう？」

「タルベン国のイフタハールです」と、おれ。前にも話したことがある。立場は違っても、襲撃が気になるのは、カリアルン王もおれも同じだ。戦いの話をしているときのカリアルン王は、おれよりもずっと年上に見える。「イフタハールから兵を連れてくる時間があったとしても、ヴォルサグ軍の半分もいないでしょう」

「伝言が早く伝われば、それだけ早く兵を集められる」

「そうでしょうか？」と、おれ。少しイライラして声を荒らげた。「広い領土の移動には、かなりの日数がかかります。物資を積んだ四輪馬車は、まともな道路――少なくとも、踏みならされた道しか進めません。一日に二十五キロ進めれば幸運です。ここに到着するまでに、少なくともあと一週間はかかります。それまでには、あなたの軍隊を追っ払って、ヒューログはおれのものになっているでしょう。おれは、イフタハールの兵士を迎え入れるつもりです」

隣にいる〈ウミヘビ〉号では、魔法使いたちがバシリスクを甲板に連れ出してきた。バシリスクを〈ウミヘビ〉号からウナギ型ボートに移動させるつもりらしい。〈ウミヘビ〉号の近くに、滑車をつけた細長いウナギ型ボートがドボンと降ろされ、激しく揺れた。体重の重いバシリスクが動いたため、〈ウミヘビ〉号もバランスを失い、おれたちの船のほうに大きく傾いている。大波に襲われたら、船が転覆したかもしれない。

バシリスクは四本の脚で踏ん張っていたが、しばらくしてノシノシと甲板を横切り、揺れつづけるウナギ型ボートに飛び乗ろうとした。しかし、勢いあまって、ボートの縁《へり》から、そのまま海に落ちた。バシリスク——別名は石竜《ストーン・ドラゴン》だ——は泳げるのだろうか？

カリアルン王は舌打ちして、バシリスクが落ちたほうへ駆け寄った。おれも追いかけて海をのぞきこむと、バシリスクはちょうどおれたちの船の下に潜《もぐ》りこんでいた。しっぽで船体を激しく叩いている。船が激しく揺れ、おれはあわてて手すりにつかまりながら、落ちそうになったカリアルン王を反射的に片手でつかんだ。

カリアルン王は礼も言わずにおれを振り払い、反対側の縁へ駆け寄った。岩だらけの海岸付近でバシリスクが水面に姿を現わし、岸に這い上がった。エメラルドのような目を閉じて岩の上に座ると、すっかり岩に溶けこむ。今の騒ぎを見ていなければ、バシリスクがいるとは思わないだろう。

突然、おれは肩をポンと叩かれた。

「礼を言う。そなたのおかげで、船から落ちずにすんだ」と、カリアルン王。おれを見ながらニヤッと笑った。

おれもニヤッと笑い返した。あのまま海に落ちたら、カリアルン王は溺れたのだろうか？　海に飛びこんで〝救助〟するふりをして、カリアルン王を溺死させればよかっただろうか？　でも、そんなことを考える余裕はなかった。あのときは、とっさに〝カリアルン王を助けなければ〟と思ったのだ。

「陛下、ボートの準備ができました」船員の一人が、うやうやしく近づいてきた。

カリアルン王は手を振って〝先に行け〟とおれに合図をした。歩きだしたとたん、目の前が真っ暗になった。


おれは波の揺れがない部屋で目を覚ました。両手と両足をきつく縛られている。

「命の恩人を、このような目にあわせるのは心苦しいが……」と、カリアルン王の声。目を凝らすと、ぼんやり王の顔が見えてきた。またしてもバスティラに魔法をかけられたらしい。だが、前回ほどのダメージはない。きっと慣れてきたのだろう。

「まだ、そなたを信用するわけにはいかぬ」と、カリアルン王。本心らしい言葉だ。「われわれがヒューログ城を手にしたら、迎えをつかわす。それから〝ヒューログ城の奪還をもくろむ城主〟を演じればよい。バスティラと魔法使いたちが得意の魔法で、うまく取りはからうだろう。ここは安全だ。そなたが人質だということは、わたしの側近しか知らない。まんいちティルファニグの住民が戻ってきても、隣の部屋にはバシリスクがいる。魔法使いの話では、日に日に手に負えなくなってきたらしい。デューローどのの兵どころか、味方の兵まで殺しかねん。だから、そなたの護衛役として残してゆく」

おれはズキズキと痛む頭で——ゆっくりと——うなずいた。

「わかりました。ヒューログ城が陛下のものになるまで待ちます。でも、バシリスクが腹をすかせるまで、ここに縛りつけられるのはゴメンです」

カリアルン王は声を上げて笑い、バスティラを連れて部屋から出ていった。

「バシリスクを連れてきたのは誤算でしたね」部屋の閂《かんぬき》が閉まると同時に、オレグが暗闇から現われた。「いずれ手を焼くだろうと思っていました。ヒューログから遠いとはいえ、ここはドラゴンの魔法に満ちています。よく似た魔力を持つバシリスクが影響されないはずがありません。いったいどうやってコントロールするつもりなのか……。愚かなふりができるのは、あなた様だけではなさそうです」

「住民は避難したのか？」

「叔父上からの伝言をティルファニグの領主に届けました。さいわいにも文字が読めたようです」と、オレグ。

「叔父からの伝言？」

「叔父上の印章と署名つきの書信です」と、オレグ。「ぼくは偽造もうまいんです。叔父上の正式命令を受けて、ティルファニグの住民たちは安全な丘に避難しました」

オレグはブーツから細いナイフを取り出し、おれの両手足を縛る紐《ひも》を切った。

ヒューログに伝言を送るのはやめた。伝言だけで、デューロー叔父がヒューログを離れるとは思えない。おれだって、そんなことはしない。

「ヒューログの住民にも知らせてくれるか？」と、おれ。

「できません」

おれは手首をさする手を止めた。

「できない？」胃がキュッと痛んだ。ヴォルサグ軍が、おれの……叔父の人民を皆殺しにするのを黙って見ていろというのか？

「あなた様から離れすぎてしまいます」

おれは気を落ち着けた。

「では、できるだけヒューログに近い場所まで行けばいいんだな？　カリアルン王がティルファニグを出発したら、ここを脱出して……なぜ首を振る？　それもできないのか？」

「あなた様が逃げないように、バスティラが建物全体に魔法をかけました。特殊な魔法なので、解こうとすれば、間違いなくバスティラに気づかれます。バスティラは、あなた様がもっと魔法を使えるのではないかと疑っています。シルバーフェルスで薪《まき》に火をつけるところを見たからでしょう」

「つまり、きみは自由に出入りできるが、おれからはあまり離れられない。でも、おれが逃げようとすればバスティラに気づかれる——ということか……。問題はバスティラだな？」

オレグはうなずいた。

「カリアルン王には、あれだけの魔法使いがついています。ぼくたちの計画が知れたら、おそらく阻止されるでしょう。でも、バスティラはあわてていました。扉にかけた魔法は長くは持ちません。もともと扉は人を出入りさせるためのものです。その本来の力が、閉じこめる魔法を打ち消そうと働くのです」

「扉の向こうにはバシリスクがいる。バシリスクは、カリアルン王が思うほどバカじゃないと言ったな？　交渉してみるか？」

オレグは首を左右に振った。

「自分の獲物との交渉に応じるとは思えません。でも、数分間、身体に触れることができれば、ぼくが魔法であやつれます」

「ここでもか？　ドラゴンの魔法があるのに？」

オレグがニッコリ笑った。

「だからこそ、できるんです」

「じゃあ、しばらくのあいだ、おれがバシリスクの注意を引きつけておけばいいんだな？」

ものを見つけだす魔法のおかげで、バシリスクの居場所はわかる。扉の向こう三メートルのところだ。まだうまく魔力を取り戻せないが、魔力のありかは正確にわかる。きっと、この能力が役に立つはずだ。ついさっきトステンと目隠しして剣の稽古をしたかのように、感覚が冴えわたっている。バシリスクが船を降りる前から、おれは勝利を確信していたのかもしれない。

部屋の片隅にほうきが立てかけてあった。とても武器とは呼べない。〝棒〟というより〝棒切れ〟だ。これを武器に、おれは目隠しをして、居場所を教えてくれる魔法だけを頼りにバシリスクに挑まなければならない。バシリスクと目が合えば、身動きできなくなるからだ。

「シャツを貸してくれ、オレグ」おれは決心した。

「なぜです？」

「ランディスロー卿のような死にかたはしたくない。目隠しのためだ」

「ご自分のシャツがあるではありませんか？」

そう言いながらも、オレグはシャツを脱ぎはじめた。

「なぐられたときのために、一枚でも衣服は厚いほうがいい。できるだけ早くバシリスクに魔法をかけてくれ」おれはほうきを壁にピシャリと打ちつけた。曲がりはしたが、折れはしない。木の壁の向こうでバシリスクがソワソワと動きまわっている。「隣の部屋は、かなり広そうだな。ここは波止場の倉庫か？」

オレグはうなずいた。

「これから収穫する作物の貯蔵庫のようです」

ぐずぐずしている暇はない。船旅で馬が弱ってはいても、カリアルン王の軍勢は、夕方にはヒューローグに到着するだろう。それよりも遅れてはならない。

おれはオレグのシャツを引き裂き、数枚の細長い布切れで目隠しすると、オレグに手を引かれて扉に近づいた。この向こうにバシリスクがいる。ほかの能力は上がっても、魔法の知識は少しも身につかなかった。でも、ものを見つけだす魔法だけは、いつでも自在に呼び出せるはずだ。

〝バシリスクはどこだ？〟

いつものように魔法が答えた。目で見るよりも正確だと信じたい。

「扉を開けろ」と、おれ。

オレグが勢いよく扉を開けると、バシリスクはおれを招き入れるかのように後ずさりした。

「さあこい！　こっちだ！」

バシリスクの気を引くように、おれは大声で叫んだ。

バシリスクがゆっくりと近づいてきた。オレグの言うとおり、バシリスクはバカじゃない。おれは後ずさりし、何かにドンとぶつかった。手の甲で触れると、垂直な柱のようだ。すばやく後ろにまわりこんだ瞬間、何かが激しくぶつかる音がして、柱がバキッと折れた。バシリスクは怒りとも痛みともつかぬ叫びを上げると、すばやく身をひるがえし、こちらに猛然と向かってくる。おれはバシリスクに飛びかかった。

逃げても無駄だ。せいぜい柱に頭をぶつけるか、壁に激突するだけだろう。魔法のおかげでバシリスクの位置はわかる。だが、壁に注意しながら反った床板《ゆかいた》を同時に見ることはできない。

おれはほうきでバシリスクの鼻を思いきりなぐりつけた。ほうきの柄が折れ、おれは息をのんだ。頭のなかが真っ白だ。〝助けてくれ……〟そのとき魔法がささやいた――恐ろしく巨大で、危険なものが左側から襲ってくる！　おれは馬がフェンスを跳び越えるようにギュッと膝を折り曲げ、思いきり高く跳び上がった。

その瞬間、踵《かかと》がバシリスクに当たり、おれは手足を広げて空中に投げ飛ばされた。すぐに身体を丸めたが、目隠しのせいで着地に失敗し、床に頭をガツンと打ちつけた。本能的に立ち上がったものの、眩暈《めまい》がして、バシリスクの位置がわからない。

顔の上で何かがチラチラ動き、激しい恐怖に、おれは正気に戻った。ランディスローを食い殺す前も、バシリスクは〝獲物〟の顔をなめていた。バシリスクは、立ちすくむおれを見て、〝こいつはもう動けない〟と思ったに違いない。

おれはとっさに魔法を呼び出し、バシリスクの位置を見つけると、バシリスクの頭部の下にもぐりこみ、床を転がった。あまりの恐怖に、目隠ししていてもバシリスクの大きく開けた口が見えるようだ。

おれの動きに驚いたバシリスクが一瞬、動きを止めた隙に、おれはバシリスクの片方の後脚をつかんだ。気がつくと、まだ折れたほうきを持ったままだ。おれはほうきの柄を捨て、バシリスクの脚を握りなおした。

バシリスクの身体は思った以上に柔軟だ。反対側の後脚をぐっと伸ばし、おれの背中に鋭い爪を立てた。必死にしがみついていたら、死んでいただろう。だが、おれの身体にはスタラ叔母の訓練がしみついている。こんなときは、衝撃に抵抗するよりも、身をまかせることだ。おれは反射的にバシリスクの後脚から手を放して床に身を投げ出し、転がりながら立ち上がると、壁や柱に顔から激突しないように両手を伸ばして脱兎のごとく駆けだした。ようやく壁にたどり着き、おれは、あえぎながら振り向いた。

またしてもバシリスクの位置がわからなくなった。貯蔵庫のなかは静かで、バシリスクのウロコがこすれる音がかすかに聞こえるだけだ。どっちから聞こえるんだろう？　生温《なまあたた》かい液体が背中から脚に伝い落ちた。血だ。バシリスクから受けた傷はひどいのだろうか？

そのとき、オレグの声がした。

「捕まえました。目隠しを取っても大丈夫です」

「こいつをどうする？」

目隠しをはずすと、オレグがバシリスクの肩から床にすべりおりるところだった。

「バシリスクはここで死ぬでしょう。気候が寒すぎます」と、オレグ。バシリスクを見て顔をしかめた。

「こいつは人間以外は食べないのか？」と、おれ。めずらしい生き物を助けたいのはやまやまだが、この村の住人を餌食《えじき》にするわけにはいかない。

オレグはおどけた目でおれを見た。

「たまには食べるかもしれませんが……。とにかく、大昔の魔法使いが使った手でやってみます」

オレグは深く息を吸い、バシリスクの脇腹に両手を置いた。オレグの魔法が温風のように部屋に流れこみ、ヒューログを離れたせいでおれの心にぽっかり開いた穴を満たしてゆく。おれは恍惚感を悟られないように目を閉じ、魔法のぬくもりを毛布のように身体に引き寄せた。

「石になれ」

オレグが古代シャビグ語で叫んだ。力強い口調だ。おれは思わず目を開けた。

魔法は金色の霧のようにきらめきながら部屋じゅうを満たし、オレグとバシリスクとおれを包みこんだ。オレグが魔法でバシリスクのウロコに模様を描くと、見るまに繊細なウロコの輪郭がぼやけて消えはじめ、バシリスクの身体は深緑色から灰色に変化しながら縮んでいった。

魔法が消えたとき、貯蔵室には、おれとオレグしかいなかった。バシリスクの姿は、どこにもない。あるのは、バシリスクの身体の半分ほどの大きさの石だけだ。石の下の汚れた床にぬかるみができている。

オレグは手の指をほぐし、首筋を伸ばした。魔法を使うと筋肉が凝るとでも言いたげだ。

「急ごう」と、おれ。

オレグはうなずいた。

「カリアルン王づきの魔法使いがバシリスクをよみがえらせないように、とどめを刺しておきます」

オレグが両手を前に突き出すと、石はぬかるみのなかに沈みこみ、床の上には黒いしみだけが残った。数時間後には乾いてしまうだろう。

馬を探す時間はない。オレグが扉にかけられた魔法を解き、シャツの残りぎれをおれの背中の傷に巻きつけると、おれたちは一時間まえにカリアルン王の軍勢が通った道を走りだした。希望だけを胸に、息苦しさも脚の痛みも忘れ、がむしゃらに走りつづけた。こんなに必死に走ったのは初めてだ。

数キロ走ったところで、おれは考えるのをやめ、脚を前に動かすことだけに意識を集中させた。感じるのは、走るリズムと、耳の後ろに響く心臓の鼓動だけだ。

ふと、オレグに腕をつかまれた。それでもおれは走りつづけ、次の瞬間、寝室の丸椅子につまずき、石の床にドスンと尻もちをついた。ここは……ヒューログ城の自室だ。オレグが魔法で運んでくれたらしい。

久しぶりの部屋は、召使が長いあいだ風を通さなかったかのようにカビくさかった。家具の表面に積もった埃《ほこり》が、細長い窓から差しこむ光に浮かび上がっている。

「オレグ、デューロー叔父はどこだ？」

ふたたびオレグがおれの腕に手を伸ばした。つぎの瞬間、おれはオレグの手が支えてくれるのも待たずに床で一回転し、立ち上がった。いつまでも座りこんではいられない。これから叔父に会って、話をしなければならない。おれは大広間の中央に向かった。

叔父が何をしているにせよ、大広間でスタラ叔母と話をしているとは思っていなかった。トステンが全速力でカリスに行ったとしても、スタラ叔母は、まだ半分の距離も来ていないはずだった。だが、意外にもテーブルの片側にはベックラム、アクシール、トステン、シアラが並び、向かい側にはデューロー叔父とスタラ叔母が立っていた。その後ろに、背の低い、頑丈そうな男たちが輪になっている。ドワーフ族だ。トステンが顔を上げて、こちらを見るまで、おれはポカンと口を開けたままだった。

「どうしてここに？」おれはトステンに嘘がバレるのもかまわず、たずねた。まさか、トステンたちがカリアルン王の軍勢よりも先に到着するなんて……。いったい、どういうことだ？

ベックラムは顔をしかめ、アクシールに向かって首をかしげた。

「それはこっちのセリフだ。扉が開く音もしなかったぞ」と、ベックラム。表情をやわらげた。「酒に酔ったアクシールが、〝自分はドワーフ族の王子だ〟と告白した話は、〈青の防衛軍〉の兵から聞いただろう？」

「ああ」と、おれ。

ベックラムはうなずいた。「ドワーフ族は実にすばらしい移動手段を持ってる」

「ベックラムの話では、何か計画があるらしいな、ワード？」デューロー叔父が話に割りこんだ。「カリアルン王の軍勢はどれくらいだ？」

「千人ほどです」と、おれ。そうだった――こうしてはいられない。「ちょうどティルファニグを出発したところです。日暮れまでには、ここに着くでしょう。〈青の防衛軍〉の兵を全員そろえたとしても、ヒューログは守れません。もし守れるとすれば……アクシール、おまえの部下は、ここに何人いる？」
「ここにいる者だけです。戦《いくさ》に大軍勢を送りこんだ時代は、はるか昔に終わりました、ワード様。カリスに残した〈青の防衛軍〉の兵たちは、普通の道を戻ってきます。帰り着くまでには時間がかかるでしょう」

「わかった」おれは大きく息を吸いこんだ。「となれば、ヒューログの住民を全員、山中に避難させるしかない。カリアルン王の目的はヒューログじゃない。ヒューログに眠る宝《ほう》物《もつ》だ。カリアルン王は宝のありかを知っている。それさえ手に入れたら立ち去るだろう。だが、急いだほうがいい。山頂にある青銅の扉に住民を集めよう。あそこなら数キロ先まで見わたせる。カリアルン王の軍勢が攻めのぼってくるのも見えるし、下からの攻撃にも対応できるはずだ」

言いおえて初めて、おれは自分が命令を出していたことに気づいた。

叔父が何か言いたげに、おれを見つめた。叔父は〝頭の足りないワード〟しか知らない。いつベックラムとトステンが戻り、叔父に何を話したかはわからない。でも、おおかたの事情は聞いたのだろう。叔父はうなずくと言った。

「そこまでカリアルン王が迫っているのなら話は後だ。すぐに準備にかかろう」

避難には思った以上に時間がかかったが、叔父は抜かりがなかった。馬丁たち全員を馬に乗せ、叔父の領地であるイフタハールに避難させる一方、ありったけの食料と、毛布や武器になりそうなものを集めさせた。おれは武器庫で父の剣と短剣を見つけ、腰帯につけた。おれの剣はカリアルン王に奪われたままだ。

武器庫から出たとたん、母と出くわした。

母はぼんやりした表情で笑いかけた。

「いつ戻っていらしたの、フェンウィック？」

「母さん、おれだ――ワードだよ」首筋に鳥肌が立った。「父さんは死んだ」

母はニッコリ笑ったが、目はうつろだ。

「ええ、わかっておりますわ。坊やの今日のご機嫌はどうかしら？」

「ここでしたか、奥様」母の侍女が廊下を曲がって小走りにやってくると、おれを申しわけなさそうに見やり、分厚い毛織りのマントを母の肩にかけた。「さあ、中庭にまいりましょう」と、侍女。母に声をかけ、おれに向きなおった。「最近はずっと、こんなご様子です。ご自分がどこにいるかも、おわかりになりません」

ふと気づくと、オレグが隣に立っていた。両手いっぱいに毛布を抱えている。

おれは深く息を吸った。

「準備はできたか？　よし、庭に出よう」

中庭では、すでにデューロー叔父が采配を振っていた。おれは、ほれぼれと叔父を見つめた。〈青の防衛軍〉の兵に指示を与え、城内の召使たちをかき集めたにわか作りの軍勢を見事に統率している。叔父が指示を終えると、寄せ集めの軍勢は、ヒューログを見おろす山の頂《いただき》にある青銅の扉に向かって整然と歩きだした。たしかに楽な道ではない。だが、いまは一刻を争う事態だ。頼むから、もっと急いでくれ。

「それで――」ベックラムが近づいてきて、声をかけた。「青銅の扉の下を掘ったことはあるのか？」三、四歳の眠そうな子供を抱いている。まかない女の娘らしい。

ベックラムがおれに会話を求めてきたのは初めてだ。青銅の扉のことは、話のきっかけにすぎない。仲なおりの口実だろう。

おれは話を合わせた。

「いや。きみとエルドリックが扉のまわりに溝を掘った後、父さんに穴を埋めさせられた」

ベックラムはハハッと短く笑った。

「エルドリックは時間の無駄だと言って反対した。あれは、おれが一人でやったんだ」抱かれた女の子が不安そうにベックラムの顔を見あげ、ベックラムが笑いかけると、安心したように首を引っこめた。「どうして、あんなところに扉があるんだろう？」

おれは肩をすくめ、ベックラムと並んで山道を登りはじめた。オレグなら知っているかもしれない。

「はるか昔から、あそこにあるんだよ、ベックラム。昔は、あの下にドワーフ族の秘密の通路があると思っていた。でも、ドワーフ族のトンネルの入口はヒューログ城のなかにあるらしい。ヒューログ城主《メーテン》……いや……父は、古代の英雄の墓だと思っていたようだ」

ヒューログでは死者を丘の中腹に埋める。古くからの慣習らしい。

目の前で母が倒れた。侍女が抱き起こそうとしても起き上がる気配はない。おれはためらいながら母のかたわらにひざまずいた。

「母さん?」と、おれ。

母は、うつろな目でおれを見つめた。

「伯母上、止まってはいけません」と、ベックラム。子供を抱いているので、母に手を貸すこともできない。

どうすればいいんだ? おれは苦しまぎれに、なつかしいヒューログの魔法に手を伸ばした。魔法で何かをしようと思ったのではない。だが、気がつくと、母のうつろな目の奥に昔の母を探していた。なんと言っても、おれは〈見いだす者〉だ。

魔法のささやきが聞こえ、おれは首筋に寒気《さむけ》を感じた。うつろな眼差しの奥には何もなかった。本当に何もない。からっぽだ。優しかった母は二度と戻らない。

「おれが運ぼう」

おれは不安そうな侍女に言うと、あえぎ、もがく母を抱え上げ、残りの山道を山頂まで登った。これからおれは、薬草におぼれて自分を失った母ではなく、父が戦で留守のときに遊んでくれた若かった母を思い出すだろう。

カリアルン王がヒューログに到着する前に、なんとか全員が青銅の扉にたどり着き、おれはヒューログ城が見おろせる場所を探して腰をおろした。かなり疲れているはずだ。実際、疲れきっていた。だが、ヒューログの魔法が全身にみなぎり、それほどきつくはない。山の高みからカリアルン王の大軍勢が近づいてくるのを見ても、心は穏やかだった。カリアルン王の軍勢は開け放たれたヒューログ城の門の前で足を止め、そのまま動かない。偵察兵を送りこんで、城内に人がいないことを確かめているのだろう。やがて数騎の兵が城門から中庭に向かって駆けこんだ。

トステンが背後から近づき、おれの肩を強く叩いた。大広間で再会してからトステンと話すのは初めてだ。

「痛いじゃないか」と、おれ。声をひそめて言い返した。山では小さな音も伝わりやすい。デューロー叔父から、〝ヴォルサグ軍が現われたら音を立てるな〟と警告が出たばかりだ。

「ぼくを安全な場所に避難させて、栄光を独りじめしようとした罰だ。ハーベルネス将軍は、〈青の防衛軍〉がカリアルン王よりも早くヒューログに到着するのは不可能だと言った。兄さんも知っていたんだろう？」と、トステン。激しい口調だ。

おれは叩かれた肩をさすった。トステンが怒るのも無理はない。

「どうやってたどり着いた？　大広間でおまえを見たときは、びっくりして腰を抜かすところだった。てっきりカリスにいるとばかり……」

トステンの少年のような笑顔に胸が痛んだ。

「ぼくの話を聞けば、きっと兄さんも一緒に戻りたかったと思うよ。ドワーフ族と交易していた城が数えるほどしかなかったことは知っているだろう？」

　おれはうなずいた。

「それはドワーフ族が地下水道を利用していたからだ。しかも入口が地表にあるのは、ほんのわずかしかない。そのなかのふたつがヒューログとカリスだったんだ」トステンはクスクス笑った。「ぼくたちはアクシールの手引きでヒューログ城の地下室に出た。そのときのハーベルネス将軍の驚いた顔といったら……兄さんにも見せたかったよ」

「人間にドワーフ族の秘密の通路を教えたと知ったときの父の顔も、お見せしたかった」と、アクシール。おれのそばに座ると、八人のドワーフがアクシールの正面に腰をおろした。まるで儀仗兵のようだ。おれはアクシールから渡された毛布にくるまった。「父には事情を話し、通路の使用を認めてもらいました」父親の寛容さを認めさせたいかのように、じっとおれを見つめた。「しかし、楽ではありませんでした、ワード様。地下水道を移動するには、かなりの魔法が必要です。父の魔力にも、かぎりがあります」

　トステンは感心したように首を振った。

「信じられないような体験だったよ、兄さん。途中には水晶でできたような洞窟もあった。タルベン人が川遊びのときに使う、川船のような平らなボートに乗ったんだ。でも、水流は急だった。ボートがあって助かったよ。そのまま流されたら、とても楽しむ余裕はなかった」

　シアラと一緒に近くを歩いていたベックラムが立ち止まって言った。「信じられないよ。

全員が無事ヒューログに降り立つことができたなんてな」

シアラは腰をおろし、おれの毛布の半分を引っ張って身体に巻きつけた。腕を伸ばしてシアラの肩を抱き、ようやくホッとした。ヒューログの魔法が心を満たしてゆく。シアラの姿に、戻ってきた喜びがひしひしとこみあげた。厳しい状況だが、ヒューログも、叔父も、この危機を乗りきるだろう。ここなら、カリアルン王にも、まず気づかれない。

おれはヒューログ城を見おろし、城壁にそって動く火の粉を幸せな気分で見つめた。松《たい》明《まつ》を持ったヴォルサグ兵が城壁の上を歩いているらしい。オレグはおれの足元に座り、同じように至福の表情を浮かべている。おれは不安になった。あれほどドラゴンの骨のことを心配していたのに……カリアルン王に奪われても平気なのか？　さっぱりわからない。

「カリアルン王がドラゴンの骨に近づいています。さっさと仕事を片づけるつもりのようです」と、オレグ。夢見るような——だが、誰の耳にも聞こえる声だ。

「なんだって？」と、アクシール。いままで聞いたこともないような、驚いた声だ。「ドラゴンの骨とは、どういうことだ？」

オレグはアクシールに笑いかけた。

「カリアルン王がほしがっているものです——話しませんでしたっけ？」と、オレグ。無邪気な口調だ。「ワード様は、ヒューログの人々を救う代償として、カリアルン王にドラゴンの骨を渡すと約束なさいました」

やけに取り澄ました表情だ。おれはシアラから身体を離し、オレグを見つめたままシアラの身体を毛布でしっかりくるんだ。

アクシールが振り向き、責めるような目でおれを見つめた。

「ヒューログにドラゴンの骨があるのですか？」

おれはうなずいた。

一人のドワーフが冬の風のような声で言った。

「愚かな人間がドラゴンの骨をもてあそばぬよう、ドラゴンは仲間の死骸を食べます。骨があるはずはありません」

アクシールは仲間の言葉を無視し、恐怖に震える声で言った。

「カリアルン王に渡してはなりませんいいい」これほど動揺したアクシールを見るのは初めてだ。

「カリアルン王がオランストーン国で何をしたかをお忘れですか？　あの村の惨状をごらんになったでしょう？　カリアルン王は、わずかな魔力を手に入れるために殺戮《さつりく》を行ないました。そのような人間にドラゴンの骨を渡すおつもりですか？」

オレグはおれに向かってニッコリ笑った。

「ワード様はドラゴンの骨のことをご存じありません。魔法の訓練も受けていません。ワード様にドラゴンの骨の力を教えてあげてください。ぼくの話だけでは信じられないようです」

「人間の魔法使いにドラゴンの骨を与えるのは、わら小屋にいる子供に火のついた松明を与えるようなものです」と、アクシール。言葉をしぼりだした。

「許されない行為です」さっき発言したドワーフが、あわてて立ち上がった。「あまりに魔力が強すぎます……破壊的な力です。そもそもドワーフ族が衰退したのは人間の魔法使いがドラゴンの骨を使ったからだと、われわれの王は思っています」

〝セレグのことか〟――おれは思った。〝セレグはドラゴンの骨から魔法を手に入れたのか？〟

「カリアルン王は、この世のすべてを破滅させるでしょう、ワード様」と、アクシール。夕闇のなかで、日焼けした顔が青白く見える。「おお、神よ……もう、おしまいです」

「カリアルン王が洞窟に入りました」オレグはネズミをにらむネコのように真剣な目でおれを見つめた。おれに何をさせた？　すべて計算ずくだったのか？　オレグはドラゴンの骨がこれほど危険だとは、ひとことも言わなかった。「ワード様が阻止する方法をご存じです」

そのとおりだ。ああ、シファーンの神よ――おれは知っている。オレグが前に話してくれた。

「数日間なら、やつらを遠ざけておけると言ったな、オレグ」おれは切迫した口調で言った。

「できるかもしれません」と、オレグ。「でも、たんに事態を引き延ばすだけです。だから早く見つけるように、逆に手を貸しました。ワード様は以前、セレグが犯した罪をあらためることはできるのかと、ぼくにたずねましたね？」

〝敵であろうと味方であろうと、相手を突き動かすものが何かを知ることが重要だ〟――スタラ叔母の教えだ。見えない鞭がオレグの皮膚を切り裂いたとき、オレグは、かねてからの望みをおれに話した。だが、そのときは、たいして気にもとめなかった。

　オレグは死を望んでいる。

　すべてオレグが仕向けたことだ。船を降りたときから、オレグは着実に計画を実行していった。船上でおれに怒らなくなったのも、おれを今の状況に追いこむためだ。涙があふれ、胸が詰まった。それに気づかず、おれは愛する人々を守った気になっていた。

「洞窟はヒューログ城の地下にある」と、おれ。「たとえヒューログ城がこなごなになっても、洞窟は壊れない」

「心配いりません。ぼくが洞窟を壊します。ワード様、過去を変えることはできませんが、罪をあらためることはできます」一瞬、オレグは宙を見つめ、早口でつづけた。「急いでください――カリアルン王たちがドラゴンの骨を見つけました。迷っている暇はありません」オレグがグッと身を乗り出した。「セレグ様はヒューログを失うことに耐えられず、罪を犯しました。お父上も、正義のために――昔の過ちを正すためだけに――ヒューログを捨てはしなかったでしょう。これは、あなた様にしか――ヒューログ城主《メーテン》であるワードウィック様にしかできません。指輪の持ち主は、あなた様です」

　おれは父のナイフを引き抜き、オレグの勝ち誇ったような表情を見つめた。

「さあ、ワード様」

オレグの顔に片手を当てた瞬間、涙があふれた。シアラがおれを止めようと、必死に毛布をはいでいる。おれはオレグの額《ひたい》に口づけし、背中からオレグを抱きかかえると、使いこんだプラチナの指輪をはめた手で、父の鋭い狩猟用ナイフをオレグの首筋にすべらせた。

一瞬の出来事だった。

痛みを感じるまもなかったはずだ。オレグの最後の息が、冷たい夜気のなかで、温かくおれの腕に触れた。だが、おれは、もう二度とぬくもりを感じることはないだろう。

一瞬、あたりの森が何かを待つかのように静まり返った。次の瞬間、オレグの死によって解き放たれた魔法が大地を揺るがし、地下から湧き起こる轟音《ごうおん》が山上の人々の悲鳴をかき消した。

ヒューログ城が——おれの家が——崩れはじめた。最初は、ドラゴンの鉤爪の跡がある古い礎石がひとつずつ……やがて、ピシッという鋭い音とともに石城がグラリと揺れて崩れ、つづいて城壁が崩れ落ちた。舞い上がる砂埃《すなぼこり》がヒューログ城の最期をおおいつくしてゆく。もやの隙間から見えるのは、暗さを増す空だけだ。

だが、目の前の出来事はどうでもよかった。シアラの爪がおれの血だらけの手に食いこもうと、シアラを引き離そうとするトステンが正気を疑うような表情でおれを見つめようと、どうでもいい。オレグの亡骸《なきがら》が——見せかけの肉体を保っていた長い年月がオレグの魂を吸い取ったかのように——またたくまに崩壊してゆくのさえ、遠いことに思えた。

そのとき感じたのは、全身に押し寄せる魔法の波だけだ。激しいうねりが、おれの肺と心臓を焼き尽くし、セレグに殺されたドラゴンがいた時代よりも、はるか昔の罪をヒューログの大地から焼き尽くしてゆく。オレグは間違っていた。たしかにセレグの裏切りは、〝邪悪の小瓶〟のふたをはずしたかもしれない。でも、ヒューログの大地を汚《けが》したのは、それよりもはるか昔の罪——オレグの父親が息子に対して犯した罪だ。そのことに、おれはようやく気づいた。

崩壊と砂埃がおさまり、ようやくトステンはシアラをおれから引き離した。見おろすと、あれほど堅固だった城壁は跡形もなく、瓦礫《がれき》の山と化していた。もうじき夜の闇がすべてをおおいかくすだろう。

おれは膝に砂塵をつけたまま山の斜面に座り、アクシールが正しかったことを知った。おれは、ドワーフ族をおびやかしつづけた呪いを取り去った。エサーボン神のお告げどおり、アクシールがいなければ成しえなかっただろう。〝ドラゴンの骨は危険だ〟というオレグの言葉だけでは、決してオレグを殺せなかった。おれが決意したのは、恐れを知らないアクシールが、剝き出しの恐怖の表情を浮かべたからだ。

おれは、帝国時代から一度も使われなかった恐ろしい魔法から五王国を救った。そして、父よりも残虐な人間になった。

おれは弟のように愛した男を殺した。

オレグの言うとおりだ。父はオレグを殺さなかったし、それが必要だとも思わなかっただろう。セレグも同様だ。セレグは自分が招いた災厄を食い止められると信じていた。セレグには、アクシールの顔に浮かんだ恐怖の意味も、自分の罪の大きさも理解できなかったに違いない。

オレグを殺し、ヒューログ城を崩壊させたのは、ヒューログのワードウィックだ。

おれは冷たい地面にうずくまった。まわりから人が去り、一人きりになると、血だらけの手に顔をうずめ、声を上げて泣いた。

15　ヒューログ

物語や歌には、必ず終わりがある。だが現実の世界では、死でさえ完全な終わりではない。父に虐待された影響が今も消えないことが何よりの証拠だ。

おれは数日間、一言も話さなかったらしい。だが、それすら覚えていない。叔父が連れてきた治療師は〝極度の疲労とバシリスクに引っかかれた背中からの出血のせいだ〟と説明した。そういえば、オレグの魔法でヒューログに移動する瞬間まで、おれたちは二十キロ以上も走りつづけた。

のちに叔父から、〈青の防衛軍〉がヒューログにとどまろうとしたヴォルサグ軍の生き残りを追い払ったと聞いた。叔父はみずから農作業を監督したが、その秋、ヒューログには収穫がほとんどなかった。

ヒューログの人々にとっては、過酷な冬になった。食料のことではない。叔父は小麦をイフタハールから船で取り寄せた。問題はヴォルサグ軍が手あたりしだいに農家を燃やし、多くの住民が家を失ったことだ。冬が来る前になんとか避難所を建てたが、にわか造りの建物では海から吹きつける北風を防ぎきれない。

　叔父はおれたち——母、シアラ、トステンと、おれ——をイフタハールに連れていこうとした。だが、おれにその気はなかった。ヒューログから離れることはできない。ヒューログ城が崩壊しても、まだヒューログには住人がいて危険にさらされている。

　叔父は、おれの気持ちをわかってくれた。ある晩、一日がかりで小麦の刈り入れをしたあと、おれはみんな——デューロー叔父、トステン、シアラ、ベックラム、アクシール、スタラ叔母——に、オレグが何者だったのか、なぜあんなことが必要だったのかを打ち明けた。その後、アクシールは小人族《ドワーフ》の仲間とともに地下水道へ通じる通路から瓦礫《がれき》を取り除き、ヒューログを去った。〝春には戻ってくる〟と言い残して……。シアラはおれを避け、トステンはそのことで悩んだ。おれも、二人を避けた。やがて、その冬はじめての嵐が吹く前に、叔父はシアラとトステンを連れてイフタハールへ旅立った。

　ときどき、おれはパンジーとフェザー——ヒューログ城が崩壊してから数週間後に、ほかの馬とともにオランストーン国から戻ってきた——に乗って、山道を早駆けした。ペンロッドが生きていたら血相をかえて〝おやめください〟と言うに違いない。雪が降ると馬を乗りまわせなくなり、スタラ叔母や、おれの相手になろうという〈青の防衛軍〉のつわものと剣で勝負した。それでも、おれの気はまぎれない。おれはドワーフ族が帰っていった地下通路を掘り返しはじめた。無傷の小人の細工石《ドワーフ・ストーン》を探すためだ。最初のうちは、一人で作業していたが、ある朝、地下通路に行くと、数人の村人と〈青の防衛軍〉がいた。

スタラ叔母のはからいだ。雪が溶けるころまでに、城の内壁が再建できた。

春までには、ヒューログの人々は、おれをヒューログ城主《メーテン》として扱うようになった。だが誰もが知っているように、その称号はまだ叔父のものだ。コマドリが南から戻ってくると、弟のトステンがヒューログに帰ってきた。

おれはトステンが帰ってくることを知っていた。知らせがあったからではなく、ヒューログの草木が〝ヒューログ城主《メーテン》の血を引く者が帰ってくる〟と、おれにささやいたからだ。オレグを殺してから、ヒューログにただよう魔力にずいぶん慣れた。以前は、おれの足りない部分を魔力が埋めてくれたが、今では、その逆だ。

おれはフェザーに乗って、トステンを迎えにいった。

トステンが言った。「やせたね」

「前より元気そうだな」と、おれ。本当にそう思った。マントのようにトステンをおおっていた孤独の影は、すっかり消えている。

「母さんが亡くなった」と、トステン。「嵐の晩に、外をさまよっていた母さんを侍女が見つけた。その後、熱を出して、衰弱したんだ」

おれは、うなずいた。だがおれにとっては、母はずっと昔に死んでいた。

「ほかにも、知らせたいことがある。ベックラムとシアラが婚約した」おれの反応をうかがう口調だ。

なぜかフェザーがイライラして蹄《ひづめ》で地面を蹴っていたが、おれが少し身体をずらすとおとなしくなった。ベックラムとシアラが婚約した？　シアラは、まだ十七歳だぞ。でも、母はもっと若くして父と結婚した。それにしても……あのベックラムとシアラが？

　おれは、しばらく考えこんだ。

「シアラを下水道に入らせるなと、ベックラムに伝えてくれ」

　トステンが目をそらした。「自分で報告するべきだとシアラに言ったんだけど……。〝愛している〟と伝えてほしいと頼まれた」

　おれは、うなずいた。

「シアラは口がきけるようになった。知っていたかい？」

　おれは知っていた。「デューロー叔父さんが手紙をくれた」

「ヒューログに戻ったら、また口がきけなくなるんじゃないかと、シアラは心配している。でも、今年の夏に挙げる結婚式には、兄さんに出席してほしいって」

「わかった」と、おれ。

「叔父さんは、兄さんにヒューログをまかせるつもりだ。ベックラムはヒューログには興味がない。叔父さんは、ジャコベン王に正式な請願書を送った」

「ジャコベン王は、それどころじゃないはずだ」

　カリアルン王が死んだことがわかると、ハーベルネス将軍の百人部隊は難なくヴォルサグ軍を退却させた。その後、百人部隊はジャコベン王に帰還を命令されても、エスティアンに戻らなかった。オランストーン国内の領地で軍を増強していたのだろう。五王国のうちタルベン国以外の四カ国が百人部隊を英雄としてたたえなかったら、ジャコベン王は百人部隊を反逆者扱いしたかもしれない。しかし、英雄に罪を問うことは難しい。

「引き受けるだろう?」と、トステン。不安そうな口調だ。

おれは肩をすくめ、指にはめた傷だらけのプラチナの指輪に目をやった。

「おまえもここにいるつもりなんだな?」

「そうさせてくれるなら……」

おれはフェザーにまたがったまま、トステンに一歩ちかづいた。

「おまえは、おれの弟だ。いつでも歓迎する」

おれはヒューログ城の内部を建て直しはじめた。まず、瓦礫を取り除いてドラゴンの骨がある洞窟の天井を造らなければならない。洞窟の天井部分が抜け落ちて、カリアルン王と魔法使いたちは下敷きになって死んだ。やがて種まきの時期が来て、村人はおれの作業を手伝えなくなった。結局、バスティラとカリアルン王、魔法使いの遺体を見つけたときに残っていたのは、〈青の防衛軍〉の兵士とトステンとおれだけだ。オレグの言ったとおり、カリアルン王たちはドラゴンの骨のすぐ近くに倒れていた。

おれはカリアルン王たちの遺体を共同墓地に埋葬した。瓦礫の山から見つかったほかの遺体を埋葬するために掘った墓地だ。遺体は損傷が激しく、衣服でしか判別できない。ヴォルサグ軍が〝カリアルン王が亡くなった証拠を見せろ〟と言っても、おれの言葉を信じてもらうしかない。おれはバスティラの遺体を自分で運んだ。

　オレグの魔力のおかげか、それとも奇跡が起こったのか、ドラゴンの骨は無傷だった。春になると、約束どおりアクシールが戻ってきた。アクシールとトステン、おれの三人でドラゴンの骨を瓦礫の山から掘り出し、塩害が出た農地まで荷馬車で運んだ。そして、ドラゴンの骨を粉々にして農地に撒《ま》いた。前年に、叔父が貝殻を砕いた粉を撒いた場所だ。白い粉を撒きおわったとき、アクシールはホッとした顔をした。穀物の種をまくと、不毛の地から芽が出てきた。


　真夏のある日。おれは異変を感じて朝早くに目を覚ました。急いで狩猟用の服装に着がえ、パンジーに鞍《くら》をつけて山道に向かった。パンジーはおれの切迫した様子を感じ取ったのか、まるでメノーグの悪魔に脚をつねられたかのように猛スピードで走りつづけた。それでも、急斜面になると速度が落ちる。おれはパンジーから降り、並んで急斜面をのぼった。突然、パンジーが歩みを止め、目玉をグルリとまわしたり、緊張して鼻孔をふくらませたりして、あたりのにおいを嗅ぎはじめた。

「どうした？」パンジーのように戦《いくさ》に慣れた馬は、めったなことではおびえない。

　パンジーがおれの声に驚いて振り向き、汗くさい頭をおれにこすりつけたので、おれは思わずよろけそうになった。いったい、どうしたのだろう？

　たしかに、妙なにおいがする。鍛冶場のような……金属と炎のにおいだ。においに気づいていたので、山頂で変わり果てた青銅の扉を見ても、おれはそれほど驚かなかった。昔、アクシールは、この青銅の扉を調べたことがある。アクシールは〝おそらく、これは開かずの扉です〟と言った。なんの扉なのか、おれにもアクシールにもわからない。きたくても、オレグもいない。

驚いたことに、今日はその扉が開いている。下の部分が猛火に焼かれたように、黒焦げだ。右扉はゆがんで傾き、左扉は一メートルほど離れたところに転がっている。扉に触れてみると、まだ温かい。グイッと引っ張ってみたが、ビクともしなかった。

おれはパンジーから降り、おそるおそる扉に隠されていた穴に近づいた。何を期待していたのか自分でもわからないが、穴のなかに何もなかったのでがっかりした。ただの長方形の穴だ。深さは、おれの背丈くらいだろうか。大きさは、荷馬車くらいだ。干し草を積んだ荷馬車を入れたら、荷馬車を引く馬や人間が入るスペースはないだろう。奇妙なのは、穴の内側と四隅がキッチリと削られていることだ。土を掘ってできた穴には見えない。おれの後ろで、パンジーが甘えるような鳴き声を出した。パンジーは見知らぬ人間に甘えない。きっと、トステンが追いかけてきたのだろう。

おれは振り向き、あっと驚いた。パンジーは、オレグの顔を覚えていたらしい。

「お久しぶりです、ワード様」と、オレグ。照れくさそうに肩をすぼめた。

おれはゴクリと唾を飲みこんだ。

「もう一度、殺してくれと言うんじゃないだろうな」と、おれ。

オレグはヒューログ城の残骸を見つめながら、ぼんやりとパンジーの頭をなでた。

「すぐには納得していただけないだろうと思っていました」と、オレグ。チラッとおれの顔を見ると、すぐにヒューログ城の残骸に視線を戻した。「ずいぶん片づきましたね。ドラゴンの骨は、どうなさったのですか？」

「塩害がひどかった農地に撒いた」と、おれ。

オレグがニコッと笑った。

「じゃあ、ぼくが食べる必要はありませんね」

「食べてはいけないんだろう？」

以前、ほかの誰かからもドラゴンの骨を食べる話を聞いたことがあるが、はっきりとは思い出せない。

オレグはかがんで小石を拾い、二歩前に出てほうり投げた。小石は山の斜面をはずみながら落ちていき、低木の茂みのなかへ転がって見えなくなった。

「ドラゴンどうしでは、許されることです」と、オレグ。必死の口調だ。「自分が生き返るなんて、思ってもみませんでした。信じてください。あなた様を傷つけるつもりはなかったんです。こうなるとわかっていたら、あなた様にお話ししました。ドラゴンは不老ですが、不死身ではありません。ぼくにはドラゴンの血が四分の一しか流れていません。ヒューログの魔力を高めるには、ぼくが死んで魂を城の礎石に縛りつけなければならないと思っていました」

ききたいことが山ほどあるのに、言葉が出てこない。それでも、やっとのことでたずねた。

「古代の皇帝たちには、ドラゴンが仕えていたそうだな」カリアルン王から聞いた話だ。

「ぼくの父のことです」と、オレグ。「ドラゴンは人間に姿を変えることができます。祖父は若いころ、愚かにも人間の女性と恋に落ちました。父はドラゴンとして生きることも、人間として生きることもできず、魔法使いとして皇帝に仕えました」おれの機嫌をとるかのような口調だ。

「この穴のなかには、何があったんだ？」

「ぼくです」と、オレグ。「ぼくがいました。父がぼくの身体をあそこに置いたとは知りませんでした」

おれは膝を立てて座り、膝の上で頬杖《ほおづえ》をついた。何を話せばいいのかわからない。

「やせましたね」しばらくして、オレグが話しかけた。

トステンにも同じことを言われた。

「ああ。きみを殺したと思いこんでいたからな」

オレグのやつめ、少しは罪の意識を感じればいいんだ。そう思うと、腹の底に渦巻《うずま》いていた怒り――べつの感情に隠されていた怒りだ――が鎮《しず》まった。

「どうすればおわびできますか」と、オレグ。泣きだしそうな口調だ。おれに近寄って、ひざまずいた。

「どうしてこんなに時間がかかったんだ？」おれはオレグを見ずにたずねた。

「死んでいたからです」と、オレグ。「死んだも同然でした。あれから、どのくらいたったんですか？　一年？　二年？　せいぜい、それくらいでしょう。あなた様は以前とお変わりありません。目覚めるまでに、時間がかかりました。ぼくの身体は、ずっとあの穴のなかにありました……最後の皇帝が亡くなる前からずっと……何十世紀ものあいだずっと……。強力な魔法の効力は一瞬で消えるものではないのです」

「おれが殺したその姿がきみの父さんが望んだものならば、今でも同じ姿をしているのはなぜなんだ？」と、おれ。

オレグは小さく笑った。

「父は、ぼくの肉体に特定の姿を与えませんでした。ドラゴンは、どのような姿になることもできます。父も、思いどおりに姿を変えることができました」

おれのオレグに対する怒りは、今に始まったものではない。ずっと前から感じていたものだ。怒りを遠くに追い払えたと感じたのは、ここ一年近くのあいだで初めてだ。

「ほぼ一年がたった」おれはさっきのオレグの質問に答えた。

オレグは、おれの気持ちの変化を感じ取ったらしい。ゆっくりと山の斜面に腰をおろし、ホッとした様子で話しはじめた。

「驚きました。もっとたったと思っていました」

「きみはもう、この指輪の持ち主の奴隷ではないのだろう？」

おれは使いこんだプラチナの指輪を見せた。

オレグは、うなずいた。

「はい」

オレグを責めたい気もする。だが、父のようにはなりたくない。それでおれは非難するのではなく、オレグに質問した。オレグの口から話を聞いて、現実を受け止めたい。

「きみは最後のドラゴンなのか？」

「ドラゴンは、ほかにもいます、ワード様。でも、いつの時代でもドラゴンはめずらしい生き物です。今、魔法からすべての汚《けが》れが取り払われました。戻ってくるドラゴンもいるでしょう」

「頼みがある」ふと、おれは思いついた。「ずっと、ドラゴンを見たいと思っていた」

オレグがおれを見てニヤッと笑った。笑うと、ますますトステンにそっくりだ。オレグはピョンと立ち上がって数歩後ろに下がり、変身しはじめた。オレグの輪郭がなめらかに形を変え、だんだん大きくなってゆく。

おれたちは、パンジーのことをすっかり忘れていた。パンジーが顔をこわばらせて、引き綱を引っ張っている。ピンと張った引き綱が、今にもはずれそうだ。おれがパンジーをなだめるあいだに、オレグは石竜《ストーン・ドラゴン》に姿を変えた。

ドラゴンの大きさは、ゆうに石竜の二倍はある。この世のものとは思えない美しさだ。四肢と鋭い鉤爪《かぎづめ》、そして鼻から口にかけては濃い紫。鼻から上のウロコはスミレ色だ。目の色はヒューログ城主《メーテン》一族と同じ青だが、形は人間とは違う。顔の下半分のウロコが濃紺なので、青い目が引き立つ。折りたたんだ翼には金色と黒の縁《ふち》どりがあり、胴体と翼の境目《さかいめ》のウロコはラベンダー色だ。

おれも、パンジーのように立ちすくんだ。しかし、ドラゴンの美しさに圧倒されただけで、おびえたのではない。

「紫色にも、いろいろあるんだな」と、おれ。

ドラゴンは背骨に沿って生えた刺《とげ》をたたみ、翼を大きく広げた。世にも美しい姿——神からの贈り物だ。

突然ドラゴンが動いたので、パンジーが後ろ脚で立ち上がってヒューッとかんだかい声でいないた。ドラゴンは翼を閉じて折りたたみ、おれが知っているオレグの姿にゆっくりと戻っていった。

「すみません」と、オレグ。「馬が怖がっていることを、すっかり忘れていました」

パンジーは心配そうに大きく息を吸い、鼻を鳴らした。馬を食べ、人間を脅《おびや》かす恐ろしい怪物が消えたことを確かめるかのようだ。

「オレグ、シファーンの神に誓って言うよ」おれは、いったん言葉を切った。「あんなに美しいものを見たのは生まれて初めてだ」

オレグは不安そうに自分で自分の身体を抱きしめた。

「じゃあ、ぼくはここにいてもいいのですか？」

胸の奥でせめぎあっていた激しい怒りと喜びが消え、おれはこの上なく満ち足りた気分になった。

「きみは、おれの弟だ」と、おれ。トステンにも同じことを言った。「オレグ、ここはきみの故郷《ふるさと》だ」

二人で山道を降りながら、おれはたずねた。

「オレグ、人間の姿になるとき、どうしてトステンや、ほかのヒューログ城主《メーテン》一族にそっくりになるんだ?」

オレグはニヤッと笑うと、上目づかいでおれを見た。

「ワード様は答えを存じのはずです。ヒューログとはドラゴンのことだからです」

解説

書評家
三村美衣

ヒューログとはドラゴンのこと。

この印象に残るモノローグから書き起こされる本書は、二〇〇二年に刊行された、パトリシア・ブリッグズの長篇 *Dragon Bones* の全訳である。

中世封建的な王国を舞台に、居城を奪われた若き城主ワードウィックが、城を取り戻し、さらに、弱体化する魔法の力をも復活させようと戦う物語だ。冒険、戦闘、陰謀、魔法、そしてロマンスありの展開は、まさに異世界ファンタジイの王道。ジョージ・R・R・マーティンの《氷と炎の歌》をコンパクトに纏めたような展開は、ファンタジイファンはもとより、波瀾万丈な歴史小説好きにも充分お楽しみいただけるに違いない。

ヒューログとはワードウィックの一族のこと、彼らの住む城塞のこと、そして古語でドラゴンを意味する単語でもある。ヒューログ一族はドラゴンの守護者であり、先祖は命がけでドラゴンとヒューログの城塞を守っていた。それから長い年月がたち、もうこの世界にドラゴンは存在しないが、城塞のあちこちには魔法時代の残滓が点在する。そしてそれは時に、一族の血筋にとりついた呪いのようにさえ見える。ヒューログ一族の男子にとって、ヒューログ城主《メーテン》とは、人間に与えられた最高の名誉であり、その地位を失うことは万死にも値する。ワードウィックの父は、自らの父親を殺してでもその地位を奪いたいと切望し、城主になってから後は、なによりもその地位を息子に奪い取られることを恐れた。ワードウィックが執拗な父の暴力から逃れる方法は、臆病で愚鈍で無害な息子を演じつづけることとだけだった。

そんなある日、城の地下に迷い込んだワードウィックは、そこで驚くべきものに出会う。一つは鎖に繋がれたまま白骨化したドラゴンの頭蓋骨、そしてもうひとつが、代々のヒューログ城主に仕えてきた〝家族の幽霊〟のオレグだった。オレグはまもなくヒューログ城主が死ぬことを予告し、ワードウィックにひとつの指輪を授ける。その指輪こそが、この城の魔法の全てを受け継ぐヒューログ城主の証だった。はたして、父はまさに臨終を迎えんとしていた。ようやく自由と力が手に入ると思ったのはつかの間、なんと長年、頭が弱いふりをつづけてきたことが災いし、ワードウィックは王立療養所へ送られることになってしまったのだ！

というわけで、からくも病院送りの前に城を抜け出したワードウィックは、戦場で手柄をあげて失地回復に努めようと、政情が不穏なオランストーン国を目指す旅に出るのだった。

物語の舞台である五王国は、シャビグ国、シーフォード国、アビンヘル国、タルベン国、オランストーン国の五つからなる王国だ。現在はタルベンのジャコベン王によって統治されているが、決してその治世も泰平というわけではない。

ヒューログ城塞のあるシャビグは、五王国最北に位置する貧しい国だ。ヒューログはドラゴン最後の生息地として知られ、まだドラゴンが生きていた頃は、ドラゴン好きのドワーフ族が足繁く訪れ、さまざまな交易品を持ち込んだ。ドラゴンが滅んでからはドワーフ族との交流も途絶えたが、今もヒューログにはドワーフ族の財宝伝説が残されている。またセレグ王の時代に奴隷解放を宣言、現在も五王国の中で唯一奴隷制度を禁止する国としても知られている。

シャビグと国境を接するシーフォードは、自由な気風のある海運国であり、王国最大の港町ニュートンバーンを有する。内陸部のタルベンは広大な平地に穀倉地帯が広がる豊かな国だ。五王国の宗主国であり、王都エスティアンが置かれている。タルベンの西、山岳地帯のアビンヘルは謎に包まれた国だ。守護女神コルを奉じる神殿には、魔法使いの女奴隷が巫女として仕えているといわれている。最南端のオランストーンもまた、シャビグ同様、切り立った山々に囲まれた貧しい国だ。十五年前にジャコベン王に対して反乱を起こしたが、軍によって鎮圧され、多くの貴族が処刑された。五王国の南に位置するヴォルサグ国がオランストーンに侵略を開始しているが、もはやこの地には敵を阻止するだけの兵力は残されていない。

それぞれの国には独自の神や守護霊のようなものがあるらしいのだが、その知識も大半が失われ、今や五王国全体から魔力が失われようとしている。ワードウィックの旅は、ヒューログの継承問題だけではなく、実はこの魔法問題とも大きくかかわることになる。昨今のファンタジイは長大なものが多くて、こういった謎はなかなか解かれない上に、さらに新事実が発覚して謎の上に謎が積み上げられる傾向にあるが、本書はその後、続篇が一冊刊行されてはいるが、一話完結の読み切り形式。それはそれでせっかくの魅力的な設定が使い切れなくて勿体なくないか、という余計な心配も浮かばないではないが、完結まで何年もジリジリと待たされる心配だけはないのでご安心を。

著者は常々、一番好きな小説のキャラクターとして、ロイス・マクマスター・ビジョルドが生み出した、肉体的なハンディキャップを抱える異色ヒーロー、マイルズ・ヴォルコシガンの名をあげているが、ワードウィックはまるでその真逆を行くような設定なのが面白い。屈強な北方の男たちの中でも頭ひとつ抜きんでた巨体と、人並みはずれた戦闘力を持つ彼だが、しかし、十二歳のときに父親に殴られ、一時は言語障害と半身麻痺に近い状態に陥った過去がある。その後長いリハビリによって強靭な肉体を手に入れたが、それから保身のために頭が弱いふりをつづけてきた。またワードウィックは父親を憎むと同時に、自分もいつか彼と同じように振る舞うのではないかという不安を常に抱えている。ワードウィックに仕える〝家族の幽霊〟オレグの設定もまた魅力的だ。彼はただの幽霊ではなく、ヒューログの「城」そのものなのだ。父親によって「城」に変えられてしまった彼は、以来、何世代にもわたるヒューログ城主に仕えてきた。彼は魔法使いとしての強大な力を持ちながら、代々の城主に隷属させられてきた弱者でもある。暴力の連鎖を畏れるワードウィックと、抑圧者への恐怖から卑屈になってしまうオレグ。この二人の葛藤と緊張関係が、結末の大きな感動に結びつくことになる。かつて父を畏れるあまり自殺未遂にまで追い込まれた弟のトステン、無鉄砲な性格だが生まれつき口がきけない妹のシアラ、ドワーフの王子という噂もある警護士のアクシール、馬の目利きで一流の乗り手の馬丁頭のペンロッド、そしてヒューログに救いを求めて駆け込んだ魔法使いで奴隷のバスティラ。旅の仲間をはじめとする、秘密と痛みを抱えた人間味溢れる登場人物たちこそが、本書の最大の魅力と言えよう。

さて本書が本邦初紹介となる著者のパトリシア・ブリッグズは、一九六五年、アメリカのモンタナ州生まれの女性作家である。ロッキー山脈の麓の小さな町で育ったカントリーガールで、幼い頃から馬で野山を駆け回っていたという。姉の本棚に並んでいたアンドレ・ノートンから読書の楽しさを知り、小学校を卒業する頃には近所の図書館にあるファンタジイは全て二度読み返した。ストーリーテラーの例にもれず、少女時代から空想に耽《ふけ》り、友人相手にさまざまな物語を語って聞かせたという。本格的に作家を志したのは、結婚して、住み慣れたモンタナを離れ、シカゴに移り住んだ後のことだ。慣れないシカゴでの生活から逃れるように、創作に没頭して一本の長篇を書き上げた。その作品が編集者の目にとまり、九三年に *Masque* で作家デビュー。ロマンチックなファンタジイを書き続け、二〇〇六年に開幕した吸血鬼テーマのアーバン・ホラー《Mercedes Thompson》シリーズでベストセラー作家の仲間入りを果たした。

第五長篇にあたる本書は、男性視点から描いたという意味でも、本格歴史ファンタジイということでも、著者にとってははじめての挑戦であり、資料としてヨーロッパ中世の歴史書を読みあさったと語っている。

なお本書の刊行直後に、著者は続篇執筆に着手し、なんと一〇ヶ月後に *DRAGON BLOOD* が刊行された。私などは、ワードウィックとオレグに比べると、普通の男女間のロマンスが見劣りするのはいたしかたないと思うのだが、ブリッグズはティサラとワードウィックの関係を描き切れなかったことが心残りだったらしい。もちろんそれだけではなく、ワードウィックとジャコベン王の対決なども描かれているとのこと。こちらの訳出も期待したい。

訳者略歴　英米文学翻訳家　訳書『竜神飛翔』ジョーダン、『明日への誓い』ムーン（以上共訳）、『銀河おさわがせ執事』アスプリン＆ヘック（以上早川書房刊）

HM=Hayakawa Mystery
SF=Science Fiction
JA=Japanese Author
NV=Novel
NF=Nonfiction
FT=Fantasy

ドラゴンと愚者《ぐしや》

〈FT446〉

二〇〇七年七月十日　印刷
二〇〇七年七月十五日　発行

（定価はカバーに表示してあります）

著者　パトリシア・ブリッグズ
訳者　月《つき》岡《おか》小《さ》穂《ほ》
発行者　早川浩
発行所　株式会社早川書房

郵便番号　一〇一‐〇〇四六
東京都千代田区神田多町二ノ二
電話　〇三‐三二五二‐三一一一（大代表）
振替　〇〇一六〇‐三‐四七七九九
http://www.hayakawa-online.co.jp

印刷・信毎書籍印刷株式会社　製本・株式会社フォーネット社
Printed and bound in Japan
ISBN978-4-15-020446-4 C0197